**FRANZISKA STEINHAUER**
Sturm über Branitz

**DUNKLES GARTENGEHEIMNIS** Die Lausitz, Mitte des 19. Jahrhunderts. Ein Unwetter tobt über dem Branitzer Schlosspark. Fürst von Pückler, ein begeisterter, manche behaupten besessener Landschaftsarchitekt, steht am Fenster und sorgt sich um seine frisch gesetzten Bäume.

Als er am nächsten Morgen seine Gärtner ausschickt, damit sie ihm von den Schäden des Sturms berichten, machen diese bei ihrem Rundgang einen grausigen Fund: Im Geflecht der Wurzeln eines umgestürzten Baums hängt ein toter Knabe. Sein Körper ist übersät von blutigen Wunden, tiefen Kratzern und Hämatomen. Die Identität des Opfers bleibt jedoch zunächst ungeklärt. Niemand scheint den Jungen zu vermissen.

Im Ort kommt Unruhe auf und das Volk entwickelt abenteuerliche Theorien. Hat etwa der alte Fürst etwas mit dem Verbrechen zu tun?

*Franziska Steinhauer, geboren 1962 in Freiburg im Breisgau, lebt seit 1993 in Cottbus. Die studierte Pädagogin beschäftigt sich seit über 20 Jahren mit den Auswirkungen frühkindlicher Traumata auf die seelische Entwicklung, soziopathologischen Störungen und psychischen Fehlentwicklungen. Seit 2004 arbeitet sie als freie Autorin. Franziska Steinhauer ist Mitglied der »Mörderischen Schwestern« sowie im »Syndikat«, der Vereinigung deutschsprachiger Krimiautorinnen und -autoren. »Sturm über Branitz« ist ihr erster historischer Roman im Gmeiner-Verlag.*

Bisherige Veröffentlichungen im Gmeiner-Verlag:
Spielwiese (2011)
Gurkensaat (2010)
Wortlos (2009)
Menschenfänger (2008)
Narrenspiel (2007)
Seelenqual (2006)
Racheakt (2006)

**FRANZISKA STEINHAUER**

# Sturm über Branitz

*Historischer Kriminalroman*

Besuchen Sie uns im Internet:
www.gmeiner-verlag.de

© 2011 – Gmeiner-Verlag GmbH
Im Ehnried 5, 88605 Meßkirch
Telefon 07575/2095-0
info@gmeiner-verlag.de
Alle Rechte vorbehalten
1. Auflage 2011

Lektorat: Claudia Senghaas, Kirchardt
Herstellung: Christoph Neubert
Umschlaggestaltung: U.O.R.G. Lutz Eberle, Stuttgart,
unter Verwendung des Bildes »Mann und Frau den Mond betrachtend«
von Caspar David Friedrich; Quelle: http://commons.wikimedia.org/wiki/
File:Caspar_David_Friedrich_028.jpg
Bildnachweise: S. 5: Fürst Pückler-Muskau, Holzstich, In: Gartenlaube,
1863, Stiftung-Fürst-Pückler-Museum Park und Schloss Branitz;
Quelle: http://upload.wikimedia.org/wikipedia/commons/
2/20/Die_Gartenlaube_(1863)_b_428.jpg;
S. 451: http://commons.wikimedia.org/wiki/File:Pückler_alt.jpg;
S. 463: http://commons.wikimedia.org/wiki/
File:Fürst_Pückler_in_moslemischer_Tracht.jpg
Druck: Appel & Klinger, Schneckenlohe
Printed in Germany
ISBN 978-3-8392-1218-9

Fürst Pückler-Muskau.

# 1

RABENSCHWARZE FINSTERNIS.

Ein fürchterliches Unwetter toste durch Branitz und den Schlosspark, zerrte an den Kronen der Bäume und zwang sie zu einem ungleichen Kräftemessen.

Er stand am Fenster und starrte besorgt in die Finsternis hinaus.

Dicke Regentropfen peitschten gegen die Scheiben der Bibliothek. Der ums Haus heulende Sturm zwängte sich selbst durch die schmalsten Ritzen und verführte die Flammen der Kerzen zu einem wilden Tanz.

»*Die Realität ist nichts, der Traum ist alles!* Aber ach, so ist es nun doch die Realität, die versucht, der Fantasie den Garaus zu machen«, murmelte der weißhaarige Mann ungehalten. »Und schon morgen muss der Träumer seinen Park wieder an der Fantasie ausrichten.«

Im Haus war es vollkommen still.

Einzig das prasselnde Feuer und das unter anderen Umständen als gemütlich empfundene Knacken der Holzscheite zeugten davon, dass hier zu dieser späten Stunde noch jemand arbeitete.

Der Fürst stierte durch sein im unregelmäßigen Glas der Scheiben verzerrtes Spiegelbild und erhaschte, wenn der Sturm die Wolken für einen kurzen Moment auseinandertrieb, einen Blick auf sich biegende Äste, Bäume und Sträucher, die sich krümmten wie in einer geheimnisvollen Choreografie.

Ob die neu gesetzten Solitärbäume diesen elementaren Kräften würden trotzen können? Die Sommerlinde, die er am Weg hatte setzen lassen, der zum Tumulussee führte, der Ahorn am Kugelberg, die Silberweide am See? Flachwurzler, die noch kaum Gelegenheit bekommen hatten, den Boden um die Pflanzkuhle mit ihren Wurzeln zu erkunden. Stolze Riesen waren sie allemal. Entdeckt und erworben bei einer Fahrt durch den Spreewald, die er vor Kurzem erst unternommen hatte. Mit ein wenig Glück würden die Halteseile und Metallanker ein Umstürzen verhindern.

Seine Augen wanderten zum Feuerschutz vor dem Kamin.

Er schien die meisten Funken sicher abzuhalten. Nicht auszudenken, wenn seine Bibliothek Feuer finge! Unruhig geworden, trat er zum Kamin und rückte die Schutzwand etwas dichter an die lebhaften Flammen heran.

Seine Nichte Marie-Hermine hatte ihr Kommen für das Ende des Monats angekündigt. Natürlich brannte er darauf, ihr die neu entstandenen Ecken zu zeigen, verwunschene Orte, die schon bald beim Flanieren zu einem Aufenthalt einladen würden. Nur zu gern wollte er ihre Meinung dazu hören. Fehlte ihm doch schmerzlich der Austausch mit seiner geliebten Frau Lucie. Ihr Verlust an den Tod war noch immer eine schwere Bürde und nicht selten haderte er mit dem Schicksal, das sie ihm auferlegt hatte.

Es war die richtige Zeit im Jahr, einen Eindruck von all jenem zu gewinnen, was in den vergangenen Monaten unter seiner Anleitung geschaffen werden konnte. Nach dem Sommer, in der Zeit des Übergangs in den Herbst, präsentierten sich manche Bereiche des Parks in beeindruckender Weise. Gewiss, dachte er, dieser Park wird viel kleiner als jener in Muskau, aber er soll ihm in seiner Wirkung nicht nachstehen. Ein Landschaftsgarten für die Ewigkeit.

Die Tumuli waren schon fertig angelegt, eine große Herausforderung für Planung und Durchführung. Eine Erdpyramide, wie sie in der Gegend seit Jahrtausenden üblich waren, die sich als beständiger erwiesen als ihre steinernen Vettern in Ägypten, und gegenüber eine Wasserpyramide. Seine Gruft.

Sicher, der Wind würde mit der Zeit ihre Kanten schleifen, doch sie bliebe in ihrer Pracht auf ewig erhalten. Die Ausschachtungsarbeiten für die Erweiterung des Tumulussees waren gut vorangekommen, nicht zuletzt dank des Einsatzes von bis zu 60 Strafgefangenen des Königlichen Central-Gefängnisses in Cottbus.

Stück für Stück nahm dieser Park Gestalt an, dort, wo er zunächst nur sandige öde Ebene und einen großen Haufen Mist vor dem Schloss vorgefunden hatte.

Lautes Krachen unterbrach seine Überlegungen.

Er zuckte heftig zusammen.

Nun, auch in Muskau hatte es immer wieder einmal Rückschläge gegeben, auch durch Stürme und andere schwere Wetter. Es gab nichts, was er nicht beheben konnte, davon war er überzeugt.

Er trat wieder ans Fenster.

Musterte kritisch sein Spiegelbild.

Die schwarze Scheibe zeigte ihm einen schlanken, nach gängiger Meinung nicht überragend gutaussehenden Mann, der, obschon sein schlohweißes Haar davon Zeugnis ablegte, dass er kein Jüngling mehr war, kraftvoll und entschlossen genug wirkte, die heute Nacht entstandenen Schäden anzupacken und zu beseitigen.

Er richtete sich kerzengerade auf. »So schlimm kann es gar nicht werden, dass es dich an deine Grenzen bringt«, sprach er sich leise Mut zu. »Du bist gut erholt und hast bewiesen, dass du mit deinen 80 Jahren über viele Stunden Seite an Seite mit deinen Gärtnern arbeiten kannst.«

Zu diesem Zeitpunkt ahnte er freilich noch nichts von dem haarsträubenden Abenteuer, in das er schon bald verwickelt würde.

## 2

Franz, Wilhelm und Kaspar liefen mit schnellen Schritten vom Friedhof her durch den Park.

Ganz mit anderen Problemen beschäftigt, hatten sie kein Auge für die entstehende Schönheit der Anlage oder die während des Unwetters geschlagenen Scharten.

»Bleib doch mal stehen!«, forderte Wilhelm.

Kaspar beschleunigte seine Schritte.

»Lasst mich bloß in Ruhe! Wir sollen nach Sturmschäden Ausschau halten. Der Fürst wartet auf eine Meldung. Vielleicht geht er auch selbst durch den Park – und dann trifft er auf mich, einen seiner Gärtnergehilfen, der sich hier mit Freunden unterhält! So was riskier ich nicht!«, erklärte er etwas außer Atem.

»Nun erzähl schon! Wie ist es mit Sofia gewesen?«, bedrängte Franz den Freund.

Kaspar wand sich. »Das ist kein Thema für euch!«

»Hab dich nicht so!«, forderte auch Wilhelm aufgeregt.

»Was denkt ihr denn? Darüber spricht man nicht! Das geht nur Sofia und mich etwas an!« Kaspar erhöhte noch einmal das Tempo.

»Haha! Du konntest sie nicht überzeugen, sich küssen zu lassen! Gib es nur zu: Die Dame hat sich geziert und du kamst nicht zum Zuge!«, zog Wilhelm den anderen auf.

»Ich glaube, wir brauchen ein paar handgreiflichere Argumente, um seine Zunge zu lockern«, drohte Franz, begann, die Ärmel seines zu dünnen Hemdes hochzukrempeln und schüttelte scherzhaft die geballte Faust unter Kaspars Nase.

»Versuch's!« Ehe sich die beiden Freunde versahen, war Kaspar losgestürmt, schlug geschickt ein paar Haken, wetzte um die nächste Ecke, raste in Richtung Kugelberg davon. Entschlossen setzten die beiden anderen ihm nach.

Nach drei weiteren Bögen, scharfen Kanten und überraschenden Richtungswechseln blieb Kaspar so plötzlich stehen, dass Franz ungebremst in Wilhelm krachte, weil er so schnell nicht abbremsen konnte.

Sprachlos starrten sie auf das albtraumhafte Bild, das sich ihnen bot.

Sofia und alle Geheimnisse um das nächtliche Treffen mit dem Gärtnergehilfen waren vergessen.

In einem Anflug von guter Erziehung zog Kaspar hastig seine Mütze vom Kopf und presste sie atemlos mit beiden Fäusten gegen seine magere Brust.

»Oh Gott! Was ist das?«, fragte der lange Wilhelm mit so hoher Stimme, dass der Gehilfe erschrocken herumwirbelte und ihn verwundert ansah.

»Lebt er noch?«, hauchte Franz neugierig, äugte über Wilhelms Schulter und strubbelte durch seine halblangen schwarzen Haare.

»Schau doch richtig hin! Wie kann der wohl noch am Leben sein?« Wilhelm, der zwar seinen burschikosen Ton wiedergefunden hatte, aber noch immer unnatürlich bleich war, schubste Franz ein Stück vor. »Nein, nein! Der tut dir nichts mehr, du Angsthase!«

»Wie ist der bloß hierhergekommen?«, murmelte Kaspar und machte Anstalten, näher heranzugehen. Schaffte aber nur einen halben Schritt auf die Stelle zu, an der durch den Sturz des Baumriesen das gesamte Wurzelwerk aus der Erde gerissen worden war.

»Nicht!«, warnte Wilhelm. Packte den Freund mit eisernem Griff an der Wolljacke. Riss ihn auf den Weg zurück. »Weißt du denn nicht, dass sie giftig sind?«

»Er hat recht. Man muss Abstand halten!«, wusste auch Franz.

Der Körper des Knaben war auf beunruhigende Weise mit den Wurzeln des Baumes verwoben. Als hielten sie ihn wie Finger für die Ewigkeit umklammert und wären nicht bereit, ihn an die Welt der Menschen abzutreten.

Dem Jungen hing die Zunge aus dem Mundwinkel, erdig und fast schwarz. Beide Augen, trübe und ohne Glanz, waren aus den Höhlen getreten. Um seinen Hals wand sich ein grüner Seidenschal, von Goldfäden durchwirkt, der so gar nicht zu der eher ärmlichen Kleidung passen wollte, die er außerdem am Leib trug. Ein hüftlanges weißes Hemd aus grobem Stoff umflatterte den Körper, einige der Knöpfe fehlten. Die Hose reichte nur zur halben Wade, war verschlissen und an manchen Stellen lieblos geflickt. Alles starrte vor Schmutz. Strümpfe oder gar Schuhe trug er nicht.

»Unheimlich!«, stellte Kaspar fest. »Meint ihr, der ist da irgendwie reingeraten?«

»Nie und nimmer!«, entschied Franz großspurig. »War der schon immer so dünn, oder ist das später passiert?«

»Woher sollen wir das wissen? Ich habe den noch nie zuvor gesehen!« Kaspar kniff die Augen zusammen, um besser sehen zu können. »Die Haarfarbe wäre mir doch aufgefallen!«

»Schade, dass von seinem Gesicht nur so wenig zu erkennen ist. Das meiste fehlt ganz«, bedauerte Franz und gab vor, sich nicht zu grausen.

»Diese Würmer überall!« Wilhelm schüttelte sich angewidert. »Wie bei dem toten Schwein damals, wisst ihr noch? Das wir an der Spree gefunden hatten?«

Die Freunde nickten.

»Wenn ich da noch lange hingucken muss, wird mir schlecht!«, verkündete Kaspar. »Was machen wir denn jetzt?«

Das war ein echtes Problem. Eigentlich sollten die drei längst ihr Tagwerk begonnen haben.

»Meister Julius kriegt einen schrecklichen Wutanfall. Ich müsste schon seit einer ganzen Weile in der Backstube sein«, fiel Wilhelm ein und er schlug sich erschrocken mit der Hand gegen den Kopf.

»Dann sollten wir besser einem der Gärtner von dem Toten erzählen. So macht es im Dorf die Runde und bestätigt unsere Geschichte. Dein Meister wird Verständnis haben!«, behauptete Kaspar.

»Der Petzold wohl nicht!«, dämpfte Franz die Erwartungen des anderen. »Das gibt gewaltig Ärger. Der wird toben! Der Stall sollte zu dieser Zeit ausgemistet sein.

Das setzt eine ordentliche Tracht Prügel!«, orakelte er dann. »Am Ende wirft er mich raus!«

Der erneut aufflackernde Wind griff nach dem Leichnam und wiegte ihn hin und her, wie in den letzten Schlaf.

Entgeistert stierten die drei Freunde auf den Arm des Toten, der sie heranzuwinken schien.

»Mein Gott! Lasst uns von hier verschwinden! Er will uns mit in sein Grab locken, wir sollen ihn begleiten. Bestimmt ist er ein Nachzehrer.«

»Oh, von denen erzählt mein Vetter Siegfried auch. Du weißt schon, der beim Totengräber arbeitet. Er meint, wenn man über den Friedhof geht, hört man sie in den Gräbern schmatzen!«, zischte Franz. »Solche wie er, die wollen errettet werden.«

»Und wovon? Wie?«, fragte Kaspar mit gesenkter Stimme.

Keiner hatte sich auch nur einen Schritt wegbewegt, es war, als stünden sie unter einem unheilvollen Bann.

»Wahrscheinlich liegen wir übers Jahr auch in der Grube!«, jammerte Wilhelm. »Vielleicht konnte er irgendeine Aufgabe nicht zum Abschluss bringen und will, dass wir für ihn …«

»Diese Nachzehrer winden sich in ihren Gräbern, kauen an ihren Leichentüchern und geben sich erst zufrieden, wenn ihnen andere in den Tod gefolgt sind!« Franz' Stimme hatte einen unheimlichen Klang.

Als Wilhelm sich zu ihm umdrehte, glaubte er zu sehen, wie Franz' borstige Haare sich sträubten und weit vom Kopf abstanden, als habe er versäumt, die Seife gründlich auszuspülen. Wie versteift. Das ist das Grauen, dachte er, weil er weiß, dass wir nun ebenfalls sterben müssen. Siegfried hatte ihm das sicher erklärt, so wie Wilhelms Großmutter ihren Enkel schon vor Jahren über das unheimliche Wesen der Nachzehrer aufgeklärt hatte.

Kaspar schüttelte sich, als könne er den Fluch damit vertreiben.

»Ich glaube nicht an so was. Mein Vater sagt, wer tot ist, der verrottet, und es dauert nicht lange, bis kaum mehr etwas übrig bleibt. Außerdem ist nichts zu hören, wenn man nachts über den Friedhof geht, bestenfalls irgendeine Eule.«

»Was sollen wir nun tun?«, fragte Wilhelm rasch dazwischen. Er wusste genau, wie leicht sich zwischen den beiden anderen eine Rauferei entwickeln konnte, und dazu hatten sie nun wirklich keine Zeit.

»Wir geben den Gärtnern Bescheid. Sollen die sich um die Angelegenheit kümmern. Im Grunde geht uns der Junge nichts an, wir kannten ihn ja nicht einmal!«, entschied Franz, sah vorwurfsvoll zu den Wolken auf. »Außerdem fängt es an zu regnen.«

Lang mussten die Freunde nicht suchen.

Die Gärtner waren nach dem verheerenden Sturm schon im anbrechenden Tageslicht unterwegs, um Schäden festzustellen und zu entscheiden, was zur Rettung der einzelnen Pflanzungen unternommen werden sollte.

So kam es, dass nur wenig später ein ratloser gesetzter Herr vor dem Leichnam stand und sich am Kinn kratzte. Er betrachtete den Körper, grunzte unzufrieden. Nach und nach kamen andere hinzu, blieben schweigend stehen.

»Was nun?«, fragte Christian Sommerfeld, der Obergärtner. »Kennt jemand den Jungen?«

Er drehte sich einmal um sich selbst und sah nur leere Gesichter und einheitliches Kopfschütteln.

»Wir haben ihn auch noch nie gesehen!«, beteuerte Wilhelm stellvertretend für die Freunde.

»Lukas, lauf zurück und hol die Karre. Wir können ihn doch nicht da hängen lassen. Es regnet!«, gab Sommerfeld Anweisung. »Bernd, du rennst zum Schloss und gibst dort Bescheid.«

»Das stört den nicht mehr«, flüsterte Franz in Wilhelms Ohr. Jetzt, wo sich so viele an diesem unheimlichen Ort eingefunden hatten, fürchtete er sich deutlich weniger.

Sommerfeld hatte das Geflüster gehört. Mit traurigem Blick wandte er sich den Freunden zu. »Einen Arzt braucht er nicht mehr, das stimmt sicher. Stellt sich die Frage, wie der Körper hierhergelangen konnte. Eine einfache Erklärung dafür will mir auf die Schnelle nicht einfallen!«

»Ungewöhnliche Haarfarbe.« Walter, ein Aushilfsgärtner, runzelte die Stirn. »Ich kann mich gar nicht erinnern, so jemanden in letzter Zeit gesehen zu haben.«

»Er muss ja nicht aus dem Ort stammen.«

Allgemeines Gemurmel. Erste Mutmaßungen machten die Runde.

»Bei den Sträflingen, da waren gelegentlich ein paar mit rotem Haar dabei!«

»Sind doch erst vor einer Weile zwei weggelaufen. Könnte sein, das ist einer von denen.«

»Der ist aber ziemlich jung, ich glaube nicht, dass der hier bei uns im Park gearbeitet hat. Bestimmt wäre mir der aufgefallen«, meinte Walter und zuckte bekümmert mit den Schultern.

Erneute Unruhe breitete sich über dem Park aus, als eine Gruppe sich vom Schloss her näherte.

»Der Fürst selbst ist dabei!«, wisperte Sommerfeld den Jungen zu, die beeindruckt ihr Getuschel beendeten und mit offenen Mündern der Gestalt im orientalischen Gewand, weißer Hose und Fez entgegenstarrten. »Bestimmt hat er wieder die ganze Nacht durchgearbeitet und war noch auf, als die Nachricht überbracht wurde.«

»Können wir an unsere Arbeit gehen?«, flüsterte Kaspar dem Gärtner zu, der nach kurzem Bedenken nickte. In der nächsten Sekunde waren der Gehilfe, Wilhelm und Franz verschwunden.

Schmunzelnd sah Sommerfeld ihnen nach. Ihre Namen waren bekannt, wenn er später noch etwas mit ihnen zu klären hatte, würde er sie zu finden wissen. Außerdem war ihm nur allzu bewusst, dass die zwei Freunde Kaspars zu spät zur Arbeit kamen und sie ganz sicher Ärger erwartete.

Wild gestikulierte der Obergärtner in Richtung der Gruppe, die unter Führung des Fürsten zügig näher kam.

Doch das aufgeregte Winken wäre gar nicht notwendig gewesen.

Was hier zu finden war, ließ sich nicht übersehen.

Als die Debattierenden die Gärtner fast erreicht hatten, wies Sommerfeld mit ausgestrecktem Arm auf das dem Erdreich entrissene Wurzelwerk.

»Dort hängt ein Knabe!«, rief er unnötig laut.

Schnell bildete sich ein stummer Halbkreis. Aller Augen waren auf das Unglaubliche gerichtet.

»Wie kann dieses leblose Kind zwischen die Wurzeln geraten sein?«, wollte der Fürst wissen. Seine Stimme verriet eine gewisse Überraschung, doch schwang eine gehörige Portion Zorn darin mit.

Christian Sommerfeld spürte mit unangenehmer Deutlichkeit, dass von ihm eine logische Antwort erwartet wurde. Ihm brach der Schweiß aus. Er räusperte sich: »Ich habe keine Erklärung. Als wir vor etwa zwei Wochen diesen Baum gesetzt haben, war nichts Ungewöhnliches im Pflanzloch zu bemerken.«

Hermann von Pückler machte eine unwirsche Handbewegung und schnitt Sommerfeld damit das Wort ab. Er trat vor, um den Leichnam genauer in Augenschein zu nehmen.

»Es ist dies nicht der erste Tote, dem ich in meinem Leben begegne. Und«, er ging noch näher heran, umrundete in engem Bogen die Grube im Boden, »ich kann mit Sicherheit sagen, dass dieses Kind kein Opfer eines Unfalls wurde. So sehen die Züge derer aus, die den Tod durch Erdrosseln erleiden mussten.«

Er wandte sich an sein Publikum auf dem Weg: »In vielen Ländern der Erde eine durchaus übliche Methode der Bestrafung. Was allerdings nicht erklärt, wie er in meinen Park gelangen konnte!«

»Ein Händel zwischen Strauchdieben vielleicht«, rang sich Christian mühsam eine Vermutung ab. »Einer brachte den anderen zu Tode, verscharrte ihn hastig und machte sich mit dem erbeuteten Diebesgut davon.«

»Jene drei Knaben, die vor unserer Ankunft das Weite suchten, haben nichts mit der Angelegenheit zu tun?« Hermann von Pückler-Muskau sah seinen Obergärtner streng an.

Christian Sommerfeld empfand einen körperlichen Schmerz, als sich des Fürsten Blick in seine Augen bohrte. Ihm war, als könne dieser bis auf den Grund seiner Seele schauen. Der Obergärtner beeilte sich zu versichern, die drei Burschen kämen aus Branitz und hätten den toten Jungen nur zufällig entdeckt, eine Verstrickung in das Geschehen sei ausgeschlossen. »Sie kannten ihn nicht einmal«, schloss er seinen kurzen Bericht.

Der Fürst blieb argwöhnisch.

Misstrauen und anhaltende Verärgerung prägten sein Verhältnis zu den Branitzern, die seinen Bemühungen um die Gestaltung des Landschaftsparks um das Schloss oft nur wenig Verständnis entgegenbrachten.

»Verständigt Albert Bidault. In seiner Eigenschaft als Vorsitzender der Ortspolizeibehörde fällt dieser Tote in seine Zuständigkeit. Er wird dafür Sorge tragen, dass sich ein Polizist aus Branitz das ansieht.

Danach hängt ihr den Unglücksraben ab und bringt ihn dem Pfarrer. Wir versuchen, den Baum wieder aufzurichten. Bereitet Stützen vor, stabilere als die letzten, die ihn beim Sturm nicht zu halten vermochten. Dieses Mal versäumt nicht Metallanker durch die Wurzeln ins Erdreich zu schlagen! Hättet ihr das beim Setzen beachtet, wäre er wohl nicht umgerissen worden. Seile und Seegrasmatten zum Unterlegen. Sommerfeld! Sie beaufsichtigen die Arbeiten hier – wir gehen weiter«, entschied Pückler und setzte sich mit seinem Tross in Bewegung.

Doch für Branitz war die Sache noch lange nicht erledigt.

Kaum war der Fürst außer Sicht, näherten sich die ersten Neugierigen dem Baum.

Zwei Frauen mit Hauben und erdbeschmutzten Kleidern aus dunklem, derbem Stoff. Vielleicht kamen sie aus dem Küchengarten des Schlosses. Sommerfeld jedenfalls kannte sie bestenfalls vom Sehen und selbst dessen war er sich nicht sicher. Erfolglos versuchte er, sie an ihre Arbeit zurückzuscheuchen.

»Ach, herrje! Der arme Junge!«, jammerte die eine der beiden.

»So jung! Was für eine Tragödie für seine Familie«, setzte die andere hinzu, von der Sommerfeld zu wissen glaubte, dass sie Susanne hieß.

»Das kannst du doch gar nicht wissen!«, fuhr der Obergärtner die Frauen an, die erschrocken auseinanderstoben. »Vielleicht war er ein Nichtsnutz! Ein

Taugenichts! Ein Dieb oder Wegelagerer!«, schrie er ihnen hinterher, als sie mit wehenden Röcken davonliefen.

Als er sich umdrehte, um zu sehen, wo denn Lukas mit der Schubkarre bliebe, traute er seinen Augen kaum: Ein Dutzend Leute kam herbeigeeilt, um den toten Jungen zu sehen. Empörend!, dachte er, einfach empörend!

# 3

»Aber ja! Wir haben ihn gefunden! Einen toten Jungen!«

»Du lügst mir hier was vor, um dein Zuspätkommen zu entschuldigen!«, wetterte der Bäckermeister. »Wie soll denn ein toter Bursche zwischen Baumwurzeln geraten?«

»Das haben sich sicher alle gefragt.«

»Und – wie lautet die Antwort?«, fragte der Meister süffisant. »Bestimmt weißt du es nicht!« Schwungvoll rammte der dicke Mann seinen Ellbogen in die Lende des Knaben, der beim Erzählen aufgehört hatte, den Teig zu kneten. Wilhelm stöhnte auf.

»Stell dich nicht so an. Einen kleinen Knuff wirst du schon vertragen. Also?«

»Solange ich die Stimmen noch hören konnte, hatten sie keine Lösung des Rätsels gefunden. Der Fürst hat angeordnet, den Polizisten zu verständigen und den Jungen dann abzuhängen. Man sollte ihn zum Pfarrer bringen.«

»Zum Pfarrer. So so. Zum Reden brauchst du deine Hände nicht! Mach mit dem Kneten weiter! Das ist noch keine glatte Masse.«

»Der Fürst hat festgestellt, der Junge sei ermordet worden. Kein Unfall!«, berichtete der Lehrling weiter und zwang sich, den Teigklumpen weiter zu bearbeiten. »Ich habe den Fürsten noch nie von so nah gesehen.

In der Kutsche ist er mal an mir vorbeigefahren. Aber so, noch nie«, murmelte der Junge fast ehrfürchtig. »Er sieht seltsam fremdartig und faszinierend aus.«

»Kein Unfall? Hm. Und du bist sicher, dass du ihn nicht kennst?«

»Was soll ich sagen? Sein Gesicht, nun ja, es war nicht mehr vollständig. Da ist es schwer, jemanden zu erkennen. Tot war er, das haben wir gleich gesehen.«

»Aber du glaubst«, Meister Julius dehnte das Wort deutlich, »du bist ihm nie zuvor begegnet?«

Wilhelm nickte.

»Ich kenne niemanden mit rotem Haar.«

»Wer hat rote Haare?«, durchschnitt die Stimme von Anna, der Bäckersfrau, unangenehm die friedliche Atmosphäre der Backstube. »Wer?«

»Der tote Junge aus dem Schlosspark«, erklärte der Meister unbehaglich.

»Ein Kind des Teufels! Hier bei uns?«, kreischte Anna entgeistert und verschwand schneller, als sie aufgetaucht war.

»Jetzt läuft sie rüber zum Schneider«, murrte ihr Mann. »Statt Brot zu verkaufen, muss sie dessen Frau Ulrike nun vom Teufelsbraten erzählen. Du wirst sehen, es dauert keine zwei Stunden und jeder hier in Branitz weiß Bescheid.« Die Worte des Bäckers bezeugten seine Lebenserfahrung. Doch diesmal hatte er sich getäuscht. Es dauerte keine Stunde, bis die Nachricht sich verbreitet, jedes Haus erreicht und sich wie ein Lauffeuer auf den Weg nach Cottbus gemacht hatte.

# 4

Der herbeigeeilte Dorfpolizist, Siegfried Hausmann, warf einen langen, sehr nachdenklichen Blick auf den weißen Körper des Getöteten.

»Erdrosselt. Kein Zweifel.« Er hielt Abstand zu Baum und aufgerissenem Pflanzloch, ruckelte immer wieder sein Koppel zurecht, verschränkte danach die Hände erneut auf dem Rücken und ging geschäftig auf und ab. Klein und dick, wie er war, wirkte das auf die Umstehenden nicht überzeugend.

»Und rote Haare hat er! Eher untypisch für unsere Gegend!« Hausmann spürte die Blicke der Neugierigen in seinem Rücken und beschloss nun doch, sich dem Leichnam zu nähern, um nicht feige zu wirken. Mit spitzen Fingern zog er das Hemd des Jungen etwas auseinander. »Da sind noch mehr Verletzungen! Blaue Male. Als habe er sich heftig geprügelt.«

»Meine Jungs sind auch ständig in irgendwelche Händel verstrickt. Ich glaube nicht, dass man dem zu viel Bedeutung beimessen sollte«, erklärte der neugierig herbeigelaufene Kutscher mit amüsiertem Spott. »Meist geht es um Weibergeschichten!«

Die Versammelten kicherten leise.

Wandten sich dabei ab von dem grauenvollen und dennoch elektrisierenden Anblick, als könne ihr Gelächter den Toten erzürnen.

»Nun, dieser Schal könnte durchaus einer wohlhabenden Frau gehört haben«, versuchte Hausmann, seine Wichtigkeit zu behaupten.

»Was sagst du da? Eine Frau hat ihn getötet? Eine Frau? Bei meinem Seelenheil, wie entsetzlich!«, kreischte eine der jungen Zofen und sank in die starken Arme der Köchin.

Hermann Fürst von Pückler hatte in der Zwischenzeit die Inspektion des Geländes fortgesetzt. Wenn er sich bis zu diesem Moment noch eine gewisse Hoffnung bewahren konnte, die Schäden könnten sich in Grenzen halten, sah er nun ein, dass viel zusätzliche Arbeit nötig wurde, um Bäume zu stützen und angebrochene Äste zu schienen oder zu entfernen. Andere mussten eingesammelt werden, einige, wie zum Beispiel der zwei Männeroberschenkel dicke, der als unüberwindliche Barriere die Zufahrt zum Schloss blockierte, mussten an Ort und Stelle zersägt und abtransportiert werden. Ihre Arbeit wurde ein ganzes Stück zurückgeworfen.

Verzögerungen wollte der Fürst nicht hinnehmen.

Er hatte keine Lebenszeit mehr zu verschenken!

Von Ferne sahen sie über die Wiese hinweg, wie sich die Gruppe um Hausmann stetig vergrößerte.

Stimmengewirr drang bis zu ihnen hinüber. Christian Sommerfeld, der sich nach dem Eintreffen des Polizisten einer Gruppe von Gärtnern angeschlossen hatte, musterte die Versammlung besorgt.

»Die Menschen sind aufgeregt«, stellte er überflüssigerweise fest.

»Das sind sie die meiste Zeit ihres Lebens!«, gab Pückler unwirsch zurück. »Hauptsache, die Unruhe behindert nicht die Arbeit im Park.«

»Wenn Sie nicht möchten, dass die Branitzer noch widerständiger werden als bisher, wäre es vielleicht eine gute Idee, ein Zeichen zu setzen«, riet der Obergärtner.

»Wie sollte das wohl aussehen? Die Polizei wird sich des Falles annehmen. Es ist Zufall oder Unglück, dass dieses Kind im Schlosspark gefunden wurde. Mit uns hat dieses Verbrechen nichts zu tun«, widersprach der Fürst und wusste doch, wie recht Sommerfeld hatte. »Die Unruhe wird bleiben. Ein toter Junge ist nun mal nicht wegzudiskutieren.«

»Das stimmt natürlich. Aber es könnte die Leute beruhigen, wenn Sie Ihren Arzt bitten würden, sich den Leichnam genauer anzusehen. Ganz nebenbei signalisieren Sie Ihren guten Willen, an der Aufklärung mitzuwirken.«

»Der Junge ist nicht mehr zu retten, so viel ist gewiss. Dennoch ist die Idee nicht schlecht. Ich werde ihn bitten, sich den toten Burschen genauer anzusehen«, stimmte der Fürst unfreundlich zu. »Schon um auszuschließen, dass er irgendeine ansteckende Seuche in sich trug. Am Ende bringt er Typhus über Branitz.«

Sommerfeld verneigte sich leicht.

Hermann von Pückler hielt das Thema damit für erschöpfend besprochen und beendet. Sein besorgter Blick richtete sich gen Himmel. Neue, finstere Wolken schoben sich über Westen heran.

»Die Gärtner sollen sich sputen. Alle gelockerten Bäume müssen gefunden und gekennzeichnet werden. Nach Möglichkeit müssen sofort Maßnahmen zur Stabilisierung eingeleitet werden. In diesen Wolken ist noch deutlich mehr Sturm verborgen!«

Noch am selben Vormittag entkleidete Dr. Priest, ein Arzt, der für seine eigenwillige Forschung an leblosen Objekten berühmt und berüchtigt war, den unter so eigenartigen Umständen gefundenen Leichnam und unterzog ihn einer gründlichen Untersuchung. Deren Ergebnis war für alle Anwesenden schockierend.

»Es handelt sich um einen unterernährten Knaben im Alter von 14-16 Jahren. Frische und ältere Narben belegen, dass er zu Lebzeiten des Öfteren mit einer Peitsche gezüchtigt wurde. Was entweder auf seinen eigenen schlechten oder zumindest schwierigen Charakter schließen lässt oder auf eine unbändige Freude an körperlicher Bestrafung von Seiten des Erziehers«, hielt der Arzt fest. »Der Körper ist übersät mit Bisswunden. An delikaten Stellen zeigen sich erhebliche Verletzungen. Handgelenke und Fußknöchel weisen Spuren von energischer Fesselung auf.«

»Gestorben ist er aber durch Erdrosseln?«, versicherte sich Hausmann, der bei dieser Aufzählung immer nervöser geworden war.

»Ja. Eindeutig. Hier am Hals findet sich eine tiefe Furche. Das ist die Spur, die eine Drossel hinterlässt. In diesem Fall ist es mir gelungen, Fasern zu entdecken. Der Farbe und Konsistenz nach zu urteilen, han-

delt es sich um Sisal oder eine vergleichbare Pflanze.«
Der schlanke Arzt sah Hausmann direkt in die Augen. Der Polizist fühlte sich versucht, die Lider zu schließen, um diesen kalten, grauen Blick auszusperren, widerstand diesem Impuls jedoch im letzten Moment. Dr. Priest trat näher an ihn heran und setzte fort: »Wenn Sie sich beeilen, finden Sie womöglich die Fesseln auf dem Grund des Pflanzlochs! Sie sollten keine Sekunde mehr verstreichen lassen!«

Das tat Hausmann auch nicht.

So schnell er sein Gewicht bewegen konnte, rannte er durch den atemraubenden Sturm zum Fundort zurück. Keinen Augenblick zu früh. Die Gärtner waren gerade im Begriff, den umgestürzten Baumriesen mittels einer speziellen Vorrichtung wieder in die Senkrechte zu ziehen.

»Halt!«, brüllte er gegen das Windheulen an. »Sofort aufhören! Halt!«

Die Gärtner hörten ihn nicht. Oder taten zumindest so.

Als er endlich, nach Luft ringend, schwitzend und rotgesichtig, bei ihnen ankam, fehlte ihm die Kraft zum Rufen. Also gestikulierte er wild, ruderte mit den Armen und gewann schließlich ihre Aufmerksamkeit.

Kaspar zog den Gärtner neben sich an der Jacke und wies auf Hausmann.

Ärgerlich grunzend, übergab der Mann sein Seil an den Nachbarn und ging hinüber.

»Und?«, fragte er und reckte dabei kampfeslustig den Kopf in den Nacken. Er würde seine Arbeit hier nicht sinnlos unterbrechen, hieß das wohl, und er hoffe, der Polizist habe gute Gründe für die Störung.

Siegfried Hausmann blieb unbeeindruckt.

Er griff nach Spaten und Rechen, die auf der Wiese lagen, sprang wenig behände in das flache Loch und begann mit der Suche.

»Dass jetzt bloß keiner loslässt!«, drohte er mit dem Zeigefinger über den Rand.

Zornbebend sahen die Gärtner ihm zu.

Zum Glück dauerte es weniger als eine halbe Stunde und Hausmann kletterte ungelenk wieder auf die Wiese zurück. In der Hand hielt er triumphierend mehrere Stücke Sisaltau. Hellbraun und blutverschmiert.

»Danke!«, rief der Ortspolizist den Männern zu und ging nachdenklich seiner Wege. »All das erklärt nicht, wie die Leiche in den Wurzelballen gelangen konnte. So verwoben, dass man einzelne kappen musste, um den Toten herauszulösen«, murmelte er vor sich hin, strich gedankenverloren über seinen imposanten Bauch, merkte nicht, dass er dabei seine Uniform mit Erde beschmutzte. »Ob der Wind einen Körper herbeiwehen und tief in die Wurzeln zwingen kann? Immerhin hat der Arzt festgestellt, der Knabe sei unterernährt gewesen. Also besonders leicht.«

Das Unwetter hatte mit gewaltiger Kraft gewütet, nicht nur im Schlosspark, auch im Ort waren Schäden zu beklagen. Hausmann erinnerte sich, gehört zu haben, in solch einem Sturm sei es schon einmal dazu gekommen, dass Schweine und Kühe erfasst und weggeweht worden waren. Es war gar nicht lange her, dass er beobachten konnte, wie gestandene Männer von einer heftigen Böe zu Boden geworfen wurden, andere mussten sich an Bäume klammern. Da war es doch sicher kein Problem, ein Kind mit sich fortzureißen!

Voller Tatendrang schob er seinen rechten Daumen ins Koppel.

Jetzt würde er erst mal herausfinden, wohin der Knabe gehörte!

## 5

Anna, die Frau des Bäckers, berichtete mit hochroten Wangen, was sie im Park über den Toten in Erfahrung bringen konnte.

»Bisse! Der ganze Körper übersät davon!«, keuchte sie aufgeregt und verzog dabei angewidert das Gesicht.

Die Narbe, die quer über ihre Wange und nur knapp am Auge vorbei verlief, glänzte dunkelrot, leuchtete förmlich. »Sie sagen, der Junge wurde totgebissen und zerfleischt! Und«, sie dämpfte ihre Stimme und beugte sich zu ihrem Mann hinüber, »sein Gemächt wurde abgebissen! Wenn das nicht eindeutig genug ist!«

Meister Julius verdrehte die Augen.

Bemühte sich um Nachsicht. Seit das Pferd seiner Frau ins Gesicht getreten hatte, war sie nicht mehr wie früher.

»Überall siehst du Gespenster!«, beschwerte er sich. »Glaub mir, am Ende ist es ein Junge aus Cottbus, der mit jemandem in Streit geraten ist. Möglich, dass er beim Stehlen erwischt wurde.«

»Und totgebissen?« Annas Stimme überschlug sich.

»Ach, Anna! Das ist nur Gerede! Jemand wollte sich wichtigmachen. Der Fürst hat gesagt, der Fremde wurde erdrosselt. Und der kennt sich mit solchen Dingen besser aus als unsereiner!«

»Nein, nein, Julius! Er hat feuerrote Haare! Er ist des Teufels und in der gestrigen Nacht traf er im Sturm auf seinen höllischen Meister. Mag sein, Satan selbst stürzte den Baum um und entstieg genau an dieser Stelle dem Reich der Finsternis! Der Rothaarige forderte ihn heraus! Natürlich war Satan, als Ausgeburt des Bösen schlechthin, dem Knaben an Kraft und Kampfesfähigkeit überlegen. Blitz und Donner erfüllten die Luft. Das ist das Zeichen!«, wisperte sie ängstlich.

Der Bäcker musterte seine Frau besorgt.

Breitete seine Arme aus und umfasste die knabenhafte Gestalt seiner Anna, drückte sie an seine bemehlte Schürze.

Auch wenn sie in letzter Zeit launisch und unzufrieden wirkte, gab es für ihn keinen Grund zur Klage. Sie versah ihre Arbeiten im Haushalt zuverlässig und ihre mangelnde Schönheit sorgte dafür, dass, selbst wenn sie nach einem anderen schielte, dieser niemals zurückgezwinkert hätte. Ihre eheliche Treue stand außer Zweifel. Und so wie damals, als er um sie gefreit hatte, sah er auch nicht mehr aus. In Gedanken räumte er ein, dass frühes Aufstehen und gutes Essen auch an ihm unübersehbare Spuren hinterlassen hatten. Falten im Gesicht und einen Bauch wie ein Fass.

Anna hatte einfach Pech im Leben gehabt.

Der Tritt des alten Gauls in ihr Gesicht, der ihre Züge nun schief aussehen ließ, war nur das vorläufige Ende einer langen Serie von Unfällen. Schon im Alter von wenigen Wochen war sie zum Opfer einer Attacke des Hofhundes geworden. Ein Stück der

Nase und Teile der Oberlippe zerbiss das Tier, bevor es dem Vater gelang, den Hund zu erschlagen. Niemand konnte begreifen, was dieses Verhalten ausgelöst hatte, Oskar war bis zu jenem Tag ein besonders friedlicher Hund.

Beim Melken saß sie eines Tages ungeschickt. Der Schwanz der Kuh schleuderte sie vom Schemel, der Eimer stürzte um, die Milch ging verloren und Annas Gang wurde um ein seltsames Schwanken reicher.

Die Katze, die den Hof hinter der Backstube von Mäusen freihielt, über ein sanftes Gemüt und große Langmut verfügte, schlug gelegentlich nach der Hausherrin, zerkratzte ihr Beine, Hände und sogar das Gesicht, wenn sie etwas davon erwischen konnte. Julius musste einsehen, dass Tiere Anna nicht mochten. Manchmal war er froh darüber, keine Fische im Teich bei der Wiese zu haben. Wer wusste schon, ob die nicht extra ans Ufer kröchen, um sich an Annas Haut festzusaugen oder zu verbeißen.

»Du solltest keine Vermutungen anstellen«, mahnte er jetzt vernünftig, »solange du nur Gerüchte kennst und nicht mehr als die Haarfarbe des Toten sicher weißt.«

»Aber Ulrike sieht das auch so!« Anna löste sich aus seiner Umarmung und klopfte sich den weißen Staub ab.

Ulrike war die Schönheit, die vor vielen Jahren den Schneider geheiratet hatte. Und, dachte der Bäcker nicht ohne Schadenfreude, trotz ihres engelsgleichen Äußeren war es Ulrike ebenso wenig wie seiner Anna gelungen, einen Nachfolger fürs Geschäft zu gebären. Er seufzte schwer.

»Nicht alles, was Ulrike erzählt, ist klug. Du solltest Schönheit nicht mit Schlauheit verwechseln!«

»Und was, wenn sie diesmal recht hat?«

## 6

Hildegard, zahnlos und vom Alter gebeugt, saß vor ihrer baufälligen Hütte am Waldrand und frohlockte. Eingeweihte hätten diese für Hildegard unübliche Gefühlsregung am unkontrollierten Zucken in ihrem faltigen Gesicht erkennen können, doch im Moment war niemand hier.

Wenn man von Salome absah.

»Sie werden kommen, meine Schöne!«, vertraute die Alte ihrer schneeweißen Katze an. »Bald schon. Und mein Rat wird so begehrt sein wie Sonnenschein im November. Sie werden uns verwöhnen wie nie zuvor.«

Ihr weißes, spärliches Resthaar hatte sich zu kleinen oder größeren Inseln vereint und fiel von dort bis zur Hüfte. Die milchig-grauen Augen, sonst eher stumpf, erstrahlten in neuem Glanz. Salome sprang anmutig auf die wackelige Bank und machte es sich auf Hildegards knochigem Schoß so bequem wie möglich. Die dürren Finger der Frau fuhren durch das samtweiche Fell der Katze und Salome schenkte ihr ein wohliges Schnurren.

»Oh ja. Sie werden kommen. Unsere Hilfe brauchen sie jetzt mehr denn je«, keckerte die selbsternannte Heilerin, die, strenggenommen, eher einer Hexe glich. Das hielt erfahrungsgemäß die Ratsuchenden nicht von einem Besuch ab.

Hildegard, die eigentlich Heide hieß, woran sich im Dorf niemand mehr erinnerte, genauso wenig wie an ihr tatsächliches Geburtsdatum, was nach Meinung der Alten ein Glück war, gab es doch Gerüchten neue Nahrung, wonach sie weit über hundert Jahre alt war, klatschte erfreut in die Hände.

»Eine Seife werden wir kochen, eine Salbe ansetzen. Oh, Salome, ich glaube, mit der Seife beginnen wir am besten noch heute Nacht! Lass uns mal überlegen: Rosmarin ist da, Thymian auch, einige getrocknete Rosenblätter müssen noch in der Schublade liegen. Wohlriechend sollte sie schon sein, nicht wahr? Allerdings nicht zu süßlich – wenn man den Zweck bedenkt. Der Seife sollte ruhig auch ein fauliger Geruch anhaften. Ach, ich bin ja so neugierig, wer zuerst kommen wird! Lavendelblüten wären nicht schlecht, was denkst du? Wir haben noch ein paar Sträußchen, die verwenden wir sparsam. Und den fauligen Geruch? Lass uns mal überlegen ...«

Salome gab sich den Anschein tiefen Grübelns und nutzte die entstandene Pause zu ausgiebiger Fellpflege.

»Oh, Salome! Endlich ist das Böse wieder zurück in unserer Gegend. Ein rothaariges totes Kind hat es geschickt. Das Ende der Langeweile ist in Sicht. Apropos rothaarig! Wir nehmen ein totes Eichhörnchen, mein Schatz! Du wirst es fangen, nicht wahr? Wie wunderbar das passt!«

Auch der Schlachter und Metzger Balthasar Bode war zufrieden.

Wieder zufrieden, nachdem er seinen ersten Schock überwunden hatte, als man ihm von dem schrecklichen Fund im Schlosspark berichtete.

Der erste Gedanke, der ihn durchzuckte, war: das kann doch nicht sein, nach all der Mühe, die ich mir gegeben habe!, doch das erzählte er besser niemandem. Zum Glück galt er allgemein als besonders mitfühlende Seele, und die Anwesenden werteten sein jähes Erbleichen als Empathie. Es gelang ihm, das starke Zittern seiner Hände zu verbergen, indem er mit den Kunden diskutierte und die Arme in Bewegung hielt. Erst als nach und nach immer mehr Informationen die Stadt erreichten, entspannte er sich etwas.

Ein Knabe! Rothaarig zudem! Kein Grund mehr zur Sorge.

Eigentlich.

Dennoch blieb Bode eine gewisse Grundnervosität über den gesamten Tag erhalten, was auch einigen seiner Kunden nicht verborgen blieb. Sie waren es schließlich nicht von ihm gewohnt, falsche Lieferungen zu erhalten. So wunderte sich die wohlhabende alte Frau Kaus über ein Päckchen mit vier Kilo Rinderbraten, wo sie doch eine solche Menge Fleisch bestenfalls übers Jahr verzehren konnte.

# 1

»Im Ort herrscht grosses Unbehagen. Es kursieren die wildesten Gerüchte. Ausgerechnet jetzt können wir so etwas gar nicht gebrauchen. Schließlich sind für die kommenden zwei Wochen noch Transporte geplant. Ich hoffe, das ganze Theater hat ein Ende bis dahin!«, erklärte Christian Sommerfeld, doch seine Frau konnte hören, wie skeptisch er war.

»Du musst das verstehen, Christian. Die Menschen haben einen gehörigen Schrecken bekommen.« Die resolute Frau, Köchin im Pückler'schen Schloss, griff nach dem Gemüsekorb und begann, die Möhren zu putzen. »Und spannend ist es außerdem – niemand scheint den Jungen zu kennen.«

»Ist ja alles richtig«, räumte ihr Mann grantig ein. »Ich begreife nur nicht, warum sofort die Angst um sich greift, es könnten noch mehr Tote auftauchen. Dieses ganze Gerede über Nachzehrer und wandelnde Tote, nein, wirklich! Plötzlich will jeder schon einmal davon gehört haben! Und, ganz ehrlich gesagt, mich interessiert der Name des Toten weniger als die Frage, wie er in den Park gelangen konnte. Unter einen Baum! Ohne dass wir Gärtner etwas davon bemerken!«, schimpfte Sommerfeld und kratzte sich so intensiv am Kopf, als glaubte er, das könne bei der Suche nach der Lösung des Problems hilfreich sein.

»Ich habe gehört«, mischte sich Martha, eines der

Küchenmädchen, ein, »Hausmann habe gesagt, er halte es für durchaus möglich, dass der Wind den Körper in die Wurzeln geweht hat.«

»So, tut er das!«, kicherte Sommerfeld. »Dann hat der Wind freundlicherweise gleich Erde an seine Kleidung geklebt und Maden an seinen Körper und in sein Gesicht geblasen. Sehr umsichtig auch, ihn so richtig tief in die Wurzeln zu stopfen! Interessant.«

»Gut, du willst den Namen nicht wissen und ich nicht, wie er in den Park kam«, schaltete sich Käthe Sommerfeld wieder ein. »Mich beschäftigt eher die Frage, warum er auf diese Weise sterben musste. Er war doch noch ein Kind!«

»Ha!« Der Gärtner schlug so unerwartet und laut mit der flachen Hand auf den Tisch, dass Martha sich mit dem Gemüsemesser prompt in die Kuppe des Zeigefingers schnitt. Rasch schob sie ihn in den Mund, um die Blutung zu stillen. »Grund!«, polterte Sommerfeld weiter. »Da gibt es zig, die ich dir nennen könnte. Ein Streit mit einem anderen um ein Mädchen zum Beispiel. Oder er hat seinen Lehrherren beraubt und der stellt ihn zur Rede, der Knabe rückt das Diebesgut nicht raus und so passiert es schließlich.«

»Aber Christian, das kann nicht sein. Dann hätte ihn ja jemand erkennen müssen!«, erwiderte Käthe mit leisem Tadel. »Ein überraschend ausgebrochener Streit scheidet ebenfalls aus. Der Arzt hat selbst festgestellt, dass der Junge gefesselt war. Außerdem hat Hausmann die Stricke sogar im Loch gefunden. Voller Blut, sagt Marie.«

»Marie! Die wird sich wieder was zusammengesponnen haben, du weißt doch, sie hat oft nicht all ihre Sinne beisammen, redet gern wirres Zeug. Bloß gut, dass ihr Bruder Kaspar nicht auch so ist! Der stellt sich ganz geschickt an.«

»Kaspar muss etwa im selben Alter sein wie der Tote. Wie traurig, so jung sterben zu müssen! Hausmann meint, aus der Tatsache, dass er gefesselt war, könne man mit Sicherheit schließen, dass er mit voller Absicht ermordet wurde. Hu! Wenn ich mir das vorstelle, da konnte der Ärmste sich womöglich gar nicht wehren!« Ein durchaus nicht unangenehmer Schauer überlief ihren Körper und kribbelte über ihren Nacken, bevor er unter dem dicken Haarknoten verschwand.

»Stell dir das lieber nicht vor! Du kannst sonst wieder die ganze Nacht nicht schlafen!«, mahnte ihr Gatte fürsorglich. Er stand ächzend auf und strich Käthe liebevoll über den breiten Rücken.

»Ich werde noch mal ins Dorf gehen. Mal hören, was so geredet wird!«, murmelte er und gab ihr einen Kuss.

»Trink nicht zu viel!«, ermahnte Käthe ihren Mann, wackelte mit drohend erhobenem Zeigefinger vor seiner Nase und zwinkerte ihm amüsiert zu. Dafür erntete sie einen kräftigen Klaps auf ihr Hinterteil.

Martha, die gerade versuchte, ihren Finger mit einem Baumwollstreifen zu verbinden, kicherte verhalten.

Fürst Hermann von Pückler-Muskau war zu dieser Zeit mit seiner Abendgarderobe beschäftigt.

Er liebte es ein wenig dandyhaft und auffällig. Das

momentane Ergebnis, welches er im Spiegel von allen Seiten begutachtete, stellte ihn noch nicht zufrieden.

Wilhelm Heinrich Masser, genannt Billy, sah das sofort.

»Wie wäre es mit einem anderen Binder?«, fragte er deshalb. »Vielleicht statt Elfenbein eher ein Grünton?« Er reichte dem Fürsten einen anderen Schal, den er geschickt aus der Schublade fischte.

»Grün?« Pückler warf sich den Stoff nachlässig über die Schulter und testete die Wirkung erneut im Spiegel. »Meinst du?«

Er legte das elfenbeinfarbene Tuch zur Seite. »Irgendwelche Neuigkeiten?«, erkundigte er sich dann.

»Nun, solange niemand den Namen des Toten kennt oder erklären kann, wie er in die Wurzeln geraten konnte, ist es eine hohe Zeit für Gerede über Zauberei und magische Kräfte.«

*»Gegen Feinde zu kämpfen, hat immer noch etwas Erhebendes, aber gegen Dummheit sich wehren zu müssen, ist trostlos!* Abergläubischer Unfug! Sinnloses Geschwätz!«

»Sicher. Aber das macht es nicht weniger gefährlich. Wichtig ist im Grunde doch nur, dass es Leute gibt, die tatsächlich daran glauben«, antwortete Masser, der Geheimsekretär des Fürsten.

»Du meinst, weil sie alles, was wir dagegenhalten – und sei es noch so wissenschaftlich fundiert –, nur für eine neue, andere Art von Aberglauben halten?« Der Fürst signalisierte, er habe sich noch nicht endgültig für Grün entschieden.

»Nun ja. Ihren eigenen Irrglauben sind sie gewohnt.

Er wird seit Gedenken in den Familien und Gemeinschaften weitergegeben, gehört zu ihrer Vergangenheit und Gegenwart. Sie wollen ihn nicht gegen einen anderen tauschen. Soll ich Ihnen einen schwarzen Schal herausgeben?«

»All die Aufregung wegen des Toten in meinem Park.« Der Fürst lachte unfroh auf. »Ich persönlich gehe davon aus, dass diese Leiche dort mit einer klaren Absicht platziert wurde. Von jemandem, der genau dieses Getuschel im Dorf und die Angst vor den Mächten des Bösen erreichen wollte. Von jemandem, der nur ein Ziel hat: Meine Pläne für den Park zu durchkreuzen! Aber darum kümmere ich mich später. Es gilt zu meinem Bedauern noch immer: *Man stelle einen einzelnen Dummkopf, wohin man wolle – er bleibt unbedeutend. Drei Dummköpfe aber, in ein Kollegium vereinigt, sind schon eine sehr imposante Macht, umso mehr, da ihnen ein gescheiter und böswilliger Souffleur niemals fehlen wird.* Und wer souffliert dort in Branitz? Nun, soll doch dieser – wie heißt er – Hausmann? – erst einmal selbst ermitteln.«

»Ich weiß, Ihr Widersacher ist schwierig, manchmal auch außerordentlich geschickt in seinem Bestreben, Ihnen Knüppel in den Weg zu legen. Aber Mord? Das ist etwas anderes, als Dörfler aufzuwiegeln. Außerdem war der Leichnam versteckt – niemand konnte ahnen, dass der Baum dieses Geheimnis aus dem Boden reißen würde. Wenn er es gewesen wäre, hätte er doch gewollt, dass man das Kind auf jeden Fall entdeckt. Und wäre es wirklich Bauernart, einen Toten auf diese Weise zu verbergen?«

»Warten wir die Nachforschungen ab. Vielleicht beruhigt sich die Lage bald und wir können wie geplant weiterarbeiten. Gerüchte brauchen einen fruchtbaren Boden, wenn der verdorrt, kehrt Ruhe ein.«

Der Vertraute war skeptisch. »Dies scheint mir das Ereignis zu sein, auf das Branitz gewartet hat. Ein ungelöstes, spannendes Rätsel, das auch noch mit dem Schloss zu tun hat.«

»Ja, das ist wahr. Der Fund des unbekannten Knaben befriedigt das Bedürfnis der Menschen nach Sensation.«

Pückler ließ sich das grüne Tuch binden, warf einen letzten Blick auf sein Ebenbild und meinte abschließend: »Wie auch immer sich die Sache entwickelt. Morgen wissen wir sicher mehr!«

Damit sollte er zweifellos recht behalten.

*Bester Freund,*

*Sie kennen mich nun seit Jahrzehnten und stimmen mir gewiss zu, wenn ich behaupte, ich sei in den vergangenen Jahren ruhiger und weniger erregbar geworden. Doch heute ist etwas so Unglaubliches geschehen, dass mein Blut in Wallung versetzt und ich selbst vollständig aus der Ruhe gebracht wurde. Selbst jetzt, wo das Morgengrauen nur noch wenige Stunden entfernt ist, toben noch Ärger und Empörung heiß durch meinen Körper.*

*Der verheerende Sturm der letzten Nacht hat bedauerlicherweise einigen Schaden angerichtet, er hat auch einen der Solitärbäume entwurzelt und kom-*

*plett zur Seite gelegt. Wir werden einige Äste kürzen müssen, manche gar ganz ausschneiden. Hoffentlich nimmt dadurch die Gesamtkonzeption nicht nachhaltig Schaden. Ich höre förmlich Ihre Stimme, die mit dem Ihnen eigenen Optimismus verkündet, die Natur werde es schon richten.*

*Doch alles wird sie nicht heilen können:*

*Stellen Sie sich nur meinen Schrecken vor, als im Wurzelstock eines der Bäume, der sich nicht im Erdreich halten konnte, der Körper eines toten Knaben entdeckt wurde! Obschon es an seinem Tod keinen vernünftigen Zweifel geben kann, ich selbst auch unschwer feststellen konnte, dass der Junge erdrosselt worden war, schickte ich nach Dr. Priest, sorgte ebenfalls dafür, dass man Siegfried Hausmann verständigte. Dieser Polizist kam auch sogleich und machte sich wichtig, setzte peinliche Gerüchte in die Welt, die ich hier nicht weitergeben möchte.*

*Dr. Priest – an jenen seltsamen und geheimnisvollen Mann der Wissenschaft werden Sie sich sicher noch entsinnen – untersuchte nach seiner Ankunft in Branitz den Körper des Toten mit größter Sorgfalt und Gründlichkeit. Hausmann durfte ihm dabei über die Schulter sehen. Aber ganz offensichtlich verstand er nur wenig von dem, was der Arzt herausfand. Doch ist nun mehr als klar, dass der Ärmste getötet wurde. Zuvor hatte man ihn an Armen und Beinen gefesselt. Zu diesem Behufe benutzte der Mörder ein Sisaltau, ganz ähnlich denen, die wir im Park benutzen, um die Bäume in den Haltegerüsten zu fixieren.*

*Diese unerquickliche Angelegenheit sorgte für viel Unruhe unter den Angestellten und den Menschen im Ort. Besonders, als die Erkenntnis die Runde machte, dass der Körper von Bisswunden und Hämatomen übersät war, wie Dr. Priest es unprätentiös ausdrückte. Nun, Sie wissen, wie leicht man die Branitzer erschrecken kann. So ist zum Beispiel für einige die Tatsache von höchster Bedeutung, dass der unbekannte Junge rote Haare hatte!*

*Stellt sich für mich die Frage, wie der Körper dort unter den Baum gelangen konnte.*

*Möglich, dass der eine, der schon von jeher versucht, die Menschen gegen den Park aufzuhetzen, seine Finger im Spiel hatte, um die Branitzer endgültig gegen mich einzunehmen. Das wird sich alles erweisen.*

*Zum Glück hat der Sturm die Arbeiten an der Fertigstellung des Parks nicht entscheidend zurückgeworfen. Wir kommen gut voran und langsam nimmt alles Formen an. Leider muss ich Ihnen jedoch mitteilen, dass die Vergrößerung des Tumulussees ins Stocken geraten ist. Nun, nachdem so vieles bewegt wurde. Aber einmal damit angefangen, muss ich schon dabei aushalten, auch bleibt dieses Schaffen immer der beste und nachhaltigste Lebensgenuss, wenn auch im Schweiße seines Angesichts unter vielfachen höchst störenden Unannehmlichkeiten, besonders hier, wo Natur, Menschen und alle Materialien zum Schaffen so unvollkommen und sparsam zu finden sind. Desto größer vielleicht der Verdienst. Man muss guten Herzens seine Verhältnisse akzeptieren, wenn man sie nicht ändern kann. So ist und bleibt es ein Glücksfall, dass das König-*

*liche Central-Gefängnis meine Arbeit durch die Kraft der Strafgefangenen unterstützt. Das enthebt mich der Notwendigkeit, zusätzlichen Wohnraum schaffen zu müssen, für freie Arbeitskräfte, die nämliche Leistung verrichten könnten. Ich hätte das Dreifache an Lohnmitteln aufwenden müssen! So entrichte ich täglich für jeden Sträfling fünf und jeden Aufseher sieben Silbergroschen an die Strafanstalt und sorge für kräftigende Mittagskost. Gelegentlich allerdings gelingt dem einen oder anderen die Flucht, was für erhebliche Aufregung unter den anderen Sträflingen, ihren Aufsehern, aber auch meinen Gärtnern und den Bewohnern von Branitz sorgt. Doch meist fliehen diese Männer zu ihren Familien zurück, wo sie gegen Abend von der Polizei erneut aufgegriffen werden.*

*Vielleicht werde ich in diesem Jahr meinen Geburtstag in Berlin feiern.*
    *Billy Masser hält es für einen guten Gedanken, Branitz eine Weile hinter mir zu lassen.*

*Mit besten Grüßen*
    *Hermann Fürst von Pückler-Muskau*

# 8

MEISTER JULIUS STAND, wie gewöhnlich um diese frühe Stunde, in seiner Backstube, die Arme bis zu den beeindruckenden Bizepsen in weißes Mehl getaucht und bearbeitete kraftvoll den Teig, aus dem er die Brotlaibe backen würde, die später ausgeliefert werden sollten.

Wilhelm, fiel ihm auf, war heute ganz besonders schweigsam. Der Bäckermeister gab dem grausigen Fund vom Vortag die Schuld daran. Sicher hatte sein Lehrling die ganze Nacht kein Auge zugetan. Er wusste, der Junge würde ihm schon erzählen, was ihm auf der Seele lag. Also übte Julius sich in Geduld, obwohl die Sprachlosigkeit zwischen ihnen dicker war als süßer Brei, und hoffte inständig, es möge nicht wieder etwas mit Wilhelms Vater zu tun haben. Fritz, Organist in Cottbus und Julius' Cousin, übertrieb es manchmal mit seinen Bemühungen, seinen Sohn auf den Pfad der Tugend zu geleiten. Die Kinder mussten nicht selten drakonische Strafen über sich ergehen lassen. Des Öfteren schon war Wilhelm mit blutigen Striemen zur Arbeit gekommen, die in der Hitze der Backstube noch stärker schmerzten als zuvor.

»Das Schloss hat für heute drei Torten bestellt, Wilhelm. Du könntest schon mal den Teig vorbereiten. Zweimal Mürbeteig, einen Biskuitboden.«

Der Junge nickte und machte sich an die Arbeit.

Als sie weitere zwei Stunden ohne ein Wort nebeneinander geknetet, geformt und gerührt hatten, fragte Wilhelm so unvermittelt, dass der Bäcker aufschreckte: »Wenn man lügt, kommt man dafür ins Gefängnis?«

Meister Julius überlegte einen Moment, dann schüttelte er den Kopf.

»Aber nein, Wilhelm. Die meisten Menschen sagen nicht immerzu die Wahrheit. Oder wenigstens nicht stets die ganze. Nur wenn du die Polizei belügst, kannst du bestraft werden. Aber dann muss es sich schon um eine ganz besonders schlimme Lüge handeln.«

Wilhelm schlug Eier auf, trennte sorgfältig Eiweiß von Dotter.

»Manchmal weiß man nicht, ob eine Lüge schlimm ist. Es stellt sich vielleicht erst später als wichtig heraus, oder es ist noch jemand anderer betroffen, den man nicht verwickeln will.«

»Wilhelm! Du solltest aufhören, in Rätseln zu sprechen. So kommen wir nicht zu einer Lösung deines Problems. Erzähl mir einfach genau, was passiert ist. Du wirst dann von mir einen guten Rat erhalten. Und schwatzhaft bin ich nun wirklich nicht.«

Das stimmte.

Der Meister hatte noch nie etwas nach draußen getragen, was er ihm hier in der Backstube gebeichtet oder anvertraut hatte.

Wilhelm brauchte daher auch nur noch einen Wimpernschlag Bedenkzeit.

»Dieser Junge, Meister Julius, der Tote von gestern: Den habe ich gekannt!«

»Aha«, war das Beste, was dem Bäcker auf die Schnelle zu diesem Geständnis einfiel.

»Ja! Den habe ich vor einiger Zeit im Wald getroffen. Ist schon ziemlich lange her. Bestimmt ein paar Wochen. Diese roten Haare! Daran habe ich ihn sofort erkannt. Und als dann gefragt wurde, habe ich behauptet, ihn noch nie zuvor gesehen zu haben. Das war eine Lüge! Er hat mich damals angesprochen. Wollte wissen, wie er am schnellsten zum Schloss käme. Nun, ich wies ihm den Weg! Bevor wir auseinandergingen, erzählte er noch, er sei im Park verabredet, aber er erwähnte mit keiner Silbe, mit wem. Ich habe auch nicht danach gefragt. Seine Stimme klang warm und angenehm, sein Auftreten war ganz sicher arrogant. Aber«, Wilhelms Bericht kam ins Stocken und bestürzt beobachtete der Bäcker, wie seinem Lehrling Tränen aus den Augen schossen, »ich habe ihn in den Tod geschickt, Meister Julius!«

Hildegard beobachtete das blubbernde Gebräu.

Salome lag derweil auf einer Decke in der zugigen Hütte und behielt ihre Menschin und deren Treiben im Auge. Bei dieser Frau wusste man schließlich nie, was ihr im nächsten Moment Absonderliches einfallen konnte, da war es besser, auf der Hut zu sein. Gelegentlich eine tote Maus oder, wie in diesem Fall, ein erbeutetes Eichhörnchen an sie abzutreten, mochte noch hinzunehmen sein, aber auf keinen Fall durfte das zur Regel werden. Salome streckte ihre Vorderbeine, gähnte und entblößte dabei eindrucksvoll spitze Fangzähne.

»Na, meine Schöne! Was meinst du, wer wird wohl

als Erste bei uns um Hilfe bitten?«, fragte Hildegard, vor Aufregung heiser. Sie schien von dem drohenden Getue der Weißen nicht beeindruckt. »Ulrike? Anna?«

»Der arme Junge«, läutete Sieglinde den Themenwechsel ein.

Ulrike Wimmer, die sich gerade mit einem Vorhangstoff abmühte, den sie der Kundin anbieten wollte, nickte vehement.

»Völlig zerfleischt ist er gewesen! Die Kehle zerfetzt, der Bauch aufgerissen, die Därme sollen herausgehangen haben. Es muss ein wahrhaft fürchterlicher Anblick gewesen sein. Welche Kreatur mag nur hier bei uns ihr Unwesen getrieben haben?«

»Zerfleischt?« Ulrike genoss das Wort wie ein Stück Sahnetorte. »Wie entsetzlich! So schlimm kann doch nur ein Bär einen Menschen zurichten!« Ein wohliger Schauer durchrieselte ihren gesamten Körper. »Ich habe keinen der Bauern davon reden hören. Dabei sollten sie doch wissen, dass sie uns warnen müssen! Wir haben kleine Kinder im Dorf.«

»Was soll ich sagen, das ist nun wirklich nicht dein Problem«, schoss Sieglinde einen giftigen Pfeil ab und beobachtete zufrieden, wie sich Ulrikes Miene verdüsterte. Jeder im Dorf wusste schließlich, wie sehr sich die Frau des Schneiders wünschte, endlich auch guter Hoffnung zu sein. Selbst die Schwiegermutter nutzte jeden Plausch, um darüber zu lamentieren, was für einen Missgriff ihr Sohn sich mit Ulrike geleistet habe, die den Nachfolger für die Schneiderei schuldig blieb.

Sieglinde tat, als bemerke sie die verletzte Sprachlosigkeit der anderen gar nicht, und plapperte munter weiter.

»Wölfe. Einige glauben, große Exemplare könnten dafür durchaus verantwortlich sein.«

»Wölfe verstecken ihre Opfer nicht in den Wurzeln von Bäumen. Sie fressen so viel wie möglich auf und den Rest verscharren sie eher oberflächlich«, gab Ulrike patzig zurück.

»Stimmt. Vielleicht lag der Junge schon ewig in dem Loch und die Gärtner hatten nicht tief genug gegraben, um ihn zu entdecken.«

»Aber Wölfe? Die hat hier in der Gegend schon lang keiner mehr gesehen. Ich glaube, die trauen sich nicht bis in den Ort. Nicht im Herbst. Und bis es so kalt wird, dass der Hunger sie in die Straßen treiben könnte, darf es ruhig noch lange dauern.« Jetzt hatte sie sich in Schwung geredet, freute sich insgeheim, der anderen widersprechen zu können. »Und hätten die Gärtner im Schlosspark Abdrücke von einem Wolf gefunden, wüsste ganz Branitz und Umgebung schon davon. Außerdem würde der Junge bei einer Wolfsattacke laut um Hilfe geschrien haben. Man hätte ihn gehört, wäre ihm zu Hilfe geeilt.«

Sieglinde verzog mitleidig das Gesicht. »Ach, du glaubst an das Gute im Menschen!« Dann spannte sie ihre dünnen Lippen zu einem Lächeln und meinte versöhnlich: »Vielleicht hast du ja recht. Es hat ja auch niemand das Signal des Postkutschers gehört. Früher, als Friedrich noch auf dem Bock saß, gab es schon gelegentlich eine Warnung. Er hatte sein Horn immer griffbereit. Aber«, sie senkte die Stimme zu einem unheimlichen Flüstern, »wenn es ein Wandelgänger war, gab es auch keinen Grund für ein Signal!«

Dabei beugte Sieglinde sich über den Stoff, den Ulrike auf dem Tisch ausgebreitet hatte. Dass dadurch Falten in dem Gewebe entstanden, die später mühsam mit dem Plätteisen bearbeitet werden mussten, störte sie offensichtlich nicht.

Wandelgänger! Ulrike schüttelte sich. Seit sie mit Anna befreundet war, hatte sie eine hysterische Furcht vor jedwedem Getier entwickelt. Von riesigen Wölfen, Wandelgängern oder anderen Wesen, die zwischen den Welten pendelten, wollte sie am liebsten gar nichts hören.

Sieglinde schien das zu spüren. »Vollmond war in der Sturmnacht nicht. Aber das war ja auch nicht die Nacht, in der man den Jungen getötet hat, nicht wahr?«

»Stimmt. Und ich erinnere mich, dass vor einiger Zeit jemand erzählte, er habe Friedrichs Horn gehört. Was ja nicht sein kann, denn der arme Mann ist schon seit Jahren tot. Der neue Kutscher jedenfalls hatte beteuert, seines nicht benutzt zu haben. Sein Horn klingt auch völlig anders, die beiden kann man gar nicht verwechseln.«

»Das sagst du erst jetzt!«, ereiferte sich Sieglinde und schnappte hörbar nach Luft. »Das ist doch wichtig! Friedrichs Geist wollte uns vor Unglück bewahren!«

»Ich habe nicht mehr daran gedacht«, entschuldigend

zuckte Ulrike mit den Schultern. »Bestimmt war es nur Einbildung. Geister gibt es nicht, sagt Lukas.«

Insgeheim beschloss sie aber doch, Anna so bald wie möglich zu warnen. Vielleicht war die Freundin auch besonders anfällig für Werwolfsangriffe. Schließlich hatten diese Wesen jede Menge Tierisches an sich.

Sieglinde entschied sich endlich doch für den Stoff, zu dem Ulrike ihr von Beginn an geraten hatte. Typisch!

Zum Abschied zwinkerte die Kundin der Frau des Schneiders verschwörerisch zu.

Ulrike konnte nur hoffen, dass sie ihr Gesicht wirklich so gut unter Kontrolle hatte, wie sie glaubte, und die andere ihren Ekel nicht sehen konnte. Sieglinde nahm sich dieses respektlose, plump vertrauliche Verhalten ihr gegenüber nur heraus, weil sie Erfahrungen hatte, um die Ulrike sie mit brennender Seele beneidete. Schwangerschaft, Geburt und Aufzucht. Sechs Kinder hatte sie ihrem Mann schon geschenkt. Sieglinde kostete diese biologische Überlegenheit bei jeder Gelegenheit aus, sorgte für ein erbärmliches Gefühl der Nutzlosigkeit im Innern der anderen, denen keine Nachkommen bestimmt waren.

Im letzten Jahr war einer der Knaben, die in geradezu unheimlicher Regelmäßigkeit Sieglindes Schoß entsprangen, an einer rätselhaften Krankheit verstorben. Ein kurzes, heftiges Fieber hatte von seinem Körper Besitz ergriffen, der arme Kleine schrie in seinem Wahn so laut, dass es beinahe überall in Branitz zu hören war. Niemandem war die Macht gegeben gewesen, ihn zu retten. Ulrike hatte damals gedacht, vielleicht sei eines von Hildegards Gebräuen für den Zustand des Kindes verantwortlich. Sieglindes Kinder waren aufsässig, frech und unverschämt, eine diebische Truppe, vielen Leuten ein Dorn im Auge.

Aber so etwas durfte man nicht denken. Nicht einmal von Hildegard, von der die Kunde ging, für besonders gute Bezahlung sei sie zu allem bereit.

Kaum hatte Sieglinde den kleinen Laden verlassen, huschte Ulrike schon über die Gasse in die Bäckerei.

»Nein, das ist unmöglich!«, beschied der Hausdiener einem lästigen Kerl, kaum größer als ein Zwerg, der mit an Unverschämtheit grenzender Entschiedenheit Einlass verlangte.

»Nein?«, fragte der Kleine nun süffisant und seine grauen Augen verengten sich, blitzten giftig. »Hier ist meine Karte! Ich verlange, unverzüglich vorgelassen zu werden!«

Der Bedienstete drehte unschlüssig die Visitenkarte zwischen seinen Fingern.

»Sie sind nicht in der Position, mir diese Forderung abzuschlagen!«, regte der Fremde sich auf und strich mit einer affektierten Bewegung eine Strähne seines schütteren dunklen Haares zurück.

Der Diener zog übertrieben langsam eine seiner buschigen Augenbrauen hoch, hob die Karte näher an die Augen und erweckte den Anschein, die klaren Lettern nur mühsam entziffern zu können.

»Tja. Das ändert nichts«, sagte er dann ruhig.

Der Fremde, im dunklen Anzug mit grün schillerndem Wams und rotem Tuch um den Hals, nachlässig zu einer Schleife gebunden, pumpte vernehmlich, brachte dann doch nur einen Seufzer zustande, in den er jedoch alles legte: Mitgefühl mit einem Fürsten, der ungebildetes Personal beschäftigen musste, Verachtung für den Butler, der sich offensichtlich der Bedeutung des unerwarteten Besuchers nicht bewusst war, und Trotz, denn er hatte beschlossen, sich nicht abweisen zu lassen.

»Ich muss sofort, ich betone: sofort, mit dem Fürsten sprechen. Und es ist mit Sicherheit nicht in seinem Sinne, wenn Sie mir dieses Gespräch verweigern. In diesem Falle werde ich nämlich ohne die Genehmigung Seiner Durchlaucht mit der Befragung des Personals beginnen!«, erklärte er dann in herablassendem Ton.

Der Butler musterte die Karte immerhin noch einmal aufmerksam.

»Ich werde Seiner Durchlaucht Ihre Karte vorlegen. Wenn Sie heute Nachmittag noch einmal vorbeikommen könnten …«

Die bisher eher fahle Gesichtsfärbung des Fremden passte sich mehr und mehr der Farbe seines Tuches an.

Albert Bidault, der Sekretär des Fürsten, war inzwischen auf den Disput aufmerksam geworden und trat genau in dem Moment neben den Butler, als dem ungeladenen morgendlichen Besucher der Geduldsfaden riss.

»Mein Name«, begann er zwischen den Zähnen hervorzupressen, während sein ganzer Körper vor unterdrücktem Zorn bebte, »ist Hinnerk Renck! Uns erreichte die Nachricht, dass im Schlosspark von Branitz die Leiche eines Jungen entdeckt wurde. Eines ermordeten Jungen! Ich wurde«, betonte er überdeutlich, damit auch der seltsame Kerl begriff, dass er es mit dem fähigsten Mitarbeiter der preußischen Polizei zu tun hatte, »zu Ihnen nach Branitz entsandt, um das Verbrechen aufzuklären. Daher werde ich umgehend mit der Befragung des Personals beginnen. Sie können sich dem nicht verweigern!«

Der Hausdiener reichte die pompöse Visitenkarte Rencks mit dem Ausdruck größter Geringschätzung weiter.

»Nun, Herr Renck, was glauben Sie, können Sie vom Personal erfahren? Die Polizei war schließlich gestern schon hier. Niemand von uns hat den Jungen je zuvor gesehen, das wurde einmütig von allen beteuert. Es weiß auch niemand, wann der Bedauernswerte den Tod fand. Natürlich möchten wir nicht unhöflich erscheinen, doch ich kann beim besten Willen nicht erkennen, inwieweit es Ihre Arbeit behindern könnte, wenn Sie mit Ihren Recherchen in Schloss und Park erst in ein paar Stunden beginnen. Seine Durchlaucht ist ein vielbeschäftigter Mann, der bis in den heraufdämmernden Morgen arbeitet. Oft genug findet er den Weg ins Bett erst mit dem frühen Hahnenschrei. Sie werden sicher Verständnis dafür haben, dass er Ihnen zu dieser Stunde nicht zur Verfügung stehen kann.«

Diese lange, wohlgesetzte Rede des Sekretärs nahm dem preußischen Ermittler zunächst allen Wind aus den Segeln.

Auch wenn sein Habitus und seine Worte nahelegten, er wäre jederzeit bereit, seine Gespräche auch ohne die Einwilligung des Fürsten zu führen, so hätte ihm in Wahrheit dazu die Traute gefehlt.

Zu viele Beschwerden in der letzten Zeit.

Über sein anmaßendes Auftreten. Seine Erfolge dagegen waren untadelig.

So kam es, dass Hinnerk Renck, auf das Freundlichste abgewiesen, seine Schritte gen Branitz lenkte, um nach den Burschen zu suchen, die den Toten entdeckt hatten.

Im Grunde hätte er den beiden Bediensteten des Fürsten sogar dankbar sein müssen, denn so kam er gerade recht, um Schlimmeres zu verhüten. Doch eine solch großmütige Einstellung entsprach nicht Rencks Charakter, und so beschwerte er sich noch Jahre später stets lautstark über die unglaubliche Frechheit, mit der man seine Arbeit in Branitz zu behindern versucht habe.

Die Verkettung von Zufällen führte nämlich dazu, dass Renck just in dem Augenblick um die Ecke bog, als man die rohe Kiste mit dem toten Unbekannten im Armengrab versenkte.

»Halt!«, schrie er den verdutzten Männern am Rand der Grube zu und wedelte aufgeregt mit den Armen. »Halt!«

Ratlos sah man ihn an, als er ziemlich außer Atem die kleine Gruppe erreicht hatte.

»Was tun Sie denn da?«, keuchte er und war froh, dass seine Lungen nicht über genug Luft verfügt hatten, noch ein »zum Teufel« hinzuzufügen. Auf einem Friedhof wäre das nun wirklich eine äußerst unpassende Bemerkung gewesen.

»Das ist eine Beerdigung! Was sonst?«, erklärte der Längste unfreundlich. Der Dicke ergänzte mit Häme: »Ich hätte ja gedacht, dass man das unschwer auch vom Weg aus erkennen kann!« Die beiden Totengräber hatten offensichtlich Mühe, angesichts des Fremden nicht in Gelächter auszubrechen. Immer wieder knufften sie sich gegenseitig in die Seiten und feixten.

»Sie sind?«, fragte nun der Dritte, den Renck, aus der Nähe betrachtet, sofort als den Pfarrer des Dorfes identifizieren konnte.

»Hinnerk Renck. Ich untersuche den Tod dieses unglücklichen Jungen, den Sie da gerade in der Erde verscharren wollen! Ich will mir selbst ein Bild machen. Der Sarg muss noch einmal geöffnet werden!«, verlangte er unfreundlich. Das Gekicher hinter seinem Rücken erstarb. Er konnte die Welle der Feindseligkeit als Prickeln auf der Haut spüren, gab sich aber gänzlich unbeeindruckt. »Ich will den Toten mit eigenen Augen sehen! Jetzt!«, machte er noch einmal deutlich.

»Mein Name ist Gotthilf Bergemann. Ich bin der Pfarrer dieser Gemeinde.« Seine Stimme klang salbungsvoll und hatte offensichtlich eine beruhigende Wirkung auf den seltsamen kleinen Mann, der so Ungeheuerliches forderte. Die wütende Hitze zog sich aus dessen geierartigem Gesicht bis unter den gestärkten Kragen zurück, sein Atem ging flacher. »Es ist gut, dass Sie zu uns geschickt wurden, um sich der Angelegenheit anzunehmen. Unser Dorfpolizist hat gemeinhin nicht viel mit Morden zu tun und erscheint mir, mit Verlaub, von dieser Situation überfordert.«

Er drehte sich zu den beiden Totengräbern um, die am Rand des Grabes gewartet hatten, und wies sie an, die Kiste wieder emporzuziehen.

Maulend machten die zwei sich an die Arbeit.

Wütende Blicke wurden in Rencks Richtung abgeschossen, der jedoch angelegentlich seine polierten Schuhe betrachtete und begann, ungeduldig von den Fersen auf die Zehenspitzen und zurück zu wippen.

Endlich, nach viel demonstrativ lautem Ächzen und Stöhnen, stand der Sarg neben Bergemann auf dem Rasen.

»Ich sage noch einmal: Ich will hineinsehen!«

»Öffnen!«, kommandierte der Pfarrer und trat etwas zur Seite. Seine Lippen murmelten ein Gebet.

»Na los! Das geht doch auch schneller!«, forderte Renck, erreichte damit aber nur, dass die Totengräber sich noch ungeschickter anstellten als zuvor.

Plötzlich rutschte der Deckel zur Seite.

Leichengestank erfüllte die Luft.

Nahm ihnen den Atem, bis ein gnädiger Windhauch einen Teil davon weitertrug.

Renck schwankte, suchte mit flatternden Fingern nach seinem Taschentuch, das er sich vor Mund und Nase presste, straffte sich dann und trat näher an den Sarg heran.

»Asche zu Asche, Staub zu Staub. Wenn wir unsere

letzte Reise antreten, verändert sich der Körper ziemlich rasch«, murmelte der Pfarrer mit blassen Lippen.

»Der hier stinkt erbärmlich!«, bestätigte der dicke Totengräber.

»Sie haben seinen Körper nicht berührt?«, fragte Renck, was wegen des Tuchs seltsam entfernt klang.

»Wir nicht, nur reingelegt. Der Arzt hat ihn sich angesehen«, brummte der Lange unfreundlich.

»Wie heißt denn der Arzt?«

Renck bemerkte nicht einmal, dass er darauf keine Antwort erhielt. Er hatte sich tief über den Leichnam gebeugt, zog nun aus der Brusttasche seines Rocks eine Brille und betrachtete eingehend die Kehle des Jungen.

»Erdrosselt«, murmelte der Pfarrer.

»Ja, eindeutig. Und die vielen Wunden. Ich sage mal: Ich will wissen, wie die entstanden sind. Verfärbungen auf der Haut. Schläge vielleicht, oder einfach nur Zersetzung. Hm.« Er tippte mit dem Finger auf die Spur der Drossel am Hals des Kindes, ohne die Stelle tatsächlich zu berühren, und erkundigte sich: »Wurden die Seile gefunden? Drossel und Fesseln?«

»Ja. Die hat Hausmann. Das ist unser Dorfpolizist«, antwortete Bergemann fahrig, als fühle er sich in Gegenwart des Toten plötzlich unwohl.

Der kleine Mann betrachtete eingehend das zerstörte Gesicht des Toten, sprach leise und schnell vor sich hin, nahm besonders den Bereich um die Lippen in Augenschein.

»Ich könnte wetten, er war auch geknebelt. Die

Mundwinkel sind verletzt. Maden mögen solche Stellen besonders.«

»Dem graust es aber wirklich vor gar nichts«, flüsterte der Dicke dem Langen zu. »Vor so einem muss man sich sehr in Acht nehmen!«

Renck schob die Sehhilfe an ihren Platz zurück, richtete sich auf und steckte das blütenweiße Taschentuch in die Hosentasche. »Sie können den Sarg wieder schließen. Ich habe alles gesehen, was ich wissen muss.«

»Die Wunden hat sich der Arzt gründlich angesehen«, stellte Siegfried Hausmann fest, der überraschend neben dem Grünbewamsten aufgetaucht war und aus allen Poren schwitzte wie nach einem Hindernislauf beim Sommerfest. »Es handelt sich um Bisse.«

Zufrieden registrierte Bergemann, wie Enttäuschung über das Gesicht Rencks zog. Sicher hätte er diesen Schluss mit Vergnügen selbst gezogen, nun war ihm jemand zuvorgekommen.

Der Fremde musterte Hausmann geringschätzig. »Sie sind der örtliche Polizist?«, fragte er in einem Ton, als erkundige er sich, was für ein widerliches Insekt dort drüben gerade unter einem Baumstamm verschwunden war.

»Stimmt. Man hat mich in den Park gerufen, nachdem man ihn«, er machte eine vage Kopfbewegung in Richtung Holzkiste, »dort gefunden hatte. Der Fürst hat sofort gesehen, dass es sich hier um einen Fall für die Polizei handelt.«

»Aha. Ich sage mal: Das ist zumindest ungewöhnlich. Wie will ein Laie so etwas erkennen?«

»Er ist viel gereist und hat die merkwürdigsten Dinge erlebt. Wenn ich ihn richtig verstanden habe, hat er schon früher einmal jemanden gesehen, der auf diese Weise getötet wurde«, setzte Hausmann zu einer Erklärung an, »und er ...«

»Schon gut!«, fiel ihm Renck ins Wort. »Ich werde mich heute Nachmittag mit ihm befassen!«, verkündete er dann großspurig. »Bis dahin würde ich gern die Gespräche mit den drei jungen Männern führen, denen wir diesen grausigen Fund verdanken.«

Hausmann zuckte zusammen. So formuliert, klang es in seinen Ohren, als seien die drei Freunde schuld am Tod des Unbekannten. Nun, hoffte er, vielleicht hat Renck nur unglücklich formuliert. Doch das Unbehagen blieb.

»Ich sehe zu, dass ich sie finden kann. Am besten, Sie sprechen in der Bäckerei mit ihnen, dort ist es am ruhigsten.«

Renck nickte gnädig. »Gut. Bringen Sie die drei dorthin. Ich bin sicher, der Fall wird schnell gelöst sein.«

Diesmal traf sich der Blick Siegfried Hausmanns mit dem des Pfarrers. Er sah, dass Bergemann diese Andeutung auch nicht gefiel. Der Fremde war einfach zu nassforsch.

»Mal sehen, ob ihnen noch etwas Neues einfällt.« Renck nickte dem Kollegen gnädig zu und der spurtete davon, um Franz für eine gewisse Zeit beim Bauern Petzold freizufragen.

Tatsächlich gelang es Hausmann, die drei Freunde schon innerhalb von etwa 30 Minuten in der Wohnstube des Bäckers abzuliefern. Dort standen sie nun, der Größe nach aufgereiht, Schulter an Schulter, die wuscheligen Köpfe gesenkt, die Augen schuldbewusst auf ihre Mützen gerichtet, die sie in den Händen kneteten oder drehten.

Wilhelm, der längste und dürrste, stand ganz links, dann folgte Kaspar, der ungefähr einen halben Kopf kleiner war, den Schluss bildete der etwas dickliche Franz, dem wiederum ein paar Zentimeter auf den Gärtnergehilfen fehlten.

Knisternde Spannung lag in der Luft.

Renck ging ohne ein Wort an ihnen vorbei.

Von rechts nach links. Von links nach rechts.

Meister Julius, der mit Hausmann auf der Bank vor dem Kamin saß, beobachtete den Fremden und amüsierte sich. Er kannte den Trick und wusste, er würde funktionieren. Die drei waren ohnehin schon eingeschüchtert genug, es fehlte nur noch ein winziger Anstoß und sie würden bereitwillig von ihrem Fund erzählen.

Unvermittelt blieb der Ermittler stehen.

Setzte seine Brille auf. Starrte. Kalt und wässrig-grau.

Wilhelm spürte, wie dieser Blick in seinen Eingeweiden zu wühlen begann. Er klemmte die Pobacken fest zusammen und presste die Lippen so entschlossen aufeinander, dass es schmerzte.

»Wessen Idee war es, durch den Park zu laufen?«, zischte Renck seine erste Frage zwischen den geschlossenen Zahnreihen hervor.

»Meine!«, antwortete Franz zackig und nahm sogar

so etwas wie Haltung an. Seine winzigen grünen Augen huschten umher wie die einer Ratte auf der Suche nach einem sicheren Versteck.

»Warum wolltest du dorthin?« Diesmal schoss der Kopf des seltsamen Mannes ein Stück vor und Franz zuckte zurück, als sei er gebissen worden.

»Ich wollte mit Kaspar sprechen. Der arbeitet im Park. Und außerdem heißt es im Dorf, der Fürst baue neben der Pü-Pi – na, wie heißt dieses Ding nochmal? Mit einer Spitze. Er baut da ein Ägyptisches Haus. Ich wollte es mir ansehen.«

»Tumulus!«, flüsterte Wilhelm ihm zu.

»Genau. In der Nähe des Sees mit dem Tumu…, na, ist nicht so wichtig. Und Kaspar kennt sich ja aus im Park. Nach dem Sturm würde er ohnehin auf dem Gelände unterwegs sein.«

»Also aus Neugier!«, verkündete Renck in so triumphierendem Ton und mit derart zufriedenem Gesichtsausdruck, als habe er den Mörder bereits am Schlafittchen.

Die drei Freunde hielten es für klüger zu schweigen.

Wichen vor dem Frost seiner Iris zurück.

»Kennt einer von euch den Jungen? Er muss schließlich etwa in eurem Alter gewesen sein!«, erkundigte sich Renck lauernd.

Drei Köpfe schüttelten hin und her.

Meister Julius räusperte sich leise.

Einer der Köpfe geriet ins Schlingern. Dann wurde aus dem Schütteln ein Nicken.

»Aha!« Das klang wie ein Dolchstoß.

»Ich bin ihm begegnet«, begann Wilhelm zögernd. »Vor ein paar Wochen. Im Wald. Die roten Haare sind mir sofort aufgefallen. So rot! Das habe ich vorher nie gesehen.«

»Er hat sich mit dir unterhalten!«

»Nein. Eine Unterhaltung war das nicht! Er fragte nur nach dem kürzesten Weg zum Schloss!«

Die neue Wortlosigkeit dehnte sich.

Renck hatte seine Strecke wieder aufgenommen und lief unablässig vor den Freunden entlang. Hin und her. Seine polierten Schuhe verursachten ein lautes Klappern bei jedem Schritt. Ansonsten war kein Geräusch zu hören, so, als hätten alle anderen im Raum selbst das Atmen eingestellt.

»Und?«, fuhr der Fremde den Jungen schließlich an.

Wilhelms Adamsapfel hüpfte unruhig hoch und runter. Er schluckte nervös. Setzte mehrfach zu einer Antwort an. Als er endlich seine Stimme wiederfand, klang sie krächzend: »Ich habe ihm erklärt, wie er hinkommt.« Dann ergänzte er aufgeregt: »Natürlich habe ich das! Warum auch nicht. Woher sollte ich wissen, dass er dort sterben wird?«

»Ich sage mal: Tatsache ist, dass er nun in einer Kiste neben der Kirche liegt. Mit Drosselspuren am Hals und Bisswunden am Körper!«, brüllte der Ermittler unbeherrscht.

»Aber das ist doch nicht meine Schuld!«, protestierte der Bäckerlehrling bedrückt und Meister Julius bemerkte, dass sich die Augen seines Schützlings mit Tränen füllten.

»Der Junge hat mit dem Tod des Fremden nichts zu tun!«, griff er nun zornig ein. »Er hat Ihnen aus freien Stücken von dieser Begegnung berichtet. Lassen Sie ihn in Ruhe!«

Hinnerk Renck machte einen entschlossenen Schritt auf den Bäcker zu, trat so nah an ihn heran, dass jener sich nicht mehr bewegen konnte, ohne mit dem Ermittler zu kollidieren. Er beugte sich weit vor, fast berührte seine Nase die des anderen, seine Augen stachen tief in die seines Gegenübers, was in Meister Julius den Verdacht aufkommen ließ, Renck könne womöglich direkt in sein Innerstes sehen.

»Ich arbeite sehr erfolgreich für die preußische Polizei. Was erlaubt sich ein Bäcker, mir Vorschriften machen zu wollen, wie ich eine Befragung durchzuführen hätte? Ich komme auch nicht in die Backstube und rühre den Teig für die Torten an!«, zischte Renck zornig, und Julius beherrschte sich mühsam, die kleinen Speicheltropfen zu ignorieren, die wie Nieselregen in seinem Gesicht landeten. »Was weiß ein Bäcker schon über Verbrechen, Mörder und Lügner!«

»Wilhelm hat mit dem Tod des Fremden nichts zu tun!«, widersetzte sich Meister Julius mutig. »Er ist ein guter Junge! Aus welchem Grund sollte er lügen?«

»Nun, er hat es schon einmal getan! Er verschwieg sein Zusammentreffen mit dem Ermordeten. Warum tat er das, wenn nicht, um seine Schuld zu verbergen?«

Renck wirbelte herum und fixierte die drei Freunde aus schmalen Sehschlitzen. »Wer weiß schon, was noch vor mir geheimgehalten wird? Ihr gebt mir jetzt sofort die Adressen, unter denen ich euch jederzeit finden kann. Und gnade euch Gott, wenn einer versuchen sollte, sich in der Dunkelheit der Nacht davonzuschleichen. Mir entkommt keiner!«

# 9

Die Knaben sassen still in den langen Bänken.

Starrten auf den groben Holztisch.

Warteten auf das Ende des Gebets.

Nagende Schmerzen.

Jeder hier litt unter den Qualen des anhaltenden Hungers. Gelegentlich erhellte eine Kerze ihr kleines Umfeld. Offenbarte schmale Gesichter, große, traurige Augen, abgerissene, schmutzstarrende Kleidung.

Und doch rechneten sich die, die es bis hierher geschafft hatten, zu den Glücklichen.

»Amen!«, drang die angenehme dunkle Stimme in ihr Denken.

»Amen!«, gaben sie im Chor zurück.

Eilig griffen raue Hände nach Holzschüsseln. Es wurde gestoßen und geboxt, getreten und gekniffen. Niemand sprach, keiner schrie auf. Kein Lachen war zu hören. Alle drängten sich zu einem großen Kessel und jeder bediente sich selbst daraus. Zwei Kellen Suppe und eine Scheibe Brot aus dem Korb daneben. Vater Felix überwachte ihr Tun. Seine Augen ruhten mit warmem Glanz wohlgefällig auf den Kindern, die sich unter seine Fittiche geflüchtet hatten.

Wenig später erfüllte leises Schmatzen den Speiseraum, der auch als Schlafstube dienen würde, sobald das Essen beendet war.

Vater Felix patrouillierte durch die Reihen seiner

Schutzbefohlenen. Viel konnte er ihnen nicht bieten. Ein Dach über dem Kopf, eine Diele zum Schlafen, ein bisschen Suppe. Er seufzte und das Herz wurde ihm schwer. Sicher, bei ihm lebten die 14 Jungen allemal besser als im Gefängnis oder ohne Obdach auf der Flucht, doch ihm wäre lieber gewesen, er hätte mehr für diese verlorenen Seelen tun können. Glauben und Gebete waren sicher ein guter Ansatz, doch sie allein reichten nicht bei allen als Orientierung und Stütze im zukünftigen Leben.

Viel zu schnell waren die Schüsseln leer.

Einige der Jungs würden hungrig von den Bänken aufstehen. Bei ihrer finanziellen Lage unvermeidlich, aber insgesamt natürlich unbefriedigend. Der Hunger allein konnte das Finden und Beibehalten des rechten Weges leicht verhindern und alle Anstrengungen von Vater Felix zunichtemachen.

Das Ende des Essens wurde wie an jedem Abend durch ein weiteres Gebet signalisiert, welches die Kinder der Obhut des Herrn empfahl und ihn bat, ein besonderes Augenmerk auf die kleine Gruppe zu lenken und für sie zu sorgen.

Artig standen die 14 auf, traten in die unangenehme Kühle des heranziehenden Herbstes hinaus, spülten die Holzschüsseln und Löffel in einer großen Schüssel. Schnell kehrten sie zurück, stapelten ihr Geschirr in der winzigen Küche und begannen damit, den Speisesaal umzuräumen. Die langen Tische wurden an die Seite geschoben, die Bänke daraufgekippt. Ein Abwischen der Tische war nicht notwendig, bei so hungrigen Mäulern gab es weder Reste noch Krümel, die auf den Boden hätten fallen können. Es dauerte nur wenige Augenblicke und jeder hatte sich zwei Decken geschnappt und machte es sich auf den Dielen so gemütlich, wie es eben ging. Vater Felix beobachtete, wie manche eng zusammenrückten, um sich gegenseitig zu wärmen, andere dagegen isoliert lagen, umgeben von einer Art Sicherheitszone nach allen Seiten.

Zum Beispiel Kasimir.

Der große, muskulöse Kerl hatte bei einem Raubzug auf einem Bauernhof den Knecht erschlagen, der ihn gestellt hatte. Sieben Hiebe mit der Hacke auf den Kopf.

Auch hier gebärdete er sich wild und gewalttätig. Glaubte, er könne eine größere Ration bei der Essensausgabe durch Prügel erreichen. Es war im Dienste der eigenen Gesundheit für die anderen 13 gut, ihm aus dem Weg zu gehen. Doch, unwillkürlich spielte ein sanftes Lächeln um die Lippen des Geistlichen, er würde nie zulassen, dass Gewalt in seiner Zuflucht zum Erfolg führte, und so ging Kasimirs Planung nicht auf. Seine Wut jedoch nahm zu. Vater Felix wusste, dass er ihn aufmerksam würde im Auge behalten müssen.

Felix Linde ließ seinen Blick weiter über die Gruppe schweifen. Diesmal blieb er sorgenvoll an einem der schmächtigsten Knaben hängen. Matthias. Ihn mieden die anderen ebenfalls, wenn auch aus völlig anderem Grund.

Es lag an der tiefen Verlorenheit, die von ihm ausging.

Während Kasimir von sich behauptete, er sei 14 Jahre alt, was stimmen mochte oder auch nicht, wusste Vater Felix von Matthias ziemlich genau, dass er kaum älter als sechs sein konnte. Vor etwa einem halben Jahr war er zu ihnen gestoßen, an der Hand seines Bruders, der fast doppelt so alt sein musste. Michael. Eine Familie von Erzengeln und Heiligen, hatte er damals spontan gedacht. Beide Jungs waren verletzt. Der Vater, Gabriel, hatte sie fast zu Tode geprügelt. Den Grund dafür hatte die Gruppe nie erfahren, die Brüder schwiegen darüber.

Michael war von Anfang an schwierig gewesen.

Faselte von großen Plänen, die ihn zu Reichtum bringen sollten. Er verschwand mitunter für mehrere Tage und brachte bei seiner Rückkehr Diebesgut mit. Ein Verhalten, das Vater Felix' Bemühungen um ein neues Bewusstsein in den Köpfen der Kinder zuwiderlief. Immer wieder sah er sich gezwungen, Michael zurechtzuweisen.

Matthias dagegen fiel durch seine Schweigsamkeit auf.

Wortkarg und verhärmt saß der Kleine während der ersten Tage in einer Ecke. Die Augen geschlossen, als wolle er von der Welt nie wieder etwas sehen. Doch wenn er die Lider hob, sah man in den tiefsten Abgrund der Hoffnungslosigkeit, den Vater Felix je geschaut hatte. Sein einziger Halt im Leben war der große Bruder.

Und nun war Michael mal wieder verschwunden.

Pfarrer Linde, wie er sich auch gern nannte, seufzte und schüttelte müde den Kopf. Segnete die Kinder und bat stumm ein weiteres Mal den Herrn um seine Unterstützung, dann trat er in die unwirtliche Finsternis hinaus. Eine halbe Stunde für sich selbst und die Zwiesprache mit Gott. Ein Blick zum Himmel bewies, dass er heute nicht einmal das Funkeln der Sterne als Trost haben würde. Das Firmament war schwarz.

Leise ächzend, nahm er auf der Bank vor dem Giebel Platz.

Aus den Tiefen seiner Soutane fingerte er eine kleine Schachtel hervor und zog dann eine Flasche Wein und ein Glas aus dem Versteck hinter dem Holzstapel ans spärliche Licht der hereinbrechenden Nacht. Er schenkte sich einen kleinen Schluck Rotwein ein und zündete sich die Zigarre an.

Einmal am Tag, als Lohn für seinen Einsatz und seine Bemühungen um die 14, schien ihm ein bisschen Genuss nicht verwerflich. Selten genug, dass dazu auch eine Zigarre gehören konnte.

»Tja, Herr. Sieh zu uns hinunter: So leben deine vergessenen Kinder! Im Wald gut versteckt, immer hungrig. Sie gehen betteln oder verdingen sich als Tagelöhner in der Umgebung. Können selten länger als zwei Tage am selben Ort auftauchen, weil man nach ihnen sucht, um sie ins Gefängnis zu werfen. Siehst du, mir geben sie ihr Geld, damit ich etwas zu essen kaufen kann und ihnen diese geheime Unterkunft erhalte. Sie haben Fehler begangen, die Gesellschaft hat sie ausgestoßen, doch sie verdienen alle ein besseres Leben als das, was ich ihnen hier bieten kann!«

Während er an der Zigarre zog und vom Wein kostete, lauschte er auf eine Antwort.

Doch es war nichts zu hören.

»Sieh her! Die Bettelei bringt dieser Tage immer weniger ein. Die Jungs arbeiten hart, helfen bei der Ernte auf den Feldern, übernehmen vielerlei Arbeiten im Stall. Sie können ausdauernd zupacken, und doch bezahlen ihnen die Bauern nur ein Viertel von dem, was sie anderen geben! Und brüsten sich noch in Eitelkeit damit, besonders mildtätig zu handeln, weil sie den Ausgestoßenen eine Arbeit für Lohn geboten haben. Wir bedürfen deiner Hilfe, lass uns nicht im Stich!«

Vater Felix wusste plötzlich, was das Schlimmste war. Schlimmer als Armut und Entbehrung, als die Verzweiflung in den Augen der Kinder, der Hunger. Das Schlimmste war der langsam zur Überzeugung reifende Verdacht, dass der Herr ihm nicht zuhörte.

Leise öffnete sich die Tür.

Ein zarter Körper schob sich in die Nacht.

»Matthias. Kannst du denn nicht schlafen?«

Der kleine Junge schüttelte den Kopf.

»Na, komm mal her zu mir. Wir können uns ein wenig unterhalten, wenn du möchtest.«

Zögernd trat der Junge näher.

»Na los, setz dich zu mir. Auf der Bank ist bequem Platz für zwei.« Vater Felix legte seinen Arm um das Kind. »Du frierst doch, ich merke, wie du zitterst.« Er hob Matthias auf seinen Schoß und legte wärmend die Arme um ihn. Spürte, wie ein mächtiges Beben den Körper schüttelte, und wusste, der Junge weinte um seinen verlorenen Bruder.

## 10

Hinnerk Renck war sprachlos. Im wahrsten Sinne des Wortes. All die bitterbösen Erwiderungen, die er sich für den Fall einer erneuten Abweisung zurechtgelegt hatte, waren nicht vonnöten. Nun rang er um freundliche Sätze, die ihm allerdings nur zögernd über die Lippen kommen mochten.

»Sehr freundlich, Durchlaucht, dass Sie mich empfangen«, wand er sich.

Der Gesichtsausdruck des Fürsten entzog sich jeder Deutung. Er sah zwar direkt in Rencks Richtung, doch eher blicklos wie ein Blinder, als nehme er den Besucher nicht wirklich wahr.

Die Geste, mit der er auf den Stuhl für Besucher wies, war einladend, doch genau so viel verzögert, dass der preußische Ermittler sich beeilte zu versichern, sein Anliegen sei nur eine kurze Bitte, es lohne sich nicht, dass er sich setze.

Mit Erstaunen registrierte er die Kraft und Energie, die von diesem Mann ausging.

Er konnte keinen anderen benennen, der im Alter von 80 Jahren noch so tatendurstig gewirkt hätte. Er ist doppelt so alt wie ich, dachte er, das ist unfassbar.

Huldvoll, oder war es doch arrogant, Renck konnte es nicht mit Sicherheit sagen, neigte der Fürst den Kopf und wartete.

»Wie Sie wissen, wurde im Park die Leiche eines Jungen entdeckt. Die Kunde von diesem schauerlichen Verbrechen erreichte den Hof, und die Gattin meines Dienstherrn empfand eine solche Missetat als Grund genug, den fähigsten Ermittler zu entsenden. Ich wurde beauftragt, den Fall zur Aufklärung zu bringen.«

»So? Und was ist Ihrer Meinung nach meine Aufgabe dabei?«

Renck errötete. Heiß und andauernd.

Pückler schien es nicht zu bemerken. Vielleicht war das Licht in der imposanten Bibliothek auch zu schwach.

»Ich würde mich gern mit Ihren Angestellten und Bediensteten unterhalten. Denen, die im Haus ihre Arbeit verrichten und denen, die dies im Park tun.«

»Wozu? Niemand schien das fremde Kind zu kennen. Bei der auffälligen Haarfarbe. Es hätte sich sonst jemand gemeldet, als Siegfried Hausmann danach fragte.«

»Genau.«

»Genau?«

»Je veux dire: Es hat sich jemand gemeldet«, gab sich der Ermittler weltgewandt.

»Nun, dann ist doch dieser Punkt geklärt. Wenn ihn jemand erkannt hat, wissen Sie doch jetzt, wo Sie nach dem Täter suchen müssen.« Der Fürst wirkte ehrlich erfreut, bemerkte Renck mit Sorge, denn er wusste, sein nächster Satz würde diese Zufriedenheit zunichtemachen. Er warf sich in die giftgrüne Brust, atmete tief durch und verkündete im Ton größter Wichtigkeit:

»Genau. Je veux dire: Die Spur führt genau ins Schloss. Zumindest in den Park.«

»Sie nehmen tatsächlich an, einer meiner Angestellten könnte in diese unerquickliche Angelegenheit verstrickt sein?«

Renck nickte.

»Gut, wenn Sie das glauben, werde ich Sie nicht aufhalten. Stellen Sie Ihre Fragen. Aber ich bin mir gewiss, Sie werden den Mörder nicht unter meinen Leuten finden!«

Hinnerk Renck deutete eine Verbeugung an.

Schlüpfte hastig durch die Tür ins Treppenhaus zurück. Spürte, wie sein Herz noch immer bis in den Hals schlug, schnell und hart.

Endlich hatte er die Erlaubnis, hier in Schloss und Park Branitz Nachforschungen anzustellen, und nun wusste er gar nicht, wo er damit beginnen sollte.

In der Küche?

Die Köchin, Käthe Sommerfeld, eine gut genährte Frau Mitte vierzig, war mit den Vorbereitungen für den Kaffee des Fürsten beschäftigt. Auf einem schlichten Holztisch standen drei Torten bereit. Renck erinnerte sich daran, dass der Bäckermeister ihm erklärt hatte, er könne nur eine kurze Befragung seines Lehrlings zulassen, es seien noch drei Torten fürs Schloss fertigzustellen.

»Hinnerk Renck, preußische Polizei!«

Mit einem spitzen Aufschrei fuhr die Köchin herum und starrte den Eindringling konsterniert an.

»Hier sind Sie falsch«, beschied sie etwas atemlos dem fremden Mann und stellte dann unfreundlich klar: »Wir haben nicht nach der Polizei geschickt!«

»Oh, gnädige Frau«, entgegnete Renck gespreizt, »in manchen Fällen kommen wir auch ungerufen. Ich sage mal: Aus eigenem Antrieb.«

»So? Aus eigenem Antrieb. Interessant. Und was wollen Sie von mir?« Gedankenverloren griff sie nach dem Nudelholz und klopfte damit in die linke Handfläche, so, als sei sie ungeduldig.

Renck, etwa einen halben Kopf kleiner als die Herrscherin in der Küche, hatte einen gänzlich anderen Eindruck.

Er fühlte sich bedroht.

Und er ärgerte sich darüber.

Mit größter Anstrengung gelang es ihm, Ruhe zu bewahren. Dennoch war der zornige Unterton deutlich zu hören, als er antwortete: »Der Tote im Park. Jemand hatte ihn getroffen und als er sich danach erkundigte, ihm den Weg zum Schloss gewiesen. Somit kann der Nachweis geführt werden, dass dieses Haus oder der umgebende Park sein Ziel war.«

»Wissen Sie, das erleichtert mich! Es kannte ihn also jemand! Es ist so unheimlich, glauben zu müssen, er sei ohne Geschichte. Verstehen Sie?«

Renck fühlte sich nicht ernst genommen. Wollte sie ihn nicht verstehen oder gab sie sich nur derart begriffsstutzig? »Er war zu jemandem aus dem Schloss unterwegs. Köchinnen sind von jeher gute Menschen und gern bereit zu helfen, wo es ihnen möglich ist. Ein armes, bettelndes Kind wird nicht abgewiesen und wenn eine Zofe mit einem Fremden eine Liebschaft hat, wird die Köchin sie nicht verraten. Nicht wahr?«

»Wirklich, Herr ...«

»Renck!«

»Wäre er regelmäßig hergekommen, hätte man ihn wohl gleich erkannt. Und ich bin nicht für irgendwelche Liebeleien zuständig. Bei mir wird auch nicht gebettelt! Das ist alles, was ich dazu zu sagen habe.« Sie richtete die Tasse und die Tortenstücke auf einem Tablett und klingelte. »Niemand kannte ihn!«

»Tja. Das ist es eben, was mich so verwundert.«

Es entstand eine peinliche Pause.

»Wollen Sie damit etwa andeuten ...?« Der Busen der Köchin wogte vor Empörung auf und ab.

»Nun, der Täter hatte begreiflicherweise kein Interesse daran, andere wissen zu lassen, dass er oder sie den Toten kannte, nicht wahr?«

»Sie wollen mir unterstellen, ich hätte etwas damit zu tun?« Sie griff wieder nach dem Nudelholz, das sie zur Seite gelegt hatte, als sie das Geschirr auf dem Tablett arrangierte. »Vielleicht hat er gar nicht nach dem Weg zum Schloss gefragt, sondern wurde nur falsch verstanden.«

»Oh, tatsächlich? Welches Wort fällt Ihnen ein, das er verwendet haben könnte?«, erkundigte sich der Ermittler mit aufgesetzter Freundlichkeit und kam zu dem Schluss, dass er mit der Befragung besser bei den Gärtnern begonnen hätte.

Die beiden funkelten sich böse an.

»Was kann der Junge hier gewollt haben?«

»Vielleicht wollte er sich als Gärtnergehilfe verdingen. Wir brauchen draußen jede gesunde Hand, die mit anpacken kann. Oder er wollte eine Aufgabe im Haus übernehmen.«

Gut, räumte Renck in Gedanken ein, das ist schon möglich.

»Wen frage ich am besten nach einem Bewerber?«

Die Köchin ließ sich auffallend viel Zeit, sah zu, wie das Tablett von einem Diener abgeholt und davongetragen wurde, wischte Krümel vom Tisch.

Gerade, als Renck wutschnaubend davonstürmen wollte, sagte sie leise: »Vielleicht weiß Jan Bescheid.«

»Jan?«

»Der Hausdiener. Bei ihm muss man sich auf jeden Fall anmelden, wenn man sich als Diener bewerben will. Und bei Christian Sommerfeld, meinem Mann, wenn man im Garten arbeiten möchte.«

Renck machte sich auf die Suche nach dem Hausdiener, dessen Bekanntschaft er bereits gemacht hatte. Der erschien ihm ohnehin verdächtig. Schon deshalb, weil dieser ihn bei seinem ersten Besuch am Morgen so harsch abgewiesen hatte. Vielleicht gab es einen aus seiner Sicht guten Grund, die Polizei bei der Arbeit zu behindern, wenn möglich gar zu blockieren? Doch als er ihn endlich gefunden hatte, musste er einsehen, dass er von ihm keine entscheidenden Informationen erhalten würde. Typisch Butler. Verschwiegen, diskret, loyal. ›Mag sein‹, ›vielleicht‹, ›möglich‹ entpuppten sich als Antworten, die auf so gut wie jede Frage gegeben werden konnten.

»Ich muss wieder an meine Arbeit zurück«, ließ ihn der verstockte Mann schließlich wissen und Renck war fast dankbar dafür, dieses unergiebige Gespräch nicht weiter fortsetzen zu müssen. Immerhin war es ihm gelungen, dem Bediensteten zu entlocken, in den letzten Wochen habe sich niemand um eine Anstellung im Haus bemüht. Das musste er erst mal glauben.

Sommerfeld gab sich freundlicher.

»Das war schon ein ziemlicher Schock, kann ich Ihnen sagen. Ein grauenvoller Anblick. So unnatürlich weiß. Es war meine erste Leiche, müssen Sie wissen. Ich habe mich die ganze Nacht schlaflos in meinem Bett herumgewälzt und über den toten Fremden nachgedacht.«

»Würden Sie meinen, es könnte jemand den Körper mit Absicht so in die Wurzeln gehängt haben?«, fragte Renck weiter, unbeeindruckt von den seelischen Nöten des Chefgärtners.

»Das kann ich mir eigentlich nicht vorstellen«, antwortete Sommerfeld nach einer langen Denkpause. »Für so etwas braucht man Zeit und hier im Park sind viele Arbeiter unterwegs. Das wäre beobachtet worden.«

»Aha!«, triumphierte der preußische Ermittler und ließ seinen gestreckten Zeigefinger vor der Brust des Gärtners rhythmisch auf und ab wackeln. »Sie glauben, es ist anders passiert!«

Sommerfeld zögerte. Soll doch dieser Kapaun erst mal selbst nachdenken, schoss ihm durch den Kopf, es ist nicht meine Aufgabe, für ihn das Rätsel zu lösen.

»Sie müssen alles preisgeben, was mir weiterhilft«, mahnte Renck, der offensichtlich das Mienenspiel des anderen richtig zu deuten wusste. »Ihr Fürst unterstützt ausdrücklich meine Bemühungen um die Aufklärung dieses mysteriösen Falles!«

»Mysteriös! Jetzt fangen Sie nicht auch noch damit an. Im Dorf werden die unglaublichsten Dinge erzählt, lauter dummes Gerede. Hier ist nichts geheimnisvoll.«

»Nun denn, was ist Ihre Vermutung?«

»Der Körper muss im Loch verscharrt gewesen sein, bevor wir den Baum setzten. Lang kann er nicht dort gelegen haben, sonst wären interessierte Tiere angelockt worden. Wir haben es nicht bemerkt – sehen Sie, wenn so ein großer Baum umgesetzt wird, herrscht manchmal ziemliche Unruhe am Loch. Viele Hände sind notwendig, bis er richtig steht, dann wird Erde ins Loch geschaufelt und ein hoher Rand angehäufelt. Oft stellen wir eine Haltevorrichtung auf, die durch Seile Stabilität gibt, schlagen metallene Anker durch das Wurzelwerk in den Boden. Da mag es vorkommen, dass wir eine Veränderung im Loch selbst nicht bemerken.« Der Gärtner holte tief Luft. »Und beim Sturm wurde die Leiche mit den Wurzeln aus dem Erdreich gerissen. So war das!«

»Richtig. Sie verwenden Seile! Ich würde gern mal eines sehen.« Die anderen Überlegungen des Gärtners ließ der Ermittler unkommentiert.

Sommerfeld zog ein kurzes Stück Hanfseil aus der Hosentasche.

»Ich habe immer etwas dabei, man braucht es ständig.«

Renck studierte das Tau eingehend. Rau war es, grob, faserig. Unangenehm auf der Haut. Er zog es fest um sein Handgelenk und bewegte den Unterarm mehrfach hin und her, spürte die Hitze, die bei der Reibung entstand. Als er die angedeutete Fessel entfernte, blutete er darunter leicht.

Sommerfeld hatte mit offenem Mund das seltsame Treiben des Fremden beobachtet.

Während der Ermittler unbeeindruckt das Blut mit einem Taschentuch abwischte, fragte er: »Wer weiß davon, wenn ein neues Pflanzloch vorbereitet wird?«

»Wir. Also die Gärtner natürlich. Aber auch alle anderen, die zufällig daran vorbeikommen. Ist ja schließlich kein Geheimnis. Es gibt genaue Pläne für den Park. Dort sind die Anpflanzungen eingezeichnet. Wir haben selbstverständlich auch ein Buch, in dem wir alles vermerken, was im Park geschieht.«

Sommerfeld trat hinter ein Stehpult und begann, in einem eindrucksvoll dicken Buch zu blättern.

Während er suchend die Seiten umschlug und unzufrieden grunzte, nutzte Renck die Gelegenheit zu einem kleinen Spaziergang.

Hermann Fürst von Pückler genoss Weltruf, was seinen Umgang mit Pflanzen und seine spektakulären Gartenanlagen anging, wusste der Ermittler und beschloss, sich so viel wie nur möglich davon anzusehen.

Angeblich züchtete der Fürst in der Orangerie sogar Ananas, eine bizarre exotische Frucht, die er an besonders enge Freunde verschenkte. Hinter Rencks Stirn entstand ein Bild: Der Fürst überreichte ihm in grenzenloser Dankbarkeit für seine geleisteten Dienste eine dieser begehrten Früchte, fand rührende und lobende Worte, ja, umarmte ihn gar.

»Da!«, riss ihn die Stimme Sommerfelds aus seinem Tagtraum. Der Chefgärtner trug keuchend die schwere Kladde unter dem Arm heran. »Hier steht es. Wir haben das Loch am 5. ausgehoben und am 7. den Baum gesetzt. Also vor etwa drei Wochen.«

Die Eintragung enthielt auch genaue Angaben über Tiefe und Breite des vorbereiteten Lochs und den Hinweis, der Baum sei unterwegs.

Blieb dem Mörder demnach nur eine kurze Zeitspanne, in der er dieses unheilige Begräbnis durchführen konnte.

»Und von diesem Baum wussten alle im Schloss?«

Sommerfeld grinste breit.

»Nein. Von diesem Baum wusste die gesamte Gegend. Es ist eines jener Prachtgewächse, für die wir sogar die Straßen freiräumen und ein paar Männer hinterdrein schicken, die den Leuten die zerbrochenen Fensterscheiben sofort bezahlen, die von plötzlich ausfahrenden Ästen kaputtgeschleudert wurden. Das hält den Zorn der Betroffenen in Grenzen. Die Krone reißt eben alle bewegliche Habe mit. Gibt immer viel Aufregung überall, wenn wir solch einen wunderschönen Solitärbaum durch die Straßen ziehen. Der Fürst hat sogar einen speziellen Transportwagen für solche Riesen konstruieren lassen, möchten Sie den mal sehen?«

Renck seufzte schwer.

Er kam nicht einen Schritt voran!

# 11

Ulrike musterte ihre Freundin Anna kritisch.
»Sicher, schön bist du nun wirklich nicht, aber das scheint deinen Julius nicht im Mindesten zu stören.«
»Stimmt. Er sagt, Schönheit vergeht, Charakter bleibt.«
»Siehst du, daran kann es also nicht liegen. Wir sind so unterschiedlich und haben doch ein gemeinsames Problem.« Ulrike beugte sich weit über den Tisch und flüsterte: »Wir sollten vielleicht mal mit Hildegard darüber sprechen. Ich meine, bevor es zu spät ist.«
Anna fuhr empört zurück. »Auf gar keinen Fall bespreche ich so etwas mit Hildegard! Es geht niemanden etwas an, was bei uns hinter verschlossenen Türen geschieht – oder eben auch nicht passiert! Dann könnte ich ja gleich einen Aushang am Cottbuser Rathaus machen!«
Anna stand ungelenk auf und schwankte durch die Küche, um den Kessel mit Wasser zu füllen. Ärgerlich registrierte sie, dass sich ihr Gang dramatisch verschlechterte, wenn sie aufgeregt war. Um den Kessel für das Teewasser aufs Feuer zu bugsieren, musste sie sich sogar mit einer Hand am Tisch abstützen.
»Hildegard kennt sich aus mit solchen Dingen! Ich bin sicher, sie weiß auch eine Lösung für uns.« Ulrike ließ nicht locker. »Uns läuft die Zeit davon! Wenn wir nicht verflixt bald schwanger werden, funktioniert es

überhaupt nicht mehr. Dann gibt es weder für die Bäckerei noch für die Schneiderwerkstatt einen Erben.«

»Ulrike! Dann hat der Herr für uns eben keine Nachkommen vorgesehen! Gerade am letzten Sonntag hat Pfarrer Bergemann gepredigt, Schicksal sei zu akzeptieren, sonst beschwöre man den Zorn Gottes herauf«, mahnte die Freundin und wies mit ihrem Zeigefinger unbestimmt in die Höhe.

Ulrike machte vor Schreck Kuhaugen: groß und rund. Daran hatte sie noch gar nicht gedacht! Doch dann preschte sie mit einer neuen Idee vor.

»Wenn es aber eine Art Prüfung für uns sein soll, wie können wir sicher sein, WAS Gott wissen will? Stell dir nur vor, er möchte herausfinden, wie weit wir gehen würden, um ihm ein neues Schaf für seine Herde zu gebären? Was sieht er dann? Unentschlossenheit beim Tee!«

Anna machte ein Geräusch, das sich wie eine Mischung aus Grunzen und Quieken anhörte.

Sie schwieg perplex. So betrachtet, wie Ulrike meinte, musste man schließlich zu einem vollkommen anderen Ergebnis kommen!

»Wie bei Abraham?«, flüsterte sie betroffen.

Das scharfe Messer in ihrer Hand durchschnitt mühelos den Streuselkuchen und trennte zwei große Stücke sauber ab. »Es war ja auch eine Prüfung, als ER von ihm verlangte, er solle seinen Sohn Isaak töten. In der letzten Sekunde erst erlöste der Herr Abraham aus dem Konflikt, nachdem der sich für den Tod des Sohnes entschieden hatte. Und nun glaubst du, ER will wissen, wie stark unsere Sehnsucht nach einem Kind tatsächlich ist? Was wir selbst zu tun bereit sind, um diesen Wunsch wahr werden zu lassen?« Sie drehte sich zu ihrer Freundin um, ihre Augen leuchteten. »Und am Ende stärkt er unsere Männer und macht uns glücklich?« Fast brach sie bei all der Vorfreude in Tränen aus.

Ulrike fühlte sich mit einem Mal unbehaglich.

Sie strich eine Strähne ihres glänzenden blonden Haares zurück, die sich aus dem Knoten gelöst hatte. Jede ihrer Bewegungen war anmutig, ihr Körper makellos und ihre Züge von klassischer Schönheit. Selbst die Hände, die all die Hausarbeit und manche Näherei zu übernehmen hatten, wirkten geschmeidig. Sie war das komplette Gegenteil zu Anna. Und doch waren sie beide bisher nicht nur kinderlos geblieben, sondern auch nicht ein einziges Mal guter Hoffnung gewesen. Sie schloss die Augen und lauschte ihrem Herzschlag. Das hatte eine beruhigende Wirkung. In die unmittelbare Nachbarschaft zu Abraham gerückt zu werden, lag ursprünglich keineswegs in ihrer Absicht, aber wenn es für Anna notwendig war, die Angelegenheit auf diese Weise zu betrachten, wäre es äußerst unklug, ihr ausgerechnet jetzt zu widersprechen. Allein wollte Ulrike nämlich auf keinen Fall zu Hildegard gehen. Und sollte der Herr ihr wegen dieser ungeheuerlichen Anmaßung zürnen, konnte sie noch immer beichten und auf Vergebung hoffen.

Der Tee dampfte in ihren Bechern und ein verführerischer Duft nach frischem Backwerk hing in Annas Küche.

Gedankenversunken kauten die beiden Frauen, spülten mit Tee nach und schwiegen.

Träumten.

Als das Geschirr abgeräumt werden musste, fanden sie endlich ihre Sprache wieder.

»Wann sollen wir gehen?«, wisperte Anna nervös.

»Was denkst du? Mein Mann will noch heute einen Ausgehanzug fertig nähen. Den muss er morgen ausliefern. Dein Mann schläft. Gleich?«

Anna keuchte.

»Gleich? Meinst du nicht, wir sollten das besser noch mal überschlafen?«

»Das ändert doch nichts mehr! Wir haben uns entschieden. Warum also noch warten?«, insistierte Ulrike unerschrocken.

Hildegard sah die beiden schon von Weitem.

»Salome!«, kicherte sie rau. »Da kommen sie. Und noch ist der Zeitpunkt günstig. Wir müssen uns ein bisschen beeilen, aber es ist zu schaffen!«

Hastig riss sie sich die Schürze vom Leib und schlüpfte in einen mottenzerfressenen Wollmantel, zog löchrige schwarze Handschuhe über ihre gichtigen Hände, verwuschelte kunstvoll das schlaffe Haar. Nach einem Blick in den trüben Spiegel griff sie dann doch zu einem wollenen Kopftuch. Kaum war sie fertig, klopfte es auch schon zaghaft.

»Anna und Ulrike! Immer nur herein!«, rief sie, ohne sich zu den Besucherinnen umzudrehen, und wusste, wie überrascht die beiden nun sein würden. »Wie schön, dass ihr die alte Hildegard besuchen kommt!«

Die Freundinnen schoben sich in die Enge. Hand in Hand, mit flackerndem Blick.

Hildegard war zufrieden.

Salome warf den Freundinnen einen unergründlichen Blick zu, signalisierte aber eindeutig, sie sei jederzeit bereit, ihren Liegeplatz mit Zähnen und Klauen zu verteidigen, sollte jemand auf die dumme Idee kommen, Anspruch erheben zu wollen.

»Gott zum Gruße, Hildegard.«

»Woher wusstest du denn, dass wir draußen standen?«, erkundigte sich Ulrike und kam nun doch in ihrem Entschluss ins Wanken. Die Alte war ihr mehr als unheimlich.

»Ich bin eine Heilerin. Als solche verfüge ich wie alle, denen diese Kunst wahrhaft gegeben ist, über das zweite Gesicht!«, gab sich Hildegard ungnädig. Ulrike sollte ruhig merken, dass es sich nicht gehörte, derartige Fragen zu stellen.

Verlegen richteten die beiden Besucherinnen ihre Blicke auf den staubigen Boden.

»Und weil das so ist«, setzte die Hexe nach, »weiß ich natürlich auch genau, was euch hierher führt. Es ist eure anhaltende Kinderlosigkeit, die euch zu schaffen macht. Ist es nicht so? Ich soll euch dabei helfen, endlich schwanger zu werden, bevor es für euch beide zu spät ist!«, trumpfte Hildegard auf.

Kräftige Röte kroch über die Gesichter der Freundinnen.

»Na, ist es nicht so?«, säuselte die Heilerin und sah lauernd in die Augen der Frauen, wozu sie sich weit zur Seite neigen musste, da die beiden noch immer hartnäckig in den Dreck auf den groben Dielen starrten.

»Eure Männer sind müde? Um nicht zu sagen, erschlafft? Und euch rast die Zeit davon. Tja, ja, ja!«

Geschickt bugsierte sie die Kundinnen in die hinterste Ecke des Raumes, vorbei am Kessel, in dem eine grünliche Brühe abkühlte. Sie musste bis vor Kurzem gekocht haben, denn der riesige Bottich strahlte genug Wärme ab, um die ganze Hütte auf sommerliche Temperatur zu heizen, wenngleich kein Feuer mehr unter ihm brannte.

»Ihr hättet wirklich schon früher kommen sollen«, mäkelte sie dann. »Ich bin nicht sicher, ob ich bei Frauen in eurem Alter noch etwas bewirken kann.«

Unruhig bewegten Ulrike und Anna sich hin und her, umklammerte eine jede fest die Hand der anderen. Wenn nicht einmal mehr Hildegard einen Ausweg wusste, war es für alle Hoffnung zu spät, das war den beiden sehr bewusst.

Die Heilerin genoss diesen Moment.

Kostete gierig jede Sekunde davon aus.

Macht.

Wie lange hatte sie auf dieses Gefühl verzichten müssen, das eine solche Menge an Energie und Elan freisetzte!

Diese beiden Frauen waren fest entschlossen, an ihre Heil – und Zauberkräfte zu glauben. Sie würden ihr blind vertrauen!

Salome behielt die Szene aufmerksam im Auge.

»Es gibt verschiedene Gründe für euer Problem. Zunächst müssen wir herausfinden, welche Ursache bei euch vorliegt. Es wäre zum einen möglich, dass eure Männer schlicht alt geworden sind. Es ist leider eine normale Entwicklung. Wenn Männer altern, werden sie träge und die Festigkeit schwindet. Man kann mit gewissen Methoden eine Besserung erzielen, wenn auch nicht in jedem Fall.«

Amüsiert beobachtete Hildegard, wie sich die Züge ihrer Kundinnen entspannten.

»Allerdings könnte es auch eine andere Ursache haben. Ich weiß, dass in unserer Gegend ein Sukkubus sein Unwesen treibt.« Sie kicherte leise. »Eigentlich müsste man wohl sagen, ihr Unwesen treibt.«

»Ein S-u-k-k-u-b-u-s?«, huschte die Frage über Ulrikes Lippen, bevor sie es verhindern konnte.

»Ja. Genau.«

Da sie ja nun schon einmal mit Fragen angefangen hatte, wagte Ulrike nachzusetzen: »Was ist das? Ein Sukku-dings? Eine ansteckende Krankheit?«

Hildegard starrte Ulrike ungläubig an.

»Ihr beide wisst nicht, was ein Sukkubus ist? Wirklich nicht? Aha!« Ein verächtliches Grinsen zog die Lippen der Heilerin auseinander und offenbarte, dass sie nur noch über einen einzigen Zahn verfügte. Im Unterkiefer. Rechts. Eckzahn. Braun.

Anna registrierte das ganz automatisch.

»Ein Sukkubus ist ein Dämon in Frauengestalt. Eine Art weiblicher Teufel. Immer ausgesprochen schön und verführerisch, schleicht sie sich nachts in die Betten der Ehemänner und stiehlt, was eigentlich den Gattinnen vorbehalten sein sollte. Für die bleibt dann zu wenig Manneskraft in den Lenden übrig, die Gatten sind müde und ausgelaugt.«

»So etwas würde Julius nie tun!«, protestierte Anna empört, doch Hildegard wusste, die Saat des Zweifels war ausgebracht. Sie würde auf dem Boden von Annas Unzufriedenheit keimen und üppig gedeihen.

»Die Männer können sich nicht wehren. Es ist ein Teufel; sie sind gezwungen, sich ihm hinzugeben.«

»Du meinst«, fragte Ulrike weiter und klang dabei hysterisch, »sie sind dieser Schönheit völlig ausgeliefert?«

»Ich weiß nur von sehr wenigen Männern, bei denen dies nicht der Fall gewesen wäre«, behauptete die Alte und freute sich über die Wirkung ihrer Worte.

»Kann man den Sukkubus an irgendetwas erkennen?«

»Nein. Der Dämon sieht nur wie eine schöne junge Frau aus. Nicht mehr und nicht weniger. Allerdings weiß der Sukkubus genau, wann die jeweilige Gattin besonders bereit ist, ein Kind zu empfangen. Dann kommt sie gern und besucht den Gatten.«

»Warum sollte sie so etwas tun?«

»Sei nicht so dumm, Anna!«, wies Hildegard ihre Besucherin zurecht. »Natürlich, damit die Frau nicht schwanger werden kann! Das ist das erklärte Ziel dieses Dämons!«

»Du hast gesagt, es gäbe drei mögliche Gründe«, erinnerte sich Ulrike.

»Jaja. Das stimmt. Manchmal liegt es einfach am Mann. Mit manchen Exemplaren ist schlicht kein Erfolg zu erzielen. Die betroffene Frau probiert es mit einem anderen und der Erfolg stellt sich in der Regel schnell, meist sogar sofort, ein.«

Das betretene Schweigen, das sich diesmal in der Hütte breitmachte, war wie giftiger Dampf. Anna und Ulrike wagten kaum zu atmen.

»Was meinst du damit?«, ächzte Anna endlich. Kaum hatte sie ihre Frage gestellt, spürte sie, wie sich ein spitzer Ellbogen schmerzhaft in ihre Rippen rammte. Entrüstet drehte sie sich zur Freundin um, doch die machte ein so unbeteiligtes Gesicht, dass Anna Zweifel kamen. Immerhin verfügte Hildegard über magische Fähigkeiten. Wie sollte man da noch erkennen können, wer hier seinen Schabernack trieb.

Hildegards Miene drückte Geringschätzigkeit aus.

»Nun, meine Liebe, was glaubst du wohl?«, zischte sie sarkastisch.

Ulrike sah den Moment gekommen, an dem sie einschreiten musste, um zu verhindern, dass Anna sich einfach umdrehte und in Richtung Branitz davonstürmte.

»Das Elixier zur Stärkung der Manneskraft sollte uns fürs Erste genügen! Wenn es nicht wirkt, kommen wir wieder.«

Hildegard brummte grantig. Streckte ihre klauenartigen Finger nach dem Geld aus, das ihr die Freundinnen anboten. »Wie ihr meint. Ich gebe euch je eine duftende Seife und ein paar Tropfen für die Gatten. Die sind völlig geschmacklos, ihr könnt sie ins Essen oder ins Wasser mischen. Und denkt daran: Das Nachtgestirn arbeitet für euch! Die Zeichen weisen auf Erfolg für die dritte Möglichkeit. Wenn es heute nicht funktioniert, kommt auf jeden Fall morgen erneut. Sonst ist die Gelegenheit vertan!«

## 12

Hinnerk Renck beschloss, in der Dorfschänke einzukehren.

Oft genug erfuhr man dort die überraschendsten und interessantesten Dinge völlig ungefragt. Das kleine Gasthaus war schnell gefunden, Renck bestellte bei der übellaunigen Bedienung ein einfaches Gericht und einen Krug Bier. Damit zog er sich in eine der weit vom Tresen entfernten Nischen zurück und versuchte, durch Verschmelzen mit dem Hintergrund unsichtbar zu werden.

Die Kartoffeln waren verkocht, das Fleisch hatte einen eigenartig säuerlich-seifigen Beigeschmack, doch Renck bemerkte nichts von alledem. Gespannt wartete er auf die zu erwartende Kundschaft der Schänke.

Lang wurde seine Geduld nicht strapaziert.

»Ich habe gehört, nun will doch jemand den Toten vorher im Dorf gesehen haben!«

»Der Wilhelm. Lehrbub vom Bäcker. Nun, der kommt ja wohl als Mörder nicht in Betracht!«, johlte ein kleiner, stämmiger Mann, der aussah, als könne er ohne Schwierigkeiten eine Kuh stemmen.

Meister Julius, der gerade in diesem Moment die Tür hinter sich schloss, reagierte sofort: »Mein Wilhelm! Der kann keiner Fliege etwas zuleide tun. Der empfindsame Junge könnte gar keinen Mord begehen, ohne dass ich es ihm anmerken würde!«

»Nun reg dich bloß nicht gleich so auf. Niemand behauptet, dein Wilhelm könnte den Fremden getötet haben«, lenkte der erste Sprecher ein. Er setzte lachend hinzu: »Wenn er nun erschlagen worden wäre, kämst du ja dafür infrage. Mit einem Nudelholz.«

Lautes, rohes Gegröle antwortete ihm.

»Schon vergessen?«, mischte sich ein derber Kerl ein, der aussah und zu Rencks Leidwesen auch so roch, als sei er direkt aus dem Schweinestall in die Schänke gekommen. »Der Junge wurde erdrosselt! Mit einem Seil! Nach deinen Überlegungen muss ja dann der Seiler der Täter sein.« Er drehte sich zum Tresen um: »Mensch, Klaus, jetzt haben sie dich!«

Der Seiler, der bis dahin unauffällig hinter seinem Bierkrug gesessen hatte, erhob sich.

Renck schätzte ihn auf eine Größe deutlich an die zwei Meter oder mehr.

Ein muskelbepackter Riese, mit einem trüben Auge, das er einer Auseinandersetzung mit einer Räuberrotte verdankte. Die Bande hatte den Angriff tief bereut. Es ging die Mär, dass sieben von ihnen bis ans Ende ihres armseligen Daseins behindert bleiben würden.

Füße scharrten nervös.

Köpfe wurden gesenkt.

Niemand sprach.

Schatten huschten auf den Hof hinaus, drückten sich um die nächste Ecke und waren verschwunden, noch bevor im Wirtshaus der volle Bass des Seilers über die Häupter der anderen Gäste hinwegdonnerte: »Wer will hier dem Seiler einen Kindsmord anhängen? Hä!

Wer?« Drohend ballte er die Faust, reckte sie in die Luft, während er sich langsam einmal um sich selbst drehte. »Wer?«

Der Wirt, im Bestreben, Schaden von seinem Inventar abzuwenden, füllte einen neuen Krug. Reichte ihn an den Seiler weiter.

»Niemand will dir das anhängen! Es war nur ein dummer Scherz. Spül deinen Ärger einfach runter.«

Grunzend nahm Klaus dem Wirt den Krug ab und trottete damit in seine Ecke zurück.

Kaum hatte sich das drohende Unheil verzogen, füllte sich die Gaststube rasch wieder mit fröhlichen Leuten. Meister Julius jedoch kehrte nicht zurück; sein Tagwerk begann, wenn die anderen noch schliefen.

Unerwartet nahm jemand am Tisch des Ermittlers Platz. Aufgeschreckt hob er den Kopf und erkannte den Pfarrer, der ihm unsicher zuprostete. Renck nickte ihm zu und hob ebenfalls seinen Krug.

Bergemann atmete tief durch.

»Das dürfen Sie nicht so ernst nehmen. Klaus ist eigentlich ein sanftmütiger Mensch. Man sollte ihn nur nicht reizen.«

Rencks Miene spiegelte seine Ungläubigkeit.

Der Pfarrer bemerkte es und schob hastig nach: »Wirklich! Lammfromm ist er. Früher war er sogar noch ruhiger. Aber seit seine Frau bei dem großen Fieber vor zwei Jahren gestorben ist, reagiert er mitunter ein wenig heftig. Es fehlt ihm eben die ordnende Hand. Aber eins weiß ich gewiss: Er würde keinen Knaben fesseln und dann erwürgen. Niemals! Er mag Kinder und wäre sicher ein guter Vater geworden. Man muss das Schicksal nehmen, wie es kommt. Der Herr hatte andere Pläne für ihn.«

Der feiste Pfarrer sah sich um. »Nun ist ja fast das ganze Dorf hier versammelt.«

»Ja. Einer verdächtigt Wilhelm, einer den Bäcker, einer den Seiler.«

»Das ist selbstverständlich nur bierseliges Geschwätz.«

»Mag sein. Ich will sagen: Nach meiner Erfahrung liegt oft genug die Wahrheit darin verborgen«, widersprach Renck und der Pfarrer zuckte mit den Schultern.

Vom Tresen drang eine laute Stimme herüber.

»Wisst ihr, wen ich vorhin im Wald gesehen habe?« Der Sprecher machte eine dramatische Pause und fuhr dann fort: »Ulrike und Anna! Wenn die mal nicht auf dem Weg zur alten Hildegard waren!«, lachte er dann und schlug sich klatschend auf die Oberschenkel.

»Hildegard ist eine Heilerin. Sie wohnt einen Spaziergang von hier entfernt. Verkauft Salben und anderen Schnickschnack«, erklärte Bergemann bereitwillig. »Sie glaubt jedenfalls, sie habe ›Kräfte‹.«

»Was ist so amüsant an der Tatsache, dass die beiden Frauen eine Heilerin besuchen?«

»Oh, die beiden eint das Problem. Jeder hier weiß, dass sie nichts mehr ersehnen als die Mutterschaft. Da ist ihnen offensichtlich jedes Mittel recht. Hildegard ist geschäftstüchtig. Sie wird natürlich behaupten, ihnen helfen zu können. Eine glatte Lüge! Die beiden sollten zu mir in die Kirche kommen, das Gespräch mit dem Herrn suchen, sich demütig in seine Hände begeben. Vielleicht würden ihre Gebete ja doch noch erhört. In der Bibel gibt es Beweise dafür, dass der Herr Frauen in dieser Lage helfen kann. Es wäre aber in jedem Fall besser, das Geld einer wohltätigen Hand zukommen zu lassen, als es Hildegard in den gierigen Schlund zu werfen!«

Der Pfarrer beugte sich so weit über den Tisch, wie sein Bauch es zuließ, und flüsterte: »Das Beste, was einem bei einer Anwendung des Zeugs von Hildegard passieren kann, ist, dass es nicht krank und keinen eitrigen Ausschlag macht. Meist wird man jedoch krank und bekommt Pusteln.«

Renck nahm auch diese unerwünschte Indiskretion auf. Wer ahnte in dieser Phase der Ermittlungen schon, was zu wissen sich später als wichtig erweisen würde.

Und während er noch über Hildegard und ihre Künste nachdachte, fielen die Sätze, die seinen Überlegungen eine völlig neue Richtung gaben.

»Ich hab schon gedacht, der Junge wurde aus einem bestimmten Grund dort vergraben!«

»Klar! Was bist du klug!«, höhnte eine andere Stimme. »Man wollte ihn verstecken.«

»Nein, das meine ich nicht. Natürlich sollte er nicht gefunden werden. Aber möglich wäre doch, dass er eine Aufgabe erfüllen sollte.«

Alle Köpfe wandten sich dem Sprecher zu. Einem dürren, kleinen Mann mit großem, eiförmigem Schädel, den Bergemann als Bauer Peter Heinzel identifizierte. »Ich bilde mir ein, der Fürst hätte mal in einem Brief an einen anderen Gartenfreund geschrieben, um das Anwachsen der Bäume zu verbessern, sei es eine gute Methode, eine tote Katze mit in das Loch zu versenken. Was, wenn die Leiche des Knaben eine noch bessere Wirkung entfalten sollte?«

*»Liebe bedeutet Erziehung«, flüsterte die Stimme, die nur er hören konnte. »Je größer die Liebe, desto energischer muss durchgegriffen werden! Nur Erziehung formt aus einem Kind einen Menschen, der dazu taugt, am Leben der Gesellschaft teilhaftig werden zu können. Hast du denn vergessen, dass Erziehung Strafe heißt?«, säuselte sie. »Sie ist das wichtigste Instrument. Schrecke nicht davor zurück, denn der, den du liebst, wird es dir später danken.«*

# 13

Er hielt ihre raue, schwielige Hand, bis sie in der seinen kalt geworden war.

Dann kreuzte er ihre Arme über der Brust, so, dass die Finger gerade die Schultern erreichten, strich ihr ein letztes Mal das noch immer feuchte Haar aus der Stirn.

Warf einen Blick auf die Wiege, in der seine vor wenigen Tagen geborene Schwester lag. Sie hat noch nicht einmal jemanden ihren Namen rufen hören, dachte er traurig. Friedlich sah sie aus, so, als schlafe sie nur. Andreas wusste, sie schlief auf ewig. Fast unmerklich nickte er der Mutter zu.

»Komm!« Er streckte die Hand, die gerade noch die ihre gehalten hatte, dem Bruder entgegen, der stumm auf dem Boden kauerte und nichts von dem verstand, was geschehen war, und nun unausweichlich folgen musste.

Zögernd rappelte der Kleine sich auf.

»Hast du eingepackt, was du mitnehmen möchtest?«

»Ja.«

»Auch die warmen Joppen? Glaub mir, du wirst sie brauchen. Wir sind sicher ein paar Stunden lang unterwegs.«

Jonathan nickte eifrig. Er freute sich auf das Abenteuer.

Noch nie war er weiter weg von zu Hause gewesen als bis zur Kirche, in der er getauft wurde.

»Hör zu, Jonathan: Wir kommen vielleicht nie wieder hierher zurück. Mama schläft nun und wird nicht mehr aufwachen. Niemand kann uns jetzt noch beschützen. Möchtest du dich von ihr verabschieden?«

Die Augen des Kleinen weiteten sich.

An der Hand des Bruders betrat er schüchtern das elterliche Schlafzimmer.

»Mama?«

»Sie hört dich nicht mehr.«

Jonathan stand reglos am Fußende des Bettes, versuchte zu begreifen, was der Bruder damit sagen wollte.

»Sie ist jetzt ein Engel.« Andreas kämpfte gegen die aufsteigenden Tränen. Es war nicht notwendig, Jonathan sehen zu lassen, wie sehr er unter dem Abschied litt.

»Was wird er nun tun?«, wisperte Jonathan ängstlich.

»Du weißt, was er gesagt hat. Und ohne Mamas Schutz sind wir ihm ausgeliefert. Deshalb gehen wir jetzt.«

»Er hat gesagt, er will uns mit dem Prügel totschlagen wie die jungen Katzen aus Miezis letztem Wurf.«

»Willst du noch einmal Mamas Hand halten?«

Jonathan schob seine Arme in den Rücken und verschränkte die Finger fest ineinander.

»Engel darf man nicht anfassen. Dann können sie nicht mehr bis in den Himmel fliegen!«

»Mhm. Komm!«, drängte Andreas.

Schweigend griffen sie nach ihren Bündeln. Andreas schubste den Bruder förmlich zur Küchentür hinaus. Auf dem Hof sahen sie sich sorgfältig nach allen Richtungen um. Er war weder zu sehen noch zu hören.

Vielleicht, hoffte Andreas, mistet er gerade den Stall aus und bemerkt erst später, dass wir verschwunden sind.

»Wir rennen! Egal, was passiert, du läufst, so schnell du kannst. Immer weiter, ohne anzuhalten. Ich bin hinter dir.«

Jonathan rannte los.

Er stürzte, rappelte sich wieder auf, spürte Andreas' Hand, die ihn zurück auf die Beine riss, als er erneut strauchelte.

Keuchend hatten sie das halbe Feld hinter sich gebracht.

Da hörten sie einen gottlosen Fluch über den Hof schallen.

»Ich kriege euch, ihr Lumpenpack! Jetzt ist Schluss mit euch! Diebesgesindel!«

Jonathan hatte nicht genug Atem übrig, um Andreas zu fragen, wie das gemeint war. Er musste das auf später verschieben, wusste aber ganz genau, dass er in seinem ganzen Leben noch nie etwas gestohlen hatte.

»Er hat den Hund von der Kette gelassen! Lauf, Jonathan, lauf! Er wird dich sonst zerfleischen!«

Und Jonathan rannte.

Rannte um sein Leben.

## 14

Frieder Prohaska läutete die Schulglocke.

Lärmend enterte eine Gruppe Kinder das Gebäude, es wurde geschubst, gedrängelt und gelacht.

Prohaska schüttelte nachsichtig den Kopf, seine schulterlangen, üppigen Locken fielen über die fast bernsteinfarbenen Augen und er strich sie mit Schwung wieder nach hinten zurück. Die ebenmäßigen Züge mit den hohen Wangenknochen gaben ihm ein maskulines Aussehen, ohne allzu hart zu wirken.

»Ungestüme Bande!«, murmelte er lächelnd. Natürlich gab es eine Hausordnung, jeder seiner Schüler hatte sie auswendig gelernt und bei Verstößen auch schon abgeschrieben. Manche gar mehrfach. Aber es half nicht. Jeden Morgen war es das Gleiche.

Liebevoll glitten seine wachen Augen über die kleine Schar der Köpfe.

Endlich! Nun brach die Zeit des Jahres an, in der er seine Schüler wieder regelmäßiger zu Gesicht bekam. Die Ernte war abgeschlossen, das Getreide eingefahren. Herbstliche Ruhe zog in die Familien ein. Nicht mehr lang und überall würde mit den Vorbereitungen für Weihnachten begonnen. Der junge Pädagoge schmunzelte bei dem Gedanken, dass dann auch er mit leckerem Backwerk bedacht werden würde.

»Guten Morgen, Herr Prohaska!«, leierte der Chor.

»Guten Morgen! Setzt euch.«

Stühle scharrten quietschend über den Boden. Aus der Bankreihe für die Kleinen kam ein wütender Protestschrei. Hans hatte Peter über die Ecke geschubst und der saß nun auf dem Hosenboden und schimpfte empört. Lotte griff ihrer Schwester Grete in die langen Zöpfe und zog kräftig daran.

Prohaska seufzte.

Das würde sich wieder legen, nach dem Sommer mussten sich die Kinder langsam wieder an Schule gewöhnen. Bei den einen ging das schneller, andere benötigten eben mehr Zeit dazu.

»Ruhe!«

Zu seiner Überraschung kehrte tatsächlich nahezu sofort Stille ein.

»Wo ist Liese?«, erkundigte er sich bei der Klasse.

Alexander meldete sich eifrig.

»Ja, bitte!«

»Sie ist in der Scheune von der Tenne gestürzt. Ein Arzt musste kommen.«

»Wie furchtbar!« Prohaska war ehrlich entsetzt. »Hat sie sich schwer verletzt?«

Alexander sah den Lehrer unschlüssig an, als überlege er, ob es sinnvoll sei, seinen Satz noch zu ergänzen. Doch nach wenigen Augenblicken setzte er sich ohne ein weiteres Wort wieder hin. Prohaska registrierte das überrascht und nahm sich vor, den Jungen in der Pause noch einmal anzusprechen. Vielleicht wollte Alexander nicht darüber reden, weil es ein Geheimnis war, überlegte er, etwas, das nur Liese und ihn betraf.

»Haben Sie auch von dem toten Jungen gehört?«, erkundigte sich Lotte, ohne sich gemeldet zu haben.

Frieder Prohaska zögerte.

Im Grunde wollte er ein Gespräch über dieses unerquickliche Thema nicht zulassen. Die Großen würden mit ihrem Gerede nur die Kleinen ängstigen und außerdem wusste noch niemand etwas Genaues über die Umstände, die zum Tod des Fremden geführt hatten. Alles nur wilde Spekulationen, an denen sich der Lehrer nicht beteiligen wollte.

Auf der anderen Seite war es sicher kein Fehler, die unglaublichen Gräuelgeschichten in der Schule geradezurücken. Wer sollte diese Aufgabe sonst übernehmen, wenn nicht der Dorflehrer!

»Ja, ich weiß davon«, antwortete er endlich leise.

Anton erhob sich und erzählte aufgeregt: »Ich habe ihn sogar gesehen! Meine Mutter ist hingelaufen und hat gar nicht bemerkt, dass ich ihr folgte. Ganz weiß war er und voller Dreck!«

»Und Kaspar, mein Bruder, hat ihn gefunden. Ihm ist heute noch schlecht, und wenn er davon spricht, fängt er an zu zittern. So schlimm war das!«, trumpfte Maria auf.

Prohaska sorgte mit einer die Klasse umspannenden Bewegung der Arme für Ruhe, versuchte, die zunehmende Begeisterung der Schüler zu dämpfen. Dann räusperte er sich. »Ich möchte euch gern etwas erzählen«, leitete er das Folgende ein und begann, langsam vor den Kindern auf und ab zu gehen, sprach mit warmer, sanfter Stimme. »Heute Morgen, als ich erwachte, war die Sonne nur eine vage Ahnung am Horizont. Weil ich nicht mehr müde war, sprang ich aus den Federn und beschloss, einen Spaziergang zu machen. Mein Hund begleitete mich, tobte um mich herum, spielte mit einem Stock und brachte mich immer wieder zum Lachen, wenn er beim Spiel herumkugelte. Zusammen beobachteten wir, wie die Sonne sich langsam aus ihrem Schlaf rekelte. Als wir nach Hause kamen, stellte ich die gepflückten Blumen auf den Küchentisch, ich frühstückte ausgiebig und der Hund fraß Haferbrei.« Sein Blick wanderte von einem Gesicht zum anderen. Es war mucksmäuschenstill. Mit völlig veränderter Stimme fuhr er mahnend fort: »All das, was uns so selbstverständlich scheint, wird dieser Junge nie mehr erleben können! Der Tod ist kein Spiel! Er ist das Ende von all dem, was ihr täglich mit Freude oder Ärger erlebt.«

Maria und Anton senkten betreten die Köpfe.

Lotte fragte so leise, dass man es kaum verstehen konnte: »Aber er ist doch jetzt ein Engel im Himmel, nicht wahr?«

Prohaska strich ihr über den Scheitel. »Das musst du Pfarrer Bergemann fragen. Der kennt sich damit bestens aus«, antwortete er.

An Engel und vieles andere glaubte Frieder Prohaska schon lange nicht mehr.

Es erwies sich als schwierig, den Rechtschreib- und Leseunterricht fortzusetzen, ohne in mehr oder weniger regelmäßigen Abständen erneut auf den Toten zurückzukommen. Prohaska sah sich gezwungen, Worte wie Mord, Drosselung und Fesseln zu erklären.

Schon bald wünschte er sich, er hätte das Gespräch über dieses Thema im Keim erstickt.

»Mein Bruder arbeitet beim Totengräber. Er hat mir erzählt, dem Toten habe jemand den Kopf abgebissen«, flüsterte August dem Lehrer in der Pause zu, was dazu führte, dass drei der Mädchen, die Augusts Worte gehört hatten, schreiend ins Schulhaus verschwanden und der Rechenstunde nicht mehr folgen konnten.

Alexander vertraute ihm an, Liese sei auf der Tenne gewesen, um Stroh zusammenzubinden. Daraus sollte eine menschenähnliche Puppe entstehen. Die wollte sie mit Alexander zusammen auf dem Hof aufstellen und eine Kerze davor anzünden. Die Trolle aus dem Wald sollten sehen, dass es den Leuten im Dorf leidtat, dass ihre Bäume ausgegraben und gestohlen wurden, um an einem anderen Ort weiterzuwachsen.

»Trolle?«

»Ja, Baumtrolle. Sie leben für den Wald, hausen im Geäst der Bäume. Wenn nun einer versetzt wird, ganz woanders hin, werden sie wütend, denn sie verlieren ihr Zuhause. Lieses Mutter sagt, die Trolle wollten den Menschen auch das Liebste nehmen und das seien ihre Kinder. Deshalb sei der tote Junge unter diesem Baum gefunden worden.«

»Das würde aber bedeuten, dass die Trolle einen unverhältnismäßig hohen Preis eingefordert hätten.«

Alexander überdachte dieses Argument.

»Was, wenn sie ihre Bäume so sehr lieben wie Eltern ihre Kinder?«, fragte er dann.

Prohaska plante im Geiste seinen Unterricht für den kommenden Tag um. Der menschliche Körper würde im Mittelpunkt stehen. Daneben jedoch sollte auch Zeit sein für Märchen und andere fantasievolle Geschichten, zum Beispiel über Baumtrolle –, die er dann auch als solche enttarnen könnte. Das wäre sein Beitrag gegen das Gerede im Dorf, nahm er sich vor.

Im Klassenbuch vermerkte er, wie sehr sich die Aufregung in den Familien auf die Lernfähigkeit der Kinder auswirkte. Auch die noch immer lebendige Angst vor dem Miasma der Toten ließ er nicht unerwähnt.

»Werwolf, Muhme, Trolle, Teufel und Dämonen! Oft genug bedarf es nur eines geringen Anstoßes und das Getuschel kommt in Gang, weckt all die Ausgeburten der Fantasie zu neuem Leben«, schimpfte er leise vor sich hin, während er seine Eintragung mit Sand ablöschte. »Am Ende wird es noch zu ernsthaften Schwierigkeiten kommen wegen dieses abergläubischen Gewächs.«

Hinnerk Renck saß in Hildegards stinkender Hütte und fühlte sich ausgesprochen unbehaglich. Immer wieder lockerte er mit dem Zeigefinger den gestärkten Kragen, der ihm, wegen der Hitze und des penetranten Geruchs, den Atem abzuschnüren schien.

Wer weiß denn, ob diese Dämpfe nicht eine krank

machende Wirkung haben, schoss ihm durch den Kopf, und dieser Schreck sorgte dafür, dass eine neue Welle von Schweiß über ihn hinwegrollte. Todbringendes Miasma!

Salome beobachtete den Gast genau.

Er war anders als jene, von denen sie sonst besucht wurden.

Sein Parfüm beleidigte ihre Nase, seine schiere Anwesenheit war für die edle Weiße eine einzige Provokation. Hätte sie Farben sehen können, wäre die von Renck gewählte neue Kombination aus fliederfarbener Weste und intensiv orangefarbener Schleife ein quälender Anblick gewesen.

Salome fauchte.

Der Gast rückte etwas von ihr ab.

Katzen! Renck hasste die sonderbaren Tiere, bei denen man nicht einmal im Ansatz erraten konnte, was sie gerade dachten oder planten, diese schnurrenden Koser, die ohne zu zögern vom Schoß springen konnten, um in der nächsten Sekunde einer Maus den Tod zu bringen, qualvoll und, wenn es ihnen danach war, einen ganzen Nachmittag lang.

»Du behauptest also, Seifen und heilende Salben herzustellen?«

»Ja. Das ist kein Geheimnis. Jeder in der Gegend hier kennt die alte Hildegard!«

Mit einer blitzschnellen Bewegung warf sie eine Handvoll Kräuter ins Feuer unter dem Kessel. Eine hohe Stichflamme schoss empor, Renck fuhr erschrocken zurück.

»Ich sage mal: Der Junge war auf dem Weg hierher! Seine Mutter hatte ihn geschickt, er sollte bei dir einen speziellen Trank abholen.«

Hildegard schnaubte: »Bei mir muss man schon persönlich vorbeikommen. Meine Mischungen sind immer nur für die eine Person bestimmt, die sie braucht. Du redest von dem toten Jungen im Park, nicht wahr?«

»War der hier?«, Renck ließ sich seine Verärgerung über die beleidigende Anrede nicht anmerken.

»Nicht, dass ich wüsste.« Die Heilerin war auf der Hut.

Der Bauer Schmieder hatte vor einigen Jahren behauptet, sie habe seine Schweine verhext. Genauer gesagt: vergiftet. Sie, Hildegard, sei nachts in seinen Stall geschlichen, nachdem sie den Hofhund in tiefen Schlaf gezaubert habe, um heimlich ihre tödlichen Kräuter unter das Futter der Tiere zu mischen. Aus Rache, weil Schmieder ihr nicht spendete, als sie ihn um Hilfe bat. Damals versammelte sich das ganze Dorf hier vor ihrer Hütte. Noch heute erinnerte sie sich mit Schaudern daran, wie brenzlig die Situation damals war. Im wahrsten Sinne des Wortes. Siegfried Hausmann war es nur mit größter Mühe gelungen, die aufgebrachte Meute davon abzuhalten, ihre Fackeln auf ihr Haus zu werfen.

Der preußische Ermittler beobachtete angewidert Hildegards Mienenspiel.

Als sich unerwartet ihre Lippen zurückzogen, entblößten sie blassrosa Zahnfleisch, einen braunen Zahn und eine Fülle eitriger Beulen in der Mundhöhle.

Renck wandte sich voll Abscheu ab und begegnete dem vernichtenden Blick Salomes.

Unerträglich heiß kam es ihm plötzlich vor.

Die Alte schien das nicht zu bemerken.

Während ihm der Schweiß übers Gesicht rann, er seine Oberlippe ständig mit einem blütenweißen Taschentuch abtupfen musste und seine Kleidung am Körper klebte, zog die Hexe ihre dicke Wolljacke enger um den Körper.

»Bei mir war kein Junge. Schon gar kein fremder.«

»Sicher?«

»Natürlich bin ich sicher! Was soll das? Ich mag dir vielleicht unheimlich vorkommen, Hinnerk Renck, aber mein Gedächtnis ist vollkommen untadelig!«, fauchte ihn die Heilerin an und die schöne Weiße öffnete ihr Maul und entdeckte ihm makellose weiße und sehr spitze Zähne.

Renck dachte an geordneten Rückzug. Ein Aspekt ließ ihm allerdings keine Ruhe.

»Ha! Woher weißt du denn, dass es ein Fremder war?«

»Weil die Leute das erzählen. Ein Junge, den niemand kennt, tot im Schlosspark.«

»Es kommen also viele zu dir, die dir die neuesten Geschichten aus Branitz erzählen?«

Hildegards Augen verschwanden so tief in den Falten, dass nur noch Schlitze zu erkennen waren. Der Ermittler dachte unwillkürlich an Schießscharten.

»Ja-a«, antwortete die Vettel nach langem Überdenken.

»Was vermuten sie, wie es zugegangen sein könnte?«

»Sie vermuten gar nichts, Herr Renck!«

»Oh, das weiß ich besser: Einige glauben, der Bäcker könnte … «

»So ein ausgemachter Unsinn!«, fiel ihm die Frau ins Wort und trat einen Schritt näher an ihn heran. So nah, dass ihr ranzig stinkender Körper ihn berührte und ihr fauliger Atem direkt in sein Gesicht blies. »Der Bäcker ist ein herzensguter Mann. Niemals würde er jemandem etwas zuleide tun. Julius kenne ich praktisch sein ganzes Leben lang, der war es mit Sicherheit nicht!«

»Andere behaupten, jemand habe das Kind unter dem Baum begraben, um dessen Wachstum zu verbessern«, setzte Renck das Gespräch tapfer fort.

Die Alte rückte wieder von ihm ab und machte nun tatsächlich ein nachdenkliches Gesicht. »Damit er besser wächst? Soso! Warum nicht. Im Wald kann man auch beobachten, dass an den Stellen, an denen tote Tiere liegen, alles üppiger gedeiht. Dort hinten zum Beispiel. Da liegt seit einem halben Jahr ein totes Wildschwein. In der Gegend sind meine Kräuter robuster und zahlreicher. Allerdings habe ich noch nie jemanden von solch einer Methode sprechen hören. Man tötet nicht aus diesem Grund.«

Sie grübelte weiter, während sie zum Kessel trottete und den Inhalt mit einem langen Holzlöffel umrührte. »Aber wenn doch, dann musst du den Täter unter den Gärtnern suchen.«

Sie war nicht im Geringsten erstaunt.

Das bemerkte Renck mit Unbehagen. Wahrscheinlich hatte sie diese Frage längst mit halb Branitz diskutiert und ihm kein Wort von dieser Sache erzählt. Als er ihren kalten Augen begegnete, fiel ihm sofort der hämische Funke auf, der wild darin tanzte. Hinnerk Renck begann, Hildegard zu hassen.

»Vielleicht kam der Junge auch aus dem Kloster. Man munkelt, die Nonnen hätten manchmal sehr eigenartige Methoden, wenn es darum geht, den Glauben ihrer Schützlinge zu festigen!«, legte die Heilerin nach und lachte höhnisch, als sie beobachtete, wie Renck versuchte, näher zur Tür zu kommen, um frische Luft zu atmen.

Er bedurfte keiner weiteren Informationen mehr aus dieser Quelle. Renck beschloss, es sei an der Zeit zu gehen und seine Gesundheit nicht länger zu gefährden. Rasch verabschiedete er sich und rannte fast aus der stickigen Hütte.

»Herr Bergemann!«, hielt er wenig später unfreundlich den Pfarrer an, der ihm auf dem Weg nach Branitz begegnete. »Warum haben Sie mir nichts von diesem Nonnenkloster erzählt? Mir wurde hinterbracht, dort seien eigentümliche Erziehungsmaßnahmen durchaus an der Tagesordnung!«

»Ihnen auch einen schönen Tag!«, wünschte Bergemann und verlangsamte seinen Schritt, damit der kleine Mann mithalten konnte. »Ich wusste ja nicht, dass Sie sich dafür interessieren. Aber es ist so: in dieser Richtung liegt das Kloster der Nonnen«, er wandte sich nach links und deutete vage eine Richtung an, »und in dieser liegt ein Männerkloster. Wenn Sie nun der Auffassung sind, der Fremde käme aus einem Ordenshaus, sollten Sie unbedingt beiden einen Besuch abstatten. Tatsache ist, dass Hildegard, und Ihrem bleichen Gesicht nach zu urteilen, kommen Sie von ihrer Hütte, die Nonnen nicht ausstehen kann, denn diese verweigerten vor vielen Jahren ihrer Heilkunst die Anerkennung. Genauer: Sie bezeichneten Hildegards Heilmittel als giftig und gefährlich.«

Renck warf ihm einen argwöhnischen Blick zu. Er fand allerdings keinen Hinweis in der Miene des Geistlichen, dass dieser sich über ihn lustig machen wollte, und entspannte sich etwas.

»Sehen Sie, Herr Renck, zwischen hier und dort liegen viele kleinere und größere Bauernhöfe. Auf jedem davon hätte er sich als Stallbursche verdingt haben können. Die Bauern scheren sich nicht viel darum, wenn die Kerle plötzlich verschwinden, ja, offenkundig erwarten sie es auch gar nicht anders von ihnen. Die Bezahlung ist nicht gut und die Behandlung zumeist auch nicht.«

Das stimmte, räumte Renck in Gedanken ein. In der Regel nahm der Bauer das Verschwinden ärgerlich zur Kenntnis und suchte nach einem Ersatz. Normalerweise war der schnell gefunden, bis auch der neue Stallbursche sein Glück an einem anderen Ort suchte.

»Hm. Es gibt ja auch andere, die viel unterwegs

sind. Sie haben den Toten doch etwas länger gesehen, nicht wahr?«

Bergemann nickte unbehaglich.

»Ist Ihnen dabei an seinem Ohr etwas aufgefallen?«

»Was soll mir da aufgefallen sein? Es war völlig verdreckt.«

»Ich sage mal: Trug er am Ende etwa einen Ohrring?«, fragte Renck lauernd.

»Er hatte eine Narbe am Ohrläppchen.«

»Ha! Na bitte!«

»Nicht, weil er ein Schlitzohr war! Der Knabe war viel zu jung für die Walz«, widersprach Bergemann, der sofort verstand, worauf der andere hinauswollte. Wenn Lehrlinge auf die Walz gingen, bekamen sie einen Ohrring. Verhielten sie sich ungebührlich oder gar verbrecherisch, riss man ihnen zur Strafe den Ohrring unten aus dem Ohrläppchen. Es entstand ein Riss. Ein Schlitz. Jeder konnte nun sehen, dass diesem Kerl nicht zu trauen war.

Enttäuscht stapfte der Ermittler neben dem Pfarrer her.

»Und«, fragte Bergemann grinsend, »konnte Hildegard Ihnen helfen? Hoffentlich nichts Ernstes.«

Ungerührt sah Bergemann zu, wie Renck puterrot anlief.

»Mord! Ist das nicht ernst genug!«

Bergemann lachte, sah den anderen belustigt an.

»Und was wollten Sie damit bei Hildegard? Eine Salbe, die den Mörder anlockt? Hildegard ist eine gotteslästerliche Alte, die den Leuten teuer ihre Lügen in Form von Wässerchen, Seifen und anderem verkauft. Gewürzt mit einer Prise Aberglauben.«

Schlecht gelaunt verabschiedete sich der Ermittler am Pfarrhaus und wandte seine Schritte der Schänke zu.

Entschied sich aber, einer plötzlichen Eingebung folgend, anders.

Wilhelm beobachtete erschrocken, wie der bunte Mann um die Ecke bog und stur auf die Bäckerei zuhielt. Er beschloss, durch die Hintertür zu verschwinden. Meister Julius jedoch vereitelte diesen Plan, packte den Flüchtigen am Arm, bevor er die Tür hinter sich zuziehen konnte.

»Wenn du wegläufst, wird er dich finden. Glaub mir, ich kenne Männer dieses Schlags. Die verbeißen sich wie hungrige Wölfe. Er kommt einfach jeden Tag, so lange, bis er dich hat. Und wie willst du ihm dann erklären, dass ein Unschuldiger ständig auf der Flucht ist?«

Wilhelm wimmerte: »Lassen Sie mich gehen! Bitte! Ich habe dem Fremden nichts getan. Als er in Richtung Schloss ging, war er guter Dinge!«

»Dann sagst du genau das auch Herrn Renck«, forderte der Meister unerbittlich und zerrte Wilhelm in die Backstube zurück.

Sie stellten sich nebeneinander an den langen Holztisch und kneteten schweigend.

Während Wilhelm besorgt die Tür im Auge behielt, nutzte der Bäckermeister die Stille, um über das Eigenartige nachzudenken, was ihm gestern am späten Abend widerfahren war. Annas Benehmen. Höchst befremdlich. Musste er sich nun doch ernsthafte Sorgen über ihren Geisteszustand machen? Zeigte der Tritt des alten Gauls neue Wirkung?

Statt müde ins Bett zu fallen und einzuschlafen, hatte sie an seinem Nachthemd zu nesteln begonnen! Sie zupfte und zerrte. Traf Vorbereitungen für etwas, das dem Sonntagnachmittag vorbehalten war. Zunächst glaubte er, Anna habe sich schlicht im Wochentag geirrt.

Doch so war es nicht.

»Anna! Lass das. Es ist Dienstag.«

»Ich weiß. Aber der Wochentag ist dem Herrn einerlei.«

Zielstrebig glitten ihre Hände über seine Schenkel aufwärts. Packten fest zu. So hart, dass er vor Schmerz leise aufschrie.

»Hör auf damit!«

Sie war nicht zu bremsen gewesen.

Ihre Hände waren cremig-glitschig. Und was immer sie benutzt hatte, es roch unangenehm. Lavendel. Ja, dachte Julius, genau. Es roch nach Lavendel, wie seine Großmutter früher beim Kirchgang.

All ihren Bemühungen zum Trotz stellte sich kein Erfolg ein.

»Heute ist eben nicht Sonntag!«, beschied er seiner Frau zu guter Letzt, rollte sich auf die Seite, drehte ihr den Rücken zu und zog die Decke bis zu den Ohren.

»Frauenzimmer!«, hatte er noch geschimpft und war erleichtert eingeschlafen.

Renck kommt doch nicht zu uns die Bäckerei, bemerkte er dann zufrieden, er muss wohl vorbeigegangen sein.

»Glück gehabt! Das Bier lockt!«, feixte er, und Wilhelm nickte bedrückt.

## 15

ANDREAS HÖRTE DAS WILDE KEUCHEN des großen Hundes direkt hinter sich.

»Jonathan! Lauf in den Wald. Wir treffen uns am Fluss.«

Folgsam schlug der Kleine einen Haken und hielt auf die Bäume zu.

Andreas lenkte das zottige Tier ab, gab sich den Anschein, die leichtere Beute zu sein, und richtig, der Hund blieb ihm auf den Fersen und ließ Jonathan ziehen. Aus den Augenwinkeln registrierte der große Bruder, dass der andere den Waldrand schon fast erreicht hatte.

In das Keuchen hinter ihm mischte sich ein Röcheln.

Das Tier wird mir nicht lange folgen können, dachte er voller Hoffnung, wenn ich nicht stürze, kann ich ihn vielleicht abschütteln.

Die vielen Monate, die er nur an der Kette gelebt und den Hof bewacht hatte, waren für die Kondition des Hundes schädlich gewesen. Auf der anderen Seite wusste er genau, dass sein Herr es nicht hinnehmen würde, entkämen ihm die Flüchtenden. Andreas konnte sich nicht vorstellen, dass er aufgeben würde, bevor die Beine unter ihm nachgaben. Die Aussicht auf eine harte Bestrafung trieb die Töle an.

»Los! Pack ihn! Diesen verfluchten Besserwisser!«, fluchte der tobende Stiefvater aus der Ferne.

Andreas hörte die Zähne des Köters neben seiner

rechten Wade zusammenschlagen. Er bremste und rannte nach einem überraschenden Richtungswechsel erneut auf den Wald zu. Der Hund verschwand für mehrere Sekunden vollständig in einer Staubwolke, als er ebenfalls wendete.

»Du Mistvieh! Du wirst doch wohl noch ein Kind einholen können!«, brüllte der Stiefvater ihnen hinterher.

Andreas hoffte, Jonathan würde noch immer auf den Fluss zurennen. Das war ihre einzige Chance. Er mochte gar nicht daran denken, was geschehen würde, wenn der Kleine etwa am Waldrand stehengeblieben wäre, eine leichte Beute für Gunther. Jäger hatten ihm erzählt, dass ein Hund die Fährte des Wildes im Wasser verliert und sie dann selbst eine Rotte Wildschweine meist nicht mehr aufspüren können. Dieses Wissen wollte der große Bruder sich jetzt zunutze machen.

»Los! Pack den Parasiten! Diesen vermaledeiten Besserwisser, diesen Nichtsnutz, diesen Drückeberger. Jetzt schlägt meine Stunde!« Jedes dieser Worte spürte Andreas wie einen Schlag mit der Knute.

Rannte weiter.

Verbiss sich die Tränen, die würden seinen Lauf behindern. Zum Heulen war später noch Zeit.

Der namenlose Hund war gestrauchelt.

Er winselte bei jedem Schritt, konnte die Geschwindigkeit nicht halten.

Andreas mobilisierte alle Reserven.

Raste so schnell wie nie zuvor in seinem Leben.

Während seine Beine automatisch den neuen Rhythmus übernahmen, der Körper elastisch alle Unebenheiten ausglich, blieb dem Kopf Freiraum für Gedanken.

Wohin sollten sie sich wenden? Und an wen?

Verwandte gab es nicht. Zumindest keine, von denen er wusste.

Ein paar Tage konnten sie vielleicht im Wald überleben. Sicher war er sich nicht. Jonathan war noch so klein. Er wurde womöglich krank, wenn er zu lange frieren musste.

Wilde Tiere.

Die konnte man durch ein Feuer fernhalten.

Doch dessen Schein würde am Ende auch Gunther anlocken!

Plötzlich bemerkte Andreas, dass sich der Abstand zum Hofhund vergrößert hatte. Das Tier hatte starke Schmerzen, hinkte nun mit dem rechten Vorderlauf und blieb schon bald ganz stehen. Fast tat er dem Jungen leid. Gunther würde ihn sicher hart bestrafen.

Er bog in wildem Lauf in den Wald ab.

Hielt die Richtung auf den Fluss zu.

Als er das Plätschern des Wassers hören konnte, rief er leise nach Jonathan.

Keine Antwort.

Er war doch nicht etwa dem Stiefvater in die Arme gelaufen? War nun so etwas wie ein Pfand in dessen Hand, um auch Andreas zur Rückkehr zu zwingen?

Finstere Befürchtungen breiteten sich in seiner Seele

aus wie ein Geschwür. Lebte der Kleine schon nicht mehr?

Andreas setzte seine Füße vorsichtig auf dem glitschigen Grund auf.

»Jonathan!«, flüsterte er den Bäumen zu.

»Mutter, ich habe mein Versprechen nicht gehalten. Dabei wollte ich es tun, wirklich. Ich habe versucht auf ihn aufzupassen und uns beide in Sicherheit bringen!« Nun konnte Andreas die Tränen nicht mehr zurückhalten. »Gunther hat ihn gefangen. Und wird ihn töten.«

Als eine trostlose Schwärze sich über sein Gemüt legen wollte wie eine schwere, samtene Decke, die alles erstickte, hörte er von fern eine zarte Stimme seinen Namen rufen.

»Jonathan! Wo bist du?«

»Hier!«, hörte er den Bruder antworten und eine Welle der Erleichterung ließ ihn in den Knien einknicken.

»Wo?«

»Links!«

»Ich sehe dich nicht!«

»Hier oben!«

Andreas sah auf. Tatsächlich, in den Ästen eines kleinen Baumes hockte Jonathan!

»Gott sei Dank! Komm runter, wir müssen rasch weiter!«

»Ich kann nicht«, wimmerte der Bruder verzagt.

»Es ist nicht mehr weit. Wenn du nicht mehr laufen kannst, nehme ich dich ein Stück huckepack.«

Der Kleine weinte lauter.

»Psst. Wenn du so laut heulst, findet Gunther uns auch ohne Hilfe des Hundes«, mahnte der Ältere besorgt.

»Ich kann nicht runter«, beichtete Jonathan verlegen. »Rauf ging es ganz leicht.«

Andreas unterdrückte ein Kichern.

»Ist nicht schlimm. Ich helfe dir und dann gehen wir weiter.«

Geschickt kletterte er am Stamm des Baumes hoch, griff nach den Füßen des Bruders, setzte sie sicher auf die unteren Zweige, dirigierte ihn von Ast zu Ast. Schnell hatten sie beide wieder festen Boden unter den Füßen.

»Wir waten durchs Wasser. Die Hunde verfolgen unsere Witterung nur auf dem Land, im Wasser können sie niemandem nachspüren. Also, los!« Andreas nahm den Rucksack vor die Brust und Jonathan durfte auf seinen Rücken krabbeln. »Wir gehen ein bisschen im Wasser entlang und dann auf der anderen Seite an Land zurück. Wir müssen aber schon eine größere Strecke im Fluss zurücklegen. Sonst bringt er den Namenlosen ans andere Ufer und lässt ihn dort nach unserer Fährte schnuppern und der findet sie womöglich auch.«

»Wenn ich zu schwer werde, setzt du mich einfach ab, ja? Ein kleines Stück kann ich bestimmt noch selbst gehen.«

Andreas glitt vorsichtig vom Ufer in das kalte Flusswasser.

Solange sie niemandem begegneten, lief alles nach Plan und sie konnten entkommen.

»Duu?«

»Hm.«

»Warum hasst Gunther uns denn so sehr? Haben wir ihm was getan?«

»Nein. Wir haben ihm nichts getan. Wir stören ihn.«

»Deshalb hat er geschrien, er wird uns totschlagen?«

Andreas seufzte und holte für seine Erklärung etwas weiter aus.

»Mama und Papa waren wohlhabend. Das Geld kam aus dem Erbe von Mama, das sie bekommen hat, als unsere Großeltern gestorben sind.«

»Hmhm.«

»Nach dem Unfall von Papa heiratete Mama Gunther.«

»Warum? Er mochte uns doch von Anfang an nicht. Sie hätte doch auch mit uns allein bleiben können. Wir beide wären doch Hilfe genug auf dem Hof gewesen«, verkündete der Kleine selbstbewusst.

Andreas grinste breit.

»Nun, sie glaubte wohl, sie könnte mit Gunther glücklich sein. Vielleicht hat sie auch nicht geahnt, dass Papas Bruder so ganz anders ist als Papa.«

»Gunther hasst uns.«

»Ja. Mama war der Meinung, dass ihr ganzes Geld, der Hof und das Land später uns beiden gehören soll. Deshalb hasst Gunther uns. Das ist der Grund, warum wir seiner Meinung nach sterben müssen«, erklärte Andreas voller Bitterkeit.

»Mama ist tot. Sie wird nie mehr zu uns zurückkommen, nicht?«, wisperte Jonathan.

»Sie kann uns nicht mehr helfen.«

»Wenn wir jetzt weglaufen, gehört Gunther doch sowieso alles.«

»Nein. Geld, Land und Hof sind unser, egal, wo wir uns aufhalten. Das weiß Gunther sehr genau. Deshalb möchte er unseren Tod.«

Jonathan schwieg.

Minutenlang war nur das Plätschern von Andreas' schweren Schritten im Fluss zu hören. Gelegentlich petzten Eichelhäher die Anwesenheit der beiden Menschen durch den Wald. Andreas' Augen suchten immer wieder besorgt das Ufer ab, auf dem der Stiefvater sich nähern könnte. Er verhielt ab und zu den Schritt und lauschte. Das Geschrei der großen Rabenvögel würde sie vielleicht an ihren Verfolger verraten.

Als er glaubte, weit genug gegangen zu sein, forschte er nach einer Stelle, an der er den Fluss verlassen könnte, ohne allzu verräterische Spuren zu hinterlassen. Es dauerte nicht lang, und er fand einen dicht mit bodenbedeckenden Pflanzen bewachsenen Bereich. Jonathan schwieg noch immer. Vielleicht war er auch eingeschlafen.

Nachdem er wieder Waldboden unter seinen Füßen spürte, drehte er sich zur Ausstiegsstelle um. Diesen schmalen Pfad leicht niedergedrückter Vegetation konnte auch ein Biber oder ein Otter verursacht haben.

So zügig es ihm mit der zusätzlichen Last auf dem

Rücken möglich war, schritt er aus und gelangte immer tiefer in den Wald.

»Wohin gehen wir?«, fragte Jonathan plötzlich.

»Weg. Erst einmal so weit weg von Gunther, wie wir es schaffen. Danach überlegen wir, wohin genau wir uns wenden wollen.«

»Ich kann wieder selbst gehen!«

Andreas ging in die Hocke und der Bruder ließ sich von seinem Rücken gleiten.

»Danke!«

Andreas zwinkerte dem Bruder statt einer Antwort freundschaftlich zu.

»Ich wusste gar nicht, dass mein großer Bruder so stark ist!«

Falls Andreas sich über diesen Satz freute, verbarg er das geschickt hinter einer ernsten Miene.

»Wenn du so guckst, siehst du fast aus wie Papa! Wie auf dem Hochzeitsfoto!«

»Das hat Mama auch immer gesagt. Noch etwas, was Gunther ziemlich geärgert haben dürfte. Er hat wirklich so gut wie keine Ähnlichkeit mit ihm.«

Jonathan schob seine kalte Hand in die warme des Bruders und stapfte tapfer neben ihm her.

Unvermittelt blieb er stehen und sah zu ihm auf.

»Andreas? Was wird mit Irma? Sie macht sich doch ganz gewiss große Sorgen, wenn du nicht mehr da bist!«

Der große Bruder zuckte zusammen wie unter einem Peitschenhieb Gunthers.

Irma! Heiß spürte er die Sehnsucht nach ihr in seinem Inneren. Tränen stiegen auf, er drängte sie zurück, bis nur ein hartnäckiges Brennen zurückblieb.

»Sie macht sich keine Sorgen«, antwortete er schärfer als beabsichtigt.

»Doch, ganz bestimmt. Sie wird heute vergeblich an eurer Eiche auf dich warten! Dann weiß sie, dass etwas nicht in Ordnung ist bei uns auf dem Hof.«

»Woher weißt du von unserer Eiche?«

»Ist das wichtig?«

»Ja. Möglicherweise weiß Gunther auch davon.«

»Nein. Der nicht. Der war im Stall, als ich dir nachgeschlichen bin. Und der Namenlose war bei ihm in der Scheune«, erklärte Jonathan treuherzig.

»Na, dann ist es ja gut. Irma habe ich heute früh einen Brief zugesteckt. Sie soll ihn lesen, wenn sie ins Bett geht. Da steht drin, dass wir für eine Weile das Dorf verlassen müssen.«

»Aber dann dürfen wir nicht allzu lang wegbleiben«, stellte der Kleine fest, »sonst wird Florian sich mit ihr befreunden. Er guckt immer so …«, er suchte ein passendes Wort, »schmachtend, hat Mama das genannt. Schmachtend.«

»Ja. Du hast recht«, Andreas hatte diesen Blick des Knechts vom Huberthof ebenfalls bemerkt, »wir suchen uns jemanden, der uns unterstützt, und kehren so bald wie möglich ins Dorf zurück.«

Als die Finsternis so stark wurde, dass sie kaum noch die Wurzeln auf dem Boden erkennen konnten und mehr strauchelten denn gingen, beschlossen sie, nach einem Platz für ein Nachtlager Ausschau zu halten. Unter einem Baum, dessen Zweige weit herabhingen, setzte Andreas den Rucksack ab.

»Mir ist kalt«, beschwerte sich Jonathan.

»Mir auch. Wir werden uns eng aneinanderkuscheln, dann wärmen wir uns gegenseitig.« Andreas zog eine wollene Decke aus dem Bündel. »Schau, damit halten wir die Kälte weg vom Körper.«

»Hunger habe ich auch.«

»Wir haben doch so einiges an Vorräten eingepackt. Gleich schläfst du satt und warm.«

Plötzlich sagte der Kleine: »Dein Bein. Du hinkst. Was ist denn damit?«

»Ich fürchte, der Namenlose hat mich bei der Hatz über das Feld irgendwie mit den Zähnen erwischt. Stell dir vor, das habe ich nicht mal bemerkt. Ist nicht so schlimm, sicher nur ein Kratzer.«

»Aber es tut doch weh!«

»Jonathan, es ist nicht der Rede wert. So, als hätte ich mich irgendwo gestoßen. Bis morgen ist es sicher fast verheilt«, täuschte der große Bruder Unbeschwertheit vor und wusste doch genau, dass eine entzündete Bisswunde sie zur leichten Beute von Gunther machen würde.

Wenn er nur noch langsam weiterhumpeln konnte, wie sollten sie dann je irgendwo ankommen, wo man ihnen helfen würde? Der Proviant ginge auch sehr schnell zur Neige.

Andreas seufzte.

»Wir gehen am besten sparsam mit dem Essen um.

Wer weiß, wie lange wir noch durch den Wald laufen müssen.«

Jonathan sagte nichts dazu.

Er lehnte mit dem Rücken am Stamm des mächtigen Baumes und zog die Decke bis zum Kinn. Das Brot, das Andreas ihm reichte, kaute er sorgfältig, biss immer nur winzige Stücke ab, genau wie der große Bruder es ihm erklärt hatte.

»Er wird uns finden, nicht wahr?«, fragte der Kleine unerwartet, leise und mutlos.

»Nein!«

»Morgen früh leben wir vielleicht nicht mehr. Werde ich dich und Mama denn im Himmel überhaupt wiederfinden?« Er zitterte. Ob vor Kälte oder Angst, konnte Andreas nicht sagen. »Mama wartet doch dort auf uns, nicht wahr? Sie findet uns!«

»Jonathan, hör auf damit. Gunther hat unsere Fährte verloren. Wir sind schon weit weg vom Dorf«, Letzteres hoffte Andreas nur. Es war schwer, in der Dunkelheit die eingeschlagene Richtung beizubehalten. Im schlimmsten Fall, und daran mochte er lieber nicht denken, standen sie morgen früh wieder am Rand des Feldes, über das sie heute geflohen waren! Eine innere Stimme beruhigte ihn, dazu wäre es notwendig, den Fluss ein zweites Mal zu überqueren, doch so ganz mochte er ihr dennoch nicht vertrauen.

»Wenn wir morgen aufwachen, wird die Sonne wieder scheinen. Mit ein bisschen Glück können wir ihr beim Aufgehen zusehen. Wir beide werden leben, das verspreche ich dir!«

Jonathan schmiegte seinen knochigen Körper dicht an den des Bruders. Andreas rückte ihm den Schal zurecht und schloss den obersten Knopf der warmen Jacke. Dann wickelte er die Decke um sie beide herum.

Der Sommer war vorbei und der Herbst war durchaus in der Lage, nachts eine todbringende Kälte zu schicken. Sie waren nicht Gunther entkommen, um dann hier im Wald zu erfrieren!

»Denkst du jetzt ein bisschen an Irma?«

»Bestimmt.«

»Schade, dass wir sie nicht mitgenommen haben. Mit ihr ist alles nicht so schwer.«

Andreas lächelte versonnen.

Schon bald verrieten die tiefen und gleichmäßigen Atemzüge des Kleinen, dass er eingeschlafen war.

Der große Bruder beschloss trotzig, Wache zu halten.

Gunther war nicht zu trauen.

Wer vor ihm floh, musste auf alles gefasst sein.

## 16

Hinnerk Renck starrte Gotthilf Bergemann griesgrämig an.

»Er hat tatsächlich versucht, Sie zum Ermitteln zu überreden? Das ist doch wirklich unglaublich!«

Der Seelsorger wand sich wie ein fetter Regenwurm am Angelhaken.

»Kein Grund, sich aufzuregen. Ich glaube, er meinte es nicht so«, bemühte er sich, den Ärger des anderen zu dämpfen. Ich hätte besser gar nicht davon angefangen, erkannte er nun, über sich selbst erzürnt. Doch dazu war es jetzt zu spät.

»Was soll das heißen: ›Er meinte es nicht so‹!«, empörte sich der Ermittler weiter.

»Sie denken, er suchte nach Unterstützung bei mir, weil er nicht an Ihre herausragenden Fähigkeiten glaubt, Ihnen nicht zutraut, dass Sie den Fall lösen können. Doch so ist es nicht.«

»Nicht?«, staunte Renck. »Ich würde sagen: Er misstraut mir!«

»Nein, nein. Das tut er nicht. Er wollte, dass jemand Nachforschungen anstellt, der die Leute und ihre Eigenheiten genau kennt. Sie können nicht bestreiten, dass Sie hier fremd sind. Der Fürst ist der Auffassung, der Fall ließe sich leichter zu einem Ende bringen, wenn man vertraut ist mit den Branitzern.«

Der Pfarrer streckte den Rücken durch und richtete so den Oberkörper kerzengerade auf. Nun überragte er Renck um einschüchternde zwei Köpfe, selbst im Sitzen.

»Ach. Und das soll ich nun glauben?«

Gotthilf Bergemann brach der Schweiß aus.

Wortlos beschäftigten sich die beiden Männer mit ihren Bierkrügen.

»Und?«, schoss Renck schließlich seine Frage wie einen Pfeil ab.

Seine grauen Augen drohten dem anderen unverhohlen.

»Ich habe selbstverständlich abgelehnt! Meine Aufgabe ist es, mich um die Seelen meiner Herde zu kümmern. Mord fällt nicht in mein Gebiet.«

»Wäre doch denkbar, dass Ihnen eines Ihrer Schafe von dem Mord berichtet hat. Unter vier Augen. Schaf und irdischer Hirte ganz unter sich!«

Ein lüsterner Schimmer glomm in seinem Blick.

»Selbst wenn es so wäre – Sie würden es nicht erfahren und auch sonst niemand. Was man mir unter dem Siegel der Verschwiegenheit anvertraut, bleibt verschwiegen! Aber darum ging es dem Fürsten in unserem Gespräch auch nicht. Nein, nein. Der Aberglaube ist es, der ihn in Besorgnis stürzt. Es werden die unglaublichsten Geschichten über diesen armen Jungen verbreitet. Der Fürst möchte, dass man dies eindämmt. Ich werde am Sonntag eine flammende Predigt halten und diesem gotteslästerlichen Treiben ein Ende setzen!«, schloss Bergemann energisch.

Rencks Miene verriet noch immer unterdrückte Wut.

Frieder Prohaska fühlte sich unbehaglich.

Er stand in der Eingangshalle des Schlosses, spürte die Blicke der Edlen, deren Porträts an den Wänden hingen, wie Nadelstiche auf der Haut. Besonders, wenn er ihnen den Rücken zuwandte. Als fragten sie sich, was ausgerechnet ein einfacher Dorfschullehrer hier zu suchen habe. Prohaska fragte sich das auch. In seiner Nervosität nahm er sogar Augenbewegungen Einzelner aus der Ahnengalerie wahr. Lichtgaukelei, versuchte er sich zu beruhigen, es sind nur Bilder. Dennoch gelang es ihm nicht, den beängstigenden Eindruck abzuschütteln.

»Stell dich nicht so an«, machte er sich Mut. »Du lässt dich von diffusem Licht täuschen. Bestimmt hat das Gerede der Kinder über Geister und Trolle deine Fantasie angestachelt.«

Tatsächlich war dies das erste Mal, dass er das Schloss betreten hatte!

Der Einladungsbrief wurde schlapp in seiner feuchten Hand. Ein wenig beschämt schob Prohaska ihn in die Tasche seiner Jacke. So durchgeweicht konnte er das Schreiben niemandem mehr vorlegen!

Der Fürst wolle ihn sehen, stand in dem Brief.

In freundlichem, aber bestimmtem Ton, der keinen Widerspruch duldete, zitierte Fürst Hermann von Pückler ihn, den Dorflehrer, zu sich in die Bibliothek.

Unerwartet stand ein Diener hinter ihm.

Verlegenheit breitete sich heiß im Körper des jungen Pädagogen aus, der sich des Eindrucks nicht erwehren konnte, der Mann habe ihn schon längere Zeit beobachtet.

»Seine Durchlaucht lässt bitten«, erklärte er leicht blasiert. »Bitte folgen Sie mir.« Dabei machte er eine einladende Geste in Richtung Treppe.

Prohaska legte den Kopf leicht schief.

Ein nervöser Tick begann an seinem linken Augenwinkel zu zucken.

Der Diener ging gemessenen Schrittes voran. Aufrecht, als hielte ihn ein Korsett aus Walfischknochen so vollkommen gerade.

Prohaska bemühte sich darum, das für ihn ungewohnte Tempo zu übernehmen, stolperte, als er mit der Fußspitze an der Kante einer Stufe hängenblieb. Der stille Mann drehte sich nicht nach ihm um.

Am Treppenabsatz wandte sich der Hausdiener nach links, blieb endlich vor einer imposanten dunklen Holztür stehen, vergewisserte sich mit einem raschen Blick über die Schulter, dass der Besucher sich gesammelt hatte, und klopfte.

Prohaskas Beine fühlten sich eigenartig instabil an. Einen Augenblick lang befürchtete er, nicht einen Schritt mehr gehen zu können.

Später konnte er sich nicht daran erinnern, wie es ihm gelungen war, am Diener vorbei einzutreten.

Nach zwei Schritten schon blieb er beeindruckt und, er befürchtete zunächst, das könne für den Rest seines Lebens so bleiben, mit offenem Mund mitten im Raum stehen.

Regale zogen sich an den Wänden entlang. Jedes Fach

ausgefüllt mit Büchern. Wuchtige dunkle Möbel standen in der Bibliothek, ein riesiger Leuchter dominierte das Zimmer. Es gab so viel zu entdecken, dass der Lehrer den Fürsten selbst zunächst gar nicht bemerkte.

»Nun, mir scheint, meine Bibliothek findet Ihr Interesse!«, lachte der Hausherr amüsiert.

Prohaskas glasiger Blick fand den Sprecher hinter dem klobigen Schreibtisch.

»Bücher«, gestand er mit heiserer Stimme, »sind meine Leidenschaft. Ich habe all Ihre Werke gelesen. Oh, wie abenteuerlich diese Reisen gewesen sein müssen! Und wie gefährlich!«

Seine Begeisterung war ihm deutlich anzusehen.

Das sonst eher blasse Gesicht zeigte gerötete Wangen, die Augen glänzten wie im Fieber.

Versonnen strich der Fürst über den Ärmel seiner Robe, diese Geste, die wohl bei jedem anderen affektiert gewesen wäre, wirkte bei ihm völlig selbstverständlich. Die weiten Hosen und langen Mäntel, die im Orient getragen wurden, waren sehr bequem und gerade bei der stundenlangen Arbeit am Schreibtisch angenehm zu tragen, ganz abgesehen von dem exotischen Eindruck, den sie auf Besucher machten. Den Fez, den er sonst gern trug, hatte er abgenommen und auf die Unterlagen gelegt, die er gerade bearbeitet hatte.

»Nehmen Sie Platz!«, Pückler wies auf einen Stuhl mit auffällig geschnitzter Lehne. Prohaska traute sich kaum, sich zu setzen, wählte eine unbequeme Position direkt an der vorderen Kante. Seine Augen klebten am unpassend großen Leuchter.

Der Fürst folgte dem Blick seines Gastes.

»Tja. Ich sehe, was Sie denken. Und selbstverständlich haben Sie recht damit. Er ist viel zu groß. Eine Zeit lang befürchtete ich gar, er könne ein Loch in die Decke reißen und geradewegs durch den Boden stürzen. Das ist nicht eingetreten. Good luck! Dieser Leuchter ist ein Geschenk meiner Schwiegermutter anlässlich meiner Vermählung. Der Ärger mit ihr, hätte ich ihn in Muskau zurückgelassen, wäre sicher belastender als der tagtägliche Anblick.«

Prohaska forschte im Gesicht des Schlossherrn. Er schmunzelte nicht einmal, als er diese Geschichte zum Besten gab. Möglicherweise entsprach sie der Wahrheit, war keine Legende wie manch andere Erzählung, die sich um den Fürsten rankte.

»Sie haben von dem fremden toten Jungen gehört«, kam Pückler nun ohne Umschweife zum Thema.

»Ja. Es ist das beliebteste Gesprächsthema im ganzen Ort.«

»Ich kann demnach davon ausgehen, Ihnen sind die meisten Einzelheiten bereits vertraut.«

Der Lehrer nickte verhalten.

»Jeder im Dorf hat seine eigenen Vermutungen. Es wird kaum noch über etwas anderes gesprochen.«

»Mir wurde zugetragen, manch einer verbreite die These, der Junge stamme vom Teufel ab oder sei zumindest von ihm gesandt.«

»Nun, wegen der roten Haare«, bestätigte Prohaska.

»Aber andere behaupten, ein Werwolf treibe sein

Unwesen in unserer Gegend. Lauter absonderliche Gerüchte machen die Runde.«

Frieder Prohaska begann sich zu fragen, wohin dieses Gespräch führen solle.

»Die aufgeladene Atmosphäre ist nicht gut für all diejenigen, die mit mir arbeiten. Mir schwant, sie könnte gar meine Pläne für die Gestaltung des Landschaftsgartens gefährden.«

»Sie befürchten, die Unruhe könnte in Auflehnung und Widerstand umschlagen?«

»It is simply a fact, dass diese Gefahr immer besteht, wenn der Boden fruchtbar ist. Jemand versucht möglicherweise, den Ort gegen unsere Arbeit aufzuwiegeln.«

»Wegen des Geredes über Baumtrolle?«

Der Fürst beugte sich interessiert vor. »Baumtrolle? Erzählen Sie mir davon!«

»Es wird berichtet, in den Bäumen hausten Trolle. Sie sind mit ihrem Baum ein Leben lang verbunden. Wird er gefällt oder geraubt, verlieren sie ihre Heimat, angeblich müssen auch manche diesen Ortswechsel, sollte der Baum verpflanzt werden, mit dem Leben bezahlen. Einige Familien haben schon versucht, durch spezielle Rituale die Trolle wieder zu beruhigen. Sie glauben, der Tod des Jungen sei die Rache der Trolle für den Diebstahl der Bäume aus ihren angestammten Gebieten, und nun fürchten sie um das Leben der eigenen Kinder.«

»So ist das also. Ein weiterer Mosaikstein.«

»Durchlaucht, wie wollen Sie die Entwicklung aufhalten?«

»Mit Ihrer Hilfe«, verkündete Seine Durchlaucht überzeugt. »Ihnen sind die Menschen und ihre Geschichten vertraut. Ihnen begegnet man nicht mit Argwohn, Sie sind schließlich Teil der Dorfgemeinschaft. Wir werden denjenigen finden, der den Knaben auf so grausame Weise tötete, und ihn an die Polizei übergeben. So sehen die Branitzer, dass ich sie nicht einfach schutzlos dieser gefährlichen Bestie ausliefere, sondern darum bemüht bin, Unheil von ihnen abzuwenden«, erklärte der Fürst pathetisch.

Prohaskas Adamsapfel hüpfte nervös auf und ab.

Er, ein schlichter Lehrer, sollte auf die Jagd nach einem gemeingefährlichen Verbrecher gehen? Das konnte er doch nur missverstanden haben!

»Natürlich ist es nicht vollkommen ohne Risiko. Nun, da er bereits gemordet hat, wird er alles daransetzen, nicht entdeckt zu werden. Möglicherweise schreckt er auch vor einer weiteren Untat nicht zurück. Sie müssen auf der Hut sein.«

Also doch! Der Fürst möchte, dass ich den Täter ermittle, wurde dem jungen Mann klar.

Nach einer kurzen Pause fragte Prohaska forsch: »Was wird aus der Schule? Wenn ich nicht hier bin, fällt der Unterricht aus. Gerade die Herbst- und Wintermonate muss man gut nutzen, um die Kinder zu bilden!«

Pückler lächelte dünn.

»Was geschieht mit der Schule und der Bildung, wenn Sie erkranken?«

Der Pädagoge zögerte mit der Antwort.

Aufmerksam beobachtete der Fürst den inneren Zweikampf, der deutlich aus dem Mienenspiel des Gastes ablesbar war.

»Wenn ich krank bin, findet kein Unterricht statt – es sei denn, ich sorge für jemanden, der mich vertreten kann«, stieß der Lehrer endlich hervor.

»Gut, damit wäre alles besprochen. Selbstverständlich werden Sie für die ›Sonderdienste‹ zu Ihrer Zufriedenheit entlohnt. Es war von jeher meine Überzeugung, *dass es Pflicht sei, den Menschen lieber Verdienst zu geben, als sie das drückende Gefühl empfinden zu lassen, welches darin liegt, sich Almosen erbitten zu müssen.*«

Der Lehrer errötete bis weit unter den Scheitel.

»Wäre ich in Ihren Jahren, so könnte ich wohl selbst einem Mörder nachsetzen. Doch nun? *Ich überzeuge mich täglich mehr, dass es ein bedeutendes Unglück ist, alt zu werden. Seine Lieblinge lässt das Schicksal jung sterben.* Sie sollten einschlagen!«

»Wird jemand den Unterricht vertr…«

Ein halbherziges Klopfen unterbrach ihn.

Verärgert ruckte Pücklers Kopf herum, in seinen Augen ein zorniges Funkeln.

»Herein!«

Prohaska hoffte, der Störer hatte einen guten Grund für die Unterbrechung. Ansonsten wollte er lieber nicht in dessen Haut stecken.

Es war der Diener, der die Bibliothek betrat.

»Durchlaucht, ich entschuldige mich für die Störung, doch ich glaube, was dieser Mann zu sagen hat, ist für Sie von großem Interesse.« Damit zerrte er einen grauhaarigen Mann hinter sich hervor und schob ihn in den Raum.

»Wer ist das?«

»Der Totengräber«, stellte sich der neue Gast vor, »Walter Quandt.«

Der Diener schloss geräuschlos die Tür hinter sich.

»So, wie Sie sehen, habe ich Besuch. Um was geht es also, ich habe keine Zeit für Sinnlosigkeiten zu verschwenden.«

Das Gesicht des Mannes war wettergegerbt, tief zerfurcht. Zwischen all den Falten konnte man Augen und Mund nur mit Mühe ausmachen.

»Es geht um diesen rothaarigen Jungen.« Quandt knetete nervös seine Mütze in den Fingern.

Prohaska konnte die Angst des Totengräbers riechen, der nun in seiner abgerissenen Kleidung inmitten all dieser Pracht stand und um die richtigen Worte rang.

»Sie kennen ihn?«

»Nein.« Das klang erstaunt. Dann legte sich die Stirn des Mannes in weitere dicke Falten und er ergänzte: »Nein, ihn nicht. Aber ich habe schon einmal so einen gefunden. Nicht mit roten Haaren. Obwohl, ich kann mich vielleicht nur nicht mehr erinnern, mag sein, er hatte gar keine mehr«, nuschelte Quandt, dem eine beträchtliche Anzahl von Zähnen zu fehlen schien.

Der Fürst wartete ungeduldig, konnte seine Erregung nur mühsam verbergen.

»Nach dem letzten Hochwasser. Der alte Friedhof war überschwemmt und einige der Grabsteine auf dem Gottesacker mussten gesichert werden. Da habe ich beim Ausgraben des Steins auf einem Sarg auch so einen gefunden. Der hatte Stricke um Hand- und Fußgelenke und einen um den Hals.«

»Und, was geschah mit dem Leichnam?«

»Wir haben wieder Erde draufgeschaufelt. War ja fast nur noch ein Knochenmann! Wir wollten keinen Ärger.«

»In wessen Grab wurde er gefunden?«

»Hab' ich vergessen. In jenen Wochen haben wir viele aufgemacht und neu zugeschüttet«, murrte Quandt. »Ich dachte ja nur, wegen der Seile! Der Knabe aus dem Park war doch auch gefesselt gewesen. Und erdrosselt wurde er!«

»Ja. Morgen wird jemand auf den Friedhof kommen und will sehen, in welchem Grab er liegt. In der Küche wird man Ihnen ein bisschen Proviant für den Heimweg mitgeben.«

Damit war Quandt entlassen.

»Sie sehen, Ihr Einsatz wird immer drängender!«, lächelte der Fürst den Lehrer an. »Zwei Tote! Am besten, Sie fangen gleich morgen mit Ihrer Arbeit an.«

Der Diener nahm ihn an der Tür in Empfang.

»Nebenan wartet Dr. Priest auf Sie«, informierte er den überraschten Dorflehrer. »Er will Ihnen ein paar Unterlagen zeigen.«

Das Teppichzimmer!

Ein Raum wie aus dem Märchen.

Der Berliner Maler Urban hatte die Wandgestaltung übernommen und nun zogen sich orientalische

Teppichornamente an ihnen entlang. Vitrinen standen davor, in denen ein Teil der Sammlungen des Fürsten zu sehen war. Figuren, Dosen und andere Kostbarkeiten aus Gold und anderen Metallen waren hier zu finden.

Doch Prohaskas Blick wurde ganz von der schwarz gekleideten Gestalt gebannt, die in einem Sessel auf ihn wartete, Dr. Priest hatte die langen, dünnen Beine übereinandergeschlagen und wippte ungeduldig mit dem rechten Fuß. Auffallend eng stehende, blasse Augen und die extrem lange Nase verliehen seinem harten Gesicht etwas Raubvogelhaftes. Er trug, was unter normalen Umständen seltsam anmuten mochte, bei ihm aber alltägliche Selbstverständlichkeit war, schwarze, elegante Lederhandschuhe, die seine schmalen Finger betonten. Gerüchten zufolge legte er sie selbst zum Essen und zum Schlafen nicht ab. Angeblich verbargen sie schmerzhafte und entstellende Narben; die Folge eines missglückten chemischen Experimentes. Seine Wohnung in Cottbus, so erzählte man sich, sei angefüllt mit Absonderlichkeiten, selbst in Alkohol eingelegte Tierkörper und Affenköpfe könne man dort bestaunen.

Im Moment lagen die schwarzen Finger auf dem silbernen Knauf eines Gehstocks aus Ebenholz. Der kalte Blick, mit dem er den Lehrer musterte, machte diesen schaudern.

»Aha«, begrüßte er ihn schnarrend. »So hat der alte Fuchs doch recht behalten! Sie werden für ihn recherchieren.«

Dem Lehrer fiel auf, wie hoch und schneidend die Stimme dieses geheimnisvollen Mannes klang.

»Es hat den Anschein«, bestätigte er, nahm dankbar das Glas Cognac entgegen, welches ein Diener ihm reichte, und setzte sich neben den Arzt.

»Seine Durchlaucht bat mich, Ihnen etwas über die Erkenntnisse zu enthüllen, die ich bei der Examinierung des toten Körpers aus dem Park gewinnen konnte. Sie werden meine Ausführungen möglicherweise als verwirrend und anstößig empfinden, dennoch, ich bin sicher, Sie sind intelligent genug, nicht den Überbringer der Nachricht mit dem Täter zu verwechseln.«

Diese Einleitung war irritierend.

Prohaska beugte sich interessiert vor.

»Ich stellte zunächst fest, was eigentlich für jedermann offensichtlich war: Tod durch Erdrosseln. Offenbar mit einer Art Tau oder Seil. Der um den Hals geschlungene Schal kommt dafür nicht in Betracht. Vielleicht ein schlechter Scherz des Mörders? Wer weiß?«

Der Arzt griff hinter sich und zog eine schmale Kladde hervor. »Ich nahm mir die Freiheit, detailgenaue Zeichnungen der Bissspuren anzufertigen. Wie Sie unschwer erkennen werden, handelt es sich nicht um das Gebiss eines Raubtieres.«

Der Lehrer nickte bedächtig.

»Vielmehr finden sich keinerlei tiefe Abdrücke von Reiß- oder Eckzähnen. Aus der Anordnung der Zahnspuren folgt, dass es sich um ein menschliches Gebiss handelt mit schwach oder gar nicht spitz ausgeprägten Eckzähnen. Das im Dorf keimende Geschwätz über einen Bären oder einen Wandelgänger ist natürlich blanker Unsinn. Raubtiere erdrosseln ihre Opfer nicht mit

Seilen, fesseln nicht die Extremitäten und verfügen darüber hinaus über das typische Gebiss eines Jägers.«

Er nahm einen Schluck Cognac und schlug eine neue Seite der Kladde auf.

»Kommen wir nun zu dem, was Ihnen verstörend erscheinen wird.« Dr. Priest holte tief Luft und begann zu erklären: »Beginnen wir mit dem Mund. Diese Einrisse«, er deutete mit dem Lederfinger auf die gezeichneten Mundwinkel, »stammen wohl von einem Knebel. Auch dazu verwendete der Mörder nicht den Schal, denn daran war kein Blut zu entdecken. Vielmehr wird er einen breiten Baumwollstreifen benutzt haben. Verblasste und frische Hämatome in unterschiedlichen Formen, verteilt über den gesamten Körper.« Er räusperte sich und der Finger glitt zur nächsten präzisen Bleistiftzeichnung. »Auch seine Geschlechtsorgane wiesen besondere Auffälligkeiten auf. Sehen Sie, hier und hier, da und auch an jener Stelle? Der Knabe musste offensichtlich viel erleiden, derjenige, der diese Wunden setzte, biss mit ungebremster Kraft seiner Kiefer zu. Und am Anus, sehen Sie, finden sich frische Einreißungen.«

Prohaska starrte die Abbildungen wortlos an.

Langsam ergriff das Grauen von ihm Besitz.

Seine Zähne schlugen wie im Fieber aufeinander.

Worauf habe ich mich da nur eingelassen?, dachte er erschrocken.

Dr. Priest beobachtete mit wissenschaftlichem Interesse, wie sich das Mienenspiel des Lehrers veränderte, je klarer er verstand, was er gerade gehört hatte.

»Ein menschliches Monster?«

»Möglich. Nicht unter jedem Schafspelz steckt wirklich ein Schaf! Halten Sie sich stets vor Augen, dass man einen Mörder gerade nicht an einem Kainsmal erkennt, wie es sich mancher wünscht. Gehen Sie mit Vorsicht an diese Aufgabe.«

»Ein zweiter Toter wurde vor längerer Zeit bereits auf dem Friedhof entdeckt. Gefesselt.«

»Nun, so nehmen Sie sich meine Worte zu Herzen. Der Mörder ist gefährlich.«

Als Prohaska kaum eine halbe Stunde später auf dem Rückweg zum Haus seiner Mutter war, wo er ein kleines Zimmer in der Mansarde bewohnte, weil sein früheres Kinderzimmer an einen Wanderarbeiter vermietet war, pfiff er laut und durchaus unmelodisch vor sich hin, als gelte es, Dämonen und andere Plagegeister auf respektvollem Abstand zu halten. Die Luft hatte sich merklich abgekühlt, in der Ferne war Donnergrollen zu hören.

Was wird wohl Hedwig dazu sagen?, grübelte er besorgt. Diese neue Aufgabe findet gewiss nicht ihre Billigung, schon weil sie mit einer nicht abzuschätzenden Gefahr für Leib und Leben verbunden ist.

Auf der anderen Seite, zogen seine Überlegungen neue Kreise, kann ich dadurch in der Achtung ihres Vaters nur steigen. Er seufzte. Wenn ich den Mörder finde!

»Wahrscheinlich habe ich den Auftrag schnell erledigt, den Unkereien des Dr. Priest zum Trotz«, murmelte er in die Dunkelheit. »Und Geld bekomme ich auch dafür, vielleicht genug, um endlich eine Familie gründen zu können.« Seine Schritte gewannen ihre übliche Leichtigkeit zurück.

Es begann zu regnen, vereinzelt zuckten Blitze über den Abendhimmel.

Drei Ecken weiter erreichte er seine Haustür, den Kopf voller Pläne für die Hochzeit mit seiner Hedwig, im Ohr schon die Kirchenglocken und das unbeschwerte Kinderlachen der zukünftigen kleinen Prohaskas.

Hinnerk Renck saß wie am vorherigen Abend am ruhigsten Tisch der Dorfschänke. Niemand schien von ihm Notiz zu nehmen, doch wusste er, dass weder er noch sein Auftrag so schnell und gründlich vergessen worden sein konnten.

Einige Krüge Bier später vielleicht.

Bedächtig blätterte er in seinem kleinen Notizbuch, las sorgfältig alle Eintragungen zum wiederholten Mal. Doch wie er es auch drehte und wendete, es wollte sich niemand zeigen, der als unausweichlich verdächtig gelten konnte, diesen Jungen getötet zu haben.

Frustriert nahm er einen großen Schluck aus dem Bierkrug.

Sicher, dieser Wilhelm hatte ihn einmal gesehen, kurz, und es war nicht auszuschließen, dass sich dabei ein Streit entwickelte, in dem der Fremde den Tod fand, doch das konnte nur als Erklärung für sein Zögern herhalten, von dieser Begegnung zu berichten. Keinesfalls war es ausreichend, die Stricke zu begründen, die ihn vor seinem erzwungenen Ende fesselten. Wilhelm, so schien ihm, war auch nicht aus dem Holz geschnitzt wie jene, die ohne zu zögern einen Leichnam schulterten und quer durch Wald und Dorf in den Park tragen konnten. Er war wohl auch nicht von der Sorte, die einen Toten emotionslos verscharrten. Wenngleich man einräumen musste, dass er wahrscheinlich um das Pflanzloch wusste. Blieb die Frage, wie dieses schmächtige Bürschchen hätte in der Lage sein sollen, einen toten Körper über eine weite Strecke zu tragen, ohne dabei Aufsehen zu erregen? Allemal einfacher wäre doch gewesen, den Toten einfach an Ort und Stelle mitten im Wald liegen zu lassen. Am Ende hätte ihn dort nie jemand entdeckt.

»Nein, nein. Daraus ergeben sich keine hinreichenden Verdachtsmomente«, seufzte Renck unzufrieden.

»Hoppla!«, rief der Wirt einem seiner Gäste zu, der von seinem Hocker gerutscht war.

»Nichts passiert«, beruhigte ihn der Mann lallend. »Ich bin schon so oft gefallen, da geht nichts mehr kaputt.«

»Ach, du meinst wohl, deine Knochen seien abgehärtet«, grollte der Wirt und stimmte dann doch in das Lachen der anderen mit ein.

»Gut möglich!«

»Du hast genug getrunken. Geh nach Hause und schlaf dich aus.«

»Was soll ich denn zu Hause? Meine Ulrike ist sicher bei Anna. Das Haus ist leer. Außerdem blitzt und donnert es da draußen! Ich bleibe noch, bis das Gewitter vorbeigezogen ist.«

»Lass Ulrike eben nicht immer alles durchgehen!«, riet eine rauchige Stimme, deren Besitzer für Renck nicht zu erkennen war. »Gerade in diesen unsicheren Zeiten!«

»Unsicher?«, fragte der Schneider erschrocken zurück und bemühte sich, eine aufrechte Körperhaltung zu wahren. »Überhaupt hat einer wie du gut reden. Du bist ja nicht einmal verheiratet!«

»Die Richtige ist mir eben noch nicht begegnet! Aber eines weiß ich sicher: Meine Frau würde nicht ohne meine Begleitung aus dem Haus gehen, wenn in der Gegend ein Mörder rumschleicht.«

»Ulrike ist auch noch schön!«, mischte sich nun ein anderer ein. »Schönheit übt eine spezielle Anziehungskraft auf das Böse aus, nicht wahr, Herr Pfarrer?« Kraftvoll hieb er auf die Schulter Gotthilf Bergemanns, der, obwohl er für mehrere Minuten der festen Überzeugung war, der Schlag habe ihm das Schlüsselbein gebrochen, mit zusammengebissenen Zähnen antwortete: »Das Böse selbst kann sehr unterschiedliche Erscheinungsformen annehmen. Allzu gern schlüpft es unter den Mantel der Schönheit, denn diese wiegt die anderen in Arglosigkeit. Weil die meisten Menschen nicht erkennen, dass schön zu sein nicht gleichermaßen bedeuten muss, dass der Charakter gut ist. So kann die Schönheit uns andere leicht verführen. Seid auf der Hut!«

Der Abend wehte einen anderen Gast herein.

Dieses Gesicht war Renck unbekannt. Neugierig beugte er sich weiter vor, damit er hören konnte, wer der Neuankömmling war.

»Frieder Prohaska! Welch seltener Gast. Hast du heute Ausgang bekommen?«, feixte der Bauer Petzold und begrüßte den Lehrer freundschaftlich.

»Die Zuckerkrankheit setzt meiner Mutter übel zu. Es geht ihr im Augenblick nicht so gut, der Arzt spricht düster über Amputation. Da fällt es mir nicht leicht, sie sich selbst zu überlassen.«

»Bei uns kümmert sich meine Schwester um die Eltern. Ich komme nur vorbei, wenn grobe Arbeiten zu erledigen sind: wenn das Dach repariert werden muss oder man am Schuppen die Tür neu richten soll.«

»Siehst du, genau darin liegt das Problem«, gab Prohaska grinsend zurück. »Ich habe keine Schwester!«

In dem Augenblick wurde die Tür zur Schänke weit aufgerissen. Werner Neuhaus steckte sein hochrotes Gesicht hinein und schrie aufgeregt: »Los! Schnell! Kommt alle mit zum Löschen. Der Wald brennt! Ein Blitzschlag!«

Ulrike und Anna waren unzufrieden mit der Wirkung von Hildegards Tropfen und Seife. Beider Männer hatten zwar überrascht auf die ungewohnte Zuwendung reagiert, aber müde von einem langen Arbeitstag, schlummerten sie bereits tief, bevor sich eine nennenswerte Wirkung einstellen konnte.

Der Weg zu Hildegards Hütte fiel beim zweiten Mal deutlich leichter.

»Aha. Wie ich mir schon dachte«, empfing sie die Heilerin. »Das Problem müssen wir anders angehen. Wie viel Mut könnt ihr zusammen aufbringen?« Schalk und Gier funkelten in ihrem Blick, sie kannte die Antwort längst.

Die Freundinnen sahen sich kurz an. »Genug«, erwiderten sie erwartungsgemäß.

»Nun, wenn das so ist, wollen wir es versuchen. Wisst ihr, wo eure Männer sind?«

»Beim Bier. Ganz sicher«, verkündete Ulrike selbstbewusst.

»Je länger sie dort sitzen, desto besser. Bis Sonnenuntergang ist noch Zeit. Ihr könnt euch in Ruhe vorbereiten.«

»Vorbereiten?«, fragten die beiden wie aus einem Munde.

»Natürlich. Wer mit dem Werwolf ein Kind zeugen will, sollte sich schon für ihn interessant machen. Und«, setzte sie dann wenig nett hinzu, »in eurem Alter ist es dringend geboten, ausnahmslos jedes Mittel zu nutzen, um ihn anzulocken.«

Anna bekämpfte eine plötzliche Schwäche, die sie um ein Haar hätte »Nein!« rufen lassen. Julius wünschte sich so sehr ein Kind. Es lag nun ganz in ihrer Hand, ihm diesen Wunsch zu erfüllen.

Dies war vielleicht die letzte Gelegenheit. Außerdem musste er ja nie etwas davon erfahren.

»Hier!« Hildegard reichte jeder der beiden Frauen

ein kleines Stück der frisch gekochten Seife. Dort, wo ein bisschen Fell des Eichhörnchens eingebacken war, fühlte sich das Stück angenehm weich an. Ansonsten war es gespickt mit harten Zutaten, wie zum Beispiel zerbrochenen Schalen frisch gefallener Eicheln, die unangenehm spitz aus dem Brocken spießten.

»Damit werdet ihr euch waschen. Danach verwendet ihr eine Salbe, die ich euch geben werde. Die wird die Gefahr verringern, dass er euch in seinem Ungestüm verletzt. Ihr müsst wissen: Die Kraft seiner Lenden ist nicht mit der normaler Männer zu vergleichen. Schon die schiere Größe nicht. Von seiner ungeduldigen Gier, seinem nahezu unstillbaren Hunger nach dem weiblichen Körper will ich gar nicht sprechen.«

Anna und Ulrike hatten die Augen geschlossen.

Ein leises Stöhnen war aus ihrer Richtung zu hören und Salome schoss missbilligend einen grünen Blitz auf die Besucherinnen ab.

»Sie stinkt«, beschwerte sich Ulrike plötzlich.

»Oh, nein. Meine Liebe, dies ist genau der Duft, der dich für den Wandelgänger unwiderstehlich macht. Er ist wild danach. Dieses Wesen, das durch die Anwesenheit des Bösen im Ort zu neuem Leben erweckt wurde, kann doch mit dem zarten Duft nach Rosenblättern nicht angelockt werden!«

»Bist du sicher, Hildegard? Ehrlich, Julius würde lieber in der Backstube schlafen als neben einer Frau, die einen derartigen Gestank verströmt«, murrte nun auch Anna.

Hildegard spürte, wie der Groll in ihren Eingeweiden erwachte. Diese verwöhnten Frauchen!, dachte sie böse, jetzt wollen sie auch noch denen ins Geschäft hineinreden, deren Hilfe sie bedürfen!

»Dann nicht!« Flink hatte sie mit ihren Klauen den Freundinnen die Seifenstücke wieder aus den Fingern geschnappt.

»Hildegard!«

»Ich werde euch nicht zu eurem Glück zwingen. Der Wunsch nach einem Kind quält und beschäftigt euch – nicht mich.«

Beleidigt wandte die Vettel sich ab und tat in einer finsteren Ecke der Hütte geschäftig. Räumte einige Gläser um, öffnete und schloss schwungvoll Schubladen, plapperte aufgeregt vor sich hin und schenkte den Besucherinnen keinerlei Aufmerksamkeit mehr.

»Hildegard! So war das doch nicht gemeint.«

»Wirklich nicht«, beeilte sich auch Anna zu versichern. »Wir möchten, dass du uns hilfst. Allein werden wir es niemals schaffen. Und ein Kind, das ist unser größter Wunsch überhaupt!«

Die Alte begann damit, einige der Decken auszuschütteln. Sie brummte ein Lied vor sich hin und bewegte sich langsam durch den gesamten Raum, zog hier einen Stofffetzen glatt, nahm dort eine ihrer geheimnisvollen Zutaten weg und legte sie in eine Schachtel.

»Hildegard, bitte! Es tut uns leid. Wir wollten nicht unhöflich sein.«

»Weißt du, wir sind womöglich nur ein bisschen feige.«

»Ich will keinen schreienden Balg! Bei mir gibt es nichts zu erben. Und Männer brauche ich nicht, ich will auch keinen mehr in meinem Bett finden! Aber sollte ich unerwartet doch ein Kind wollen, wüsste ich wenigstens, wie ich es anstellen muss!«, zeterte sie statt einer Antwort.

»Wenn der Werwolf tatsächlich …«, Anna stockte. »Wäre das dann nicht Ehebruch?«

Ulrike trat der Freundin kräftig in die Wade.

Doch die besorgte Anna war nicht zu bremsen: »Du sollst nicht ehebrechen! Versündigen wir uns, wenn wir alles wagen, um ein Kind zu bekommen?«

»Wie sollte das wohl zugehen? Ehebruch!«, zischte die Alte erbost. »Du kannst doch nur mit einem anderen Mann dein Ehegelübde brechen! Werwölfe und andere Wandelgänger sind etwas vollkommen anderes, du Schaf. Das kannst du mir glauben!«

»Tut es weh? Also, sollte er tatsächlich Interesse haben, wird er uns verletzen?«, wollte die schöne Ulrike wissen.

»Möglich«, fiel die Antwort Hildegards denkbar knapp aus.

»Und wie soll die ganze Angelegenheit überhaupt vonstattengehen?«, meldete sich Anna wieder zu Wort.

»Ihr wascht euch mit der Seife«, begann die Heilerin langsam, als erkläre sie einem Kind, wie man eine Jacke schließt. »Besonders zwischen den Beinen! Danach wendet ihr eine Salbe an, damit die Schmerzen erträglich bleiben. Alles andere wird sich finden.«

»Du meinst, er kann uns wittern.«
»Möglich!«
Zähes Schweigen füllte jede Ritze.

Die beiden Freundinnen mussten sich entscheiden, rangen mit dem Für und Wider, schwankten mal nach hier und dann nach dort. Eine jede für sich, dennoch gemeinsam, denn allein hätte sich keine von ihnen zu diesem Schritt entschlossen.

Hildegard kannte diese Phase.

Sie setzte sich neben Salome und kraulte deren weiches Fell, während sie darauf wartete, dass Ulrike und Anna nickten. Natürlich würden sie es tun. Daran bestand für die Alte überhaupt kein Zweifel.

Nachdem die Stille gar nicht mehr weichen wollte, erklärte sie in einschmeichelndem Ton: »Es ist nicht so schwierig. Wir haben Neumond. Es gibt Werwölfe, die bei Vollmond auf Beute aus sind, aber die sind mit der Art, welche während der finsteren Nächte umherschleicht, nicht zu vergleichen. In diesen Stunden geht es ihm nicht ums Töten, oh nein. Sein Verlangen, seine Gier nach einem Weibchen ist gerade in jenen gänzlich lichtlosen Nächten besonders stark. Er streift umher und sucht nach einer oder mehreren Gespielinnen für einen kurzen Augenblick der Lust. Danach zieht er weiter. Das Einzige, was ihr tun müsst, ist, am Waldrand entlangzugehen. Sobald die Dunkelheit das Licht vollständig verdrängt hat, legt ihr eure Kleider ab. Alle. Danach ist er am Zug. Er kann euch riechen. Und er wird kommen. Wenn er sich euch nähert, seid nicht zu willig. Er mag es, wenn die Frau sich ein wenig wehrt.

Und je mehr Spaß er an euch hat, desto besser für die Lösung eures Problems!«

Beklommen entschlossen sich die Freundinnen zum nächsten Schritt.

Nachdem Hildegard ihre Einnahmen weggesteckt hatte, Geld, dessen Fehlen Anna und Ulrike ihren Männern würden erklären müssen, bereitete sie einen Tee für die Frauen zu.

Sie reichte ihnen die Becher mit der roten, trüben Flüssigkeit.

Die beiden schnupperten vorsichtig, bevor sie langsam, Schluck für Schluck, die hohen Tongefäße leerten.

»Dieser Tee wird euch helfen, ihn leichter zu ertragen. Wenn ihr am Ende zu feige seid, nutzt die beste Vorbereitung nichts. Bereitet euch darauf vor, dass er riesig ist, behaart von Kopf bis Fuß und stinkt.«

»Stinkt?«, piepste Ulrike unangenehm schrill.

»Was glaubst du wohl? Er badet nicht, bevor er dich besucht!«, keckerte die Alte belustigt.

Dann schickte sie die beiden mit der einen ekelerregenden Gestank verbreitenden Seife zum nahegelegenen Bach.

»Zum Glück ist das Gewitter weitergezogen«, stellte die Frau des Schneiders fest.

»Hmhm«, antwortete die Freundin mit zusammengepressten Lippen.

Anna und Ulrike wuschen sich schweigend mit dem eiskalten Wasser, vermieden dabei, sich gegenseitig in die Augen zu sehen.

»Oh, nun seid ihr für ihn schon recht verlockend!«, begrüßte sie Hildegard bei ihrer Rückkehr zufrieden und reichte jeder Frau noch einen Becher Tee.

Die Freundinnen tranken, ohne zu zögern.

Danach überließ Hildegard den beiden je einen winzigen Tiegel mit einer farblosen Salbe, wies sie eindringlich nochmals darauf hin, dass wirklich alle Kleidung abgelegt werden musste, und riet ihnen, sich nicht miteinander zu unterhalten, während sie an den Bäumen entlanggingen, weil das den Wandelgänger vertreiben könnte. Das Beste sei, jede wählte eine andere Richtung.

Als Anna und Ulrike sich mit gemischten Gefühlen von Hildegard verabschiedeten, machte die Heilerin längst Pläne, was mit dem unverhofften Geldsegen zu beginnen sei.

*»Eine Strafe, die du aus Liebe verhängst, darf dir im Inneren durchaus Schmerz bereiten. Das belegt die Qual, die es dir verursacht, das geliebte Wesen so behandeln zu müssen, um es für den Lebensweg bereit zu machen. Je größer deine eigene Opferbereitschaft, desto eher wird dein Bemühen von Erfolg gekrönt sein. Strafe, die du aus Liebe gibst, wird auch in Liebe empfangen, selbst wenn der andere das nicht sofort zu zeigen vermag. Bestehe auf jeden Fall darauf, dass er sich bei dir für diese Bestrafung bedankt! Du darfst nicht zulassen, dass sein Charakter verkommt, er dir Widerworte gibt, deine Anweisungen missachtet! Es ist an dir, ihn zu formen! Vergiss nie, dass dies eine große Verantwortung ist! Strafe! Strafe! Sei gnadenlos!«*

## 17

»Feuer!« Der Ruf verbreitete sich in Windeseile in Branitz und rief die Männer zur Wehr.

Der Wagen wurde aus der Remise gezogen, die Pferde angeschirrt. Laut die Glocke läutend, preschte der Löschwagen los. Die Männer folgten. Dabei suchten ihre Augen ständig besorgt den Horizont ab, um zu entdecken, wo genau die Flammen wüteten.

Und tatsächlich.

Eine Rauchsäule, die sich in den dunklen Himmel schraubte, wies ihnen den Weg.

»Wie weit mag das entfernt sein?«, fragte der Schmied.

»Ich weiß nicht«, keuchte einer der Knechte von Petzolds Hof neben ihm. »Nur gut, dass es zurzeit nicht ganz so trocken ist. Aber ich fürchte, ein großer Teil des Waldes wird dennoch in Flammen aufgehen.«

»Bloß gut, dass niemand dort wohnt!«

»Jemand sollte zu Hildegard laufen. Sie hat doch bestimmt noch nichts davon bemerkt, dass es brennt.«

So kam es, dass man einen Stallburschen losschickte, der die Heilerin warnen sollte.

Der junge Bursche, der nicht genau wusste, wo die Hütte der geheimnisvollen Frau zu suchen war, sich aber keine Blöße geben wollte und deshalb darauf verzichtet hatte zu fragen, näherte sich auf Umwegen dem Zuhause der Alten.

Er erreichte eine Lichtung.

Sah sich orientierend um. Brandgeruch erfüllte die Luft, Qualm war in der Ferne zu sehen. Eigentlich müsste die Frau das selbst schon bemerkt haben, überlegte er, während er nach einem Hinweis Ausschau hielt, der ihm in der Nachtschwärze den Weg weisen würde.

Was er entdeckte, machte ihn sprachlos.

Am Rand der Lichtung. Zwei Frauenkörper, die sich ob ihrer Nacktheit hell vom Hintergrund der Bäume abhoben. Mit rudernden Armbewegungen tänzelten sie, sich voneinander entfernend, nach links und rechts. Eine kam direkt auf ihn zu. Ihr Gang war schaukelnd, vielleicht wiegend. Das Haar hing wirr in ihr Gesicht, er konnte sehen, dass ihr Mund leicht geöffnet war. Sie murmelte einladende Sätze vor sich hin.

»Komm zu mir«, hörte er, »zögere nicht länger!« Oder er vernahm: »Du bist es, auf den ich so lange schon gewartet habe!«

Fassungslos drängte er sich hinter einen Baum.

Starrte das Wesen mit angehaltenem Atem an.

Den Auftrag hatte er längst vergessen.

Wie kam die Frau dazu, ihm solche Botschaften zu senden?

Seine Augen tasteten über die Brüste, das breite Becken, die Oberschenkel, kehrten wieder zu den Brüsten zurück.

»Warum zögerst du noch!«

Sah sie ihn an? Ja! Sie musste ihn entdeckt haben. Geschichten über weibliche Dämonen fielen ihm ein, unglaubliche Dinge, von denen seine Großmutter im Winter vor dem Feuer gern geflüstert hatte. Wunderbare Geschichten über besessene, gierige Wesen auf der Suche nach einem erlösenden und befriedigenden Liebeserleben mit einem Sterblichen.

Der Drang in seinen Lenden wurde unerträglich.

Sie wollte es doch auch, sie lockte und rief nach ihm.

Mit einem heiseren Aufschrei stürzte er hinter dem Baum hervor und warf die Frau zu Boden, sie wehrte sich zunächst, doch nun war er nicht mehr zu halten, zwang sie nieder.

Bevor Anna das Bewusstsein verlor, dachte sie noch, dass sie ihn sich viel größer vorgestellt hatte und haariger. Aber vielleicht kam der sonderbar normale Eindruck von Hildegards Tee.

Der Stallbursche ließ die wie schlafend daliegende Frau zurück. Mit Bedauern.

Wenig später erreichte er die windschiefe Hütte.

»Wer will was von mir?«, krähte Hildegard unfreundlich.

»Es brennt!«

»Wo? Ich kann nichts sehen!«

»Ein Stück weiter südlich. Einige glauben, der Wald wäre so trocken, es könnte in eine Katastrophe münden. Sie sollten besser Ihre Hütte verlassen und sich in Sicherheit bringen.«

»So, so!«, schnarrte Hildegard.

Bemerkte sein erhitztes Gesicht, das Leuchten in seinen Augen und die derangierte Kleidung. Ein zufriedenes Grinsen verzog ihr Gesicht zu einer schrecklichen Grimasse.

»Ich werde hierbleiben. Der Wald und ich sind gute Freunde. Er hat schon viele Feuer gesehen und niemals zugelassen, dass eines meine bescheidene Behausung erreicht hätte. So wird es auch diesmal sein. Aber es war sehr freundlich von dir, mich zu warnen.«

Sie drückte ihm nach kurzem Suchen eine Wurzel in die Hand.

»Dies soll mein Dank sein. Alraun. Bewahre es an einem sicheren Ort. Wenn die Zeit kommt, wird es dir gute Dienste leisten.«

Damit schloss sie die Tür und ließ den Stallburschen verwirrt in der Nacht zurück.

Derweil versuchten die Branitzer, das Feuer zu bekämpfen.

Sie isolierten den zum Glück noch kleinen Brandherd, warfen Sand in die Flammen, sorgten für ausreichend Feuchtigkeit in der Umgebung. Mit Rechen zogen sie dann die aufgehäuften Hügel wieder auseinander, fanden so die verborgenen Glutnester und löschten, bis nur noch beißender Qualm über der Brandstelle lag.

Gotthilf Bergemann hielt ebenfalls einen Rechen in der Hand und kämpfte damit ungeschickt das Unterholz auseinander.

»Ich bin ein Mann des Gebets! Wie kann man glauben, ich könne mit solch einem widerspenstigen Werkzeug umgehen! Dieses Gartengerät, scheint mir, hat einen schlechten Charakter. Es arbeitet nicht mit mir, sondern gegen mich. Da! Schon wieder hat es sich verhakt!«

Zornig zerrte er am Stiel, riss daran, schimpfte und konnte gotteslästerliches Fluchen nur mit Mühe unterdrücken. Dies war ein Teufelswerkzeug!

Mit einem letzten Aufbäumen gab der Widerstand plötzlich nach.

Bergemann fiel rittlings nach hinten. Schrie leise auf, weniger aus Schmerz denn vor Empörung. Rappelte sich ungelenk auf und machte sich daran zu überprüfen, ob hier ein Glutnest zu finden sei.

Keuchend vor Entsetzen, fand er etwas völlig anderes, Unerwartetes.

Unter dem Gestrüpp hatte eine zusammengekauerte Gestalt gesessen.

»Als Pfarrer kenne ich mich aus mit dem Tod. Und du bist ganz gewiss nicht mehr unter den Lebenden«, wisperte er betroffen.

Interessiert und abgestoßen zugleich, beugte er sich vor, um den Körper genauer in Augenschein zu nehmen. Ein scharfes Zischen entfuhr ihm, als er die Stricke erkannte, mit denen die Arme und Beine gebunden waren.

Was soll ich nur tun, Herr?, schickte er eine Frage in den finsteren Himmel, was soll nun geschehen?

Ehe er eine Entscheidung treffen konnte, stand plötzlich der Dorflehrer neben ihm.

»Alles in Ordnung bei Ihnen, Herr Pfarrer? Brauchen Sie noch etwas zum Löschen?« Prohaska blieb stocksteif stehen, als er erkannte, wohin Bergemann starrte. »Mein Gott! Noch einer!« Er ging in die Hocke und musterte angestrengt den Toten. In der Dunkelheit der Neumondnacht war freilich nicht allzu viel zu sehen.

»Das wird die Leute noch mehr verängstigen«, stellte er dann fest.

»Der Aberglaube wird überkochen wie ein unbeaufsichtigter Topf Milch«, prophezeite der Pfarrer düster.

»Na, habt ihr noch Glut gefunden?«, rief eine Stimme aus größerer Entfernung.

Bergemann reagierte sofort. Mit wenigen Handgriffen war der Tote wieder unter Ästen und Gestrüpp verborgen.

Prohaska war überrascht.

Vielleicht ist es am besten so, überlegte er dann, der Fürst muss es erfahren, aber es macht keinen Sinn, das Dorf oder gar Hinnerk Renck aufzuscheuchen.

Er beugte sich zum Ohr des Geistlichen: »Er kann hier auf keinen Fall sitzen bleiben! Ein Mörder treibt sein Unwesen in unserer Gegend. Es ist wichtig, die Menschen zu warnen. Möchten Sie die Verantwortung übernehmen, wenn noch ein Kind sterben muss?«

»Nein«, flüsterte Bergemann zurück. »Aber es ist besser, ihn bei Licht zu betrachten. Bis zum Morgen sind es nur noch ein paar Stunden.«

»Wird Gott Ihnen das nicht übelnehmen?«, erkundigte sich Prohaska. Er setzte hinzu: »Noch eine Nacht hier draußen? Denken Sie an die wilden Tiere.«

Doch Bergemann grunzte nur.

»Habt ihr jetzt noch hier zu tun, oder könnt ihr drüben mithelfen?«, fauchte einer der anderen Männer erbost und Lehrer wie Pfarrer beeilten sich, zu den anderen zu stoßen.

Als sie sich etwa nach einer halben Stunde auf dem Weg zurück ins Dorf wiederbegegneten, müde und verdreckt, flüsterte Bergemann: »Ich gehe gleich am Morgen ins Schloss. Der Fürst wird schon wissen, was zu tun ist.«

# 18

Kasimir blieb verschwunden.

Die Gruppe der nunmehr 13 Jungen schwankte zwischen Erleichterung und Besorgnis.

Vater Felix jedoch hatte Tränen in den Augen, als er seine Schützlinge dabei beobachtete, wie sie Tische und Bänke zur Seite räumten wie an jedem Abend.

Noch gaben sie sich uninteressiert, doch er wusste, wie sehr Kasimirs Verschwinden die anderen ängstigte. Sobald er den Raum verlassen hätte, würden sie über das Schicksal des großen Kerls spekulieren, der so wehrhaft war, dass keiner von ihnen je erwartet hatte, ausgerechnet Kasimir könne etwas zustoßen. Nun fehlte er schon seit zwei Tagen bei den Mahlzeiten, kam auch nicht zum Schlafen zurück. Weggelaufen war er ebenfalls nicht, es war guter Brauch, zumindest einen der anderen über solche Pläne zu informieren. Aber bei Kasimir wusste man nie, ob er sich im Ernstfall an solche Spielregeln halten würde.

Vater Felix seufzte tief und seine Augen bürsteten noch einmal über die Köpfe der 13.

Eine Unglückszahl.

Es würde nicht lang dabei bleiben, wusste er, bestimmt stieß schon bald wieder ein neues Gesicht dazu.

Er räusperte sich vernehmlich.

»Kasimir ist also auch heute nicht in unserer Mitte. Das bedeutet, dass wir einen neuen Stubenältesten benennen werden. Ab sofort ist das Karl. Ich muss noch einmal weg, aber macht euch keine Gedanken, nach kurzer Zeit bin ich wieder zurück. Ihr wisst, dass Lebensmittel bei uns immer knapp bemessen sind. Ich habe von jemandem gehört, der uns mit Brot und Käse helfen möchte. Wenn ich weggehe, herrscht hier Ruhe! Gott schütze euch!«

Sie beteten.

Zu verstehen waren nur Vater Felix' Worte, die Gruppe brummte Unverständliches.

Als er seinen Mantel übergeworfen hatte, schob sich eine kalte, schmale Hand in seine. Matthias.

»Kann ich nicht mitkommen?«, flüsterte der Kleine und sah Pfarrer Linde aus großen Augen flehend an.

»Du weißt, dass das nicht möglich ist.«

Der Junge senkte den Kopf. Seine Schultern zuckten leicht.

»Du fühlst dich einsam ohne deinen Bruder. Aber alle müssen hierbleiben, ohne Ausnahme.«

Der gesenkte Kopf nickte.

»Matthias, Martin wird auf dich achtgeben. Es gibt keinen Grund, sich zu fürchten.«

Wieder bewegte sich der Kopf auf und nieder.

»Er kommt nicht mehr zurück. Und Kasimir auch nicht«, wisperte er und zog die Nase hoch.

Vater Felix wurde es schwer ums Herz. So viel Einsamkeit war für den Kleinen nicht leicht zu ertragen, aber dennoch, es gab keine Ausnahme.

»Wir wissen es nicht, Matthias. Du solltest die Hoffnung nicht vorschnell fahren lassen. Mag sein, dein Bruder sucht aus eigener Kraft nach einer neuen Heimat für euch beide und holt dich bald ab. Kasimir kann alles Mögliche widerfahren sein, Gutes wie Schlechtes. Und um mich mach dir keine Sorgen. In wenigen Stunden bin ich zurück. Wer weiß, wenn ich an die richtigen Leute gerate, haben wir morgen sogar Eier zum Frühstück.«

Matthias sah ihn lange an.

Vater Felix verstand, dass es ihm nicht gelungen war, ihn aufzumuntern.

»Du bist untröstlich im wahrsten Sinne des Wortes, das bist du. Aber du verlierst mich nicht, nur weil ich jetzt für ein paar Stunden unterwegs bin. Sondern im Gegenteil. Du freust dich umso mehr über meine Rückkehr.«

Der große Mann strich dem Jungen über den Kopf.

»Geh nun schlafen!«

»Jetzt betreue ich schon seit so vielen Jahren diese Kinder. Jeder hat ein schweres Schicksal hinter und einen steinigen Weg vor sich. Auch Matthias wird es schaffen«, murmelte er vor sich hin, als er sich auf den Weg nach Branitz machte. Leichter Brandgeruch hing in der Luft. Je näher er dem Ort kam, desto mehr Rauchschwaden krallten sich in den Kronen der Bäume fest.

»Die meisten meiner Jungs haben gehörig etwas auf dem Kerbholz, wenn sie zu mir finden«, dachte er weiter laut über seine Schützlinge nach. Bei Matthias ist das anders, fiel ihm ein, der war der kleine Bruder, den

Michael nicht zurücklassen wollte, und warum Michael gekommen war, habe ich nie erfahren. Er beschloss, sich besonders für Matthias zu verwenden. Vielleicht würde sich für ihn ein besserer Platz finden lassen als die geheime Hütte im Wald, wo er von den Größeren einiges zu erdulden hatte.

Schmunzelnd flüsterte er seinem Herrn zu: »Es ist immer wieder einer darunter, der unserer besonderen Aufmerksamkeit bedarf, Herr. Du weißt, dass ich mich für jeden bemühe, doch manch eine der verwirrten Seelen ist von besonderer Art.«

Er lauschte, als höre er eine Antwort.

»Du hast bestimmt recht. Zunächst sollte ich mich um das naheliegende Problem kümmern. Die Kinder brauchen etwas zu essen. Nun, du wirst mir sicher die richtigen Türen weisen, an die zu klopfen es sich lohnt, damit ich die 13 nicht über Gebühr lang allein lassen muss.«

Er schritt nun zügiger aus. Branitz kam schon in Sicht. Natürlich war er nicht zum ersten Mal in diesen Straßen als Bittsteller unterwegs und ahnte, wo man ihm Unterstützung würde zuteilwerden lassen. Im Zweifelsfall, davon war er überzeugt, würde der Herr ihn und die Kinder nicht verhungern lassen.

Und so war die einzige Reaktion Gottfried Bergemanns auch nur ein gereiztes: »Nicht schon wieder!«, bevor er hereingebeten wurde. Mehr nicht.

## 19

Irma las die dürren Zeilen nun schon zum 10. Mal. Andreas war weg.

Das war die wichtigste Information, die sie noch entziffern konnte, bevor der Rest in ihren Tränen verschwamm, die Worte fortgespült wurden.

Wie furchtbar, die Mutter an den Tod zu verlieren und dann auch noch vor der Mordlust des Stiefvaters fliehen zu müssen!

Sie hörte Ratlosigkeit aus jeder der wenigen Zeilen.

Von Gefahr war die Rede und davon, dass er sie nicht hatte mitnehmen können, um ihr Leben nicht aufs Spiel zu setzen. Sie solle sich ruhig verhalten.

Er könne ihr nicht schreiben, wohin er nun fliehe, es gäbe einen Zufluchtsort, den er allerdings erst suchen müsse. Dort wolle er nach Unterstützung gegen Gunther Krausner fragen und so bald wie möglich zurückkehren.

Irma schluchzte wieder laut auf.

Wie soll es denn nun weitergehen, stellte sich hartnäckig die immer selbe Frage, was wird aus uns?

Einsamkeit nistete sich in der Seele des Mädchens ein, färbte ihr Leben grau.

Die junge Magd schob eine Strähne ihres langen, glänzenden Haares hinters Ohr zurück. Schwarz war es, wie bei vielen schönen Frauen, die in den Märchen vorkamen, die von den alten Frauen gern beim Spinnen erzählt wurden. Ihre warmen Augen schimmerten in hellem Braun und waren voll goldener Sprenkel, die an anderen, fröhlicheren Tagen lustig funkelten.

Doch nun wog die Verlassenheit so schwer, dass Irma wieder zu weinen anfing.

Soll ich nun hier sitzen und warten? Ohne dem Liebsten, das ich auf der Welt habe, helfen zu können?, dachte sie verzweifelt und hörte wie aus großer Ferne die Stimme ihrer Großmutter. »Wenn du etwas unbedingt erreichen willst, Irmchen, wenn es das Wichtigste überhaupt zu sein scheint, dann wird dir das nur gelingen, wenn du dein Ziel eisern verfolgst. Die Zauderer und Ängstlichen, die bringen es zu nichts im Leben!«

Mit einem Mal war ihr klar, was sie zu tun hatte!

Sie musste Andreas und Jonathan suchen.

Drei konnten mehr bewirken als zwei!

Er hatte geschrieben, er fliehe an einen Ort, von dem nur wenige wüssten.

»Das werde ich schon herausbekommen!«, sagte sie so laut, dass ein Huhn in ihrer Nähe aufgeschreckt wurde, sich laut gackernd beschwerte und mit empört abgespreiztem Gefieder in den Stall flüchtete.

»Du kannst mir ganz sicher nicht helfen!«, rief sie dem Tier trotzig nach. »Aber ich weiß schon, wen ich fragen muss!«

Entschlossen wischte sie sich die letzten Tränen von den Wangen.

Nach der Arbeit schlich Irma zum Hof der Krausners.

Sie musste sicher sein, dass Andreas wirklich schon fort war.

Stille lag über dem Anwesen wie Pesthauch.

Von der Wiese aus beobachtete sie den Hof minutenlang; als sich niemand zeigte, nahm sie all ihre Traute zusammen und lief näher heran.

Mitten in der Einfahrt lag etwas. Groß, dunkel, wie ein hingeworfener Sack. Irmas Herz machte einen schmerzhaften Sprung. Hatte Gunther Andreas bei seinem Fluchtversuch erwischt und sein Proviantbündel achtlos auf den Boden geworfen? Hielt er die Brüder nun irgendwo im Haus gefangen?

Irma war mutig.

Viel mutiger, als sie von sich selbst geglaubt hatte.

20 rasche Schritte und sie stand mitten auf dem Hof.

Eine dichte, schwarze, hier und da grün schillernde Wolke erhob sich mit lautem Gebrumme, ein paar neugierige Krähenvögel hüpften, wenig beeindruckt von Irma, zwei Schritte zur Seite.

Von der schwarzen Decke befreit, konnte sie deutlich erkennen, was darunter verborgen gewesen war.

Der Kadaver des Hofhundes.

Sie würgte.

Wenngleich der Köter sie nie gemocht, immer nur böse angeknurrt und zähnefletschend angegriffen hatte, soweit das seine Kette zuließ, stieg Trauer in ihr auf.

So ein Ende hatte das alte Tier sicher nicht verdient.

»So ergeht es einem jeden, der sich mir und meinen Anordnungen widersetzt!« Der Bauer war lautlos hinter das Mädchen getreten.

Voller Zorn, der sie ihre Angst vor diesem Mann vergessen ließ, fuhr sie herum und fauchte: »Was hat er verbrochen? Er war alt.«

»Er war ungehorsam«, erklärte Krausner kalt.

»Deshalb musste er auf diese Weise sterben?«

»Ja. Andere werden auch noch bezahlen!« Der Bauer stemmte seine Fäuste in die Seiten und musterte Irma scharf. »Was willst du überhaupt hier? Du hast auf meinem Hof nichts zu suchen!«

»Hätten Sie den Hund nicht erschlagen, könnten Sie mir jetzt damit drohen, ihn auf mich zu hetzen!«, gab das Mädchen zur Antwort und bedauerte ihre dumme Forschheit nur Sekunden später. Mit diesem Bauern war nicht zu spaßen. Am Ende wirst du das Schicksal des Hundes teilen!, warnte sie eine innere Stimme zu spät.

Krausner schien neben ihr vor Wut zu wachsen.

»Ich habe von der Wiese aus etwas hier liegen sehen und wollte nur gucken, was es ist«, versuchte sie es kleinlaut mit einer halbherzigen Erklärung.

»Was geht es dich an, wenn auf meinem Hof etwas liegt!«, polterte Krausner und Irma zog den Kopf ein.

»Du bist eine kleine Lügnerin!«, brüllte er sie an und das Mädchen spürte, wie ihr das Herz bis in den Hals pochte. »Du wolltest zu Andreas! Neue Ränke gegen mich schmieden! Aber daraus wird nichts mehr.«

»Wo ist er denn?«, war ihr über die Lippen geschlüpft, bevor die Vernunft es verhindern konnte.

»Weg. Und er wird nie mehr zurückkommen, dessen kannst du gewiss sein!«

Irma erkannte, dass dies ein guter Moment sei, die Flucht anzutreten. Sie drehte sich um und rannte davon, so schnell sie konnte. Hinter sich hörte sie den Stiefvater brüllen: »Sollte er es wagen, seinen Fuß auf meinen Hof zu setzen, wird es ihm so ergehen wie dem Hund! Das kannst du ihm getrost ausrichten! Wie dem Hund!«

Irma hatte die Hälfte der Wiese geschafft, da hörte sie Krausner leiser drohen: »Ich finde ihn und bringe ihn um. Ihn und diesen nichtsnutzigen Kleinen!«

Als sie die ersten Häuser erreichte, verlangsamte sie ihren Schritt, um wieder zu Atem zu kommen. Hatte er das wirklich gesagt?, fragte sie sich. Hatte sie sich verhört? Doch mit jedem Meter weg vom Hof wuchs ihre Überzeugung, dass er gedroht hatte, Andreas und Jonathan zu suchen, um sie zu töten. Und zurückkommen konnte Andreas auch nicht!

Schnell war ihr Entschluss gefasst.

»Wann ist die Beisetzung der Frau vom Krausner?«, erkundigte sie sich am Abend bei Magdalena, der zweiten Magd, einer Frau um die dreißig, die gemeinhin gut über die Vorgänge im Dorf informiert war.

»Morgen, habe ich gehört. Ist das nicht ein furchtbares Unglück?«

»Weißt du, was genau passiert ist?«, gab sich Irma ahnungslos.

»Nun«, Magdalena zog ihre Wolljacke vor der Brust enger zusammen, als sei es plötzlich kalt in der Dachkammer geworden. »Die arme Frau war schon länger kränklich. Nach dem Tod ihres Mannes fing das an und wurde in den letzten Jahren nicht besser. Schwach war sie, anfällig für alles Mögliche. Im Dorf dachte man, nach der Hochzeit mit Gunther würde es ihr auch gesundheitlich wieder gut gehen, aber sie blieb blass. Es war eben auch nicht gut, dass sie noch einmal guter Hoffnung war. Das nimmt den Körper mit. Na ja, was soll ich sagen? Der Gunther wollte unbedingt ein Kind von ihr.« Sie beugte sich näher an Irmas Ohr. »Das liegt am Erbrecht!«, zischte sie dann so leise, als befürchte sie, die Ratten könnten die Geschichte sofort weiterverbreiten.

»Das verstehe ich nicht!«

»Der Gunther ist doch ihr zweiter Mann. Ihr erster ist ja noch vor der Geburt des Kleinen gestorben. So wurde der Krausner zwar Herr über den Hof, aber er gehört ihm nicht. Er dachte wohl, wenn er mit seiner Frau ein gemeinsames Kind hat, wird das dafür sorgen, dass er auch ein bisschen Anspruch anmelden kann. Ansonsten geht der Hof an Andreas und seinen Bruder. Aber seine Frau bekam nach der Geburt hohes Fieber, das nicht weichen wollte. Die Tochter starb am zweiten Lebenstag. Soweit ich gehört habe, hat der Herr Pfarrer gleich beiden die letzte Ölung gegeben!« Magdalenas Augen wurden feucht. »Erst die Nottaufe und gleich darauf die Sterbesakramente!«, schluchzte sie.

Irmas Herz wurde schwer.

Sie wartete ein paar Minuten, dann bohrte sie weiter: »Was hat das mit dem Erbrecht zu tun?«

Die zweite Magd tat einen tiefen Atemzug.

»Ach, Mädchen! Wenn die Großeltern der Familie den Hof überlassen und dann die Mutter stirbt, geht der Hof an die Kinder über. Manchmal sogar nur an den Ältesten. Ich weiß aber, dass es ein Testament gibt. Beide Jungen sollten sich den Hof und das dazugehörige Land teilen. Verstehst du? Gunther Krausner hat nun auf dem Hof nichts mehr zu sagen!«

»Aber Andreas und Jonathan sind weg!«, sagte Irma. »Was wird nun?«

»Klug von ihnen. Wenn sie sterben, erbt der Krausner den ganzen Besitz.«

»Magdalena! Da muss man doch etwas machen können! Es ist nicht recht, dass die beiden in ein ungewisses Schicksal fliehen müssen, weil der brutale Stiefvater sie mit dem Tode bedroht, um das Erbe zu bekommen! Unrechtmäßig!«, ereiferte sich Irma.

Die zweite Magd überlegte.

»Es stimmt, es ist nicht recht. Aber für die beiden gesünder. Ich fürchte, in diesem Fall könnte nur ein Advokat aus der Stadt helfen. Die arbeiten aber nur für viel Geld!«

Mitten in der Nacht schlich sich Irma aus der Dachkammer.

Sie zog langsam die Tür zu.

Wartete. Lief erst zur Treppe, als sie wieder das gleichmäßige Schnarchen Magdalenas hörte.

Im Stall herrschte die übliche lärmende Stille der Nacht.

Irma wunderte sich nicht zum ersten Mal darüber, dass Konrad, der Stallbursche, bei dem Krach schlafen konnte. Die Schweine träumten sich quiekend auf eine grüne Wiese mit großer Suhle. Manchmal grunzte eines laut und schreckte den Nachbarn aus dem Schlaf. Die Pferde schnaubten und schlugen von Zeit zu Zeit mit den Hufen auf den Boden, als wollten sie einen Artgenossen zum Wettgalopp über die Weide einladen. Auch die Schafe schliefen unruhig, bewegten hektisch ihre Beine, vielleicht, um schnell zur schönsten Futterstelle zu kommen. Zu allem Überfluss jagte, von all den Geräuschen unbeeindruckt, eine der Hofkatzen nach leichtsinnigen Mäusen oder Ratten zwischen den kleinen Haufen frischen Heus.

Konrad lag auf einem der Strohballen neben den Pferdeboxen und schlief. Irma musste ihn energisch rütteln, bevor er zögernd wach wurde, die Augen aufschlug und zu begreifen versuchte, was das Mädchen von ihm wollte.

»Du willst weglaufen? Ja, aber warum denn? Ich denke, uns allen geht es doch gut hier. Besser als auf manch anderem Hof, das kann ich dir versprechen«, gähnte er verstört und streckte sich.

»Konrad! Bleib sitzen! Schüttel mal den Kopf, vielleicht wirst du dann wacher. Ich will von dir wissen, wohin du fliehen würdest, wenn es notwendig wäre.«

Konrad zog die Nase kraus.

Nieste. Kratzte sich ausgiebig am Rücken, wo sich das Stroh in die Haut gespießt hatte.

»Ich denke, du solltest erst versuchen, dich auszusprechen.«

»Konrad!«

»Ja! Ich überlege ja schon! Es wird so viel geredet, da ist es schwer zu entscheiden, was davon wahr ist und was nicht.«

»Es ist wichtig! Und es ist eilig!«

»Warum fragst du mich so was nicht am Tage, wenn ich ausgeschlafen bin!«, maulte der Stallbursche und sah für einen Augenblick so aus, als wolle er im Sitzen wieder einnicken.

Unerwartet nuschelte er eine Frage: »Weit weg?«

Darüber hatte die junge Magd noch gar nicht nachgedacht.

Wollten die beiden versuchen, über die Grenzen zu entkommen, aus Angst vor Gunther in ein fremdes Land ziehen? Nein!, entschied sie dann, in dem Fall hätte Andreas mir keinen Liebesschwur, sondern einen Abschiedsbrief geschickt!

»Nein. Eher ein Versteck auf Zeit. Ein Ort, an dem man in Ruhe über Schwierigkeiten nachdenken kann.«

»Du meinst eine Zuflucht, wo man nicht registriert wird? Also kein Kloster. Da musst du nämlich deinen Namen angeben und sagen, woher du kommst. Es gibt sogar welche, da musst du dich jedes Mal abmelden, wenn du das Gelände verlässt«, wusste Konrad.

»Du kannst doch einen falschen Namen nennen, wenn dich niemand finden soll.«

»Irma!« Der Stallbursche war ehrlich entsetzt. »Du kannst doch nicht schon an der Pforte zum Hause des Herrn eine Lüge verwenden!«

»Vielleicht hast du recht«, meinte die junge Magd mutlos. »Dann werde ich ihn wohl nie wiedersehen.« Sie begann zu weinen. Tränen machten Konrad nervös. Tollpatschig rückte er näher an das Mädchen heran und legte seinen Arm um seine Schulter.

»Ein Freund von dir?«

Sie nickte nur, der Kloß im Hals war zu dick, um Worte passieren zu lassen.

»Pass auf, ich frage morgen mal rum. Wenn es so einen Ort gibt, finde ich es für dich heraus. Sicher!«

Ein neuer, beunruhigender Gedanke durchzuckte Irma. Wenn die Information so leicht zu beschaffen war, würde auch Krausner schnell von diesem Versteck erfahren.

»Ich habe keine Zeit. Ein Mörder ist ihm auf den Fersen. Wenn ich ihn nicht rechtzeitig finde, wird der Kerl ihn umbringen«, flehte sie.

Konrad schüttelte sich.

»Lauf in Richtung Norden. Wenn du einen Jungen triffst, frag nach Vater Felix. Er hat irgendwo eine Herberge, wo genau, weiß ich nicht. Ich war nie dort, aber der Bursche vom Sattlerhof. Er hat erzählt, Vater Felix nimmt viele auf, die von der Polizei gejagt werden. Einige sind Diebe, manche angeblich gar Mörder. Also sieh dich vor, Irma!«

Kaum war die Magd verschwunden, rollte der Bursche sich wieder unter seiner Wolldecke zusammen.

An Schlaf war allerdings nicht mehr zu denken.
Irma huschte zurück in die Dachkammer.

Mit offenen Augen starrte sie vor sich hin und machte Pläne.

Sie war noch nie weg gewesen. Nie weiter als bis zum Fischweiher.

In Gedanken ging sie durch, was sie benötigen würde. Eine warme Decke, eine der Wolljacken, etwas Proviant, Wasser, eine Kerze und warme Strümpfe. Sie hoffte, nicht im Freien übernachten zu müssen, aber vielleicht ließ es sich nicht vermeiden. Wie stark konnte es nachts abkühlen? Unwillkürlich zog sie die Bettdecke bis ans Kinn. Kalt, dachte sie überzeugt, es kann sicher schon verflixt kalt werden!

Der beste Zeitpunkt für ihr Verschwinden war während der Mittagspause. Ihr Fehlen würde niemandem sofort auffallen, es mochten mehrere Stunden vergehen, bevor jemand bemerkte, dass ihre Arbeiten nicht verrichtet waren.

Zu dieser Zeit waren alle anderen und selbstverständlich auch Gunther bestimmt noch auf der Beerdigung. Eine große Trauergemeinde würde dem Sarg folgen und viele am traditionellen Leichenschmaus teilnehmen. Direkt danach konnte Krausner sich auf die Suche nach den Brüdern machen. Je länger er wartete, desto größer würde ihr Vorsprung. Sie musste unbedingt lange vor ihm unterwegs sein, wollte sie wenigstens eine kleine Chance haben, ihn vor dem brutalen Stiefvater zu finden.

Sie schloss die Augen und seufzte leise.

*Werter Freund,*

*bedauerlicherweise muss ich Ihnen Kunde geben, dass sich die Lage hier weder beruhigt noch geklärt hat. Im Gegenteil! Der Ermittler der preußischen Polizei scheint mehr denn je entschlossen, den Mörder in meinem Schlosse zu suchen. Er stiftet Unruhe unter den Gärtnern, hält sie von der Arbeit ab und steht auch sonst im Weg herum. Aber ich dachte in der Zwischenzeit über eine Lösung dieser ausgesprochen lästigen Angelegenheit nach und found a solution. Ich beauftragte nun meinerseits den Dorflehrer, Nachforschungen anzustellen, und parallel will ich schon dafür Sorge tragen, dass dieser unsäglich alberne Mensch, der sich Ermittler nennt, in eine völlig falsche Richtung marschiert und seine Fähigkeiten dort austobt, wo ich Kontrolle ausüben kann.*

*Heute habe ich Ihr Schreiben bekommen, in dem Sie um Informationen über den Bau des Tumulus nachfragten. Ich beauftragte nach vielen Anfragen schließlich den Zolleinnehmer Loebel von der Hebestelle Branitz. Die Pyramide sollte eine Basisbreite von 100 Fuß bei einer Gesamthöhe von 40 Fuß aufweisen, der geböschte Umgang wurde mit 16 Fuß geplant. Bei der Verwirklichung wurde folgendermaßen vorgegangen: Es wurden jeweils 4 Fuß Material aufgeschüttet, danach stampften Arbeiter den Boden mit Rammen sorgfältig fest, bis er ausreichend verdichtet war. Diese Rammen hatten eine ungefähre Ähnlichkeit zu den Holzstößeln, mit denen gemeinhin Butter gestampft wird. Man umfasst den Stiel mit beiden Händen und rammt das verdickte Endstück mit aller Kraft auf die Erde, bis sie so verdichtet ist, dass sich keine Bewegung der Schicht mehr feststellen lässt. Erst danach wurden weitere 4 Fuß aufgeschüttet, Sand dabei nur im Inneren der Pyramide. Nach Abschluss dieser Arbeiten und dem Erreichen der von mir gewünschten Höhe wurde das Bauwerk mit drei Fuß Erde plattiert. Wenige Monate nach Abschluss dieser Arbeiten verlegten Arbeiter die Granitstufen.*

*Insgesamt war es notwendig, 1600 Taler aufzuwenden. Ich bezahlte sie in 10 Raten, jeweils nach Fertigstellung der einzelnen Stufen. Die Begleichung der letzten Rate von 200 Talern hielt ich zurück, bis der Obergärtner die Pyramide endgültig abgenommen hatte. Tumulusspitze und Geländer fertigten Steinmetz Miersch und Schmiedemeister Pannwitz aus Cottbus.*

*Berichten Sie mir weiter über Ihre diesbezüglichen Pläne, vielleicht haben Sie auch schon Zeichnungen anfertigen lassen? Für Auskünfte stehe ich Ihnen selbstredend stets gern zur Verfügung.*

*A bientôt mon cher ami*
   *Hermann Fürst von Pückler*

## 20

Frieder Prohaska schloss die Tür zur Schule sorgfältig ab und deponierte den Schlüssel unter einem Kübel neben dem schmucklosen Portal. Sollte der Fürst tatsächlich einen Vertreter schicken, könnte der ihn dort leicht finden.

»Mit ein bisschen Glück bin ich bald zurück«, flüsterte er sich Trost zu, dachte etwas wehmütig an die enttäuschten Gesichter der Kinder, wenn sie heute das Schulhaus verschlossen vorfänden.

Der junge Lehrer atmete die kühle Morgenluft ein, in der noch immer eine Note Brand zu schnuppern war. Der Tagesanbruch war einige Stunden entfernt, diese Nacht war eine ohne Schlaf gewesen für ihn und die meisten anderen aus dem Dorf ebenfalls.

So ein Feuer!

Mit vereinten Kräften hatte man die lodernden Flammen unter Kontrolle gebracht, aber das Feuer war ein gleichwertiger Gegner gewesen. Sie hatten den Kampf knapp für sich und das Dorf entschieden. Sicher bekäme der Arzt heute viel zu tun. Brandwunden, Abschürfungen, Blasen, ein gebrochener Arm durch einen herabstürzenden Ast, zwei gebrochene Beine, nachdem der kleine Nadelbaum direkt auf einen der Knechte gefallen war. Der konnte mit Sicherheit in den nächsten Wochen nicht arbeiten.

»Hoffentlich versorgt ihn sein Bauer in der Zeit.

Schließlich hat er sich auch für den Hof eingesetzt«, murmelte Prohaska und rief nach seinem Hund.

»So, komm. Wir brechen jetzt zu einem neuen Abenteuer auf. Wir reisen. Erst mal nur für ein, zwei Tage, aber wer weiß, vielleicht wird auch mehr daraus.«

Der Hund blieb verblüfft stehen, als sein Herr immer weiter die Straße entlangging. Er zögerte, winselte unsicher, bellte dann verzweifelt hinter Prohaska her.

»Na los!«

Der Hund gab sich einen Ruck und stürmte mit wehendem Fell und fliegenden Ohren heran.

»Wir reisen, das wird auch für dich eine ganz neue Erfahrung. Wer weiß, vielleicht lernst du eine liebreizende Hundedame kennen!«

So brachen sie auf, eine schwierige Aufgabe im Gepäck, und Prohaska wusste, es war ungewiss, ob er sie würde lösen können.

»Wir beginnen bei den Schwestern Herz Jesu. Es ist allgemein bekannt, dass sie ein Kinderheim betreiben, wer weiß, vielleicht ist er dort ausgerissen.«

Er dachte an den Toten im Wald, den er zusammen mit Bergemann gefunden hatte. Der Pfarrer hatte sicher ebenfalls die ganze Nacht darüber gegrübelt, was dieser Fund zu bedeuten habe. Der Fürst würde noch heute davon erfahren und entscheiden, was zu tun sei. Bergemann wusste wahrscheinlich auch von dem Leichnam, den der Totengräber auf dem Friedhof entdeckt hatte. Eigenartig, dachte der Lehrer, warum hat er nie ein Wort darüber verloren? So etwas vergisst man doch nicht!

Aus der Dunkelheit rumpelte die Postkutsche heran.

»Morgen, junger Freund!«, rief ihm der Kutscher gut gelaunt zu. »Wer zu so früher Stunde aufbricht, hat einen weiten Weg geplant. Da ist es nicht ungünstig, einen Teil der Strecke bequem zurücklegen zu können.«

»Guten Morgen!«, gab Prohaska freundlich zurück. »Sicher ist es eine bequeme und schnellere Art des Reisens, ich bin jedoch mit meinem Hund unterwegs.«

»Brrrrrr!«

Die Kutsche stand. Die tatendurstigen Pferde scharrten mit den Hufen und in der noch kalten Luft sah man den Atem als Wolken aus ihren Nüstern steigen.

»Wenn du ihn auf den Bock heben kannst, könnt ihr beide mitfahren. Kutscher ist ein ziemlich einsamer Beruf, da mangelt es an interessanten Gesprächspartnern. Die Fahrt ist frei, wenn du mich unterhältst.«

Rasputin war ein Tier von ausgeglichenem Gemüt. Es machte ihm nichts aus, hochgehoben zu werden. Schon bald saßen sie zu dritt auf dem Bock und der Hund ließ sich den Duft der weiten Welt um die Nase wehen, während er mit zusammengekniffenen Augen in den anbrechenden Tag starrte. Wenn der Gegenwind zu stark kniff, schloss er sie für einen kurzen Moment und schüttelte seinen breiten Kopf, als könne er nicht glauben, was er hier erlebte.

»Wohin so früh?«

»Ich will bei den Nonnen nachfragen, ob sie den toten Jungen kennen. Bei den Schwestern Herz Jesu.«
»Aha. Nun, dann können wir ein gutes Stück gemeinsam zurücklegen. Es ist meine Richtung.«
»Wäre doch denkbar, dass er zuvor einige Zeit bei ihnen im Kloster lebte.«
»Möglich.« Der Kutscher war nicht für seine Schwatzhaftigkeit bekannt. Außerdem fehlte es ihm an Übung. Prohaska hoffte, der Mann würde über einige hilfreiche Informationen verfügen. Schließlich war er jeden Tag unterwegs, traf viele Menschen.

Vielleicht konnte ein direkter Vorstoß die Zunge des Mannes lösen. So erkundigte sich der Lehrer: »Sie kannten ihn nicht?«

»Nein. Aber gesehen habe ich ihn schon vor ein paar Wochen.«

Prohaska hielt den Atem an. Hatte denn niemand daran gedacht, den Kutscher zu befragen?, wunderte er sich, wie kann Renck das versäumt haben?

»Wo? Hier in der Nähe?«
»Hier und da. Der war sicher ein Verjagter. Oder er hatte anständig etwas auf dem Kerbholz.«
»Ein Verjagter?«
»Na ja. Manche Familien haben so viele Kinder, die wissen gar nicht, wie sie all die Mäuler stopfen sollen. Kinder kann man ja nicht einfach auf eine Weide schicken wie Schafe!« Der Kutscher lachte über seinen derben Scherz und Prohaska stimmte halbherzig ein, um ihn nicht zu verärgern.

»Kommt vor, dass sie dann die Ältesten verjagen.

Die sollen für sich selbst sorgen. Manche verkaufen ihre Kinder auch, zum Beispiel an Kaminfeger oder den Schmied oder einen anderen Handwerker, der billige Hände braucht, die gut anpacken können.«

»Bauern?«

»Nun, nicht nur. Aber nach der Ernte werden nicht mehr so viele Helfer gebraucht. Da wird manch einer vom Hof vertrieben. Es passiert auf dem Land wie in der Stadt.«

»Es muss schlimm für die Eltern sein, eine solch harte Entscheidung zu treffen«, meinte Prohaska, der weder Frau noch Familie hatte, empathisch.

Ein rätselhafter Blick aus den Augen des anderen glitt über ihn hinweg wie ein Eishauch.

»Wenn Sie das sagen.«

»Gelegentlich läuft einer seinem Dienstherrn weg?«

»Ja. Kann man den Jungs und Mädchen im Grunde nicht verdenken. Ich habe selbst gesehen, wie die gehalten werden. Schlechter als Tiere, in finsteren, feuchten Kellern. Also, wenn mein Vater mich verkauft hätte ...« Der Rest des Satzes blieb Gedanke.

»Die Eltern würden in diesem Fall gar nicht erfahren wollen, was mit ihrem Sohn geschehen ist.«

»Ihr Besuch wäre sicher sehr unwillkommen.«

»Auch dann, wenn er etwas ausgefressen hatte und deshalb auf der Flucht war.«

»Möchte ich meinen. Niemand wird gern an einen Taugenichts erinnert. Einige dieser Burschen werden von der Polizei gejagt.«

»Eher nur wenige, würde ich annehmen.«

»Mehr, als sich das ein Lehrer so vorstellen kann!«, lachte der Kutscher laut.

»Diebe?«

»Sicher. Sie dringen auf den Bauernhöfen in die Speisekammern ein und rauben, was sie tragen können. Dabei verschwenden sie nicht einen Gedanken an die Familie, die nach diesem Beutezug nicht mehr genug Vorräte hat, um über den Winter zu kommen. Ich habe gehört, dass es regelrechte Banden gibt. Sie plündern, packen alles ein. Und in den Städten muss man ohnedies zu jeder Stunde aufmerksam sein.«

Prohaska kraulte geistesabwesend den Hund zwischen den Ohren.

»Es sind aber nicht nur Diebe. Es befinden sich auch Mörder darunter.« Offensichtlich war der Kutscher inzwischen so richtig in Fahrt gekommen, wobei Mord und Totschlag sein bevorzugtes Thema zu sein schien.

»Mörder?«

»Aber ja. Ich weiß von einem, der hat den eigenen Vater erschlagen. Mit der Axt aus dem Stall. Es ging um eine Geldkassette. Soweit ich mich erinnern kann, war nicht einmal viel drin! Heute kann man den eigenen Kindern nicht mehr trauen, keine Zucht mehr in den Familien, keine Erziehung.«

Prohaska unterdrückte ein Grinsen. So etwas in der Art hatte man auch zu Zeiten der alten Römer über die nachfolgende Generation gesagt. Vielleicht war diese Auffassung so alt wie das Leben der Menschen in Familiengruppen selbst.

»Und? Was ist mit ihm passiert?«

»Eingesperrt haben sie den Nichtsnutz. Aber es gibt andere, die kommen davon. Manchmal trifft man als Kutscher auf solch einen Burschen. Der redet schön, tut freundlich und man erfährt erst später, dass er ein schlimmer Finger ist.«

»Aha.«

»Die können oft hart arbeiten. Müssen sie auch. Sie wollen nicht auffallen, versuchen, sich beliebt zu machen, damit niemand etwas Böses von ihnen denken mag. An den Pferdewechselstationen trifft man des Öfteren auf solche. Da wird nicht viel nach dem Woher und dem Wohin gefragt. Ist aber auch gefährlich. Kommen viele Leute vorbei.«

»Sie glauben, der fremde Junge war auch auf der Flucht?«

»Entweder weggerannt oder auf der Suche nach einem Versteck vor der Polizei.«

»Dann wäre es doch nicht klug, bei den Nonnen nach Obdach oder Arbeit zu fragen.«

»Keine gute Jahreszeit, um aus einem beliebigen Grund wegzulaufen, der Winter ist nicht mehr weit, die Nächte sind empfindlich kalt. Es wird allerhöchste Zeit, eine Bleibe oder einen Unterschlupf zu finden. Da ist es bei den Schwestern Herz Jesu so gut wie anderswo. Man muss ja nicht schon an der Pforte erzählen, was man verbrochen hat. Mit ein bisschen Glück brauchen sie dort eine helfende Hand und fragen nicht viel.«

»Wo ist er Ihnen denn das erste Mal begegnet?«

»Görlitzer Ecke. Danach habe ich ihn mehrfach um

Cottbus herum angetroffen. Diese Haare waren recht gut zu entdecken.«

»War er allein?«

Darüber musste der Kutscher erst gründlich nachdenken.

»Ja, muss er wohl«, antwortete er dann endlich. »Einen Begleiter habe ich jedenfalls nie gesehen. Aber vielleicht hat er auch was ausbaldowert, während der andere an einem sicheren Ort gewartet hat. Wenn man um anderer Leute Habe schleicht, nimmt man besser niemanden mit.«

Das stimmt, dachte Prohaska, zwei fallen mehr auf als einer. »Aber wäre es in diesem Fall nicht besser gewesen, er hätte seine Haare unter einer Mütze verborgen?«

»Hm«, grunzte der Kutscher, was so gut wie alles heißen konnte.

Wie lange mag man zu Fuß brauchen, um von Görlitz nach Cottbus zu gelangen? Eine Woche? Länger?, überschlugen sich die Gedanken des Lehrers, wo macht man Pause, schlägt ein Lager für die Nacht auf?

»Das Kloster liegt ebenfalls in dieser Richtung. Er könnte demnach tatsächlich von dort gekommen sein.«

»Es war nicht die Art Kerl, die in einem Nonnenkloster unterkriecht.«

Nun war es an Prohaska, erstaunt zu sein. »Nicht die Art?«

»Nein. Der war aus völlig anderem Holz geschnitzt.

Ich erzähl Ihnen vielleicht mal ein bisschen über die Schwestern Herz Jesu ...«, begann der Kutscher und der Lehrer erfuhr Einzelheiten, die ihm das Blut in die Ohren trieben, dass sie wild pochten.

Zur selben Stunde, als die Dunkelheit der Nacht sich zögernd zurückzog und den Himmel für den Sonnenaufgang freigab, stand der Fürst im schwarzen Anzug und warmen Mantel auf dem alten Friedhof des Ortes Branitz und beobachtete, wie zwei Männer emsig ein Grab freilegten. Unbewegt wie eine Statue, ohne eine Miene zu verziehen.

»Bist du sicher, dass es in diesem Grab war?«, fragte einer der Totengräber missmutig und warf eine Schaufel Erde aus dem Loch.

»Nein. Nicht ganz. Aber es wäre möglich.« Walter Quandt zuckte entschuldigend mit den Schultern.

»Du meinst, wir schaufeln hier am Ende im falschen Grab!«, die Stimme des Langen überschlug sich vor Entrüstung.

»Nun, ich habe mehrere Särge freigelegt und begutachtet, ob sie beim Hochwasser Schaden genommen haben! Wie soll ich da noch wissen, in welchem dieses Skelett lag?«

»Du wirst doch wohl noch wissen, wo du es reingetan hast! So was vergisst man doch nicht!«

»Es war nicht wirklich im Grab. Jemand hatte es neben einem andren verscharrt und durch das Wasser ist die Erdwand zusammengebrochen und es fiel rüber. Ich habe es dann dort liegen lassen.«

»Ist doch unwichtig. Wichtig ist, in welchem Grab wir es jetzt finden können.«

Während sie sich stritten, warfen sie immer mehr Erde auf den Rand. Einmal musste der Fürst mit einem raschen Schritt nach hinten ausweichen, um nicht von dem Erdreich getroffen zu werden.

»Hier! Ich bin auf den Sarg gestoßen!«, schimpfte der Lange.

»Dann versuchen wir es dort drüben!«, verkündete der andere entschlossen und war schon dabei, aus der Grube zu klettern.

Plötzlich klatschte Quandt sich mit der schmutzigen Hand gegen die Stirn. »Das ist hier auch nicht! Jetzt weiß ich's wieder! Ich habe ihn allein beerdigt. Hinten an der Mauer!«

Schon war er davongeeilt, um nach der Stelle zu suchen, während der Lange fluchend hinterherhetzte.

Pückler setzte sich kopfschüttelnd in Bewegung. Schlug als einziges erkennbares Zeichen seiner Verärgerung und Ungeduld mit seinem Gehstock gegen sein linkes Bein. Dann schritt er zügig aus und stand nach wenigen Hundert Metern neben der Friedhofsmauer.

»Hier war das!«

Der Lange stieß den Spaten tief in die Erde und begann mit dem Aushub.

»Bist du wirklich sicher?«, erkundigte er sich nach jedem Stich.

»Aber ja, ja, ja.«

»Wenn du nicht einmal mehr genau weißt, in welchem Grab er lag, wird man ja noch fragen dürfen!«, murrte der Lange.

Einige Minuten lang war nur noch das schwere Atmen der Totengräber zu hören.

»Wieso hast du ihn eigentlich nicht in dem Grab gelassen?«, wollte der Lange plötzlich wissen und der andere legte die Stirn in Falten.

»So genau weiß ich das nicht mehr. Ich glaube, der Herr Pfarrer hat gesagt, es sei nicht recht, wenn sie zusammen in derselben Grube lägen, denn wir wüssten ja nicht einmal, ob sie sich im Leben kannten oder nicht.«

»Das hätte ich gesagt?«, ertönte der volle Bass des Geistlichen unerwartet. »Na, jemand, der nicht einmal mehr weiß, wo er jemanden beerdigt hat, verwechselt wohl gelegentlich die Personen, mit denen er sprach. Ich war mit Sicherheit bei dieser Sache nicht dabei«, versicherte er dann.

Pücklers Blick, der über ihn strich wie der erste Frost des Jahres, schien dem Seelsorger sonderbar und so trat er einen Schritt zur Seite.

Der Totengräber überlegte noch immer.

»Nun, mag ja sein, dass es jemand anders gesagt hat. Ich will nicht streiten. Und manchmal erinnert sich mein Gedächtnis zu ungenau«, räumte er demütig ein.

»Das will mir scheinen!«, bestätigte Bergemann nachsichtig.

»Hier!«

Der letzte Spatenstich hatte einige weiße Knöchelchen ans hereinbrechende Tageslicht gebracht.

»Stopp!« Pückler hob seine Rechte und der Lange hörte auf zu graben.

Von der Straße hörte man das Anfahren der fürstlichen Kutsche und die hastig ausgestoßenen Kommandos des Kutschers.

»Sammelt ein, was schon enterdigt wurde. Den Rest wird ein anderer übernehmen.«

Der Lange und sein Kollege bückten sich und klaubten die Mittelhandknochen zusammen.

»Du kannst gehen, du bleibst.«

Der Lange nickte zufrieden und machte kehrt.

»Aber wehe dir, wenn du auch nur einer Menschenseele von diesem Fund Kunde gibst«, mahnte Pückler. »Es ist nichts, was in die Schänke passt!«

Der Totengräber deutete eine Verbeugung an und war mit einigen weiten Sätzen verschwunden.

»Wurde bei dem Feuer gestern jemand verletzt?«, erkundigte sich der Fürst bei Bergemann, der sich räusperte und um Worte rang, weil ihm der Themenwechsel zu plötzlich kam.

»Wir hatten ziemlich schnell die Kontrolle über die Flammen gewonnen. Zum Glück ist die Erntezeit so gut wie abgeschlossen, da sind die jungen Burschen im Dorf, wenn man sie braucht, und müssen nicht erst von den Feldern geholt werden. Der Wind drehte im richtigen Augenblick, so wurden die Felder und die Höfe in der unmittelbaren Umgebung verschont.« Bergemann seufzte theatralisch. »Es hätte ein schlimmes Ende nehmen können, doch der Herr hielt schützend seine Hand über uns.«

»Gut. Verletzte?«

»Ja, wenige. Brandwunden und Knochenbrüche. Nichts, was nicht wieder heilen würde.«

»Wird jemand wegen seiner Verletzung in finanzielle Bedrängnis geraten?«, wollte der Fürst wissen.

»Das kann ich noch nicht sagen.«

»Dann flechten Sie einen Aufruf zur Barmherzigkeit in Ihre Sonntagspredigt ein. Feuer zu bekämpfen, dient uns allen.«

Das Geräusch der zurückkehrenden Kutsche unterbrach ihr Gespräch.

»Der Doktor?«, staunte Walter Quandt. »Aber der kommt umsonst! Hier kann er nichts mehr ausrichten!«

Christian Sommerfeld litt.

Dieser Hinnerk Renck quälte ihn mit seinen Fragen und die Theorien, die hinter seinen wohlgesetzten Worten verborgen waren, empfand der Obergärtner als beleidigend. Ihm wurde dieser Ermittler zunehmend lästig.

Noch bemühte er sich um freundliche Worte für seine Antworten, doch er spürte einen solch heftigen Groll in sich, dass er nicht wusste, wie lang es noch so bleiben würde.

»Ihr Fürst von Pückler hat diese Methode selbst erwähnt!«

»Mag sein, vielleicht war es ein Scherz. Hier wurde

nie eine tote Katze in einem Pflanzloch vergraben. Auch kein anderes Tier«, versicherte er.

Rencks Grinsen war voller Mitleid ob der offensichtlichen Unwissenheit Sommerfelds.

»Wenn Sie andere Informationen dazu haben, kann ich Ihnen gern geeignetes Gerät ausleihen, damit Sie sich selbst ein Bild machen können.« Der Obergärtner hielt dem anderen auffordernd einen Spaten hin.

Renck schwieg vielsagend.

»Wir vergraben auch keine toten Knaben unter Bäumen!«

»Das habe ich auch nicht behauptet.« Das Grinsen war verschwunden. »Dennoch lag einer unter diesem Riesen. Ich sage mal: Der Fürst hätte jemanden dingen können. Selbst wird er nicht Hand angelegt haben.«

»Wenn er das gewollt hätte, gewiss. Es gibt Menschen ohne jeden Skrupel. Aber so etwas wollte mein Fürst nie, dessen bin ich sicher.«

»Jener Baum war recht teuer.«

»Ja. Wenn sie groß und schön gewachsen sind, haben sie ihren Preis.« Sommerfeld beschloss, den Sekretär des Fürsten umgehend über diese ungeheuerlichen Verdächtigungen in Kenntnis zu setzen. Was bildet sich dieser Geck nur ein, schimpfte er in Gedanken.

»Umso wichtiger war es, sein Anwachsen und Gedeihen sicherzustellen.«

»Nein. Wir wissen, wie man solche Bäume verpflanzt. Durchlaucht hat Erfahrung darin. Zusätzlicher Unterstützung bedarf es nicht, nur sorgfältiger Pflege.«

»Die Katze!«, erinnerte ihn Renck.

»Wer weiß, vielleicht war das ein Rat, den er selbst bei seinen Besuchen in England von einem der dortigen Gärtner erhielt. Er gab ihn weiter, ohne ihn selbst je probiert zu haben. Auf seinen Reisen hat er viel gesehen, möglicherweise auch eine wissenschaftliche Untersuchung, die sich mit dieser Sache befasste. Aber für uns gilt: Wir vergraben keine toten Tiere unter Bäumen! Niemals bin ich bereit anzunehmen, der Fürst habe so etwas angeordnet.«

Renck sah, dass Sommerfeld nicht die Wahrheit sagte.

Er beschloss, so zu tun, als habe er nicht bemerkt, wie eine hektische Röte aus einem Bereich unterhalb des Hemdkragens bis über die Wangen des anderen schoss. Seine Erfahrung hatte ihn gelehrt, manches unangesprochen zu lassen.

»Wie Ihnen bekannt ist, logiere ich in Cottbus, verbringe meine Zeit jedoch überwiegend in Branitz. Da kommt einem, der gut zuzuhören vermag, manches zu Ohren. So hat man mir zum Beispiel berichtet, der Fürst dulde auf dem Parkgelände keine Hunde. Er lasse sie regelrecht jagen. Mag er keine Tiere?«, lauernd studierte Renck die Miene des Obergärtners.

Doch der Mann lachte nur. Laut und anhaltend.

»Nun?«

Etwas außer Atem erklärte Sommerfeld: »Es wäre sicher kein Fehler, die Reiseberichte meines Herrn zu lesen! Er war stets mit Tieren unterwegs, manchmal gehörten auch exotische dazu, wie Papageien und Kamele, er besaß auch ein Chamäleon.«

Ein kurzer Blick in Rencks Gesicht bestätigte seine Vermutung, dass der preußische Ermittler nicht wusste, welche Art Tier damit gemeint war.

»Das sind geschuppte Tiere, die sich in den Ästen der Bäume bewegen. Schaukelnd und langsam. Sie sind in der Lage, die Färbung ihrer Haut der Umgebung anzupassen, in der sie sich aufhalten, so dass ein ungeübtes Auge sie nur schwer entdecken kann. Um ihre Beute gut sehen zu können, verfügen sie über Augen, die so beweglich sind, dass dieses seltsame Wesen sogar hinter sich Insekten entdecken und fangen kann – mit einer langen, klebrigen Zunge.«

»Aha. Sehr interessant«, murmelte Renck angewidert. Er fragte wie nebenbei: »Was geschieht mit den Hunden, die hier im Park geschossen werden?«

»Wollen Sie damit andeuten, wir würden die Kadaver unter Bäumen vergraben?«

Der Kopf des Kleinen ruckte so plötzlich vor, dass Sommerfeld erschrocken zurückwich. »Wer weiß? Er mag wohl nicht alle Tiere und es könnte sein, dass er Katzen am wenigsten leiden kann.«

»Wer auch immer Ihnen diese Geschichte erzählt hat, wollte nur erreichen, dass Sie in die Irre gehen!«

»Ich sage mal: Er wollte genau das verhindern!«, beschied ihm Renck und ließ den Obergärtner grußlos stehen.

Hermann Fürst von Pückler war mit einigen der Gärtnergehilfen damit beschäftigt, große Äste zu zersägen und die geplanten Wegstrecken wieder freizulegen. Ab und zu unterbrach er seine Tätigkeit, lief einige Schritte, legte den Kopf schief, richtete die zu Schlitzen verengten Augen mal in die eine, mal in die andere Richtung, seufzte. Manchmal markierte er danach angebrochene Zweige, die von den Gärtnern später aus den Kronen der Bäume entfernt werden sollten.

»Höchst bedauerlich, aber wir können es nicht ändern. Mit ein bisschen Glück wird uns dieser Baum damit überraschen, neue Zweige in den betroffenen Bereichen auszutreiben. Sollte er letztlich an diesem Ort nicht die gewünschte Wirkung entfalten können, finden wir für ihn eine Stelle, an der er besser zur Geltung kommt.«

Die Gärtner nickten.

»Der Herbst hat uns mit Macht seine Ankunft gezeigt. Bald steht der Winter ins Haus, der unseren Arbeiten eine Ruhepause aufzwingen wird. Also, frisch ans Werk! Wir haben keine Zeit zu verschenken!«

Christian Sommerfeld rannte fast.

Erstaunt sah der Fürst ihm entgegen.

»Na, Sommerfeld, ist etwas passiert?«

»Durchlaucht! Dieser Renck! Soeben war er bei mir, um mich einer hochnotpeinlichen Befragung zu unterziehen!«, sprudelte der Obergärtner hervor.

Der Fürst trat ein paar Schritte zur Seite und Sommerfeld folgte ihm leise japsend.

»Ich erteilte ihm zwar die Erlaubnis, meine Bediensteten zu befragen, mir war jedoch nicht bewusst, dass er sie von ihrer Arbeit aufscheuchen würde.«

»Wenn ich richtig verstand, was er vorsichtig zu formulieren suchte, so glaubt er, Sie, Durchlaucht, hätten den Knaben in jenem Loch verscharrt, um das Anwachsen des Baumes zu sichern. Unglaublich!«

»Impertinent!«, bestätigte der Fürst.

Sommerfelds Augen suchten forschend nach der Andeutung eines Lächelns. Zuckte es nicht an den Mundwinkeln?

»Lassen Sie dieses Gerede erst nach Branitz dringen, dann haben alle Angst. Und Angst eignet sich nicht zum guten Ratgeber!«

»Sommerfeld! In den letzten Jahren sind doch auch keine Kinder aus Branitz verschwunden!«

»Einige schon«, gab der Obergärtner flüsternd zurück. »Angst ist ein idealer Nährboden für unüberlegte Reaktionen der Leute. Jemand könnte versuchen, das auszunutzen.«

»Solche Lügengeschichten wird doch niemand glauben. Die Menschen kennen mich und meine Familie, seit Generationen leben Pücklers auf Branitz!«

»Nicht alle sind glücklich über die Pläne für den Park. Einer sträubt sich ganz besonders. Ein geschickter Redner wie er könnte das Dorf agitieren!«, mahnte der Obergärtner eindringlich.

Pückler straffte sich und erklärte kategorisch: »Halb Branitz arbeitet an der Umgestaltung dieses Geländes mit. Den meisten ist es um ihren Profit. Sie gewinnen auch langfristig durch meine Anlage. Wenn der Park erst fertig ist, werden sie alle kommen, um ihn zu genießen. Und es wird wohl kaum ein Jahrhundert dauern, dann werden sie sich mit meiner Anlage schmücken.«

Sommerfeld blieb skeptisch, zuckte aber nur mit den Schultern.

»Was unternehmen wir nun? Wir müssen Renck und sein Gerede aufhalten!«

»Den überlassen Sie getrost mir. Dieser Renck soll sich noch wundern!«

Unbehaglich dachte Sommerfeld an die vielen Geschichten, die man sich über den Fürsten erzählte. Der Schalk saß ihm auch heute noch im Nacken, das war sicher unbestreitbar, ebenso wie die Tatsache, dass es unklug erschien, diesen preußischen Ermittler über Gebühr zu reizen.

Pückler griff nach einer schwarzen Kladde und schlug sie auf.

Betrachtete gedankenverloren den Plan, der darin skizziert war.

Sommerfeld war für den Moment entlassen.

## 21

Irma beobachtete, wie sich der Trauerzug durch die Gassen schob.

Langsam trugen sie den Sarg aus dem Hof zur Straße hinaus. Die Männer gingen gemessenen Schrittes, die Oberkörper gebeugt, die Köpfe gesenkt. Sehr schwer schienen sie nicht an ihrer Last zu tragen.

Vor dem Tor erwartete sie ein Pferdefuhrwerk.

»Selbst das Pferd sieht unglücklich aus«, flüsterte Magdalena traurig.

»Wo bleibt denn der Sarg für die Kleine?«

»Gibt keinen. Sie liegt mit bei ihrer Mutter«, schniefte die stattliche Frau.

»Aber das kann nicht sein. Sieh nur, wie schmal der Sarg ist. Wie sollen da zwei hineinpassen?«, widersprach Irma.

»Das, was die Totenwäscherin mir gesagt hat, ist so entsetzlich, dass ich es gar nicht glauben mag.«

»Was hat sie denn erzählt?« Das junge Mädchen, das noch nicht viele Erfahrungen mit dem Tod und denen hatte, die zurückblieben, konnte manchmal unvernünftig beharrlich sein.

»Ach, Irma. Lass gut sein. Das macht nur Albträume!«

»Jetzt zier dich nicht so!«, schimpfte die junge Magd und Magdalena blinzelte nervös.

»Na gut. Aber beschwer dich nachher nicht, wenn

du Albdrücken bekommst! Ich habe gehört, sie soll ihr den toten Säugling zwischen die gespreizten Beine gelegt haben. Mit dem Kopf nach unten, als würde das Mädchen gerade geboren. Gunther wollte auf gar keinen Fall Geld für einen zweiten Sarg ausgeben oder einen, der breit genug gewesen wäre, dass man ihr die Kleine hätte in die Arme legen können.« Magdalena senkte die Stimme. »Die Totenwäscherin soll mit Engelszungen auf ihn eingeredet haben, ohne Erfolg. Sie meint, so sei es gotteslästerlich und damit mag sie recht haben!«

»Aber die Kleine ist nicht unbenannt! Gott kennt sie! Der Pfarrer hat sie auf den Namen Charlotte notgetauft«, empörte sich Irma.

»Du kennst ihren Namen? Woher?« Magdalena sah Irma erstaunt an, doch dann klärte sich ihre Miene wie der Himmel nach einem Sommergewitter und sie schmunzelte wissend. »Ach so. Von Andreas!«

Sie seufzten gemeinsam.

»Erst die Nottaufe und dann für Mutter und Tochter die Sterbesakramente. Es ist schrecklich«, sagte die ältere Magd. »Wo sind eigentlich die beiden Brüder? Ich kann sie zwischen den anderen gar nicht entdecken. Sie sollten doch an der Beisetzung teilnehmen!«

»Es muss einen gewichtigen Grund dafür geben, dass die Brüder nicht dabei sind. Sie hingen beide sehr an ihrer Mutter«, tat Irma unwissend. Bilde ich mir das ein, oder wirkt Gunther tatsächlich ungeduldig, fragte sie sich, während sie die Gruppe dunkel gekleideter Menschen genau im Auge behielt. Mir kommt es so vor, als ginge ihm das alles nicht schnell genug.

»Die Totenwäscherin musste die Kleine mit Kraft zwischen die Schenkel der Mutter stoßen. So wenig Platz war in dem Sarg!«

Irma erschauerte.

Die junge Magd beobachtete, wie Gunther den alten Klepper vor dem Wagen zur Eile antrieb, wenn er glaubte, niemand könne den spitzen Stock sehen, den er dann dem bedauernswerten Tier in die Lende stach.

»Wie lang dauert denn so eine Beerdigung?«

»Das ist unterschiedlich. Ich war mal bei einer in Cottbus, die zog sich über drei Stunden hin. Viele Leute hielten Trauerreden, viele wussten etwas Besonderes über den Verstorbenen zu berichten. Allein die Ansprache des Pfarrers an die Versammelten dauerte fast eine Stunde. Aber hier geht es sicher nicht länger als eine Stunde.«

»Hast du Angst vor dem Sterben, Magdalena?«

Die Frau mit einem Gesicht so rund wie ein Pfannkuchen überlegte lang.

»Im Moment nicht!«

»Und im nächsten Moment?«

»Sei nicht lästig, Irma!«, tadelte die andere. »Im anderen ist mir schon manchmal bang.«

»Mir auch«, gestand die junge Frau offenherzig. »Selbst wenn ich ganz fest an die Worte des Pfarrers glauben will, dass für uns alle ein Platz im Himmel frei ist und wir, wenn wir nach dem Willen des Herrn leben, auch in sein himmlisches Reich einziehen werden. Mir wäre einfach lieber, ich wüsste es mit Sicherheit und hätte schon einmal jemanden getroffen, der mir genau erzählen kann, wie es sich dort lebt.«

»Das ist normal. Wir Menschen fürchten uns besonders stark vor dem, was wir nicht kennen. Keiner von uns weiß, wie es sich anfühlt, tot zu sein, und ob es Schmerzen verursacht zu sterben. Deshalb ist uns der Tod unheimlich.«

»Ich habe neulich den Pfarrer gefragt. Er meint, das Sterben an und für sich tue nicht weh. Mit dem letzten Atemzug verlässt unsere Seele den Körper und macht sich auf den Weg in die Ewigkeit.«

»Manche haben vor dem Tod Schmerzen. Für die ist es dann vielleicht eine Erlösung, wenn die Seele sich auf ihre letzte Reise begibt.«

»Dauert diese Reise lang? Ist der Weg in die Ewigkeit weit? Ist es dort, in der Ewigkeit, kalt und dunkel oder eher warm und hell wie an einem Sommertag?«

»Irma! Das weiß niemand!« Margarete schwieg einen Moment trotzig und starrte auf die Teilnehmer des Trauerzugs. »Aber kalt und dunkel wäre mir nicht recht. Ich bin doch keine Kellerassel.«

Die Trauergemeinde bog um die Ecke. Immer mehr Menschen aus den umliegenden Häusern schlossen sich an. Bald wirkte es, vom Fenster der Dachkammer aus gesehen, als drängten sich die Leute in den schmalen Gassen. Wie ein dunkler Lindwurm, der sich in Richtung Friedhof wälzt, dachte Irma und bekam eine Gänsehaut.

»Komm, Irma. Wir gehen essen.«

»Geh ruhig schon vor, Magdalena. Du kannst mir ja einen Platz an deiner Seite freihalten.«

Magdalena nickte überrascht.

Sie löste sich vom Fenster und sah die andere forschend an.

»Mach keinen Unsinn«, mahnte sie eindringlich. »Mit Gunther ist nicht zu spaßen!«

»Ich weiß.« Die junge Magd zögerte einen Moment und setzte dann hinzu: »Er hat den Hund erschlagen.«

»Warum? Weil er den Tod auf den Hof gelassen hat?«

»Nein. Er hat ihn auf die Brüder gehetzt und der Hund hat die beiden nicht zerrissen. Deshalb.«

»Irma! Erzähl nicht so etwas! Das ist doch nicht wahr.« Magdalena schlug sich beide Hände vor den Mund. »Oh Gott!«

»Ach, Magdalena, es ist wahr. Ich habe es von ihm selbst. Aus seinem eigenen Mund. Er hat es mir gestern erzählt.«

Die andere Magd nahm die Hände aus dem Gesicht.

»Hör zu, Irma. Wenn das so ist, solltest du jetzt besser keinen Fehler machen!« Dann drehte sie sich um und lief erstaunlich leichtfüßig für ihre Statur die Treppe hinunter.

Irma wartete noch zwei Atemzüge lang, dann griff sie nach ihrem Bündel, das, unter dem Bett versteckt, bereitlag. Sie überprüfte mit flinken Fingern, ob auch alles sicher verschnürt war, danach warf sie einen letzten Blick aus dem Fenster.

Niemand war mehr zu sehen.

Bestimmt hatten sich drei Viertel des Dorfes auf dem Friedhof versammelt.

Eilig schlüpfte sie in ihre Jacke, band sich einen Wollpullover um die Taille und lief so leise wie möglich aus der Hintertür hinaus und Richtung Wald davon.

Gunther stand am Grab und stierte mit brennenden Augen dem Sarg hinterher. Der Pfarrer setzte zu seiner Grabrede an.

»Wir nehmen nun Abschied von Mutter und Kind, die beide auf Wunsch des Herrn weit vor ihrer Zeit abberufen wurden.«

Ein dumpfes Raunen ging durch die Versammelten.

»Mutter und Tochter ruhen nun gemeinsam in diesem Grab, in derselben Erde, untrennbar verbunden durch das Band der Liebe und die Gnade des Herrn.«

Aus dem Raunen wurde ein Grollen.

Böse.

Voller Abscheu.

Gunther drehte sich langsam und drohend zu ihnen um. »Was soll das?«, fuhr er die anderen zornig an. »Ihr braucht gar nicht so laut zu tuscheln. Ich weiß längst, was ihr redet!«

In seinem Zorn schien er sich aufzublähen. Seine Augen funkelten die Versammelten an, als sei es nur der Anwesenheit des Pfarrers geschuldet, dass er sich zurückhielt und nicht mit lautem Gebrüll über sie herfiel, Mord im Sinn und einen Stock in der Hand.

»Asche zu Asche...«, versuchte der Geistliche, rasch zum Abschluss zu kommen.

»Ja, ja!«, fiel der Witwer ihm ins Wort. »Und Staub zu Staub!«

»Wo sind denn die Jungen? Ich hätte erwartet, sie bei der Beisetzung ihrer Mutter am Sarg zu sehen.«

Gunther fuhr wieder zu ihnen herum. Es war ihm allerdings nicht möglich, den Frager auszumachen.

»Woher soll ich das wissen?«, brüllte er unbeherrscht. »Es sind nicht meine Kinder! Die würden es nie gewagt haben, nicht zu erscheinen. Aber bei der Mutter, was wundert es euch?« Er gab dem Pfarrer ein Zeichen, er möge nun seine Verabschiedungsformel sprechen.

»Die Brüder haben ihre Mutter abgöttisch geliebt. Es ist nicht zu verstehen, warum sie heute hier fehlen sollten.«

Wieder wirbelte Gunther um die eigene Mitte.

Entsetzt beobachtete die Trauergemeinde, wie seine Augen in Blut zu schwimmen begannen. Einige behaupteten später, auch aus der Nase sei es geflossen.

Er bot einen schreckenerregenden Anblick, der einige der gottesfürchtigen Frauen ganz in seiner Nähe spitze Schreie ausstoßen ließ.

»Sie sind nicht da. Schluss!«

Die Versammelten wichen zurück, als Gunther einen Schritt in ihre Richtung machte.

»Aber, aber! Dies ist eine Beisetzung! Benehmt euch!«, mahnte der Pfarrer. »Mutter und Tochter haben ein würdevolles Begräbnis verdient. Denkt daran, dass Gott der Herr ein Auge auf seine Herde hat, er wird sicher nicht ungestraft geschehen lassen, dass ihr Friedhof und Zeremonie durch niedere Händel entweiht.«

»Das geht euch alles gar nichts an!« Gunther wandte sich dem erschrockenen Seelsorger zu. »Nun beeilen Sie sich schon! Ich habe nicht den ganzen Tag Zeit!«

»So, warum denn nicht? Der Hof ist nicht deiner. Geh zurück in dein Heimatdorf!«

»Das ist geregelt! Und auch das geht euch nichts an!« Gunther holte Luft, um einen herzhaften Fluch auszustoßen, begegnete jedoch dem drohenden Blick des Pfarrers. Bebend schluckte er die harten Worte hinunter.

»Ein neues Testament?«, schrillte die Stimme Almas über den Gottesacker. »Ich war ihre beste Freundin. So etwas hätte sie mir erzählt.«

»Wir nehmen Abschied ...«, setzte der Geistliche erneut an, machte eine Pause, weil er fürchtete, wiederum unterbrochen zu werden, und fuhr, erstaunt darüber, dass man ihn gewähren ließ, mit der Zeremonie fort. »Viel zu früh aus dem Leben geschieden, nun auf dem Weg in das Reich des Herrn. Uns sind seine Entscheidungen nicht immer verständlich, wir bleiben ratlos zurück und müssen mit dem Verlust der lieben Angehörigen weiterleben. Der Herr hat's gegeben, der Herr hat's genommen«, zitterte sich der Pfarrer durch die weiteren Sätze. »Uns bleibt zu tragen, was er uns als Bürde des Schicksals und persönliche Prüfung der

Festigkeit unseres Glaubens auferlegt hat. Möge der Herr euch schützen und bewahren, sein wachsames Auge auf euch lenken, er tröste und beschütze euch, lasse sein Antlitz leuchten über einem jeden aus diesem Ort. So gehet nun hin in Frieden. Verbannt Hass und Wut aus euren Herzen, gebt der Trauer über den Tod dieser geliebten Menschen genug Raum jetzt und in den folgenden Wochen.« Er segnete die Schweigenden. Der Schweiß stand ihm auf der Stirn und tropfte von seinen buschigen Augenbrauen. Herr, sandte er eine flehende Bitte gen Himmel, schick ihnen Ruhe und Gelassenheit, nimm den Zorn von ihnen und sorg dafür, dass nun alle friedlich nach Hause gehen.

Doch so schnell sollte sich dieser Wunsch nicht erfüllen.

Diese Beisetzung sollte noch Wochen später Thema bei jedem Treffen im Dorf sein.

»Wer weiß, ob er nicht die Kinder im Keller eingesperrt hat. Habt ihr auch schon gehört, dass er den Hund erschlagen hat? Was das wohl zu bedeuten hat?«

Gunther hörte diese Worte kaum noch.

Er machte erneut einen zornigen Schritt auf die Versammelten zu. Diesmal wichen sie nicht zurück. Sie schoben sich eng zusammen, bildeten eine Mauer aus Leibern.

»Gebt den Weg frei!«

Als sich niemand rührte, drehte er sich blitzschnell um, packte den Geistlichen rüde an der Soutane, zerrte ihn mit sich und schleuderte ihn rücksichtslos der ersten Reihe in die Arme.

Dann fuhr er seine Ellbogen seitlich aus und rammte sich eine Gasse frei.

Er warf nicht einen Blick zurück, war in der nächsten Sekunde davongestürmt.

»Lasset den Witwer seinen Frieden finden«, mahnte der Seelsorger und befreite seine Kleidung durch heftiges Schütteln und Klopfen von Erde und Staub. »Er hat Frau und Kind verloren, sein Schmerz darüber ist gewiss unermesslich groß und seine Verzweiflung lässt ihn wütend werden. Es stünde euch besser zu Gesicht, Verständnis zu haben, als gegen ihn zu hetzen.«

»Wo sind die Brüder?«

»Wäre es nicht denkbar, dass die beiden, geschwächt von der Trauer über den Tod der geliebten Mutter, nicht die Kraft aufbringen konnten, sie im Sarg in der Erde verschwinden zu sehen? Ihr solltet bedenken, dass es sich um Kinder handelt, die nun als Waisen zurückbleiben.« Milde lag über seinen Zügen, in seiner Stimme und den Augen, doch er erntete keine Zustimmung.

Im Gegenteil.

Seine Herde war aufgebrachter denn je.

»Andreas ist kein Kind mehr. Er kann sehr gut für sich sorgen. Seine Arme sind stark, er ist harte Arbeit gewohnt. Jonathan ist noch zu klein, um zu begreifen, was geschehen ist. Andreas wäre mit dem Kleinen gekommen! Er ist ein guter Sohn. Bei der Beerdigung seines Vaters stand er neben seiner Mutter am Grab und stützte sie. Es muss etwas passiert sein, was ihn davon abhält.«

»Genau. Gunther hält die beiden gefangen. Ich werde nie und nimmer glauben, dass sie ihn als Erben eingesetzt hat. Niemals!«, war nun auch Alma wieder zu hören.

»Ich frage mich ohnehin, warum sie ausgerechnet so einen wie Gunther zum Manne genommen hat. Er ist ohne Herz.«

»Frauen wollen immer Herz! Aber wenn sie verheiratet sind, brauchen sie jemanden, der anpacken kann!«, höhnte ein Stallbursche vom Sattlerhof.

»Ich bin mir jedenfalls sicher, dass er für den Tod von Mutter und Kind verantwortlich ist«, hörte man die Stimme einer alten Frau, die auf dem Nachbarhof der Krausners mit ihrer Familie lebte.

»Redet euch nichts ein«, empfahl der Pfarrer. »Seine Frau starb am Fieber.«

»Sagt er!«

»Er will nur das Anwesen übernehmen. Das war schon immer sein Ziel. Ich kannte seine Eltern. Bei denen galt er noch nie etwas, ganz anders als sein Bruder, und nun dachte er, er könne ihre Achtung gewinnen, wenn er einen eigenen Hof vorweisen kann!«

»Gehet hin in Frieden!«, forderte der Geistliche noch einmal. »Dies Gerede schickt sich nicht für Besucher einer Beisetzung. Es passt bestenfalls ins Wirtshaus!«

Nur zögerlich setzte sich die große Gruppe in Bewegung.

Es wird lange dauern, bis die erhitzten Gemüter sich wieder beruhigen, dachte der Seelsorger beunruhigt, hoffentlich unternimmt niemand etwas Unüberlegtes.

Heftig diskutierend, zogen die Dorfbewohner durch die Gassen zurück ins Dorf und ihre Häuser.

Einige blieben am Grab, bis die letzte Schaufel Erde aufgehäuft war.

Gunther jedoch hatte zu dieser Zeit längst die Verfolgung der Brüder aufgenommen.

## 22

Andreas wachte wie vom Blitz getroffen auf.

Das Herz schlug ihm bis zum Hals und seine Hände zitterten.

Wie konnte mir das nur passieren, dachte er, zornig auf sich selbst, ich habe doch versprochen, Wache zu halten.

Eingeschlafen!

Wenn Gunther uns nun überrascht hätte, nicht auszudenken!

Er fror und gleichzeitig rann ihm der Schweiß über Rücken und Gesicht, hatte sich ein feuchter Ring rund um seine Körpermitte gebildet.

In der verletzten Wade war deutlich ein pulsierender Schmerz zu spüren.

Andreas lockerte vorsichtig den provisorischen Verband, stöhnte leise vor Schmerz. Die Wunde, die gestern noch so harmlos gewirkt hatte, war nun rot und hatte zudem einen weiten Hof bekommen, der sich um die Rückseite des Beines zog. Der Bereich schien zu glühen und begann nun, nachdem der einengende Stoffstreifen entfernt war, zusehends größer und dicker zu werden, als habe er nur darauf gewartet, dass jemand die Fessel löste.

Jonathan rekelte sich.

Schlug die Augen auf und sah sich erschrocken um.

»Andreas! Wo sind wir hier?« Seine hohe Kinderstimme klang ängstlich.

»So genau weiß ich das auch nicht. Wenn die Sonne aufgegangen ist, bestimmen wir die Richtung neu, in die wir gehen müssen. Noch sind wir viel zu nah an Zuhause, um uns sicher fühlen zu können.«

Jonathan sah den Bruder nachdenklich an.

»Du bist ganz weiß.«

»Das liegt nur daran, dass ich nicht geschlafen habe. Kein Grund zur Sorge. Bald erreichen wir die Hütte von Vater Felix und ich kann mich ausruhen«, log Andreas tapfer.

»Wie geht es denn nun weiter?«

»Erst werden wir frühstücken. Danach suchen wir die Richtung und dann brechen wir auf und gehen zügig los.«

Jonathan stand umständlich auf.

Ging einige Probeschritte auf und ab.

»Andreas? Meine Beine tun so komisch weh«, quengelte er dann.

»Das gibt sich«, lachte der große Bruder warm. »Du hast nicht in deinem Bett geschlafen und bist gestern viel gerannt. Nach einer Weile hört das wieder auf, glaub mir.«

Vorsichtig streckte er das verletzte Bein. Es tat höllisch weh und er musste das Gesicht zur Seite wenden, um den Kleinen seine Tränen nicht entdecken zu lassen.

»Setz dich wieder her. Ich habe hier ein Stück Brot für dich und ein bisschen Käse ist auch noch da.«

Es wird gehen, dachte er bei sich, wenn ich die Zähne zusammenbeiße, wird es gehen!

Andreas zog das Hemd aus dem Bündel und riss einen weiteren handbreiten Stoffstreifen vom unteren Saum ab.

Jonathan beobachtete fassungslos sein Treiben.

»Was machst du denn da? Du zerreißt dein Hemd! Mama wird sehr, sehr böse werden, wenn sie das sieht!«

Es dauerte einen Wimpernschlag, dann fiel es ihm wieder ein.

Schluchzend warf er sich dem Bruder an die Brust. Andreas spürte die warmen Tränen auf seiner Haut. Hilflos streichelte er über den Rücken des Kindes.

»Ist gut. Wir haben ja uns!«

Doch so schnell konnte Jonathan sich nicht beruhigen.

»Mama wird sich nie wieder über uns ärgern. Das fehlt mir ebenso wie ihr Lachen. Aber glaub mir: Wir finden jemanden, der uns hilft, und dann verjagen wir Gunther vom Hof. Wir müssen nur fest zusammenstehen und beieinanderbleiben, dann kann uns nichts geschehen.«

Jonathan drückte seinen Kopf fest gegen die Brust des Bruders. Er sagte kein Wort. Doch das verzweifelte Schluchzen wurde leiser und verstummte schließlich ganz.

»Du bist ganz heiß«, stellte der Kleine plötzlich fest.

»Das kommt von dem Biss in mein Bein. Ich verbinde die Wunde und bald ist der Schmerz vergessen!«, behauptete Andreas mit einer Zuversicht, die er nicht empfand.

»Wohin gehen wir?«

»Es gibt einen geheimen Unterschlupf im Wald. In der Nähe von Cottbus. Dort werden wir uns verstecken. Alles andere wird sich finden.«

»Ist es noch weit bis dahin?«, erkundigte sich der Bruder und klang wieder weinerlich.

»Nein, ich glaube nicht. Wir müssen unterwegs vielleicht fragen, wie wir zu Vater Felix kommen, aber unsere grobe Richtung ist klar. Wir ziehen nach Süden. Cottbus ist ganz gut zu erkennen, es gibt dort hohe Schornsteine. Es liegt an der Spree, wir folgen demnach dem Flusslauf.«

»Ich mag nicht mehr so weit laufen«, nörgelte Jonathan. »Meine Beine tun weh.«

»Lass uns keine Zeit verschwenden.« Andreas seufzte und drückte seinem Bruder ein weiteres Stück Brot in die Hand. »Möchtest du noch ein bisschen Käse?«

»Nein.«

»Während du das isst, verbinde ich rasch mein Bein. Danach brechen wir sofort auf.«

Jonathan nickte nur.

Die Wunde war ein tiefer Riss.

Andreas hatte gar nicht gedacht, dass der alte Hund noch so zubeißen konnte.

»Mistvieh!«, schimpfte er böse.

Die Verletzung sah bei eingehender Untersuchung

nicht so schlimm aus, wie sie sich anfühlte, bot aber nichtsdestotrotz einen beunruhigenden Anblick. Andreas wusste, der schmierige Belag, der sich in dem Riss ausgebreitet hatte, würde die Wunde schlecht heilen lassen. Das umgebende Gewebe war inzwischen so dick angeschwollen, dass er vielleicht das Hosenbein gar nicht mehr würde darüberziehen können.

Entschlossen wickelte er den Stoffstreifen um die Wade, fest genug, um nicht zu rutschen, und doch so locker, dass der Fuß nicht kribbelte.

Es muss gehen, beschloss er in Gedanken, es muss. Für Mama, für Jonathan und das winzige Mädchen, das nie erfahren hat, wie es heißt.

Er rappelte sich mühsam auf, belastete das Bein probeweise, wippte hin und her.

»Siehst du, ich hinke kaum. Noch ein Stück Brot?«

Der kleine Bruder schüttelte den Kopf.

»Nun sei nicht so traurig. Wir kehren nach Hause zurück und werden uns auf dem Hof eine neue Zukunft aufbauen.«

»Und Irma?«, war die Frage schon ausgesprochen, bevor Jonathan es verhindern konnte.

»Irma weiß, dass wir zurückkehren. Sie wird auf mich warten. Wenn wir Gunther vertrieben haben, kommt sie vielleicht zu uns.« Andreas spürte einen dicken Kloß im Hals, als er das sagte.

»Mama hat gesagt, du liebst Irma.«

»Wir gehen jetzt«, entschied der große Bruder.

Die wenigen Dinge, die ihnen gehörten, waren rasch zusammengepackt. Andreas verteilte Laub und kleine

Zweige unter dem Baum, so dass niemand mehr erkennen konnte, dass hier ein Nachtlager gewesen war.

»Gunther muss nicht gleich sehen, wie weit wir gekommen sind«, erklärte er Jonathan, der blass wurde. Der Gedanke, dass der Stiefvater ihnen noch immer auf den Fersen sein konnte, jagte ihm gehörige Angst ein.

Mit zusammengebissenen Zähnen lief Andreas los. Der Bruder hielt vertrauensvoll Schritt.

»Sind wir jetzt Waisen?«, fragte er unvermittelt in die Stille.

# 23

Frieder Prohaska winkte dem Kutscher zum Abschied zu.

Mit ein bisschen Glück begegnete er ihm auf der Rückfahrt vielleicht erneut und konnte die Annehmlichkeit des schnellen Rücktransports nach Branitz genießen. Allemal besser, als den weiten Weg zu Fuß zurücklegen zu müssen, wenngleich die haarsträubenden Geschichten des Mannes ihn sicher für die nächsten Monate bis in seine Träume verfolgen würden.

Der Hund, selig, dem schaukelnden Vehikel entkommen zu sein, jagte wild um seinen Herrn herum und bellte vor Lebensfreude.

»Na, nun kommt der Teil, der dir am meisten liegt. Laufen!« Prohaska schulterte sein Bündel und stapfte ohne Begeisterung in die Richtung los, die der Kutscher ihm gewiesen hatte. »Die Nonnen werden kaum erfreut sein, wenn ich ihnen sage, warum ich ihre Ruhe störe«, erklärte er dem tobenden Tier. »Wie fängt man denn solch eine Ermittlung an? Ich kann doch nicht an die Pforte des Klosters pochen und nach dem ersten ›Gott zum Gruße!‹ von einer rothaarigen Leiche in Branitz plappern. Damit verschrecke ich die gottesfürchtigen Damen gewiss. Weißt du, in solch einem Kloster kommt man mit Verbrechern so gut wie nie in Berührung.«

Ihm fielen die Worte des Kutschers wieder ein und er

fragte sich, ob dessen Einschätzung wirklich stimmte. »Auf der anderen Seite: Was weiß ich denn schon über das Leben hinter dicken Klostermauern? ›Ora et labora‹. Diesen Spruch kennt jedes Kind, doch wer kann schon sagen, wie sich solch ein Leben tatsächlich anfühlen mag?«

Seine Schritte verkürzten sich, je näher er dem eindrucksvollen Gebäude kam.

Die Türme konnte er schon von Weitem sehen, und jetzt im Näherkommen waren auch die kleinen, Schießscharten nicht unähnlichen Fenster deutlich zu erkennen. Dahinter lagen die winzigen Schlafräume der Nonnen, glaubte er zu wissen, die Zellen genannt wurden.

Das dunkle Holzportal wirkte alles andere als einladend auf den unsicheren Besucher.

Seltsam, dachte der junge Lehrer, der Kutscher erzählte von vielen Kindern, die hinter dieser dicken, abweisenden Fassade leben, doch nichts deutet darauf hin, kein Geräusch ist zu hören, kein Lachen.

Nichts war zu bemerken, das zu dieser Aussage passen wollte.

Absolute Stille lag über Kloster und Umgebung.

»Während des Mittagsgebets ist eine Störung sicher unwillkommen. Wir werden noch ein bisschen warten und unser Glück etwas später versuchen.«

Fast war er froh, das finstere Gebäude hinter sich lassen zu können.

Zügig schritt er aus und fand in der Nähe eine bunte Wiese, auf der sich's gut rasten lassen würde. Der Hund rannte mit aufgerichteter Rute voraus, bellte gelegentlich und teilte auf diese Weise jedermann ihre Anwesenheit mit.

»Es muss nicht jeder hören, dass wir hier eine Pause machen wollen. Komm her!«

Prohaska setzte sich nieder und stöberte in seinem Gepäck nach den belegten Broten, die er vorbereitet hatte.

Alexanders Vater stellte auf seinem Hof einen würzigen Käse her, von dem er hier und da dem Lehrer etwas mitschickte. Es hatte sich längst herumgesprochen, dass der Verdienst Prohaskas zum Leben kaum reichen konnte, besonders, da er seine Mutter mit versorgen musste. So bekam er von Liese manchmal Wurst und zu den Feiertagen mal ein Huhn oder einen Festtagsbraten, Marias Eltern schickten ihm im Sommer und im Herbst Obst und Gemüse, manchmal auch frische Eier. Der Lehrer war dankbar dafür, dass die Eltern der Kinder großzügig waren. Er wusste von Kollegen, die in Gegenden arbeiteten, wo die Menschen weniger spendabel waren.

Und nun lasse ich den Unterricht ausfallen, um mich Hals über Kopf in solch ein Abenteuer zu stürzen, dachte er schuldbewusst, hoffentlich hat der Fürst einen Vertreter gefunden. Sobald ich zurück bin, nahm er sich vor, werde ich mich sofort wieder mit ganzer Kraft um die Bildung der Kinder bemühen.

Träge rollte sich der blonde Hund auf den Rücken und genoss die Strahlen der Sonne auf seinem Bauch. Prohaska amüsierte sich über den verträumten Ausdruck, der in die Augen Rasputins gefunden hatte, seine entspannten Lefzen, die ihn aussehen ließen, als lächle er beglückt.

Der junge Mann legte sich zurück, verschränkte die Hände hinter dem Kopf und sah zu den Wölkchen auf.

Begann Figuren darin zu sehen, die über den Himmel zogen.

Die Santa Maria von Christoph Columbus zum Beispiel, all die Männer an Bord, die schwer arbeiten mussten, um das große Schiff sicher durchs Meer zu steuern. Im Ausguck stand ein braungebrannter Mann, unter ihm in den Masten kletterten Matrosen in der Takelage umher, die Segel refften oder setzten. Er hörte die rauen Rufe der Seemänner, die Kommandos, denen sie zu folgen hatten. Gischt sprühte über den Bug. Er roch das Meer, spürte den feinen, salzhaltigen Nebel auf der Haut.

Mit einem erschrockenen Aufschrei fuhr er hoch, als eine eisige Hand seinen Arm berührte.

Die kalten Finger gehörten zu einem Mädchen, das nun seinerseits angsterfüllt aufsprang und den Fremden aus weiten Augen anstarrte.

»Entschuldigung! Ich wollte dich nicht erschrecken. Ich muss wohl eingeschlafen sein«, erklärte Prohaska und seine Augen spazierten über die Wiese. Warum hatte der Hund nicht gebellt – und wo steckte Rasputin überhaupt?

Als könne das Kind Gedanken lesen, fragte es: »Der große Hund gehört zu dir?«

»Hmhm«, brummte der Lehrer und strich über seine Joppe, um Grashalme und Blütenblätter zu entfernen.

»Er hat uns gefunden. Bestimmt ist das ein Zeichen. Man darf so etwas nämlich nicht tun und die Schwestern werden sehr böse sein und sich furchtbar aufregen.«

Nun war der Lehrer völlig wach.

Er sprang auf die Füße.

»Wo ist der Hund jetzt?«

Ohne jede Scheu rannte das Mädchen los und riss den fremden Mann mit sich.

Nachdem sie ein Stück bergab gelaufen waren, hörte Prohaska Rasputin in der Ferne bellen. Kurzentschlossen hob er das Kind auf seinen Arm und hielt darauf zu.

Nach wenigen Schritten sah er das blonde Fell in der Sonne leuchten. Aufgeregt umsprang das mächtige Tier ein Kleiderbündel, das, wie achtlos weggeworfen, auf der Wiese lag.

»Das ist Felix. Er ist mein Freund«, erklärte die Kleine seltsam emotionslos.

Prohaska setzte sie ab und trat an den Jungen heran. Blut! Viel zu viel davon. Die Wiese war großflächig bräunlich verfärbt.

Mit der linken Hand packte er den Nacken des Hundes und redete beruhigend auf das Tier ein, während er mit der Rechten versuchte herauszufinden, ob Felix noch am Leben war.

Das schmale Kindergesicht war weiß, die Augen hatte

der Junge geschlossen und seine Haut schimmerte wie dünnes Pergament. Dunkle Ringe hatte er unter den Augen, die Wangen schienen eingefallen.

Als die Lider zu flattern begannen, hob der junge Mann den Knaben hoch und stürmte den Berg hinauf in Richtung Kloster. Das Mädchen keuchte hinterher, der Hund raste mit fliegendem Fell an ihnen vorbei.

Energisch klopfte Prohaska an das Portal und fast sofort wurde eine Luke in der Tür geöffnet, aus der ihn zwei leuchtend blaue Augen kalt musterten.

»Dieser Junge hier!«, stieß er hervor. »Er ist verletzt!«

Er hatte seinen Satz noch nicht beendet, da flog schon der Flügel des Portals auf.

»Oh nein! Nicht schon wieder!«, jammerte die Frau in Schwesterntracht, deren Körper so fett war, wie der Lehrer es noch nie zuvor bei einer Frau gesehen hatte.

»Los! Schnell, schnell, auf die Krankenstation!«, kommandierte sie. Erstaunlich behände lief die Nonne vor ihm her, einen langen Gang entlang.

Weder für das Mädchen noch den Hund hatte sie einen Blick.

»Sie kennen ihn?«, japste der Retter, der Mühe hatte, Schritt zu halten.

»Ja. Er ist einer unserer Knaben. Felix.«

Schwungvoll stieß sie zwei Flügeltüren auf, wies auf eine Pritsche.

»Dort. Rasch. Ich hole den Arzt.«

Schon im Weiterstürmen rief sie über die Schulter

zurück: »Nehmen Sie Ihren Hund und Julia mit. Sie warten allesamt draußen. Ich komme nach.«

Prohaska fügte sich widerspruchslos.

»Komm«, flüsterte er und der Hund folgte sofort. »Du heißt also Julia. Nun, ich denke, du wirst uns den Weg zum Ausgang zeigen können.«

So schnell sie konnten, folgten sie dem sich windenden Gang, erreichten die Eingangshalle und traten aufseufzend in die wärmende Sonne hinaus.

»Ich muss noch meine Sachen von der Wiese holen. Möchtest du mitkommen?«

Julia nickte hastig.

Offensichtlich wollte sie auf keinen Fall allein in der Nähe des Klosters zurückbleiben.

»Überraschend kühl in diesem Haus.«

»Ja. Das ist immer so. Weil es so dicke Mauern hat, sagen die Schwestern.«

»Bestimmt«, sagte Prohaska ohne rechte Überzeugung und dachte, wenn die alle so sind wie die Nonne, die ich gerade erlebt habe, sind eher die Schwestern selbst der Kern der Kälte.

Ohne Schwierigkeiten fanden sie die Stelle, an der er Rast gemacht hatte.

»Wollen wir uns noch ein bisschen setzen oder sollen wir gleich zurückgehen?«, fragte er freundlich.

Sofort setzte sich das Mädchen.

Prohaska ließ sich neben ihr ins Gras fallen.

Rasputin setzte sich aufrecht daneben und behielt die Umgebung aufmerksam im Auge.

»Er passt jetzt auf uns auf. Vermutlich glaubt er, man

kann Menschen nicht einmal fünf Minuten lang unbeaufsichtigt lassen, sonst stößt ihnen etwas Schlimmes zu oder sie treiben Unfug.«

Über Julias ernstes Gesicht huschte ein zaghaftes Lächeln.

Vertrauensvoll schob sie ihre noch immer viel zu kalte Hand in seine.

»Wie heißt du?«

»Frieder.«

Danach folgte lange kein Wort mehr, als sei das Wichtigste damit schon gesagt.

Als der junge Mann bereit war zu glauben, dass Julia nicht mit ihm sprechen würde, wisperte sie unerwartet: »Mein Freund Felix. Er hat eine Scherbe. Mit der verletzt er sich manchmal.«

»Warum tut er das?«

»Sie wissen davon, können aber die Scherbe nicht finden. Natürlich nicht!«, ignorierte sie die Frage.

»Es war ziemlich viel Blut.«

»Es war irgendwie anders als sonst«, bestätigte Julia in einem lockeren Plauderton, gerade so, als hätten diese Ereignisse mit ihr nicht das Geringste zu tun, als kenne sie den Jungen überhaupt nicht.

Dem Lehrer war das Mädchen unheimlich.

Julia streckte die Beine aus und zog den Rock ihres Kleides darüber züchtig glatt. Die Blutflecken auf dem Stoff schien sie nicht zu bemerken.

»Er benutzt diese Scherbe also regelmäßig?«

»Ja.«

»Guckst du immer dabei zu?«

»Meistens. Er nimmt mich mit, wenn er sich aus dem Kloster schleicht.«

»Aha«, fiel Prohaskas Antwort mehr als unbefriedigend aus. Fassungslosigkeit behinderte sein Denken.

»Er sagt, manchmal muss man das tun, um zu sehen, ob man überhaupt noch am Leben ist.«

Der junge Mann schluckte schwer gegen den Kloß in seinem Hals an.

Räusperte sich.

Hustete.

»Du glaubst das aber nicht?«, brachte er schließlich mühsam hervor.

Julia schüttelte den Kopf. »Nein.«

Es war mucksmäuschenstill geworden. Selbst die Bienen schienen ihr fröhliches Summen eingestellt zu haben, um nicht zu stören.

»Wenn man sich kräftig kneift, merkt man es auch. Und blaue Flecken lassen sich besser erklären als blutige Schnitte.«

»Warum glaubt ihr, überprüfen zu müssen, ob ihr noch lebt?«, fragte Prohaska verstört.

»Weil, wenn wir tot sind, das Kloster unsere Hölle ist. Auf ewig. Solange wir leben, gibt es noch Hoffnung.«

Arme verlorene Seele, dachte der Lehrer bedrückt. Er hatte gar nicht gewusst, dass selbst Kinder eine solch tiefe Einsamkeit empfinden konnten.

»Meine Mutter hat mich in einem Körbchen vor dem Portal abgelegt. Nur ein Zettel mit meinem Geburtsdatum lag dabei. Vielleicht, damit ich weiß, wann ich feiern darf. Aber hier feiern wir keine Geburtstage, nur den des Herrn. Das wusste meine Mutter wohl nicht.«

»Du bist seit deiner Geburt hier?«

»Ja.«

»Hast du je einen Jungen getroffen mit roten Haaren? Etwa im Alter von Felix?«

Julia überlegte.

Dabei zog sie ihre Stupsnase kraus und spielte an der Unterlippe.

»Nein.«

Prohaska spürte, dass sie ihm nicht die Wahrheit sagte. So viel Vertrauen hatte sie doch nicht zu diesem Fremden.

Eine schneidende Stimme hallte über die Wiese und störte die Idylle.

Rasputin knurrte, als die dicke Nonne sich heranwälzte.

»Sie will dich holen.«

»Ja«, antwortete Julia und stand auf. Wartete, bis die Frau herangekommen war.

»Komm!«

»Danke«, verabschiedete sich das Mädchen artig und lächelte Prohaska zu, bevor es sich von der Nonne an die Hand nehmen ließ.

Der Lehrer sprang auf.

»Ich würde gern mit Ihrer Äbtissin sprechen.«

»Und welches Anliegen soll ich melden?«

Ein feindseliger Ausdruck nistete sich in den blauen Augen der Schwester Herz Jesu ein.

»Ich bin auf der Suche nach einem Jungen. Es interessiert mich zu erfahren, ob er wohl hier beherbergt wird oder wurde«, kam es Prohaska leichter über die Lippen, als er vermutet hatte.

»Nun, das wird sich schnell feststellen lassen. Wir müssen nur in den Büchern nachsehen. Wie ist der Name des Jungen?«, fragte sie ungehalten.

»Darin besteht das Problem. Ich kenne seinen Namen nicht.«

»Nun trödel hier nicht so rum«, ungeduldig riss die Nonne an Julias Arm. »Ich habe wirklich wichtigere Dinge zu tun, als dich von Wiesen zu pflücken!«, herrschte sie das Mädchen an.

»Sie gestatten?« Mit einem charmanten Lächeln hob Prohaska Julia auf seinen Arm und trug sie bis zum Portal des Klosters.

»Lauf in deine Gruppe!«, befahl die Schwester unwirsch, kaum dass Julia wieder festen Boden unter den Füßen hatte.

Ein schnelles Winken, dann war ihr Rock um die Ecke verschwunden.

»Der Köter bleibt draußen!«, forderte sie dann und schloss die Holztür schwungvoll vor Rasputins Nase.

»Ich werde Sie anmelden!«, fauchte ihn die Nonne an. Mürrisch setzte sie nach einem missbilligenden Blick auf den Mann hinzu: »Sie bleiben gefälligst hier stehen! Ich suche Sie nicht noch mal irgendwo draußen!«, und ließ ihn ohne ein weiteres Wort in der Eingangshalle stehen.

## 24

A̲n̲d̲r̲e̲a̲s̲ u̲n̲d̲ J̲o̲n̲a̲t̲h̲a̲n̲ kamen deutlich langsamer voran als am Vortag.

Nach immer kürzeren Wegstrecken musste Andreas eine Pause einlegen, um das Bein zu entlasten. Daran, den Bruder zu tragen, war überhaupt nicht zu denken.

»Ist es noch weit?«, erkundigte sich der Kleine in unregelmäßigen Abständen.

»Ich weiß es nicht«, lautete gleichbleibend die Antwort des Bruders.

»Kommen wir heute noch dorthin?«

»Warum ist das wichtig? Hast du nicht gut geschlafen unter dem Baum?«, schmunzelte Andreas. »Der Baumtroll hat die ganze Zeit über uns gewacht. Sicherer kann man kaum die Nacht verbringen.«

»Ich schlafe lieber in einem Haus.«

»Nun, so weit kann es gar nicht mehr sein. Ich weiß nur leider nicht genau, wo die Hütte liegt. Aber wir werden Vater Felix und seine Zuflucht schon finden.«

Nach diesem Wortwechsel schwieg der Kleine. Stapfte tapfer, aber schlecht gelaunt neben Andreas her, seufzte nur gelegentlich tief. Er sah später auch kommentarlos zu, wie der Bruder begann, sich eine Stütze aus Ästen zu binden, die er unter die Achsel schieben konnte, damit sein Gewicht auf jener Seite überhaupt nicht mehr vom Bein getragen werden musste.

Am Nachmittag war die Stütze fertig.

Nun hüpfte Andreas mehr, als er ging, aber immerhin kamen sie auf diese Weise deutlich zügiger voran.

Irma wartete hinter einem Busch.

Schon seit einiger Zeit hatte sie das deutliche Gefühl, verfolgt zu werden. War das Gunther, der ihr hier nachschlich, um zu erfahren, wo die Brüder sich versteckt hielten?

Gut verborgen, wartete sie nun darauf, dass er an ihr vorbeiziehen würde. Dann hätte sich das Blatt gewendet. Sie würde Gunther unbemerkt im Auge behalten können, während er sich noch immer auf ihrer Fährte wähnte.

Atemlos lauschte sie in den Wald hinein.

Von dort war nur das heisere Gekrächze der Eichelhäher zu hören, die ihren Aufenthalt laut durch die Luft tratschten. Diese Warnungen schrien sie schon seit Stunden. Irma begann sich zu fragen, ob ihnen überhaupt jemand zuhörte.

Alles nur Einbildung?, überlegte sie etwas später, folgt mir gar niemand und das Knacken hinter mir stammte nicht von einem Verfolger? Ein neugieriges Wildschwein vielleicht?

Als sie plötzlich von einer Hand gepackt wurde und sich die andere auf ihren Mund presste, glaubte sie fest daran, nun sterben zu müssen.

# 25

So dick die eine Nonne gewesen war, so mager und grobknochig war die andere.

Etwa einen Kopf größer als Prohaska, starrte sie ihn aus tief in den Höhlen liegenden grünen Augen von oben herab an, aus einem Gesicht, das von Haut so eng umspannt wurde, dass sich der Eindruck aufdrängte, man blicke in einen Totenschädel. Das große, ziselierte Kreuz hing an einer Gliederkette bis unter den Bauchnabel. Autoritär und leblos, kalt und unnahbar kam sie dem Lehrer vor.

»So! Sie vermuten einen ganz bestimmten Knaben hier bei uns?«, fragte die Oberin schneidend wie ein Schneesturm.

»Ja«, presste Prohaska hervor und ärgerte sich sogleich darüber, dass er sich von dieser Frau derartig Furcht einflößen ließ. Nicht einmal die Worte trauten sich mehr heraus!

»Aus welchem Grund vermuten Sie ihn ausgerechnet in unserer Gemeinschaft?« Jede Silbe wie ein Schnitt mit einem scharfen Messer.

»Wir nehmen an, er versuchte, eine dauerhafte Bleibe zu finden. Der Winter ist nicht mehr weit. Zufällig wurde er in dieser Gegend gesehen, und so erschien es nur folgerichtig, bei Ihnen und den Schwestern Herz Jesu nachzufragen.«

»Aber Sie kennen nicht einmal seinen Namen! Warum interessiert Sie der Verbleib des Jungen?«

»Ich weiß von ihm nur sein ungefähres Alter, etwa 14, 16 Jahre, und seine Haarfarbe. Rot.« Prohaska atmete tief durch. »Seine Haare waren flammend rot. Er ist bedauerlicherweise nicht mehr am Leben und wir möchten gern wissen, woher er kam.«

»Tot. Nun, jugendlicher Leichtsinn und Übermut, vermute ich«, stellte sie ohne Regung fest. »Ich kann Ihnen versichern: Bei uns wurde er weder beschäftigt noch betreut. Einen Rothaarigen gab es unter unseren Knaben und Männern schon seit Jahren nicht.«

Hat ihr Blick bei dieser Antwort geflackert oder sehe ich nun bereits überall Gespenster?, fragte sich der junge Mann unsicher, kann es sein, dass eine Äbtissin nicht die Wahrheit spricht?

»Wären Sie so gütig, mir zu erlauben, mich ein wenig im Kloster umzuhören? Der eine oder andere Ihrer Angestellten mag ihm ja begegnet sein. Da er einige Zeit in dieser Gegend verbracht hat, wäre eine zufällige Begegnung, ein Gespräch in der Schänke oder Ähnliches durchaus vorstellbar.«

Sie rang mit sich.

Ein Augenlid begann wild zu zucken. Ihre knochigen Finger mit den verdickten arthritischen Gelenken spielten mit dem Kreuz. Unruhig ging sie auf und ab. Blieb an dem winzigen Fenster stehen und sah hinaus, als wartete sie auf einen Fingerzeig des Herrn.

Dann wandte sie sich wieder dem Besucher zu.

Unvermittelt zogen sich ihre Augenbrauen zusammen und eine steile, tiefe Falte erschien oberhalb ihrer langen Nase.

»Tot. Woran ist er gestorben?«, erkundigte sie sich lauernd. »Ihr Interesse an einem fremden Jungen erscheint sehr ungewöhnlich.«

Prohaska zögerte.

Entschloss sich zuletzt doch für die unlarvierte Wahrheit.

»Er wurde tot im Schlosspark zu Branitz aufgefunden. Jemand hat ihn ermordet.«

»Sie kennen den Namen des Täters? Er wurde verhaftet?«

»Nein. Bedauerlicherweise fehlen uns Informationen zum Opfer. Wir wissen nur, dass es gefesselt und später erdrosselt wurde. Die weiteren Umstände jedoch sind völlig undurchsichtig.«

»Aha.« Sie setzte sich und bot dem Besucher auch einen Stuhl an.

Nachdenklich stützte sie die Ellbogen auf den Schreibtisch und balancierte das Kinn auf den ausgestreckten Fingern, die Hände wie zum Gebet gegeneinandergelegt.

Dem Blick des Lehrers wich sie aus.

»Wichtig für uns wäre zu erfahren, woher er kam. Es könnte doch sein, dass irgendwo Eltern nach ihm suchen!«, wagte Prohaska einen neuen Vorstoß.

»Noch haben diese Eltern Hoffnung. Wenn Sie ihnen vom Tod des Sohnes berichten, stirbt auch die.«

»Dieses Hoffen und Warten ist eine Lüge.«

»Es lebt sich nicht selten besser mit der Lüge denn

mit der Wahrheit. Sie sind noch jung, Sie kennen das wohl noch nicht.«

Der Lehrer wartete.

Die harte Frau erhob sich wieder und er erkannte ein wenig enttäuscht, dass er entlassen war. Ergebnislos.

Kurz bevor er die Tür zugezogen hatte, hielt ihn ihre Stimme zurück.

»Wenn Sie glauben, bei uns einen Hinweis auf Ihren Toten finden zu können, sollten Sie Ihr Glück versuchen. Gott mit Ihnen!«

## 26

»Es ist dir wirklich niemand gefolgt? Du bist dir sicher, niemanden zu uns geführt zu haben, ja?«

»Ganz sicher!«

»Wie konntest du nur so etwas tun? Dein Handeln bringt womöglich die gesamte Gemeinschaft in Gefahr. Das war leichtfertig und – ja, ich muss es so nennen – dumm von dir!«

Gustav sah auf die verdreckten Dielen hinunter. Schuldbewusst.

»Das alles für einen Kuchen!«, tobte Vater Felix unbeeindruckt weiter.

»Es war der Duft«, flüsterte Gustav. »So unwiderstehlich. Wie der Duft des Kuchens von meiner Mutter. So vertraut. Da habe ich einfach zugegriffen und bin weggelaufen. Das Denken hat sich erst wieder gemeldet, als ich das Gezeter der Bäuerin hinter mir gehört habe.«

»Ach, Gustav«, seufzte Vater Felix kummervoll, »nun kannst du doch dort nicht mehr zum Arbeiten hingehen. Hast du daran denn überhaupt nicht gedacht? Für die Bauern bist du ab sofort ein Taugenichts, ein Dieb!«

»Das habe ich mir nicht überlegt. Nicht in dem Moment. Es war dieser Duft. Wie bei uns zu Hause. Ich glaube wirklich, dass ich gar nichts gedacht habe.«

»Wenn dir die Polizei gefolgt ist, bringst du uns alle in größte Schwierigkeiten.«

»Keiner ist hinter mir her.«

»Morgen«, begann Vater Felix und verstummte, setzte erneut an. »Sag mir, ist diese Bäuerin eine großmütige Frau?«

Gustavs Miene war nicht zu deuten.

»Wenn sie ein gutes Herz hat, wird sie verstehen, warum du den Kuchen stehlen musstest. Wir könnten gleich am Morgen zusammen hingehen und es ihr erklären.«

Nun schüttelte Gustav vehement den Kopf.

»Du meinst, das hat keinen Zweck.«

»Schlimmer! Sie wird den Hund auf uns hetzen.«

Vater Felix zuckte mit den Schultern.

So wie mit Gustav erging es ihm mit zu vielen seiner Schützlinge.

Besonders in der letzten Zeit fanden immer mehr Uneinsichtige zu seiner Zuflucht.

Schlimmer noch als die, die wie Gustav nur zu dumm waren, ihre Lage realistisch einschätzen zu können, waren die anderen.

Solche wie Kasimir.

Der prahlte gern bei der Arbeit.

Wollte beeindrucken um jeden Preis.

Macht gewinnen durch die Angst der anderen.

Es konnte durchaus vorkommen, dass er bei der Pause im Stall oder auf dem Feld nicht zögerte, durchblicken zu lassen, er schrecke nicht davor zurück, den Bauern zu erschlagen, um zu bekommen, was er wolle. Schließlich habe er das schon einmal getan, ohne dafür zur Rechenschaft gezogen worden zu sein.

Die Folge war unweigerlich, dass er vom Hof gejagt wurde. Welcher Bauer konnte schon einen Burschen brauchen, der sich damit brüstete, seinen Dienstherrn ohne Zögern zu erschlagen? Doch Kasimir hatte das Lodern der Furcht in den Gesichtern der anderen gesehen. Das war ihm den Verlust der Stelle allemal wert.

Kasimir genoss es wie einen Rausch.

Er begriff, worin der Fehler bestand, war aber nicht bereit, auf dieses Treiben zu verzichten.

Gustav verstand nichts.

Vater Felix schob den kräftigen Jungen in die Hütte und schloss die Tür.

»Wir werden uns etwas einfallen lassen müssen«, murmelte er. »Dir ist inzwischen also klar, dass du einen Fehler begangen hast?«

Gustav nickte.

»Du siehst ein, dass sich so etwas auf keinen Fall wiederholen darf?«, fragte der Betreuer in einem zuckersüßen Ton, der den Jungen schaudern machte.

»Vor ein paar Monaten wusstest du nicht, wohin du dich wenden solltest. Da kamst du zu uns. Wir waren deine Rettung, nicht wahr? Was soll nun aber aus all jenen werden, die in einer ebensolchen Lage sind, wie du es warst, wenn die Polizei unser Versteck findet und ihr alle ins Gefängnis oder in Heime geworfen werdet? Wenn es die Zuflucht nicht mehr gibt? Das kann ich nicht zulassen.«

Gustav wich zurück.

Er wusste nicht zu deuten, woher sie kam, aber eine existenzielle Angst ergriff von ihm Besitz.

Vater Felix' Augen.

Daran lag es wohl.

Die zwangen seine, ihn ununterbrochen anzustarren, wie in einem magischen Bann.

Die Beine des Jungen sackten unter dessen Körper weg.

Vater Felix war vorbereitet.

Fing ihn auf. Trug ihn in die dunkelste Ecke des Raumes. Legte ihn sanft auf dem kalten Boden ab. Vollkommen willenlos, hatte Gustav keine Wahl. Er musste sich dem starken Mann überlassen.

»Sieh mich an!«

»Du hast einen großen Fehler begangen, Gustav. Über deine Tat wirst du von nun an mit keiner Menschenseele mehr sprechen. So, als habe es diesen Diebstahl nie gegeben. Ab sofort wird dein Leben ein anderes sein. Denn nun wirst du nur noch das tun, was ich dir ausdrücklich erlaube. Wir beginnen mit deiner Buße. Du wirst ...«

Als Gustav später erwachte, war er kalt und steif. Alle Glieder taten ihm weh und sein Hirn war so leergefegt wie ein Hof nach einem heftigen Sturm.

## 27

IRMA KAM WIDERSTREBEND zu sich.

Ihr Kopf schmerzte und als sie probeweise die Augen öffnete, sah sie nur verschwommenes Grün ohne jede Kontur.

Das war zwar unangenehm, doch harmlos im Vergleich zu der Tatsache, dass jemand sie mit einem groben Seil an einen Baum gebunden hatte. Zunächst noch ratlos, bemühte sie sich herauszufinden, wie sie in diese Lage hatte kommen können. Die Erinnerung stellte sich nur zögernd und undeutlich ein.

Die Beerdigung!

Ihr fiel ein, wie sie zusammen mit Magdalena den Trauerzug beobachtet hatte. Sah sich beim Packen eines Bündels, beim Vorbereiten des Proviants, beim Umbinden des Strickjumpers. Es geht um Andreas, wusste sie noch.

Gunther! Er hat mir aufgelauert, erkannte sie plötzlich mit beinahe schmerzhafter Klarheit. Er konnte sich denken, dass ich versuchen würde, die Brüder zu finden, als er mich gestern auf dem Hof erwischt hat. Er musste mir nur noch folgen. Ich Idiotin!, schimpfte sie in Gedanken und kam sich ganz besonders dumm vor.

Vorsichtig bewegte sie den Kopf, entdeckte ihr Proviantpaket, Kerze und Wasser außerhalb ihrer Reichweite. Verzweifelt zerrte sie an ihren Fesseln.

»Aha, du bist wieder wach. Ich gehe davon aus, dass du mir etwas erzählen möchtest!«, stellte Gunther höhnisch fest.

Sie konnte ihn nicht sehen. Also stand er wohl hinter dem Baum, an dem er sie festgezurrt hatte.

»Es war ja nicht schwer zu erraten, meine Taube, dass du Andreas folgen würdest. Ich durfte nur deine Spur nicht verlieren. Aber da du dich ausgesprochen laut und ungeschickt im Wald bewegst, war das keine schwierige Aufgabe.«

Er lachte unangenehm.

»Also, nur frei heraus: Wo finde ich die beiden?«

Irma presste ihre Lippen fest aufeinander.

»Oh, wenn du es mir nicht jetzt sofort sagen willst, macht mir das nichts aus. Siehst du, ich habe Zeit«, erklärte Gunther mild. »Warten ist tatsächlich etwas, was ich besonders gut beherrsche.«

Sie hörte, wie er sich bewegte.

Zweige knackten, frühes Laub raschelte.

»Du wirst mich noch anflehen, dir zu erlauben, mir ihr Versteck verraten zu dürfen!«, zischte er bösartig direkt neben ihrem Ohr.

Das Mädchen schwieg.

»Es ist leider so, dass du ohne meine Gnade nicht überleben wirst. Und um die zu erlangen, musst du dein Geheimnis preisgeben. Früher oder später.«

Kein Wort, entschied Irma still für sich, nicht eine Silbe erfährst du von mir!

»Ich weiß, was du gerade denkst, Irma. Du glaubst, dein Schweigen kann die beiden retten. Weit gefehlt, meine Liebe. Die Brüder finde ich notfalls auch ohne deine Hilfe, es dauert nur etwas länger. Aber du bezahlst dein Schweigen mit dem Tod. Darin besteht der große Unterschied für dich.«

Sie beobachtete Gunthers Hand, die nach den Broten in ihrem Paket griff, die Finger, die nach dem Stück Käse fischten. Schon bald hörte sie ihn genussvoll schmatzen.

Der Platz war für seine Zwecke gut gewählt.

Während er nach seiner üppigen Mahlzeit im Schatten schnarchte, brannte die inzwischen hoch am Himmel stehende Sonne gnadenlos auf das Mädchen hinunter.

Irma verlor schon bald das Bewusstsein.

Als Gunther dieser Tatsache gewahr wurde, spritzte er dem Mädchen mit den Fingern etwas Wasser ins Gesicht.

»He! He! Wo ist Andreas?«

Als sie nicht reagierte, versuchte er, sie mit einem Schwall Wasser zurückzuholen.

Nun ist es so weit, freute er sich, sie wird um ihr Leben fürchten und mir alles verraten!

Irma bemühte sich gierig darum, einzelne Tropfen mit der Zunge von den Wangen zu lecken.

Mit einem hämischen Grinsen goss der boshafte Mann das restliche Wasser vor ihren Augen aus, gerade so weit von ihren Händen entfernt, dass sie die rasch versickernde Pfütze nicht erreichen konnte, so sehr sie auch an ihren Fesseln riss. Zufrieden bemerkte Gunther, wie verzweifelt sie war. Sie schien nicht einmal zu spüren, dass sie sich die Handgelenke an den Stricken blutig aufgescheuert hatte.

»Durstig?«

Irma schloss die Augen.

»Nun, wenn du auch so unvernünftig bist und stundenlang in der Sonne sitzt!«, tadelte ihr Peiniger mit vor aufgesetzter Freundlichkeit triefender Stimme. »Dabei wäre es so einfach für dich. Sag mir nur, wohin Andreas gehen wollte, und schon bekommst du einen Platz im Schatten der Bäume. Dort steht auch noch ein Krug mit Wasser für dich. Es liegt ganz in deiner Hand.«

Das Mädchen gab die fruchtlosen Versuche auf, die Fesselung zu lockern, und straffte ihren Rücken.

»Wenn es so sein soll, dann werde ich hier eben vergehen. Sterbe ich aus Liebe zu ihm, so möge der Herr Andreas und Jonathan die Hilfe zuteilwerden lassen, derer sie bedürfen, um dich von ihrem Hof zu jagen!«, verkündete sie stolz. Gern hätte sie ihm vor die Füße gespuckt, sie war sich aber nicht sicher, ob sie noch genug Speichel dafür aufbringen könnte.

Gunther erkannte, dass es noch länger dauern würde, bis er bei Irma etwas erreichen würde. Er grunzte unzufrieden. »Meine Zeit kommt«, knurrte er sie zornig an. »Wenn in der Nacht die wilden Tiere aus dem Wald kriechen und dich aus ihren feurigen Augen anglühen, versuchen, an dir zu knabbern oder ganze Stücke aus deinem Körper zu reißen, wenn dir sehr, sehr kalt ist und die Feuchtigkeit unter deine Röcke zieht, dann werde ich vielleicht wiederkommen und nach ihm fragen.«

Er wandte sich ab. »Aber vielleicht komme ich auch nicht. Möglicherweise bedarf es deiner Hilfe dann schon gar nicht mehr, weil ich die Brüder längst selbst gefunden habe. Dann wirst du hier in der Finsternis sitzen, ohne eine Menschenseele als Beistand und die Wölfe zerreißen dich bei lebendigem Leibe. Von dir bleiben nur Fetzen deines Kleides übrig!« Gunther lachte laut.

Und plötzlich war er verschwunden.

Entweder war er tatsächlich gegangen, hatte seine Gefangene hilflos jedem Schrecken überlassen oder er schlief wieder in einiger Entfernung.

Irma lauschte auf sein Schnarchen.

Doch außer ihrem eigenen Atmen und gelegentlichem Schluchzen, das sich nicht unterdrücken lassen wollte, so sehr sie sich auch bemühte, war kein Laut zu hören.

Ich bin allein, dachte sie, und wenn er tatsächlich nicht mehr wiederkommt, sterbe ich auch allein! Etwas anderes wurde in diesem Moment ebenfalls klar: Ich werde hier auch allein sterben, wenn ich ihm von Vater Felix und seiner Zuflucht erzähle!

Und so schwand all ihre Hoffnung.

»Ich werde weder mein Leben noch das von Andreas und Jonathan bewahren können«, weinte sie leise. »Es ist für Gunther viel zu gefährlich, mich ziehen zu lassen.«

## 28

Prohaska erwachte auf dem Strohlager im Schuppen, weil etwas hartnäckig an seinem Ärmel zerrte.

»Julia! Wie bist du denn hierhergekommen?«

Das Mädchen verzichtete darauf, ihm zu antworten, erkundigte sich stattdessen: »Warum bist du hier?«

»Ich suche nach dem Namen eines Jungen, der vielleicht in diesem Kloster war. Er hatte rote Haare. Vielleicht bin ich auf der falschen Spur«, der Lehrer zuckte resigniert mit den Schultern. »Niemand scheint ihn zu kennen. Ich habe einige der Angestellten gefragt, ein paar Kinder. Alle haben nur mit den Schultern gezuckt.«

Der Hund war aufgestanden und streckte sich ausgiebig, gähnte laut.

»Rote Haare?«

»Ja.«

»Die Schwestern haben dir nichts gesagt«, stellte Julia trocken fest. »Das handhaben sie immer so. Bist du jetzt enttäuscht?«

»Nein.« Prohaska schüttelte energisch den Kopf, um wach zu werden. Er hatte das Gefühl, diesem bizarren Dialog nicht recht folgen zu können. »Wenn er nicht hier war, muss ich eben anderswo nach ihm suchen. Im Kloster kennt ihn jedenfalls niemand.«

»Sie lügen! Alle!«

Der Lehrer starrte das Mädchen verblüfft an. »Warum sollten sie so etwas tun?«

»Weil sie Angst haben.«

»Wovor?«

»Komm!« Die Kleine zog wieder an seinem Ärmel. »Wir gehen ins Kloster zurück. Aber du musst wirklich ganz leise sein. Wenn sie uns entdecken, geraten wir in echte Schwierigkeiten«, erklärte sie altklug. »Ich kenne einen geheimen Zugang.«

Sie führte ihn über den Kräutergarten zu einer grob behauenen Tür.

»Sie können hier nicht abschließen«, flüsterte Julia kichernd. »Immer, wenn sie das Schloss gerade repariert haben, geht es, seltsam, aber wahr, sofort wieder kaputt.«

Die Tür ließ sich geräuschlos öffnen.

Die beiden Schatten huschten hinein und zogen sie vorsichtig hinter sich ins Schloss.

»Pssst!«, mahnte das Mädchen. »Wenn sie uns hier erwischen, werden sie sehr zornig.«

Sie drückte sich eng an die Wand und lief eilig den finsteren Gang entlang.

Prohaska hatte Mühe zu folgen.

»Warum interessiert es dich, wie der Rothaarige heißt?«, wisperte sie plötzlich ganz nah an seinem Ohr. Körperlos, als sei sie ein Gespenst. Der Lehrer, der nicht bemerkt hatte, dass sie so dicht neben ihm war, erschauderte und bekam eine Gänsehaut.

»Weil er tot ist. Er wurde von einem anderen umgebracht. Um den Mörder finden zu können, muss ich seinen Namen kennen, nur so finde ich heraus, wo er vor seinem Tod wohnte, ob er Freunde und Feinde hatte.«

In der Dunkelheit konnte er nicht erkennen, ob seine Worte sie berührt hatten.

»Hier!« Julia öffnete eine Tür und zwängte sich durch den Spalt, zog Prohaska mit sich. »Wir dürfen kein Licht machen. Das kann man von draußen sehen. Halt mich an der Schulter fest, dann spürst du, wohin ich gehe. Wir steigen über eine schmale Wendeltreppe in den Keller.«

Sie schob vorsichtig einen Fuß vor, wagte dann den Schritt, tastete erneut mit den Zehen nach dem Treppenabsatz, um die oberste Stufe nicht zu verfehlen.

»Der Rothaarige wurde getötet?«, flüsterte sie.

»Ja.«

»Wie ist er gestorben?«

Der junge Mann wählte eine Variante der Ereignisse, die nicht allzu viele grausige Details enthielt.

Sie hatten die Treppe erreicht und nahmen vorsichtig Stufe um Stufe.

»Ein grüner Schal lag um seinen Hals? Der ist von mir«, erklärte Julia schlicht.

»Aha.«

»Er war in einem Päckchen, das ich vor ein paar Jahren bekam. Die Nonnen glaubten, es stamme womöglich von meiner Mutter. Doch ich weiß, dass die mich vergessen hat. Wenige Schritte, nachdem sie mich hier abgelegt hatte.«

»Was war noch in dem Päckchen?«

»Nichts«, log das Mädchen.

»So. Hier unten können wir eine Kerze anzünden. Der Raum hat kein Fenster.«

Im winzigen Lichtschein erkannte Frieder Prohaska ein dickes Buch, das auf einem ordentlich aufgeräumten Schreibtisch lag. Federkiel und Tintenfass standen an der Stirnseite, ein bisschen Sand zum Ablöschen der Tinte fand sich in einem Porzellanschälchen daneben.

»Das ist der Schreibtisch der Pforte. Jeder, der auf Dauer bleiben will, muss seinen Namen angeben. Alles wird sorgfältig vermerkt.«

Julia schlug das Buch auf.

»Siehst du? Hier muss dein Name stehen. ›Frieder Prohaska, Branitz, Gespräch mit der Mutter Oberin‹. Alles notiert.«

Fast andächtig begann der Lehrer, in dem dicken, ledergebundenen Buch zu blättern. Die Schrift der Eintragungen variierte, doch alle waren akkurat geschrieben, das Datum der Ankunft fand sich ebenso wie das der Abreise.

»Du musst nach einem Namen mit N suchen.«

»Vor- oder Nachname?«

»Vorname. Seinen Nachnamen habe ich nie erfahren. Weißt du, die anderen Burschen haben ihn nicht so recht gemocht. Er war schweigsam und ungesellig. Wenn einer nicht zu derben Späßen aufgelegt ist, gefällt das den anderen Jungs nicht. Sie werden dann boshaft.«

Prohaska begann erneut zu blättern. »Wann ist er gekommen? Im Sommer oder später, als es schon ein bisschen wie Herbst auszusehen begann?«

»Er wohnte nur für kurze Zeit hier. Ein paar Wochen.

Im Sommer, als es sogar nachts sehr warm war. Vielleicht kommt er wieder«, seufzte Julia versonnen.

»Er ist nicht mehr am Leben«, erinnerte sie der junge Mann sanft.

»Oh, das weiß ich. Aber das macht nichts. Hier im Kloster wimmelt es nur so von Toten.«

Er warf ihr einen raschen Blick zu, beließ es dabei.

Vielleicht würde sie ihm das später erklären.

»Norbert?«

»Möglich.«

Norbert Magnus blieb der einzige Junge mit N, der im Sommer, am 9.7.1865, gekommen und am 26.7. gegangen war. Ein Eintrag zum Herkunftsort fehlte.

»Da war er schon ein paar Tage verschwunden. Er ist abgehauen, musst du wissen. Sie warten in einem solchen Fall ein wenig und tragen ihn erst als gegangen ein, wenn sie sicher sind, dass er nicht mehr auftaucht.«

»Warum hat mir die Äbtissin das verheimlicht? War etwas an Norbert besonders?«

»Sie sprechen nicht gern über die Angelegenheiten des Klosters mit Fremden.«

Prohaska nickte verständnisvoll.

»Als du mich eben hierhergeführt hast, sind wir durch den Klostergarten gekommen, nicht wahr?«

»Ja. Aber den kann ich dir jetzt nicht zeigen, es ist zu dunkel. Um diese Stunde sehen nur Eulen und Katzen gut.«

Er schmunzelte.

»Gibt es nicht einen Raum für die Gartengeräte? Du weißt schon, Hacke, Rechen und solche Dinge.«

»Doch. Natürlich gibt es das. Wenn du willst, zeige ich dir den Weg. Gehen musst du ihn allein. Ich muss zur Nachtkontrolle in meinem Bett liegen! Sonst weckt eine Alarmglocke das ganze Haus und die Nonnen schwärmen durch alle Gänge, um mich zu suchen.«

Sie schloss das Buch, arrangierte alles so, wie sie es vorgefunden hatten, und löschte die Kerze zwischen den speichelfeuchten Fingern, um die Rauchentwicklung zu hemmen. Dann versetzte sie Prohaska einen sachten Stoß in die Seite.

»Wir gehen hier unten weiter«, tuschelte sie und nahm seine Hand.

Nach wenigen Schritten erreichten sie eine weitere Holztür.

Beim Hinunterdrücken der Klinke gab sie ein lautes Quietschen von sich, als protestiere sie gegen die nächtliche Störung. Das Geräusch war unerwartet laut und Prohaska rechnete jede Sekunde damit, hastige Schritte über die Treppe eilen zu hören.

Ihre Entdeckung wäre besiegelt.

»Nun komm schon!«, forderte Julia, als warte sie schon seit Stunden im feuchtkalten Flur auf ihn. »Die dritte Tür rechts. Zwei Türen weiter liegt der Erziehungsraum, dort bewahren sie Fesseln, Ketten und Haken auf. Aber der ist unheimlich, da mag niemand hineingehen.«

Das verschlug dem Lehrer erst einmal die Sprache.

Als er sich umdrehte, um sich von Julia zu verabschieden, war sie längst verschwunden.

Zögernd schlich er allein weiter.

Eine Hand hinter dem Rücken an der rauen Wand, während die Augen versuchten, die vielen Schemen zu deuten. War das ein Mensch? Stand da jemand bewegungslos und beobachtete sein Treiben? Als er schon sicher war, entdeckt worden zu sein, entpuppte sich der Umriss als eine hölzerne Heiligenfigur, die vielleicht hier auf ihre Restauration wartete.

Prohaska atmete durch.

Die dritte Tür.

Als er diesmal die Klinke nach unten drückte, entstand ein reibendes Schaben, wie das Kratzen einer Ratte, die durch eine enge Röhre huschte. Doch danach war die Tür willig, schwang geräuschlos zur Seite und der junge Mann trat ein. Ein erdiger Geruch schlug ihm entgegen, vermischt mit dem schon verblassenden Duft nach frischem Heu.

Soll ich es wagen, die Kerze zu entzünden, oder wird mich der Lichtschein an jemanden verraten können, der zufällig über den Hof geht?, überlegte er und entschied sich dagegen, ein zusätzliches Risiko einzugehen. Schließlich hatte er Julia nicht danach gefragt, ob es regelmäßige Patrouillen um das Gebäude gab. Der Mond schien als schmale Sichel durch ein winziges Fenster, das musste genügen.

In Holzkisten lagerten Säckchen mit Sämereien.

Jedes sorgfältig zugebunden und mit einem Kärtchen

versehen, auf dem sicher vermerkt war, von welcher Pflanze das Saatgut stammte. Daneben fand er Holzspitzen mit Resten von trockenem Erdreich daran, die am oberen Ende irdene Scheiben hielten.

Samen für Heilkräuter, vermutete der Lehrer, mit kleinen getöpferten Schildern, die man an hölzernen Spießen in die Beete stecken konnte.

An den Wänden lehnten Gartengeräte. Er ertastete Rechen, Hacke und Schaufel, daneben eine Sichel mit scharfer Klinge. Im Regal lag eine Säge und dann fanden seine Finger endlich das, wonach er gesucht hatte. Eine Holzkiste mit Deckel enthielt dicke und dünne, kurze und lange Stricke. Rasch schob er sich ein paar davon in die Jackentasche.

Bei Tageslicht ließe sich eventuell feststellen, ob sie zu den Stricken aus dem Park passten.

In einer Ecke lag Stroh auf dem Boden.

Zusammengeschoben wie ein Nest.

Als Prohaskas Fuß es berührte, raschelte es leise und er ging in die Hocke, um zu ertasten, wozu es diente. Am Rand kühl, wurde es zur Mitte hin deutlich wärmer. Bis vor wenigen Augenblicken musste jemand es benutzt haben. Aber wer?

Der Lehrer spürte, wie sich seine Nackenhaare aufstellten, selbst die Härchen an Armen und Beinen spreizten sich borstig wie Stacheln ab. Berichte über geheimnisvolle und gefährliche Tiere, die seit Kurzem kursierten, boten sich bereitwillig als Erklärung an. Ein giftiges, rattenähnliches Tier, dessen Biss einen erwachsenen Mann innerhalb von Stunden töten konnte?

Als ihn etwas am Oberschenkel berührte, konnte er nur mit Mühe einen schrillen Aufschrei unterdrücken.

Erstarrt verharrte er, kontrollierte seinen Atem, hoffte, das Wesen möge schnell weitergehen.

Doch es blieb.

Es berührte ihn am Rücken, schnupperte an seinen Händen, rieb sich wieder an seinem Oberschenkel. Leicht und ohne jedes Geräusch. Als es seinen Unterarm streifte, stellte er fest, dass es behaart war.

Gerade, als er seinen Mut zusammennehmen wollte, um sich zu erheben, begann es zu vibrieren

So heftig, dass auch Prohaska mitschwang. Ihm wurde unerträglich heiß. Gern hätte er wenigstens die Jacke geöffnet, doch er wagte keine Bewegung.

Und ein sonderbarer Laut erfüllte den Raum. Das Tier grollte und knurrte gleichzeitig.

Dem Lehrer schien so etwas wie Vorfreude darin zu liegen, er ahnte, er war als potenzielle Beute identifiziert und das Tier genoss die letzten Augenblicke vor dem finalen Biss, der seinem Opfer den sicheren Tod brachte.

Was dann geschah, kam vollkommen unerwartet.

Das pelzige Wesen tat einen geschmeidigen Satz.

Landete auf seinem Schoß und hätte ihn, trotz seiner Schwerelosigkeit, um ein Haar zu Fall gebracht.

Eine Katze!

Wahrscheinlich wurde sie hier als Wächterin gehalten, die Mäuse fangen und vertilgen sollte, um die wertvollen Samen vor Fraßschäden zu bewahren.

Grenzenlose Erleichterung bei Prohaska, der beschloss, diese Geschichte niemals zum Besten zu geben, sollte er das Kloster heil wieder verlassen.

»Du bist mir ja eine Geheimniskrämerin! Ein Maunzen hätte genügt! Aber du hast dich lautlos angeschlichen. Wie peinlich für mich, der ich glaubte, vom Tode bedroht zu sein.«

Er streichelte durch das weiche Fell, setzte sie auf dem Stroh ab und flüsterte ihr einen leisen Abschiedsgruß zu, bevor er die Tür wieder sorgfältig hinter sich schloss.

Du Narr, schalt er sich, als er wieder auf dem finsteren Gang stand, wenn der Fürst wüsste, was er da für einen Angsthasen als Ermittler losgeschickt hat, würde er wohl nicht zu Unrecht schrecklich zornig werden!

Entschlossen, diese Scharte, von der nur er allein etwas wusste, auszuwetzen, schlich er weiter an den Holztüren entlang. Wenn Julia ihm die Wahrheit gesagt hatte und es einen solchen unheimlichen Raum gab, würden die Nonnen doch sicher strikt darauf achten, ihn verschlossen zu halten. Andererseits, zogen seine Überlegungen weitere Kreise, sie rechneten nicht mit Unbefugten im Kloster, die sich bei Nacht im Kellergewölbe herumtrieben.

Er erreichte die Tür.
Probierte die Klinke.
Nichts.
Prohaska reckte sich auf die Zehenspitzen, tastete

mit den Fingerkuppen über den Türrahmen, nichts. Kein Schlüssel.

Seine Hände suchten auf dem Boden nach einem Versteck, einem Behältnis, einer Matte, nichts. Erst, als er außen am Rahmen entlangstrich, bemerkte er eine Stelle, an der das Holz leicht herausgedrängt worden war. Er untersuchte sie gründlicher, fand den Nagel, der dafür verantwortlich war. Jemand hatte ihn in die Türfüllung geschlagen, etwas zu nah am Rand. Auch an diesem Nagel hing zu seinem Bedauern kein Schlüssel.

Allerdings war ein dünner Faden daran festgebunden.

Er zog leicht daran.

Leise klimpernd fiel der Schlüssel vor seine Füße.

Der Lehrer schmunzelte, schloss auf und schlüpfte in den dahinterliegenden Raum.

Die Dunkelheit umfing ihn wie schwerer, schwarzer Vorhang, eine Orientierung war nicht möglich. Ganz offensichtlich gab es keine noch so kleine Luke, durch die der Mond hätte hineinsehen können. Mit fliegenden Fingern entzündete der Eindringling seine Kerze und starrte sprachlos auf das, was die kleine Flamme dem Raum an Geheimnissen entlockte. Der Dunst von Angst und Tod, Verderben und Schuld legte sich schwer auf seine Lungen und behinderte das Atmen.

An den Wänden waren lange Ketten mit Schließen am Ende angeschmiedet.

Peitschen hingen, fein säuberlich aufgereiht, an Haken, offensichtlich nach der Anzahl der einzelnen Riemen geordnet. Jeweils am Ende eines Lederstreifens befand sich ein Knoten, bei manchen auch zwei. Prohaska wusste, dass diese Verdickungen das Fleisch aufplatzen ließen und es in Fetzen vom Körper zu reißen vermochten. Als er die Flamme näher an die Peitschen hielt, glaubte er, noch blutfeuchtes Schimmern wahrnehmen zu können.

In der Mitte des Raumes stand eine Esse.

Holzreste bewiesen, dass sie gelegentlich benutzt wurde. Am Rand der Feuerstelle fand er verschieden geformte Haken und Dornen, die wohl in der Glut erhitzt werden konnten.

Und es gab Seile.

Unmengen davon. In Holzkisten auf dem Boden, auf der grob behauenen Tischplatte, die auf klobigen Beinen an der Stirnseite entlang aufgestellt war, selbst in einer Ecke auf dem Boden lagen sie, wie achtlos weggeworfen. Auch an ihnen entdeckte er bräunliche Verfärbungen. »Blut«, flüsterte er. »Alles voller Blut. Kein Wunder, dass Julia dieser Raum unheimlich ist.« Ein neuer Gedanke traf ihn wie ein Tritt gegen das Schienbein. »Was mag der Kleinen hier drinnen angetan worden sein?«

Seine Kerze beleuchtete kurze, breite Lederbänder mit Stacheln daran, unförmigen Schließen, die variabel einstellbar waren. »So etwas habe ich schon gesehen! Aber wo? Eine Abbildung in einem Buch?«, wisperte er. »Über Foltertechniken im Mittelalter? Oder Kirchengeschichte und Inquisition?«

Norbert war hier gewesen, hatte sich nach kurzer Zeit für die Flucht entschieden, und es fanden sich viele

Seile und andere Mordinstrumente in diesem Gemäuer. Gab es einen Zusammenhang mit seinem Tod? Vielleicht hatte er in den wenigen Wochen etwas beobachtet, ein Verbrechen zum Beispiel, und musste sterben, damit er nicht darüber berichten konnte.

Die Äbtissin hat mich gründlich belogen, erkannte der Branitzer Lehrer mit Verbitterung, und ich war bereit, ihr zu glauben, weil sie eine Nonne ist. Was habe ich gedacht?, ärgerte er sich über sich selbst, dass Nonnen keine Geheimnisse haben und nie lügen? Wie naiv!

»Was tun Sie hier?«, herrschte ihn eine nur zu gut bekannte Stimme an und er fuhr ertappt herum.

Was konnte er in seiner Situation auf diese Frage schon antworten?

## 29

»Herr Renck!«, flüsterte eine Stimme eindringlich. »Herr Renck!«

Der Ermittler blieb stehen.

Warf hektische Blicke in alle Richtungen.

Niemand zu sehen.

Er machte Anstalten weiterzugehen, da gruben sich Finger wie Schraubstöcke in seinen Oberarm.

»Pssst!«, mahnte die Stimme, die offensichtlich zu den Fingern gehörte, und erstickte damit Rencks Befreiungsschlag im Keim.

»Wer spricht da?«

»Das tut nichts zur Sache. Ich habe Informationen zu diesem Jungen!«

»Lassen Sie sogleich meinen Arm los, sonst rufe ich um Hilfe!«

»Besser ist, du lässt das bleiben!«, drohte die Dunkelheit. Renck hatte den flüchtigen Eindruck, der andere sei nicht allein gekommen.

»Dieses Kind – es ist nicht das erste!«

Wortlosigkeit folgte dieser Eröffnung.

»Hat es dir jetzt die Sprache verschlagen?«, erkundigte sich der Ermittler forsch.

»Es gibt noch eins. Ein Mädchen. Ist vor einiger Zeit verschwunden. Und unser Fürst ist bekannt dafür, dass er Kinder sehr mag«, das letzte Wort dehnte der Unsichtbare bedeutungsschwanger in die Länge.

»So?«

»Ja. Das weiß jeder hier im Ort. Das Mädchen war die Tochter eines Metzgers aus Cottbus. Ist jetzt schon gut zwei Jahre her. Die war fast so schön wie das Mädchen, das er sich damals aus dem Orient mitgebracht hatte.«

Der Sprecher schien Rencks Ratlosigkeit zu spüren.

»Machbuba hieß die. Ist an Tuberkulose gestorben. Man sagt, der Fürst sei darüber untröstlich gewesen.«

»Und?«

»Nun, sie war eine Sklavin. Man erzählt sich, er habe sie gekauft. Wenn man den Leuten glauben darf, hatte er viel Spaß mit ihr, bevor sie starb.«

»Spaß? Was für Spaß?«

»Spaß von solcher Art, dass die Fürstin darüber sehr erbost war. Wütender als gewöhnlich. Der Fürst ist kein Kind von Traurigkeit. War er nie.«

Die Finger lockerten die Umklammerung.

»War das alles?«

»Den Rest wirst du selbst herausfinden müssen!«

Ein leises Huschen.

Renck setzte energisch nach, sprang in die Nische, bereit, den Flüsterer zu packen und ins Licht zu ziehen. Doch jener hatte seinen Standort gut gewählt. Er war durch eine Tür im vorderen Bereich auf die Straße hinaus entkommen.

Enttäuscht erkannte Renck, dass der andere in der Finsternis verschwunden war.

»Ein Metzger aus Cottbus. Soso!«, brummte er vor sich hin. »Und eine Sklavin aus dem Orient. Machbuba. Hm.« Automatisch wandten sich seine Schritte der Schänke zu.

Gotthilf Bergemann war nicht da.

Sofort regte sich unbändiger Ärger in Renck. Ausgerechnet heute! Wo er so viele Fragen mit ihm zu klären gehabt hätte.

Immerhin, bemerkte er zufrieden, als er an seinem Tisch Platz genommen hatte, die Diskussion über die aktuellen Themen ist bereits in Gang gekommen. Er stellte den Bierkrug vor sich ab und lauerte wie ein Ameisenwolf im Loch.

»Sommerfeld hat mir erzählt, der Fürst plane eine weitere Fahrt nach dem Spreewald«, maulte der Schneider. »Er sucht sicher wieder nach Bäumen. Ich habe gerade erst drei Scheiben ersetzen lassen!«

»So eine Geldverschwendung!«, schimpfte ein anderer, den Renck zum ersten Mal in der Schänke sah. Mittelgroß und muskulös war er, das Gesicht finster, der Ton grimmig. Interessiert beäugte er den Fremden genauer. Der schwarze Bart mochte mit an dem grantigen Eindruck schuld sein, den seine Miene machte. Auch die buschigen, sich über der Nase zu einem durchgehenden Balken vereinigenden Augenbrauen verstärkten gewiss dieses Gefühl, der Mann sei voller unterdrückter Wut. Selbst die Augen lagen tief in ihren Höhlen, geheimnisvoll und dunkel.

Wer mochte dieser Mann sein?

Renck beschloss, den Pfarrer bei Gelegenheit danach zu fragen.

»Wäre unser Fürst ein guter Lehnsherr, sähe es in Branitz anders aus. Er verschwendet das Geld für die Anlage eines lächerlichen Parks. Wer braucht denn so etwas! Besser wäre, das Geld käme uns direkt zugute.«

»Aha. So spricht der Parkfeind!«, Christian Sommerfeld, der gerade eingetreten war, hatte die letzten Worte gehört.

»Unsere Keller und Höfe werden regelmäßig bei Hochwasser überflutet. Wenn der Lehrer krank ist, fällt der Unterricht aus, was bedeutet, dass die Kinder nicht genug lernen. Zum Beispiel, wie sie später mit ihrem Lohn haushalten können! Die Behandlung beim Arzt ist teuer, für manche unerschwinglich, aber dieser ist gern unterwegs; oft genug trifft man ihn gar nicht in seiner Praxis an! Die alte Gertrud ist gestorben, weil ihr Hans kein Geld hatte. Dabei ist sie nur gestürzt. Hier könnte der Fürst zum Nutzen aller sein Geld einbringen! Doch was tut er? Legt damit einen Landschaftsgarten an!«

»So wie Sie das Wort betonen, klingt es, als baue der Fürst eine Art Freudenhaus mitten auf dem Dorfplatz.« Die Anwesenden brachen in Gelächter aus, der Schneider klopfte Sommerfeld augenzwinkernd auf die Schulter. »Der Park wird den Branitzern offenstehen. Außerdem baute der Fürst die Kiekebuscher Straße neu. So könnt ihr aus Branitz auch bei Hochwasser nach Cottbus gelangen. Zu Fuß und mit der Kutsche.«

»Der Park nimmt immer größere Ausmaße an. Der Außenpark dehnt sich weit in die Landschaft. Meinen Grund gebe ich dafür nicht her! Niemals! Dem Fürsten geht es nur um seinen Ruhm, das unterstütze ich nicht!«

»Wenn ihr streiten wollt, geht vor die Tür und erledigt das unter freiem Himmel. Hier in meiner Schänke herrscht Frieden!«, schaltete sich der Wirt ein, der um sein Mobiliar und die hinter dem Tresen gelagerten Getränke fürchtete, und straffte drohend seinen Körper.

Der finstere Mann kramte in der Tasche seiner Hose nach Kleingeld und klimperte es mit zornigem Schwung auf die Theke.

Dann verschwand er in die Nacht, nicht ohne die Tür hinter sich mit einem lauten Knall ins Schloss fallen zu lassen.

Der Branitzer ist offensichtlich durchaus reizbar und streitlustig, registrierte Renck mit Amüsement.

Die Stimmung änderte sich so schnell, wie der Finstere hinausgestürmt war.

Allgemeines Gemurmel und ruhige Gespräche brummten durch den Schankraum.

Renck ließ seinen Gedanken freien Lauf. Machbuba. Der Metzger in Cottbus. Offene Fragen, denen er gleich morgen nachgehen würde. Er schloss die Augen und lauschte.

»Wie geht es denn deiner Ulrike?«, hörte er undeutlich jemanden fragen.

Der Schneider winkte ab. »Besser. Sie hat noch immer Kopfschmerzen und kann sich nur schlecht auf die Arbeit konzentrieren. Bestimmt war da irgendein Gebräu von Hildegard im Spiel!«

»Man sollte Hildegard wirklich das Handwerk legen! Am Ende kommt noch jemand ernsthaft zu Schaden. Oder sie rottet ganz Branitz mit irgendwelchen Tropfen aus.«

»Mir geht der Junge nicht aus dem Kopf. Für Hildegard wäre es doch ein Leichtes, ihn zu betäuben und dann zu fesseln. Wer kann schon sagen, was sie mit ihm vorhatte? Ich habe den Eindruck, ihr Geist verwirrt sich zunehmend«, meinte ein anderer.

»Und dann hat sie ihn den ganzen Weg bis in den Park über der Schulter getragen? Das erscheint unmöglich! Die Alte ist zwar zäh wie Leder, aber auf keinen Fall stark wie eine Kuh«, widersprach der Erste.

»Muss ja nicht«, flüsterte ein Dritter. »Sie hat ihn gezwungen, vor ihr herzugehen. Ich habe gehört, dass solche Hexen durchaus in der Lage sind, ihre Opfer willenlos zu machen. Erdrosselt hat sie ihn dann direkt neben der Grube im Park!«

»Und im Schloss standen alle an den Fenstern und haben zugesehen!«, lachte Sommerfeld. »Niemand kann unbemerkt einen anderen im Park umbringen.«

»Kommt ganz auf die Tageszeit an«, versuchte der andere, das letzte Wort zu behalten.

»Sind euch denn nicht vor Kurzem zwei Sträflinge aus Cottbus entkommen? War doch so, oder? Vielleicht haben die mit dem Tod des Jungen zu tun«, mischte sich der Schneider wieder ein.

»Ach was! Wenn die fliehen können, suchen die das Weite. Sonst wäre doch das Risiko viel zu hoch, dass sie eingefangen werden«, versuchte der Wirt, die neu aufkeimende Besorgnis zu ersticken. Er erinnerte sich noch sehr gut an die Wochen, kurz nachdem die beiden getürmt waren. Die Frauen hatten aus Angst, ihre Männer könnten auf dem Weg in die Schänke den Tod finden, verboten, abends das Haus zu verlassen. Das waren die stillsten Wochen seit Jahren gewesen. Kein Umsatz, kein Verdienst. Es war allemal besser, jedes Gerede über getürmte Strafgefangene im Keim zu ersticken.

»Na, wenn du meinst!«

Sommerfeld entdeckte Renck am Tisch in der Ecke.

Er schlenderte hinüber. Ein Gespräch mit diesem Mann, so unangenehm er ihm auch sein mochte, konnte ihm erhellen, in welche Richtung dieser seine Nachforschungen vorantrieb.

»Ist hier noch frei?«, fragte er höflich.

Renck nickte.

Wenn ihn irritierte, dass ausgerechnet Sommerfeld sich mit ihm unterhalten wollte, so ließ er sich das mit keinem Zucken anmerken.

»Sie hören ja, was für eine Sorge die Leute erfasst hat. Können Sie den Täter bald verhaften?«

»Ich sage mal: Er zappelt schon im Netz«, gab Renck zurück und grinste selbstgefällig. Der Gärtner hörte das mit Sorge. Wen hatte der Ermittler im Sinn?

»Dann wissen Sie nun, wer der Knabe war?«

»Nein, noch nicht. Es gibt viele neue Spuren und in Kürze wird sich alles klären.«

Sommerfeld nahm einen großen Schluck, um seinen Ärger abzukühlen.

»Für mich ist der Obergärtner noch immer im Rennen«, ließ Renck augenzwinkernd sein Gegenüber wissen. »Wem sonst als seinem vertrauten Untergebenen, dem der Park fast ebenso am Herzen liegt wie ihm selbst, würde der Fürst solch einen Auftrag erteilen?«

»Sie haben sicher recht. Hätte es je so einen Auftrag gegeben, dann wäre er an mich gegangen.«

»Sie gestehen?«, grinste der Ermittler süffisant.

»Nein! Natürlich nicht. Es gab nie solch ein Ansinnen! Durchlaucht würde dergleichen niemals von mir verlangen!«

»Nun, wenn Sie mir das so sagen, werde ich es wohl akzeptieren müssen. Zumindest zunächst. Bis sich weitere Indizien ergeben. Sehen Sie, gerade heute wurde mir zugetragen, Ihr Fürst habe ein besonderes Interesse an Kindern. Männlichen und weiblichen.«

»Wer hat das behauptet?«, brauste Sommerfeld auf.

»Ich sage mal: Machbuba.«

»Machbuba!«

Sommerfeld nahm einen weiteren tiefen Zug aus seinem Bierkrug.

»Sie war eine Prinzessin. Orientalisch. Gefangen und als Sklavin gehalten. Mein Fürst befreite sie aus ihren Fesseln und nahm sie in seinen Dienst. Sie war sicher eine bezaubernde junge Frau, und ohne ihre Kenntnisse über Heilkräuter und deren Anwendung hätte er diese Reise durch Ägypten vermutlich nicht überlebt. Mehr als einmal rettete sie ihn vor dem sicheren Tod, sie war wohl sehr gelehrig und von beeindruckender Intelligenz.«

Sommerfeld verstummte.

Renck wartete.

Er war sicher, der Obergärtner würde ihm noch mehr erzählen können.

»Er legte viel Wert auf ihren Rat in allen Dingen. Leider war ihr nur eine kurze Zeit auf dieser Welt beschieden.« Sommerfeld atmete schwer.

»Warum?« Der Ermittler beugte sich weit über den Tisch, um nur keine Silbe der Antwort zu verpassen, vermutete er doch auch hier ein Geheimnis.

»Sie erkrankte schwer. Auch die heilenden Anwendungen in Muskau waren nicht imstande, sie zu retten. Tuberkulose, soviel ich weiß.«

Die Enttäuschung musste Renck deutlich im Gesicht abzulesen gewesen sein, denn Sommerfeld schüttelte missbilligend den Kopf: »Nicht immer, wenn jemand stirbt, war es ein Mörder, der diesem Leben ein Ende setzte.«

»Herr Renck!« Der stämmige Wirt war, von ihnen unbemerkt, an den Tisch getreten und baute sich nun mit großer Geste neben ihnen auf. »Dies wurde gerade für Sie abgegeben!«

Er hielt ihm einen Umschlag entgegen.

Mit fliegenden Fingern, die Zunge zwischen den Lippen eingeklemmt, dass sie alle Farbe verlor, riss der Ermittler den Brief heraus und entfaltete ihn.

Ungläubiges Staunen überzog sein Gesicht.

»Der Fürst bittet mich für den heutigen Abend zum Souper!«, verkündete er dann, nicht ohne sich stolz in die Brust zu werfen.

Sommerfeld unterdrückte mit Mühe ein Grinsen.

Ganz bestimmt hatte sich sein Dienstherr für diesen speziellen Abend etwas ganz Besonderes einfallen lassen!

## 30

Das Dunkel kam aus dem Wald.

Irma beobachtete es.

Langsam kroch es zwischen die Bäume, schob sich beharrlich immer weiter voran. Bald schon würde es sie völlig verschluckt haben.

Mit der Nacht kamen die Tiere, die gern das Licht mieden.

Gefährliche Räuber, hungrig und entschlossen. Es konnte nicht lang dauern, bis sie die Wehrlosigkeit ihres Opfers erkannten.

Sie hörte, wie sie sich heranschlichen, gelegentlich knackend einen Ast unter ihren Pfoten zerbrachen, geheimnisvolle Laute ausstießen. Manchmal war das schnüffelnde Atmen so nah, dass sie es auf ihrer Haut spüren konnte. Etwas huschte an ihr vorbei, machte kehrt und floh, offensichtlich vor einem größeren Tier, quer über ihren Schoß quietschend zwischen die Bäume zurück.

Irma schrie spitz auf, als ihr der Gedanke kam, es könne sich um eine fette Ratte gehandelt haben, die herausfinden wollte, ob das Fleisch hier am Baum noch lebte oder schon verzehrt werden durfte.

Da! Plötzlich glommen grüne Augen auf, kaum zwei Armlängen von ihr entfernt. Sie begann zu zittern. Magdalena hatte von Wölfen in den Wäldern berichtet, die eine Schulterhöhe von mehr als 80 cm hatten und ohne

Schwierigkeiten Menschen rissen. In blumigen Ausschmückungen beschrieb sie die Verletzungen, die den bedauernswerten Menschen bei lebendigem Leib zugefügt worden waren, den stundenlangen Todeskampf, den sie durchlitten haben mussten, bis die Bestie sie endgültig getötet hatte.

Das Mädchen begann zu wimmern.

In seiner Angst zerrte es an den Stricken, versuchte, sich unter der Verschnürung, die seinen Leib an den Baum band, aufzubäumen, um diese zu lockern. Doch all sein Bemühen war vergeblich, führte nur zu weiteren blutenden Schürfwunden an den Hand- und Fußgelenken. Andreas wird ihm das Handwerk legen, versuchte Irma, sich zu trösten, er wird ihn vertreiben, und wenn er zurückkehrt, erfährt er von meinem Verschwinden. Er wird mich finden und wissen, dass mein Tod aus Liebe zu ihm geschah und ein Werk Gunthers war. Tränen liefen über ihre Wangen, als sie sich vorstellte, wie Andreas neben ihrem Leichnam auf die Knie sinken würde, wissend, dass sie all diese Qualen um ihn erlitten hatte.

Doch tief in ihrem Innern regte sich eine andere Irma.

Eine, die sich lieber eine rosige Zukunft mit ihrem Andreas ausmalen wollte als seine Trauer über den Tod der Geliebten.

Wieder sammelte sie all ihre Kraft, um sich gegen das Tau zu stemmen.

Ein heiserer Schrei!

Etwas Weiches streifte ihr Gesicht, ein heftiger Lufthauch zog an ihrem Haar. Ein riesiges, geflügeltes Tier glitt um ihren Baum herum. Im Nu war die Angst vor den unbekannten Gefahren des Waldes zurück.

Eine Eule?

Eine nach Pferd stinkende Pranke legte sich ihr über Mund und Nase.

Sie atmete heftig vor Schreck.

Gunther!

Er war zurück, um sie noch etwas zu quälen, bevor er sie den gierigen Kreaturen der Nacht überließ.

»Pssst!«, zischte eine Stimme in ihr Ohr. »Schrei jetzt bloß nicht!«

Die Erleichterung raubte ihr beinahe das Bewusstsein.

Sie nickte zum Zeichen, dass sie verstanden habe. Die Hand löste sich.

»Konrad!«, flüsterte sie. »Wo kommst du nur her?«

Sie spürte, wie der Stallbursche an den Stricken säbelte. Schon bald waren ihre Hände frei. Sie rieb sie kräftig gegeneinander, um die Kälte, den Schmerz und die Taubheit daraus zu vertreiben.

»Als du weg warst, wusste ich schon, dass du los bist, um deinen Andreas zu finden. Aber dann ist mir eingefallen, dass ich dich in große Gefahr gebracht habe«, wisperte Konrad mit seiner seltsam heiseren Stimme. »Ein so junges Mädchen zwischen all den zwielichtigen Kerlen! Als ich Gunther von der Beerdigung habe weglaufen sehen, bin ich ihm gefolgt. Aber ich musste sicher sein, dass er uns nicht überrascht. Jetzt ist er auf dem Weg ins Dorf.«

Alle Seile gaben nach und Irma stand etwas wacklig auf den Beinen.

»Konrad! Du bist ein echter Freund!«

»Quatsch nicht. Zieh das an. Wird dir nicht so richtig passen, ist aber allemal besser als ein Weiberrock.«

Er reichte dem Mädchen Hose und Hemd, dicke Wollsocken und eine aus grobem Garn gestrickte Joppe. Irma zögerte nicht lange. »Dreh dich um!« Sie schlüpfte aus ihren Röcken und zog Konrads Hose an.

»Die ist zu weit. Ich werde sie beim Laufen verlieren«, kicherte sie leise.

»Warte.« Der junge Bursche bückte sich, gab Irma eines der Seilstücke. »Hier. Das kannst du oben um den Bauch schnüren und die Hosenbeine steckst du einfach in die Socken. Das hält dann schon.« Sie glaubte zu hören, wie er verhalten lachte.

Sein Hemd roch nach Stall.

Irma stopfte es in den Bund und zurrte dann Hose und Hemd fest.

»Irma, deine Haare. Die müssen wir abschneiden. Jungen tragen keine Haube!«

»Nein.«

Sie sah im wenigen Licht des Mondes seine Zähne blitzen. »Dachte ich mir schon. Hier, die Klammern habe ich bei meiner Schwester ›geliehen‹. Steck die Haare gut fest und setz diese Mütze auf. So sieht man sie zumindest nicht.«

Dankbar schob Irma ihre schwarzen Locken unter die Wollmütze.

»Ich nehme an, er hat dir auch den Proviant geklaut?«

»Ja. Gleich, nachdem er mich überwältigt hatte.«

Konrad war auch darauf vorbereitet. In einem ledernen Tornister hatte er Brot, Käse und ein paar Äpfel zusammengepackt. Irma drückte ihm einen Kuss auf die stoppelige Wange und merkte, wie seine Haut heiß wurde. In der Dunkelheit war sein Erröten natürlich nicht zu sehen.

»Ich will auch, dass dem Gunther das Handwerk gelegt wird. Finde du deinen Andreas und bring ihn nach Hause zurück. Liebe ist ein großes Gefühl, weißt du. Wenn man es für einen anderen Menschen empfindet und der es erwidert, ist es ein Geschenk des Herrn. Ich weiß, dass er euch auf den Weg zueinander führen wird. Glaub mir, Irma, die Sache wird für euch ein gutes Ende nehmen.«

»Danke. Ach, Konrad, ohne dich wäre meine Suche schon jetzt an ihr Ende gekommen!«

»Wir sollten von hier verschwinden, bevor Gunther auf die Idee kommt, nach dir sehen zu wollen. Ich bleibe bis kurz vor Tagesanbruch bei dir, dann muss ich meine Arbeit anfangen.«

Dankbar schob sie ihre kalte Hand in die raue, heiße Pranke Konrads und folgte ihm in den Wald.

## 31

Hinnerk Renck stand unschlüssig im Foyer des Schlosses, die Hände hinter dem Rücken verschränkt, und betrachtete mit geheucheltem Interesse die Porträts, deren Augen auf ihn gerichtet zu sein schienen. Wahrscheinlich eine bunte Sammlung wollüstiger Ehebrecher und Ehebrecherinnen, skrupelloser Diebe, und wahrscheinlich verbarg sich gar der eine oder andere Mörder unter ihnen, dachte der Besucher wenig schmeichelhaft von den Ahnen seines Gastgebers. Und wie hässlich einige von ihnen doch waren, besonders, wenn man sich vor Augen hielt, dass der jeweilige Künstler sich sicherlich die größte Mühe gegeben hatte, sein Modell so vorteilhaft wie nur irgend möglich darzustellen, ohne es so zu entfremden, dass es nicht mehr erkannt wurde, schweiften seine abfälligen Gedanken weiter.

Deshalb wohl zuckte er wie ertappt zusammen, als der Butler lautlos neben ihn trat.

»Seine Durchlaucht lässt bitten«, informierte ihn der Diener in blasiertem Ton und schritt ihm voran in einen kleinen Raum, der unschwer als Raucherzimmer zu erkennen war. Zwei Männer hatten sich hier bereits versammelt, hinter den graublauen Wölkchen ihrer Zigarren verborgen.

Renck hustete.

»Werter Herr Renck!«, begrüßte der Fürst seinen

Gast beinahe überschwänglich. »Darf ich Sie mit Herrn Masser bekannt machen? Er ist mein Sekretär, ein genialer Entwickler von Ablagesystemen, meine zweite rechte und linke Hand, mein Reservegedächtnis – kurz, einer der wichtigsten Männer in meinem Leben. Er bringt die notwendige Ordnung in das geniale Chaos, das um mich herum zu herrschen pflegt«, lachte Pückler und weidete sich insgeheim an dem verblüfften Gesichtsausdruck des preußischen Beamten.

Billy Masser war nicht nur von zwergenhafter Gestalt, seine Haut war obendrein, vielleicht durch häufigen Aufenthalt im Freien, von der Farbe, die gute und teure Schokolade haben sollte.

Renck deutete eine Verbeugung an. Hustete erneut.

»Herr Renck ist uns von der preußischen Polizei entsandt worden. Die Nachricht über den Toten im Schlosspark hat selbst die Damen bei Hofe erreicht. Man ist dort besorgt. Er soll das Rätsel um den ermordeten Jungen aufklären. Ich hoffe, Sie kommen voran.«

Masser reichte dem Weißen die Hand, die Renck nur zögernd ergriff.

»Heute ist der Brand das Thema erster Wahl im Ort. Und die Tatsache, dass diese Heilerin wohl zwei der Frauen aus Branitz mit einem Trank in Verwirrung versetzt hat. Inzwischen haben sich die beiden wieder erholt, nur ihre Erinnerung an die Stunden vor ihrer Rückkehr nach Branitz ist vollkommen ausgelöscht«, berichtete Renck, um nicht sofort über seine Ermittlungen sprechen zu müssen. Dazu wollte er eine günstigere Gelegenheit abwarten.

Schweigen.
Der Gast sah sich im Pfeifenkabinett um.
Zahlreiche Spiegel an Decke und Tür warfen das Bild der Versammelten zurück und erweckten in Renck das eigenartige Gefühl, der Raum sei überfüllt. Gleichzeitig erweiterten sie den Raum um viele nämliche, was ein wenig Schwindel in ihm auslöste. Und dieser Leuchter! Er bemühte sich, die Augen darauf zu konzentrieren, und entdeckte, dass jener aus Teeschalen und einer Schüssel zusammengesetzt war. In Vitrinen an den Wänden fand sich die Pfeifensammlung des Gastgebers, darunter auch eine Houka und ein Tschibuk.
Ein Aperitif, den Pückler anbot, lockerte die verkrampfte Atmosphäre bedauerlicherweise nicht wesentlich auf. Renck fühlte sich, ohne dass er in der Lage gewesen wäre zu begründen, warum dies so war, sehr unbehaglich, ja, fast schon körperlich bedroht, wenngleich die beiden anderen sich in bequemer Haltung zurückgelehnt hatten und sich angeregt unterhielten. Er selbst hatte auf der vordersten Kante des Sessels Platz genommen, den Blick fest auf die Tür gerichtet, die er, sollte es sich als notwendig erweisen, mit zwei, drei Schritten sicher erreichen konnte, um durch das Foyer aus dem Schloss zu fliehen. Der Unterhaltung der beiden anderen konnte er deshalb kaum folgen, und so beschränkten sich seine Kommentare zu deren Gespräch auf undefinierbare Laute der Zustimmung.
Erleichtert hörte der Ermittler schon bald den Gong,

der zweimal geschlagen wurde und die Gäste zum Souper rief.

»Ich traf kürzlich einen Freund in Cottbus, der seinerseits gerade erst aus Berlin zurückgekommen war. Er berichtete mir, man spräche noch heute in der Damenwelt voll Bewunderung und Anerkennung von Ihrem Auftritt vor dem Kranzler. Das Gespann mit den weißen Hirschen hat offensichtlich nachdrücklich Eindruck hinterlassen«, eröffnete Masser die leichte Tischplauderei.

Pückler lächelte. Geschmeichelt.

»So hat es denn seinen Zweck erfüllt. Ein Auftritt par excellence! Die Tiere sorgten schon die ganze Strecke entlang für Aufsehen. Allerorten blieb man stehen, ließ das Tagwerk ruhen und starrte die weißen Hirsche an. Manchem blieb vor Staunen der Mund weit offen stehen. Vor dem Kranzler versammelte sich innerhalb kürzester Frist eine wahre Traube von Leibern. Alles schob und drängte, um einen Blick auf die Hirsche zu erhaschen.«

Das erste Dessert wurde aufgetragen. Renck blieb kaum genug Gelegenheit, die erlesene Tischdekoration zu bemerken.

Meissner Porzellan, kein Zweifel, erkannte er mit dem Auge des Kenners sofort, silberne Leuchter, Decke und Servietten aus hochwertigstem Tuch, das Besteck lag schwer, aber durchaus nicht lästig in der Hand. Die Gläser geschliffen und ziseliert, durch die Unruhe der Flamme mit zuckendem Leben erfüllt.

Eine Auswahl an Käse wurde aufgetragen, Salate und Pumpernickel, Butter, Salzstengel und Radieschen. Dazu schenkte ein Diener den Versammelten English Ale ein.

Renck entspannte sich etwas. Hier wurde er in seiner wahren Bedeutung erkannt und angemessen bewirtet. Fürstlich.

Während er den Käse probierte, nahm er den Raum in sich auf.

Kredenzen aus dunklem Holz zogen sich an den Wänden entlang, dazwischen ein Kamin, den die Dienerschaft aus Rücksicht auf die unangenehme Kühle des Abends angefeuert hatte. Leuchter hingen an den Wänden, ein Lüster über der Tafel.

»Ich denke, dieser Auflauf, den die Hirsche verursachten, wird wohl kaum von den Reaktionen übertroffen, die frühere Husarenstücke auslösten. Sie sind dafür berühmt und berüchtigt, stets für eine Überraschung gut zu sein«, setzte Masser die Unterhaltung fort und probierte vom Salat. »Herr Renck hat gewiss schon viel über Ihre Abenteuer gehört.«

Das Gespräch stockte, als der erste Gang serviert wurde. Wildbretsuppe.

»Herr Renck hat gewiss schon viel über Durchlauchts Abenteuer gehört«, nahm der Sekretär den Faden wieder auf.

Renck, der sich gerade einen Löffel der überaus heißen Flüssigkeit in den Mund geschoben hatte, sah sich genötigt, ihn rasch hinunterzuschlucken. Er bemühte sich, nicht eine Miene zu verziehen, wenngleich beharrliches Brennen in seinem Inneren Zeugnis davon ablegte, wo die Suppe sich auf dem Weg durch seine Eingeweide gerade befand.

»Gewiss«, antwortete er etwas atemlos. »Auch mir wurde die eine oder andere Geschichte zugetragen.« Hastig trank er einen Schluck des köstlichen Weins, der samtig, von tiefem, warmem Rot, in seinem Kelch schimmerte. Schon als ihm das Bouquet in die Nase stieg, wusste er, dass es sich um einen edlen Bordeaux handelte.

»So haben Sie mit Sicherheit vom Sprung in Dresden gehört, nicht wahr? Von der Brücke mit dem Pferd direkt in den Fluss zu springen, war mehr als wagemutig und wird noch Generationen von Kindeskindern erzählt werden!«, blieb Masser beim Thema. Der preußische Ermittler, der von dieser Eskapade tatsächlich noch nie gehört hatte, verlor einen guten Teil seiner Selbstsicherheit, da er nicht in der Lage war zu beurteilen, ob man ihn zum Zwecke der Bloßstellung aufs Glatteis führte oder die Geschichte der Wahrheit entsprach.

»Nun ja«, winkte der Fürst ab, »damals war ich jung und wagemutig. Ich wollte sehen, ob mein Pferd mir so weit vertraut, einen Sprung in die unbekannte Tiefe zu wagen. Es dürfte zur damaligen Zeit das einzige Reitpferd gewesen sein, welches die Erfahrung des Fliegens machen durfte.«

Wenn das stimmt, dachte Renck, war es für Pferd und Reiter gleichermaßen eine lebensgefährliche Darbietung gewesen.

Dies stärkte seine Einschätzung der Persönlichkeit des Fürsten. Hermann von Pückler war ein Mann, dem schlicht zu jeder Zeit alles Vorstellbare zuzutrauen war. Angst schien er nicht zu kennen, Rücksicht auf sich und andere nicht zu üben. Renck unterdrückte ein missbilligendes Schnauben.

»In Dresden war ich Leutnant bei den Gardes du Corps. In diesem Stande entwickeln sich die großartigsten Ideen, Utopien und Pläne. Daneben auch so manch haarsträubendes Abenteuer.«

Renck bemerkte kaum, wie eine dienstbare Hand seinen Teller abräumte.

»Studenten, Soldaten und Offiziere aus gutem Haus …«, begann er in abfälligerem Ton als geplant und räusperte sich unbehaglich. Sodann kommentierte er schnippisch weiter: »Sie sind allenthalben leichtsinnig und durch ihre todesmutigen Torheiten stets in aller Munde.«

Der Fürst lachte laut.

»Der Tod, Renck, hat mich noch nie geschreckt. Vor vielen Jahren besuchte ich die Gruft meiner Ahnen. Dort verbrachte ich mit deren bleichem Gebein viele Stunden, öffnete ihre Särge, sprach zu ihnen. Man hatte sie in schwarzes Tuch wie dieses gehüllt, doch nun konnte ich nurmehr Flecken, Feuchtigkeit und Knochen entdecken, Würmer, die sich davonmachten, als ich das schwarze Leinen anhob.« Dabei zog der Fürst wie beiläufig an einer Ecke der Tischdecke. Renck kämpfte mit einem Schwall Mageninhalts, der das bei ihm sensible Organ in nördlicher Richtung verlassen wollte, drängte ihn entschlossen wieder zurück. Er würde sich nicht anmerken lassen, wie sehr ihn die Vorstellung anwiderte, dieses Mahl an Leichentüchern einnehmen zu müssen. War es eine Probe seiner Belastbarkeit, wollte er gern zeigen, wie unerschütterlich er war.

Der Fürst blieb in leichtem Plauderton dem Thema treu. »Vor den Toten muss sich niemand fürchten. Von Knochen droht uns Lebenden keinerlei Gefahr. Der Tod, so habe ich erfahren, ist Teil des Lebens, beschließt es und löscht das irdische Dasein aus. Wenn die Zeit zum Sterben gekommen ist, kann sich niemand dem Tanz mit dem Gevatter verwehren.«

»Manch einer stirbt jedoch weit vor der Zeit. Durch eines Mörders Hand zum Beispiel. Ich sage mal: Er wird meuchlings umgebracht«, gab Renck, der sich wünschte, seine Stimme klänge nicht so belegt, zu bedenken.

»Ohne Zweifel«, bestätigte der Fürst ohne Zögern. »*Es ist eine sehr traurige Wahrheit, aber sie ist nicht zu leugnen: Der Mensch ist dem Tiger weit näher verwandt als dem Lamme. Eine Lust am Zerstören liegt in seiner innersten Natur und hat er Blut einmal gekostet, so verlangt er noch mehr.* Mag sein, darin liegt der Grund für die Freude an der Jagd, wo er dieses Bedürfnis unter allgemein akzeptierten Regeln befriedigen kann.«

Masser ergänzte: »Auch Kriege fordern Opfer. Auf dem Feld der Ehre lässt so mancher junge Mann sein Leben fürs Vaterland, in den Familie und Gesellschaft große Hoffnungen setzten.«

»Erstaunlich ist es immer wieder, Menschen zu treffen, die dutzendfach mordeten, und festzustellen, es gebricht ihnen nicht an gutem Charakter, sie sind sympathisch, freundlich, großzügig, zugewandt«, meinte der Fürst nachdenklich. »Wie mein Freund und Gastgeber im Orient, Mehemed Ali. Ich verbrachte Monate meines Lebens an der Seite dieses großartigen Mannes. Ein Freund, wie man einen besseren schwerlich finden kann, und doch ein Mörder, wie er im Buche steht. *Man schafft es selten, von anderen gut gekannt zu werden, noch die anderen grundlegend zu erkennen.*«

»Auch meine Arbeit zeigt mir dies. Ich sage mal: Manch Mörderherz steckt hinter einer Larve von Freundlichkeit und Liebreiz.« Hinter Rencks Stirn formte sich derweil ein neuer Gedanke. Mordete der Fürst, um die Auswirkungen auf sein Wesen zu beobachten, ließ er töten, um den Täter akribisch zu testen, damit er feststellen konnte, welcher Charakterzug den Mörder ausmachte?

Fast hätte Renck den Anschluss verpasst, denn der Fürst sprach weiter über seine Erfahrungen mit dem Sterben anderer.

»Selbst mich brachte vor vielen Jahren der Tod eines alten Mannes in arge Bredouille. Er war zur falschen Zeit am falschen Ort, starb durch eine Kugel aus meiner Pistole.«

Der preußische Ermittler beugte sich vor.

»Meine handlichen Sackpuffer, wie sie gelegentlich gern bezeichnet werden, litten an Ladehemmung, der Abzug klemmte gelegentlich und bei den Abenteuern, denen zu begegnen ich mir vorgenommen hatte, konnte nur eine zuverlässige Waffe von Nutzen sein. Gesagt, getan. Ich brachte sie zu einem Büchsenmacher, der den Schaden beheben sollte. Kurz nachdem ich ihm mein Problem erklärt und den Laden, auf dessen Theke er die Pistolen abgelegt hatte, verlassen hatte, wurde der gute Mann von seiner Arbeit weggerufen. Die Waffen blieben unbeaufsichtigt zurück, was seinen unbeschwerten Charakter bewies, den zu bedauern er noch ausreichend Anlass finden sollte. In diesem Geschäft wurden die Faustfeuerwaffen von einem Kind entdeckt, welches sogleich damit zu hantieren begann. Dabei löste sich zum Unglück ein Schuss. Die Kugel traf einen alten Mann am Fenster im Haus gegenüber. Tot. Incredible.«

»Welch Verkettung unglücklicher Umstände!«

Rencks Gabel mit dem aufgespießten Stück des ausgebackenen Karpfens blieb zitternd in der Schwebe hängen, bevor sie die Lippen des Ermittlers erreichen konnte. Buttersauce tropfte auf den Teller zurück.

»Verständlicherweise war die Aufregung groß. In wessen Verantwortung lag es, dass dieses Kind eine geladene Pistole vorfinden konnte? Manch einem mochte daran gelegen gewesen sein, mich so schnell wie möglich hinter Gefängnismauern verschwinden zu sehen.«

Der Fürst legte eine dramatische Pause ein.

Renck, fasziniert von der Tatsache, mit einem Gastgeber zu speisen, der schon einmal unter Mordverdacht stand, spülte das letzte Stück Fisch mit einem großzügigen Schluck Wein hinunter und wartete gespannt auf den Ausgang der Geschichte.

»Man bemühte sich, mir eine Mitschuld zu oktruieren, mit der Behauptung, ich hätte eigens darauf hinweisen müssen, es befände sich noch Munition in der Waffe, musste dieses Unterfangen jedoch sehr bald einstellen. Zum Leidwesen des Büchsenmachers. Er hätte niemals eine Pistole, zugänglich für jedermann, befugt oder nicht, auf dem Verkaufstisch liegen lassen dürfen.«

Aha, dachte Renck, plötzlich übellaunig, schon damals verstand es dieser Mann, den Kopf aus der Schlinge zu ziehen und einen anderen für die eigene Nachlässigkeit büßen zu lassen.

Damals bist du ungestraft davongekommen. Bei mir wird dir das nicht gelingen! Ich werde eine Beweiskette vorlegen, die niemand zerschneiden kann! Dieses Mal schaffst du das Kunststück nicht, dich herauszuwinden.

Dem Karpfen folgte Rinderzunge mit Kohlrüben.

»Der Junge im Park wurde erdrosselt. Das ist absichtsvolles Handeln, kein Unglück durch Fahrlässigkeit!«, warf der Ermittler ein und es gelang ihm sogar, seinen höflichen Ton beizubehalten. Derweil betrachtete er die Zunge auf seinem Teller mit leichter Abscheu. Tapfer stieß er die Gabel hinein und schnitt ein winziges Stück davon ab.

»Daran kann es keinen vernünftigen Zweifel geben. Es war ihm eindeutig anzusehen. Wobei es mich immer wieder überrascht, feststellen zu müssen, wie grausig der Tod den Lebenden verändert.«

»Das konnten Sie schon beim Besuch der Familiengruft konstatieren, nicht wahr«, spielte der Sekretär geschickt den Ball zurück.

»Nun, mein Ziel war es herauszufinden, ob die Toten das Leben derer beeinflussen, denen es noch vergönnt ist, auf der Erde zu wandeln. Und dies ist nun eindeutig nicht der Fall. Ich konnte auch sehen, dass niemand an seinem Leichentuch gekaut oder gespielt hatte, nicht einer sah aus, als habe er auch nur Anstalten gemacht, nach der Beisetzung dem Sarg zu entfliehen … Das ist etwas anderes als bei diesem Jungen im Park. An meinen Ahnen fand sich kein Rest von Fleisch mehr, wenn man von den fingerdicken Würmern absieht, die sich aus den Leichentüchern fallenließen, als ich sie öffnete.«

Der Ermittler spülte die Bilder, die hinter seiner Stirn entstanden, mit einem weiteren Schluck aus seinem Glas hinunter.

Unwillkürlich strichen Rencks Finger über das Tischtuch. Im schummrigen Licht der Kerzen war nicht auszumachen, ob es an manchen Stellen dünn geworden oder verschossen war. Beim Fühlen jedoch mutete es ihn an, als sei der Stoff, der ihm ursprünglich hochwertig und schwer vorgekommen war, beinahe durchgewetzt. Die durch permanenten Geldmangel erzwungene Sparsamkeit des Fürsten war weit über die Grenzen Preußens, ja Deutschlands bekannt. Er konnte demnach nicht ausschließen, heute tatsächlich an einem Leichentuch zu tafeln. Ihn schauderte und er trank noch einmal von dem süffigen Wein, den der Diener des Fürsten großzügig nachschenkte.

Nach dem Schweinskopf und dem Hammelbraten setzte bei ihm eine leichte Übelkeit ein.

Eine neue, durchaus beunruhigende Überlegung begann sein Denken zu beschäftigen.

Konnte Christian Sommerfeld seinen Dienstherrn über ihr letztes Gespräch in Kenntnis gesetzt haben? War es denkbar, eingeladen worden zu sein, wenngleich der Fürst von seinem Verdacht gegen ihn selbst und seinen Obergärtner wusste? Schlimmer noch: Welchen Zweck verfolgte er in diesem Fall mit diesem gemeinsamen Souper?

Argwöhnisch beäugte er das Dessert.

Ein Mörder, der nicht bestraft werden konnte, ein Mann, der für zahllose Tote auf den Schlachtfeldern verantwortlich war, befreundet mit einem Massenmörder – würde der davor zurückschrecken, einen unbedeutenden Beamten der preußischen Polizei aus dem Weg zu räumen, wenn dieser ihm lästig wurde?

Renck fiel nicht einmal auf, dass er von sich als unbedeutend gedacht hatte, so aufgeregt schlug sein Herz gegen die Rippen. Hätte er es bemerkt, er wäre über sich selbst entrüstet gewesen.

»Fürst-Pückler-Eis!«, freute sich der Fürst. »Es schmeckt wunderbar. Freut mich, Sie heute davon kosten lassen zu können. Es ist in den Landesfarben gehalten, sehen Sie nur!«

Renck betrachtete das geschichtete Dessert mit einer Mischung aus Misstrauen und Interesse. Höflich erkundigte er sich: »Fürst-Pückler-Eis? Ein Rezept von Durchlaucht höchstpersönlich also?«

Und fragte sich, ob es deshalb vorportioniert auf den Tisch gekommen war, weil sein Eis etwas Spezielles enthielt, wovon die anderen beiden nicht betroffen werden sollten. Gift?

Denn welchen Grund konnte es für den Fürsten und seinen Handlanger geben, ihm von all den Dingen zu erzählen, wenn nicht den, dass er ohnehin keine Gelegenheit mehr haben würde, all diese Informationen weiterzutragen.

»Nein. Ein Konditor entwickelte es und erfragte bei mir, nach einer ausgiebigen Verkostung, versteht sich, die Erlaubnis, diese Kreation nach mir benennen zu dürfen. Diese Ehre gewährte ich ihm gern, denn ich goutierte seine Konditorenkunst voller Genuss.«

Lustlos probierte der Gast von seiner Portion.

Unter anderen Umständen wäre es ihm sicher besonders schmackhaft vorgekommen, doch nun tasteten Zunge und Gaumen nur nach bitterem, fremdem Nebenaroma, was den Genuss selbstredend schmälerte.

Der Sekretär schien das Zögern Rencks zu bemerken.

»Zu viel Hammel?«, erkundigte er sich. Fürsorglich riet er ihm: »Nehmen Sie noch ein Glas Wein. Das wird Platz für das zweite Dessert schaffen. Frische Früchte schließen den Magen.«

Der Gast kämpfte derweil gegen saures Aufstoßen, welches seinen Verdacht nährte und beinahe zur Gewissheit werden ließ. Unerwartet erinnerte er sich an eine Sequenz des Gesprächs mit Sommerfeld, in der dieser von neuen Pflanzlöchern gesprochen hatte, die, bereits ausgehoben, auf die stattlichen Bäume warteten, die sie aufnehmen sollten.

Schweiß sammelte sich auf seiner Oberlippe, den er diskret mit der Serviette abtupfte.

Mit dem Kaffee wechselte die Dreiergruppe zurück in den Rauchsalon.

Noch immer drehte sich die Unterhaltung um Tod und Vergehen, was Renck, angesichts seiner eigentümlichen Oberbauchbeschwerden, nicht nur angenehm war.

»Heute Morgen exhumierten wir eine Leiche auf dem Friedhof. Auch an ihr war nichts mehr, was von Leben hätte zeugen können«, erklärte Pückler und entzündete eine weitere Zigarre.

»Einzig Knochen waren geblieben. Wussten Sie, wie schwer, ja eigentlich unmöglich es ist, bei einem Skelett zu entscheiden, ob es zu Lebzeiten eine Frau oder ein Mann war? Unter unserer Hülle aus Kleidung, Haut und Fleisch sehen wir uns überraschend ähnlich!«, verkündete er dann mit zufriedenem Gesichtsausdruck.

Die beiden Gäste lehnten die angebotenen Zigarren höflich ab, ließen sich jedoch zu einem Cognac überreden.

Immer wieder sandte Renck seine Gedanken forschend in sein Inneres aus, sie suchten nach Hinweisen auf eine Rebellion der Eingeweide gegen das todbringende Gift. Doch nach dem Cognac hatte sich die

Übelkeit gelegt und der Ermittler fand nur noch wohlige Trägheit vor. Die tödliche Substanz ist von jener Art, die erst später ihre Wirkung entfaltet, erklärte er sich dieses Phänomen damit, dass auf diese Weise niemand eine Verbindung zur Einladung ins Schloss würde herstellen können. Der logische Bruch zu seiner Vermutung, man wolle seinen Leichnam unter einem Baum verscharren, fiel ihm nicht auf. Die Sorge um die Gesundheit stand im Vordergrund seines Denkens.

»Es war von Vorteil, dass Dr. Priest sofort abkömmlich war. Seiner Meinung nach handelte es sich um das Skelett eines Mädchens, doch mit Sicherheit konnte oder wollte er diese Aussage nicht treffen. Die Totengräber suchen nun nach Dingen aus dem persönlichen Besitz des Todesopfers, die uns bei der Klärung dieser Frage hilfreich sein könnten. Schmuck im Grab zum Beispiel.«

Sehr langsam nur sickerten diese Informationen in Rencks Bewusstsein.

»Ein zweiter Toter?«, fragte er deshalb mit Verspätung, was ihm einen kritischen Blick des Fürsten eintrug.

»Aber gewiss doch. Auf dem Friedhof in Branitz«, erläuterte der Sekretär.

»Müsste man nicht einfach nur auf dem Grabstein den Namen nachlesen, um zu erfahren, mit wessen sterblichen Überresten man es hier zu tun hat? Ich sage mal: Das wäre doch kein Problem«, fragte der Ermittler verständnislos.

Aus der Richtung des Fürsten war ein sonderbares

Glucksen zu hören. Als Renck sich zu ihm umwandte, konnte er außer einer Wolke blaugrauen Dunstes nichts mehr erkennen.

Eingenebelt, dachte er verärgert, damit ich nicht in sein Gesicht sehen kann, geschickter Schachzug.

»Warum erstaunt es Sie, auf dem Friedhof ein Skelett entdeckt zu haben? Berichteten Sie nicht gerade erst, diese Veränderung nach dem Tod bei Ihren Ahnen ebenfalls bemerkt zu haben? Ich glaube, Sie nannten sie gar natürlich.«

»Gewiss, das sagte ich. Haut und Fleisch fallen ab, verrotten, und zurück bleibt das bleiche Gebein. In diesem Fall aber gab es eine Besonderheit. Wir fanden das Skelett in keinem Grab, sondern verscharrt in der Nähe der Friedhofsmauer«, verkürzte Hermann von Pückler sein frühmorgendliches Erlebnis.

»Oh weh! Einer von jenen, die ihrem Leben mit eigener Hand ein Ende setzten. Es geschieht durchaus nicht selten, dass die Familie den Toten heimlich selbst auf dem Gottesacker beisetzt. In der Nähe des Hauses des Herrn, wenngleich auch ohne kirchlichen Segen.«

»Möglich«, bestätigte der Sekretär. Bissig setzte er dann jedoch hinzu: »Aber falsch!«

»So?«

»An den Gelenken fanden sich Stricke.«

»Ebenso wie bei dem Toten aus Ihrem Park!«

Die nun folgende Stille wurde nur durch das Schlürfen unterbrochen, welches beim Trinken von Cognac oder Kaffee entstand, dem Klirren beim Abstellen von Glas oder Tasse und dem genussvollen Paffen des Fürsten an der Zigarre, wenn die Glut zu verlöschen drohte.

Glaubt er wirklich, ein Toter auf dem Friedhof könne ihn entlasten?, fragte sich der preußische Beamte, denkt er, ich verstehe nun, dass die Toten mit dem Park nichts zu tun haben und höre mit der Befragung seiner Gärtner auf?

Oder war der Fürst durch das gute Essen und die erlesenen Weine in eine Stimmung geraten, die ihn jede Vorsicht vergessen machte? Doch, war sich Renck nun gewiss, es war alles nur der Tatsache geschuldet, dass man hier im Schloss wusste, sein Leben würde ebenfalls in wenigen Stunden verlöschen. Ich muss gleich bei meiner Rückkehr ins Wirtshaus alles, was ich heute hier erfuhr, aufschreiben und die Notizen so verbergen, dass die Schergen des Fürsten sie nicht finden können. Er wird mir nicht entschlüpfen, nicht einmal, nachdem ich meinen letzten Atemzug getan habe!

Einen Moment lang spielte er gar mit dem Gedanken, Hildegard um Hilfe zu bitten, verwarf ihn aber sofort wieder. Es blieb ihm nicht genug Zeit, die alte Hexe aufzusuchen. Besser war es, seinen Gesprächspartnern so viele Informationen wie möglich zu entlocken, die er später notieren konnte.

»Wer war denn bei dieser ...«, während er das richtige Wort suchte, das passend die morgendliche Tätigkeit auf dem Friedhof beschrieb, sah er sich gezwungen, wieder gegen das saure Aufstoßen anzukämpfen. Seine grimmige Entschlossenheit wuchs. »... Grabung zugegen?«

»Drei Totengräber, Dr. Priest aus Cottbus, Gotthilf Begemann kam eher zufällig dazu und einige frühe Besucher mögen ebenfalls Zeugen unseres Treibens geworden sein, freilich ohne zu begreifen, was vor sich ging.«

Gotthilf Bergemann!
Renck schoss der Ärger bis unter die Haarwurzeln.
Wenigstens Bergemann hätte ihm doch einen Hinweis geben können!
»Wo befindet sich das Skelett im Augenblick?«, erkundigte er sich so ruhig wie möglich.
»Die Knochen und der Schädel wurden in einen kleinen Holzschrein umgebettet und dieser in die Kirche verbracht. Dort steht er nun in einer unbeachteten Nische, gut vor den Augen der Gemeinde verborgen. Die Anwesenden verpflichteten sich zu Stillschweigen, damit die Bevölkerung nicht noch weiter beunruhigt würde«, gab der Fürst umfassend Auskunft.
»Ich werde morgen einen Blick darauf werfen«, verkündete Renck.
Seine Augen huschten dabei von einem zum anderen. Hatten sich Fürst und Sekretär nicht gerade zugezwinkert? Ein Flackern der Kerzen oder nicht?
»Sprechen Sie getrost den Pfarrer an. Er wird Ihnen die Kiste weisen«, sagte Masser schlicht.
»Es ist schon erschreckend, wie wenig von einem Menschen nach dem Tode übrig bleibt«, meinte der

Fürst, als er sich wenig später von seinem Gast verabschiedete. »Von mir wird noch in Hunderten von Jahren gesprochen werden, meine Parks werden mich unsterblich machen. Die Bäume, die ich heute als winzige Pflanzen setze, überdauern mich, werden weit über hundert Jahre alt werden und mich um mehr als ein Menschenalter überleben. Wie klein ist dagegen der Mensch, wie unbedeutend. Was bleibt von Ihnen, Renck, wenn das Leben den Körper verlässt? Haben Sie darüber schon einmal nachgedacht?«

Ein Geständnis!, schoss es dem Ermittler durch Mark und Bein. Er hat zugegeben, dass der Mensch dem Baum gegenüber von geringem Wert und mein Schicksal längst besiegelt ist.

Kaum gelang es ihm, sich mit Anstand zu verabschieden, so aufgeregt war er.

Billy Masser begleitete den Besucher persönlich zur Tür.

»Eine Kutsche bringt Sie zurück nach Cottbus.«

Renck bedankte sich artig, dachte aber, wie geschickt hat man das nur wieder eingefädelt. Wenn ich in der fürstlichen Droschke sitze, kann ich schwerlich, unbemerkt vom Kutscher, Kontakt zu Menschen auf der Straße aufnehmen, um sie über meine verzweifelte Lage zu informieren.

»Eine Frage beschäftigt mich noch: Machbuba … Wer war diese geheimnisvolle Frau, über die überall so viel gesprochen wird, kaum dass der Name des Fürsten fällt?«

»Man spricht also tatsächlich noch immer über sie? Unglaublich!« Masser schüttelte missbilligend den Kopf. »Klatsch und Tratsch, wie man sie in jedem Dorf findet, nehme ich an.«

»Nun, das vermag ich noch nicht zu beurteilen.«

»Machbuba war eine wunderschöne Frau aus dem Orient. Gehalten als Sklavin. Der Fürst erlöste sie aus diesem Schicksal und bestimmte sie als Begleiterin für seine Orientreise. Sie war eine angenehme Gesellschafterin, klug, gebildet, weltgewandt und vertraut mit Heilkünsten, die dem Fürsten mehr als einmal das Überleben sicherten. Es ging das Gerücht, sie sei in Wahrheit eine Prinzessin, man habe sie verschleppt und verkauft. Im Laufe der Jahre entwickelte sich zwischen dem Fürsten und Machbuba eine tiefe Seelenverwandtschaft. Er brachte sie nach Muskau, um sie dort von ihrer Tuberkulose heilen zu lassen. Als sie, allen Bemühungen zum Trotz, verstarb, erfüllte ihn dieser Verlust mit großer Trauer.«

»Man sagte mir, sie sei noch ein Kind gewesen.«

»Jung und schön war sie, das ist die Wahrheit und manche gedenken ihrer noch heute mit Neid. Die einen, weil sie diese Schönheit nie werden erreichen können, denn sie entsteht nur bei der Verbindung einer reinen Seele mit einem makellosen Körper – die anderen, weil sie nie einer solchen Frau begegnen werden.«

»Seelenverwandt, ja? Wirklich nur eine Seelenverwandtschaft?«

Masser machte auf dem Absatz kehrt und ließ Renck grußlos in der Tür stehen.

Wenig später saß der Ermittler, von Kissen gestützt, in seinem Bett direkt über der Schankstube der Pferdewechselstation und verfasste seine Notizen, damit alle Informationen der Nachwelt erhalten blieben. Sein Stift huschte über die Seiten, seine Wangen hatten sich gerötet. Wie im Fieber schrieb er jeden noch so kleinen Hinweis, den er erfahren oder ermittelt hatte, sorgfältig auf, ließ selbst seinen Besuch bei Hildegard nicht unerwähnt.

Plötzlich traf ihn eine zunächst undeutliche Erinnerung wie ein Hieb mit einem Schwert. Er kannte diese Geschichte! Der Sprung mit dem Pferd in die Elbe!

Allerdings war die Version, die der Vater seines Kollegen zum Besten gegeben hatte, eine andere. Dessen Berichten nach ging es keinesfalls um einen Test des Vertrauens zwischen Pferd und Reiter, sondern vielmehr um eine Flucht. Der junge Hermann Fürst von Pückler hatte seinem Tier den Schwanz kupiert und auf die nun gut sichtbaren Hinterbacken des Pferdes einen Phallus gemalt. So ritt er nun auf der Brücke auf und ab. Erregte gehörig Anstoß. Man verständigte die Polizei. Auf der Flucht vor der Obrigkeit brachte sich der junge Mann mit einem Sprung von der Brücke in Sicherheit. »Wenn ich mich richtig entsinne, kann von der ›Mitte der Brücke in die Fluten‹ keine Rede sein. Ich glaube, der alte Otto erzählte von einem großen Satz mit dem Pferd in Ufernähe.«

Renck erlaubte sich ein leises Kichern.

Schrieb dann hastig weiter, da er nicht wusste, wie lang es dauern konnte, bis das Gift das Ende brachte.

Endlich schloss er mit einem zufriedenen Seufzer, schob die Papiere in Ermangelung eines anderen Verstecks unter eine der lockeren Dielen im Fußboden.

Dann kroch er zurück ins Bett, zog die Decke bis unter das Kinn und wartete auf den Tod.

*Werter Freund,*

*ich schreibe diese Zeilen, um meine Freude über einen gelungenen Coup mit Ihnen zu teilen. Sie entsinnen sich gewiss des preußischen Beamten, den man zu mir entsandte, um den Tod des Jungen in meinem Park aufzuklären. Nun ist dieser Herr, der aussieht wie eine Prachteidechse auf Brautschau, wenn er sein Zimmer verlässt, auf den glorreichen Gedanken verfallen, ich sei der Mörder! Quel desaster! Er hält meine Gärtner mit seiner lästigen Fragerei und den haltlosen Unterstellungen von der Arbeit ab. Daher beschloss ich, ihn gründlich in die Irre zu schicken. So weit, dass man über ihn lachen wird. Beim heutigen Souper war er mein Gast. Ganz gegen meine Gewohnheit wählte ich den Tod als Hauptthema für den Abend und bei der Verabschiedung ließ ich ihn glauben, ich sei in der Tat der Auffassung, ein Menschenleben sei nicht im Mindesten so viel wert wie das Leben eines Baumes. Nun wird er wohl in alle Pflanzlöcher sehen und in ihnen graben. Somit wäre er auf Dauer beschäftigt und meine Gärtner und ich können unsere Arbeit ungestört fortsetzen. Wie Sie wissen, wird die Zeit knapp. Hat der Winter erst einmal Einzug gehalten und alles mit Schnee und Frost überzogen, bleibt nurmehr Zeit für die Frühjahrsplanungen. Arbeiten im Park sind dann nicht mehr möglich.*

*Erfreulicherweise sind wir mit der Beseitigung der Sturmschäden gut vorangekommen. Bedauerlich ist, dass mir mein angeschlagener Gesundheitszustand nicht erlaubt, so viel selbst in die Hand zu nehmen wie üblich. Schuld des Alters, meint mein Arzt, was ja durchaus stimmen mag, wenngleich ich mich so alt noch gar nicht fühle und hoffe, dass mir noch recht viel Zeit auf dieser Erde beschieden sein mag, damit ich verwirklichen kann, was ich sorgsam plante.*

*Demohngeachtet erinnere ich mich, noch vor etwa zwei Jahren mit großer Freude und Kraft gemeinsam mit 130 Mann im Park gearbeitet zu haben. Nun kann ich nicht umhin einzuräumen, dass die Freude wohl gut vorhanden, die Kraft jedoch im Nachlassen begriffen ist.*

*Der einzige Vorteil, den ich im Alter erkennen kann, ist ein Rückgang der Eitelkeit. Es gibt so manches, was früher von schon beinahe lebenswichtiger Bedeutung war und nun nicht mehr notwendig erscheint. So verzichte ich par example schon seit Langem auf das zeitaufwendige Färben der Haare. Dadurch wird zwar das Gepäck geringer, doch die Kledage ist weiterhin von nämlicher Auswahl und beträchtlichem Umfang, ist man doch gezwungen, auf alle Eventualitäten gleichermaßen vorbereitet zu sein. Der Diener, der die Bagage zu tragen hat, sollte von kräftiger Konstitution sein!*

*A bientôt in Berlin.*
*Es freut mich sehr, dass Sie Zeit für ein Treffen erübrigen können.*
*Hermann Fürst von Pückler-Muskau*

## 32

Der Branitzer Lehrer saß in seinem Gefängnis und sann auf einen Plan, der diesen Zustand ändern könnte.

Die Tür schied aus.

Diejenige, die ihn in diesen Raum gestoßen hatte, war umsichtig genug gewesen, diesen Fluchtweg zu verschließen. Schlimmer noch: Nicht einmal die Klinke ließ sich mehr bewegen. Sie ruckte nicht einen Millimeter, was bedeuten musste, dass sie von außen blockiert worden war.

Die Kerze war bei dem rüden Stoß, der ihn ins Straucheln gebracht hatte, zu Boden gefallen und verloschen. Trotz aller Bemühungen konnte er sie mit den suchenden Fingern nicht wiederfinden.

Die Finsternis war mit den Augen nicht zu durchdringen.

Sie war so perfekt, als habe man ihm eine schwarze Haube über den Kopf gezogen, gleich jener, die der Scharfrichter verwendete, wenn er Delinquenten zum Schafott führte. Bunte Reflexe narrten ihn, flackerten mal hier, mal dort auf und verschwanden im körperlosen Nichts. Er wusste, sie waren nur eine Ausgeburt seines Denkens, das, der Augen Kraft beraubt, nun selbst Bilder zu produzieren versuchte.

Seine Arme als Kundschafter vor sich her wedelnd, machte Prohaska einige zögernde Schritte in den freien

Raum. So würde er wenigstens herausfinden können, wie groß dieses Verlies tatsächlich war.

Seine Finger verfingen sich in den an die Wände geschmiedeten Ketten.

Ertasteten eine Reihe von Haken, an denen seltsam geformte Werkzeuge hingen. Lange, dünne Rohre, deren Enden, zu Haken gebogen und mit Spitzen versehen, in den Raum ragten. Scheren in unterschiedlichen Schenkellängen, einige scharf mit Spitze, andere vorn abgeplattet. Dünne Nägel in einem Ledersäckchen, daneben ein Hammer und einige Zangen. Manche fühlten sich klebrig an.

Leicht hysterisch fragte sich Prohaska, ob nun das Blut eines gequälten Knaben an seinen Händen haftete.

Man hatte ihn nach Strich und Faden belogen. Gnadenlos in die Irre geführt!

Es war einfach unvorstellbar: Eine Äbtissin hatte ihm berechnend die Unwahrheit gesagt und hielt ihn nun hier fest.

Aber warum?

Das gilt es herauszufinden, beschloss der junge Lehrer, zu allererst muss ich raus!

Seine Hände schoben sich über raues, kaltes Metall.

Kein Fenster, die Tür verriegelt, niemand würde sein Rufen hören.

Nein, dachte er bitter, die, die es hören, möchte ich lieber gar nicht hier bei mir haben!

Was nun, fragte er sich mit erneut einsetzender Verzweiflung. Nur der Kutscher weiß, wohin ich gegangen bin, und sicher vergisst er es bald. Wenn ihm irgendwann zu Ohren kommt, ich sei nicht nach Branitz zurückgekehrt, wird ihm unsere Begegnung längst entfallen sein.

»Ach, Hedwig!«, seufzte er tief. »Nun wirst du Witwe schon vor unserer Hochzeit. Die Einzigen, die froh über mein Verschwinden sein werden, sind deine Eltern! Schon wenige Tage, nachdem ich als unauffindbar gelte, präsentiert dein Vater dir einen neuen Heiratskandidaten. Etwa 70 Jahre alt und so reich, dass du bis an dein eigenes Ende ausgesorgt hast!«, zischte er zum Ende immer wütender vor sich hin.

»Was haben die Schwestern nun mit mir vor? Sie werden sich doch wohl hoffentlich an das Wort der Bibel halten! Du sollst nicht töten!« Er schwieg nachdenklich. »Nonnen bringen niemanden um. Oder doch?« Prohaska war sich in diesem Punkt keineswegs mehr sicher. »Warum nicht? Weil es ein göttliches Gebot ist? Ha! Schließlich haben sie sich an ›Du sollst kein falsches Zeugnis ablegen‹ auch nicht gehalten.«

Ein Geräusch!

Er wirbelte herum.

Der Branitzer Lehrer wäre nicht im Mindesten überrascht gewesen, aus dem Hinterhalt angegriffen und mit einem giftgetränkten Pfeil zur Strecke gebracht zu werden. Doch nichts dergleichen geschah.

Eine Ratte vielleicht.

Eine von der Sorte, die nie das Tageslicht kennenlernte.

Er setzte sich auf den kalten Boden und lehnte sich mutlos an die Wand.

Seine Fantasie malte zuvorkommend Bilder eines räudigen Tieres, dünn, ausgemergelt und unglücklich, welches sich ständig an schon kahlen Stellen bis aufs Blut kratzte, dessen Augen ohne jeden Glanz in die Dunkelheit stierten, hoffnungslos gefangen. Lebendig begraben.

Doch schnell begann ein anderer Gedanke ihn zu beschäftigen.

Diese Ratte fraß womöglich die Reste derer, die es nie mehr in die Freiheit schaffen würden.

Seine Vorstellung des Tieres wandelte sich.

Eine riesige, fette Ratte mit glänzendem Fell und selig schimmernden Augen lebte hier, die ihn listig beobachtete, um herauszufinden, wann es mit ihm zu Ende ging.

»Ich bin nicht deine nächste Mahlzeit! Ich komme hier raus. Sehe die Sonne wieder. An mir wird nicht genagt!«, drohte er ins Irgendwo, denn ihm war nur allzu sehr bewusst, dass Ratten nicht in jedem Fall warteten, bis ihre Speise wirklich verstorben war.

»Sitzen im Dunkeln bekommt mir nicht«, erzählte er dem Tier. »Da fallen mir nur lauter Schauergeschichten ein. Über das Volk der Ratten zum Beispiel. Eine Nachbarin berichtete, ihr seiet in Scharen über die Wiege hergefallen, in der das Neugeborene der Tochter lag, und hättet es durch Bisse getötet. Man möchte von euch so etwas gar nicht denken, denn schließlich seid ihr ziemlich klein. Doch so manche

Katze lässt sich von einer Ratte durchaus in die Flucht schlagen. Was mich angeht, so kann ich versichern, dass ich eure Munterkeit und euren Erfindungsreichtum immer schätzte, doch was soll ich von den Ratten denken, wenn dergleichen Geschichten über ihr Treiben erzählt werden?«

Das Rascheln kam überraschend aus einer anderen Ecke des Raumes.

»Komm mir bloß nicht zu nahe!«, warnte er das unsichtbare kleine Raubtier. »Wenn ich doch wenigstens meine Kerze wiederfinden könnte.«

Prohaska stieß sich etwas von der Wand ab.

Das Sitzen war dadurch allerdings nicht mehr komfortabel.

Er fror.

Trotz der unerträglichen Anspannung spürte er die Müdigkeit bleiern in seine Glieder kriechen.

Im Schneidersitz begann er, Gedichte zu rezitieren, um ein Einschlafen zu verhindern. Vor Jahren hatte er in einem Buch gelesen, in dieser oder ähnlichen Situationen brächte der Schlaf den Tod.

Unverhofft drehte sich ein Schlüssel im Schloss.

Prohaska machte sich bereit zum Sprung.

Es galt, den richtigen Moment abzupassen und sich mit einem beherzten Satz in die Freiheit zu katapultieren.

Doch seine Kerkermeisterin schien seine Absicht zu ahnen, sie brachte sich geschickt zwischen ihm und der Freiheit in Position, bot ihm zu keinem Zeitpunkt eine Gelegenheit zu entkommen.

So blieb er still auf dem Boden sitzen, während er hörte, wie die Tür erneut verriegelt wurde.

Weicher Stoff streifte sein Gesicht, als sie an ihm vorüberging.

»Prohaska! Ich werde nun diese Kerze entzünden und ein Gespräch mit Ihnen führen, um Ihnen zu enthüllen, wozu wir diesen Raum benutzen. Bevor Sie uns verlassen, sollten Sie begreifen, was Sie hier gesehen haben. Gerüchte über unser angebliches Treiben gibt es wahrhaft genug und es bedarf nicht einer weiteren Stimme, die sie mehrt.«

Der junge Mann erhob sich steif und ungelenk.

»Hier!«

Eine weiche Wolke stürzte in sein Gesicht.

Eine Decke.

Zitternd vor Kälte, hüllte er sich darin ein.

Eine Kerze erhellte ihren winzigen Orbit.

Prohaska war dennoch dankbar für ihren Schein. Er spendete Trost und die Illusion von Wärme.

»Wo ist Julia?«, fragte er unbedacht.

»Sie schläft. Um diese Stunde liegen alle in ihren Betten. Und falls das der Hintergrund Ihrer Frage war, Julia wird wegen ihrer Vertrauensseligkeit nicht bestraft. Sie wird es lernen, ihre Geheimnisse auch als solche zu behandeln. Wir werden ein wachsames Auge auf sie haben.«

»Und dieser Junge? Was wird aus ihm?«

»Prohaska! Es ehrt Sie, dass Sie in diesem prekären Moment an den Nächsten denken. Ich jedoch bin gekommen, um mich mit Ihnen über Ihr eigenes Schicksal zu unterhalten«, wies sie ihn scharf zurecht.

Der Lehrer schluckte.

»Über mein Schicksal?«, gab er sich forsch. »Das erscheint klar. Ich kehre morgen wieder zurück nach Branitz.«

»So sicher ist das nicht!«, belehrte sie ihn kalt. »Es hängt ganz von Ihnen ab.«

Prohaska hustete.

Minutenlang sprach keiner von ihnen mehr ein Wort.

»Alles begann mit Schwester Rosa.«

Die Äbtissin begann, ruhelos auf und ab zu gehen. Der kleine Raum bot dafür allerdings nur wenig Platz und so gab sie nach einigen Runden frustriert auf.

»Rosa. Jung und fröhlich. Nonnen, müssen Sie wissen, sind wie andere Frauen von Träumen und Wünschen erfüllt. Zu jener Zeit beschäftigten wir eine größere Gruppe junger Burschen aus Görlitz, die die schweren Arbeiten übernehmen sollten. Mauern mussten errichtet, Portale gesetzt, Wege angelegt werden.« Sie seufzte leise. »Unter ihnen war einer von besonderer Art. Seine Abstammung war sorbisch, seine Haut dunkel, sein Haar lockig und schwarz, seine Augen waren von warmem Charakter, die Wimpern dicht und lang und die Hände sensibel und zartgliedrig. Er kannte sich bestens mit der Pflege der Heilkräuter aus, wusste überraschend genau um den günstigsten Zeitpunkt für Saat oder Ernte. Er war ein in allem ziemlich beeindruckender junger Mann. Schwester Rosa begann, sich in seiner Gesellschaft sehr wohlzufühlen. Irgendwann muss sie dann ihr Gelübde aus dem Gedächtnis verloren haben.«

Prohaska atmete flach.

Jedes von ihm stammende Geräusch konnte diese Beichte für immer unterbrechen.

»Rosa schämte sich. Ihres Verstoßes gegen das Gelübde wegen, ihrer Schwäche wegen, ihrer Liebe wegen – und doch kam sie gegen das Verlangen nach körperlicher Vereinigung nicht an. Sie quälte sich. Wir bemerkten ihre Appetitlosigkeit, ihre Zerstreutheit. Niemand sprach sie an. So blieb es ihr und sein Geheimnis. Schwester Rosa wurde in einen Strudel gerissen, dessen Wirkung sie sich nicht mehr entziehen konnte.«

Es entstand eine Pause.

Prohaska konnte im schwachen Kerzenlicht nicht erkennen, ob die Äbtissin um Fassung rang oder die Betroffenheit über ihre Worte bei ihrem Zuhörer überprüfen wollte.

»Eines Morgens fehlte sie beim Gebet. Während die anderen Schwestern frühstückten, ging ich sie suchen. Schwester Rosa hatte ihre Zelle an jenem Tag gar nicht verlassen. Sie erhängte sich am frühen Morgen des 23. Juli am Fensterkreuz. Es war entsetzlich.«

Sie trat an einen der Haken und hob ein ledernes Etwas vom Haken, das einer kurzen dicken Wurst mit zwei Schwänzen glich, durch deren Hülle sich Scherben herausgebohrt hatten.

»Seit jenem Tag existiert dieser Raum.«

»Zur Buße? Sie geißeln sich? Alle? Gegen die Liebe?«, sprudelten die Fragen über Prohaskas Lippen.

»Gegen das Verlangen. Gegen Eigennutz. Gegen Neid. Eine jede von uns gerät gelegentlich in eine Situation, die es erforderlich macht, einen engeren Kontakt zwischen Denken, Handeln und Seele herzustellen. Schmerz, unbändiger Schmerz, wie ihn der Sohn Gottes am Kreuz in unser aller Namen ertragen musste, Schmerz an der Grenze des Bewusstseins ist eine gute Methode, diesen Kontakt wiederherzustellen.«

Sie stellte ein Bein auf dem niedrigen hölzernen Schemel ab, der Prohaskas Aufmerksamkeit bisher entgangen war. Kehrte ihm weitgehend den Rücken zu. Schlug ihren Rock zurück.

Legte das Leder so an, dass die Glasspitzen in Richtung Fleisch zeigten.

Als sie erbarmungslos anzog, schloss der Lehrer fest die Augen, riss sie sofort wieder auf.

Doch die Nonne schrie nicht.

Das Geräusch glich eher einem tiefen, glücklichen Seufzen.

Blut quoll hervor.

Ab jetzt würde jeder ihrer Schritte einen blutigen Abdruck auf dem Steinboden und den hölzernen Dielen in den Räumen und Gängen des Klosters hinterlassen.

Prohaska wandte den Blick ab, kniff sich kraftvoll in den Oberarm.

Nein, ich träume nicht!, erkannte er, ich kann nicht einfach aufwachen und liege im Stroh neben Rasputin!

Er fuhr mit der Zunge über seine trockenen Lippen.

Räusperte sich.

»Dergleichen habe ich schon gesehen und gelegentlich kann man darüber auch lesen. Bisher jedoch ging ich davon aus, es sei nur bei Männern üblich und auch nicht generell verbreitet, sondern würde nur in einigen wenigen Klöstern praktiziert.«

»Sie sehen, Sie befanden sich im Irrtum. Frauen wenden es ebenso an. Es ist dies das einzige echte Geheimnis, das diese Mauern bergen. Indem ich es Ihnen offenbare, binde ich Sie an eine Schweigepflicht. Ich vertraue darauf, dass nie ein Wort über diesen Raum über Ihre Lippen kommt!«

Ihre Stimme klang, als sei sie über die Wiese hinter dem Kloster gerannt.

Der junge Mann wusste sehr genau, dass diese Kurzatmigkeit durch den Schmerz verursacht wurde, und konnte nicht anders, als ihre stolze Haltung und die eiserne Disziplin zu bewundern.

»Das ist mir wohl bewusst.«

»Hätte ich es nicht getan, wäre uns nur geblieben, Sie für immer gefangen zu halten oder in Kauf zu nehmen, dass man uns mehr denn je für Folterer und Mörder hält. Ich weiß, dass dies Ihr erster Gedanke war, als Sie der Werkzeuge ansichtig wurden. Es ist verständlich.«

»Jede aus Ihrer Gemeinschaft hat Zutritt zu diesem Raum? Jederzeit?«

»Wir wollten dafür Sorge tragen, dass nicht noch eine unserer Schwestern dem inneren Drängen und dem beißenden Feuer ausgeliefert ist. Wir wollten niemanden mehr verlieren!«

»Und Sie sind sicher, dass es funktioniert?«

»Der Schmerz führt dazu, dass Körper und Geist enger zusammenrücken und im Idealfall eine Einheit bilden. Gebete erreichen Ähnliches, auch Gelübde zu ewigem Schweigen. Es dauert allerdings sehr viel länger. Der Akt klärt Denken und Empfinden unmittelbar.«

»Und es ist in jedem Fall die freie Entscheidung der jeweiligen Schwester?«, fragte Prohaska nach einigem Zögern.

Von einer Sekunde auf die andere war die Feindseligkeit wieder zurück.

Kalt antwortete sie: »Es kommt vor, dass ich jemandem zu einem Besuch in diesem Raum rate. Niemals werden hier Strafaktionen durchgeführt. Ich ging davon aus, dass Sie dies nun verstanden hätten!«

»Was wurde aus dem Sorben?«

»Nach Schwester Rosas Tod wurde er von niemandem mehr gesehen.«

Prohaska seufzte unzufrieden.

Das konnte er nun glauben oder auch nicht.

»Ich werde schweigen. Wenn Sie diesen Raum zur Klärung des Denkens nutzen, ist das eine Entscheidung, die mich nichts anzugehen hat. Sollte ich jedoch jemals hören, es habe geheimnisvolles Verschwinden in dieser Gegend gegeben, vertraue ich mich der Obrigkeit an.«

Sie nickte.

Verließ den Raum mit stolz erhobenem Kopf und vergewisserte sich nicht einmal, dass Prohaska ihr folgte.

## 33

ANDREAS FIEL EINFACH um.

Ohne jede Vorwarnung.

Jonathan, der ein paar Schritte voraus war, flitzte eilig zurück, als er das laute Krachen der Äste und dürren Zweige hinter sich hörte.

»Andreas! Was ist denn nur?« Verzweifelt rüttelte er an den Schultern des Bruders, konnte ihm aber keinerlei Reaktion entlocken.

»Andreas! Du kannst mich doch nicht allein lassen! Was soll denn werden?«, schluchzte der Kleine und Tränen stürzten über seine Wangen.

Er spürte die Hitze.

»Du bist ganz heiß.«

Tapfer sagte Jonathan: »Wenn du zu Mama ziehst, dann nimm mich wenigstens mit! Ohne dich gibt es niemanden mehr auf der ganzen Welt, bei dem ich bleiben möchte! Und du hast versprochen, dass du mich nie allein lässt! Nimm mich mit!«, flehte er bald leiser und ohne Hoffnung.

Er bettete Andreas' Kopf auf seinen Schoß, streichelte dessen Wangen und wartete, nicht zuletzt, weil er nicht wusste, was er sonst hätte tun sollen.

Gunther hatte also doch noch gewonnen.

Nicht, dass Jonathan zu erklären gewusst hätte, warum der Stiefvater sie beide so sehr hasste, doch dass er ihren Tod wollte, hatte er begriffen. Sie beide würden hier sterben. Unbemerkt.

Irma, dachte er müde, Irma wird auf unsere Rückkehr warten, vielleicht weinen, wenn wir so lange ausbleiben, und irgendwann sind wir nur noch Erinnerung.

Wie fühlt sich das Sterben wohl an, spürt man, wenn der Tod kommt, wird plötzlich alles schwarz oder bekommt man schreckliche Krämpfe, weil der Mensch sich ans Leben klammert? Mama, wusste er plötzlich, wird dafür sorgen, dass ich nichts davon merke.

Er konnte nicht sagen, wie lang er bewegungslos dort gesessen hatte, doch plötzlich hörte er deutlich Schritte, die sich näherten.

Gunther?

»Lieber Gott«, betete er flüsternd, »mach, dass es nicht Gunther ist. Du wirst uns nicht ausgerechnet jetzt an ihn ausliefern, wo wir schwach und wehrlos sind! Bitte nicht!«

Er hielt den Atem an.

Ein Bär?

Der wird uns bei lebendigem Leib in Stücke reißen, zischte ihm die Angst zu und er wimmerte leise.

»Was ist euch beiden denn zugestoßen?«, fragte eine freundliche, sonore Stimme direkt hinter Jonathan, und der Junge schrie erschrocken auf. Er hatte nicht geahnt, dass die Schritte inzwischen so nah herangekommen waren.

»Na, na. Vor mir brauchst du dich nicht zu fürchten«, ein dicker Finger zeigte auf Andreas. »Was ist mit ihm?«

»Ich weiß es nicht«, schluchzte der Kleine. »Er ist ganz plötzlich umgefallen. Und sein Kopf ist ganz heiß.«

Der Fremde ging neben ihnen in die Hocke und legte seine fleischige Pranke auf Andreas' Stirn. »Stimmt, er hat hohes Fieber. Das Beste wird sein, ich nehme euch mit zu mir.«

Jonathan konnte seine Erleichterung darüber, dass sich nun jemand um sie kümmern würde, kaum verbergen. Froh, nun doch nicht sterben zu müssen, hob er den Kopf seines Bruders an und schwang die Beine hervor. Rappelte sich auf.

Stürzte.

Saß verdutzt auf dem Boden, unfähig, die Beine belasten zu können.

»Hoppla!«, lachte der große, schwere Mann. »Du hast wohl schon ziemlich lang hier gesessen.«

Jonathan ließ zu, dass der Fremde seine Beine kräftig rieb, um die Zirkulation des Blutes wieder in Gang zu bringen. Kaum spürte er das unangenehme Kribbeln, das anzeigte, das Leben sei in seinen Körper zurückgekehrt, sprang er auf.

»Kannst du euer Bündel tragen? Ich nehme deinen Bruder. So kommen wir gut voran«, erklärte der Mann, der ganz in Schwarz gekleidet war. »Hast du auch einen Namen?«

»Jonathan. Und mein Bruder heißt Andreas.«

»Ich bin Vater Felix«, gab der Fremde nun auch seinen preis.

»Aber zu Ihnen wollten wir ja!«, platzte der Kleine heraus. »Andreas hat gesagt, wir gehen zur Zuflucht von Vater Felix, der wird uns helfen. Wir kannten den Weg aber nicht genau.«

»So haben wir uns durch die helfende Hand des Herrn in der Stunde eurer größten Not gefunden. Komm!«

Vater Felix hob Andreas auf seine Arme, als sei er ein Leichtgewicht.

Als sie nach einer Weile wieder auf den Flusslauf trafen, legte der Fremde Andreas ab, zog ein Taschentuch aus seiner Jacke, benetzte es und legte es dem Jungen auf die Stirn.

»Jonathan, erzähl mir ein bisschen von euch!«

»Unsere Mutter ist gestorben. Wir mussten vor Gunther fliehen, weil er uns töten will«, begann der Junge, schwieg dann einen langen Atemzug lang. Tieftraurig setzte er hinzu: »Und nun wird auch Andreas sterben. Genau wie unsere kleine Schwester.«

»Aber nein. Das wird er hoffentlich nicht. Wir pflegen ihn gesund«, beruhigte ihn Vater Felix. »Eure Mutter ist tot. Wie furchtbar traurig für euch.«

Mehr bedurfte es nicht, um Jonathans Zunge zu lösen.

Als er alles berichtet hatte, meinte der Mann mitfühlend: »Da habt ihr in den letzten Tagen eine Menge erleben und erdulden müssen. Erst bringen wir Andreas wieder auf die Beine. Danach wird sich alles Weitere schon finden.«

Dunkle Wolken zogen am Himmel auf.

»Da zieht ein Unwetter heran. Lege dein Schicksal getrost in die Hände des Herrn und folge mir!«
Jonathan tat, wie ihm geheißen
Er hatte schließlich keine andere Wahl.

»Ist es noch weit?«, erkundigte er sich eher aus Gewohnheit denn aus echtem Interesse.
»Nein. Etwa eine Stunde von hier entfernt finden wir eine Hütte, in der wir rasten können. Danach ist es nur noch ein kurzes Stück.«
Eine Stunde Fußmarsch. Der Gedanke gefiel Jonathan überhaupt nicht, er spürte jedoch, dass nun nicht der richtige Moment war, darüber zu lamentieren. Vater Felix schritt trotz seiner Last zügig aus und der Kleine bemühte sich klaglos, nach besten Kräften mit ihm Schritt zu halten.

Als sie endlich die schützende Hütte erreicht hatten, waren sie bereits vollkommen durchnässt.
Jonathans Zähne schlugen wild aufeinander und er zitterte so stark vor Kälte, dass es ihm weh tat.
Vater Felix rieb Andreas mit einem Jumper aus dem Bündel trocken, zog ihm das nasse Hemd aus und ein trockeneres an, denn auch die verschnürten Kleider waren durch den Regen feucht geworden. Die Freude war groß, als der Kranke plötzlich die Augen aufschlug und um sich blickte. Sein Atem ging schnell, hektisch suchte er seine Umgebung ab. Erst als er Jonathans Hand in der seinen spürte, beruhigte er sich und schloss seufzend die Lider.

»Dein Bruder liebt dich sehr«, stellte der Fremde fest und schien sich darüber zu freuen.

»Wir haben jetzt nur noch uns.«

»Andreas schläft jetzt. Wir werden warten, bis das Unwetter vorbei ist. Dann brechen wir auf.«

Jonathan hörte ihn nicht mehr.

Dicht an seinen Bruder geschmiegt, war er vor Erschöpfung eingenickt.

»Arme Seelen«, murmelte Vater Felix gerührt und segnete die Geschwister.

Kurz vor Einbruch der Dunkelheit erreichten sie die Zuflucht.

Jonathan, der noch nie so viele Jungen an einem Ort gesehen hatte, versuchte, sich hinter Vater Felix' Bein zu verbergen. Unheimlich waren die gierigen Blicke, die ihn abschätzend musterten, die Geräusche der anderen, die an das Knurren gefährlicher Hunde gemahnten, der Geruch, der über dem Raum lag wie eine giftige Wolke.

Und hier, zwischen all den anderen, sollen wir nun leben?, fragte er sich und kam sich einsam und verloren vor.

Ängstlich starrte er die großen Kerle an, die aussahen, als könnten sie ein ausgewachsenes Schwein mit bloßen Händen erwürgen.

»Diese beiden werden bleiben«, informierte der Seelsorger seine Schützlinge. »Der Ältere, der dort in der Nische liegt, ist krank. Er ist also im Augenblick nicht einsetzbar – aber keine Sorge! Die Rationen für die beiden stelle ich! Niemand muss befürchten, plötzlich weniger zu essen auf seinem Teller zu finden. Für euch alle gilt: Finger weg von dem Kurzen und dessen Bruder. Matthias, du wirst Jonathan erklären, wie wir hier leben, und der Stubenälteste ist mir verantwortlich dafür, dass alles zur Zufriedenheit des Herrn abläuft! Du wachst darüber – habe ich mich klar und deutlich ausgedrückt?«

Klaus nickte.

Die Gruppe murrte.

Es dauerte nicht lang und die 13 fügten sich in das Unvermeidliche. Vater Felix' Wort galt. Hatte Gesetzeskraft. Niemand, der in der Zuflucht Unterkunft gefunden hatte, wagte ernsthaft zu widersprechen.

So saß Jonathan nur wenig später zwischen dem Stubenältesten und Matthias, der kaum älter sein konnte als er selbst, stocherte ohne Appetit in seiner Erbsensuppe herum, schob den Löffel lustlos von einem Rand zum anderen und kämpfte gegen die Tränen an.

»Na, Kleiner, du hast wohl keinen Hunger?«
»Nein.«

Ohne viel Federlesen griff Karl über den Tisch und angelte sich den Teller.

»Soll dein Schaden nicht sein«, versprach der große Kerl mit vollem Mund.

Mit atemlosem Staunen beobachtete Jonathan, in welcher Geschwindigkeit sich der Speisesaal in einen Schlafraum verwandelte. Jemand drückte ihm zwei Decken in den Arm.

»Na los! Leg dich hin!«

Rasch trollte er sich in die Ecke zu Andreas, kuschelte sich an den großen Bruder, rollte sich zu einer Kugel zusammen, wie Katzen es auch gern tun.

Andreas bewegte sich im Schlaf.

Vater Felix hatte die eitrige Wunde am Bein ausgewaschen und mit einer stinkenden grünen Paste bestrichen, bevor er einen neuen Verband anlegte. Danach hatte er dem Fiebernden vorsichtig mit einem Löffel Tee eingeflößt.

»Er wird sich erholen. Mach dir keine Sorgen. Dein Bruder ist stark.«

An diese Worte klammerte sich Jonathan nun, als die Nacht in die Hütte zog.

Der Schlaf wollte sich dennoch nicht einstellen. Ängstlich lauschte er auf die unruhigen Atemzüge des Verletzten.

Er merkte undeutlich, dass Matthias seine Decken neben ihm zurechtlegte.

Jonathan begann lautlos zu weinen.

Keiner der anderen sollte es hören.

Einzig Matthias spürte das Beben des Körpers gegen seinen.

»Vater Felix hat gesagt, er wird wieder gesund.«

»Wenn ich ihn auch noch verliere, habe ich niemanden mehr auf der ganzen Welt«, flüsterte Jonathan erstickt. »Dann bin ich völlig allein.«

»So wie ich«, erklärte Matthias. »Ehrlich, ihr solltet hier nicht bleiben. Zieht rasch weiter, sobald es geht! Brecht auf, wenn alle zur Arbeit fort sind, und kehrt nicht zurück.«

»Aber ...«

»Dies ist ein böser Ort!«, wisperte der andere eindringlich. »Es ist besser zu gehen denn zu bleiben!«

»Warum? Vater Felix hat uns gerettet.«

»Hier verschwinden Kinder!«

»Verschwinden?«

»Sie sind plötzlich weg und werden nie mehr wieder gesehen!«

## 34

Hildegard sah in den Regen hinaus.

Sie konnte sich eines unguten Gefühls nicht erwehren.

»Salome, meine Schöne, denkst du, wir sind diesmal zu weit gegangen? Es war solch eine Unruhe im Wald letzte Nacht. Das lässt nichts Gutes ahnen.«

Salome schlug gereizt nach einem Stück Eichhörnchenschwanz. Sie konnte Regen nicht ausstehen, reagierte überhaupt übellaunig, wenn nicht die Sonne schien.

»Es war nicht klug, die beiden sich selbst zu überlassen. Hätte ich sie begleitet, wüsste ich jetzt, was passiert ist. Zu viel Tee? Ich war zu großzügig damit. Du weißt ja, unangenehme und unerwünschte Wirkungen können den beabsichtigten Effekt durchaus begleiten. Heute in der Früh habe ich Gespräche belauscht. Man sagt, Ulrike leide an schrecklichen Kopfschmerzen. Mag sein, mag sein!«

Salome sprang elastisch aufs Bett und begann dort ausgiebig ihre Morgentoilette.

»Angezogen haben sie sich wohl wieder. Also war die Wirkung des Tees nicht so stark, sie das vergessen zu lassen. Verwirrt seien beide gewesen. Nun, das ist sicher nach einer ruhigen Nacht wieder vorbei.«

Die Heilerin griff nach einer Holzschatulle und öffnete sie mit einem Schlüssel, den sie unter den vielen Schichten ihrer Oberbekleidung hervorwühlte.

Der Deckel sprang auf.

Geld. Viel Geld.

Glücklich strichen ihre Klauenfinger über den Reichtum, der ihr schon bald ein sorgenfreies Alter bescheren sollte.

An die Branitzer dachte sie schon bald nicht mehr. Ein Fehler.

Hildegard hätte sich vielleicht Sorgen machen sollen.

Denn das letzte Hemd hat keine Taschen.

Ulrike stützte den Kopf in beide Hände und stöhnte leise.

»So schlimm?«

»Das kommt bestimmt von Hildegards Tee!«

Anna stellte sich hinter die Freundin und begann sanft, deren Schultern zu massieren. »Bei Julius hilft das auch immer«, erklärte sie dabei.

»Sag mal«, begann Ulrike tastend, »kannst du dich an irgendetwas erinnern? Wir müssen doch etwas getan haben, nachdem wir unsere Kleider abgelegt hatten!«

»Nun, Hildegard wollte, dass wir schweigend in unterschiedlichen Richtungen am Rand der Lichtung entlanggehen. Das werden wir wohl auch beherzigt haben.«

»Nur gut, dass die Wirkung so schnell verflog«, murmelte Ulrike. »Hast du ihn gesehen?«, stellte sie dann endlich eine ihrer drängendsten Fragen.

»Ich kann mich nicht erinnern. Du?«

Zum Glück konnte Ulrike das Gesicht der Freundin

nicht sehen, da diese hinter ihr stand. Sonst wäre ihr nämlich die tiefe Schamesröte aufgefallen, die Annas Gesicht komplett bis zum Haaransatz überzog.

»Nun gut. Wir haben es wenigstens probiert und müssen uns später nicht vorwerfen, etwas versäumt zu haben.«

»Eine gehörige Portion Abenteuer war auch im Spiel«, freute sich Anna. »Das hat mir wohl schon lange gefehlt. Ich fühle mich richtig verwegen!«

Ulrike seufzte erneut.

»Schade nur, dass wir uns des Abenteuers nicht erinnern können. Da sind wir schon mal so richtig mutig und am Ende wissen wir kaum etwas davon.«

»Der Lehrer ist weg!«, wusste Wilhelm zu berichten, als er in die Backstube stürmte. »Der muss gestern vor Anbruch des Tages aufgebrochen sein. Man munkelt, er sei dem Mörder auf der Spur!«

»Zum Glück sind dann jetzt zwei auf seiner Fährte. Einer von ihnen wird ihn gewiss am Schlafittchen zu packen kriegen.« Der Bäcker strömte Zuversicht aus.

Wilhelm war eher skeptisch.

»Der Renck gewiss nicht«, behauptete er trotzig. »Dieser Geck. Dieser Einfaltspinsel!«, ereiferte er sich dann.

»Nur die Ruhe!«, mahnte Meister Julius. »Du willst doch die Hefe nicht erschrecken! Dann geht der Teig womöglich nicht auf.«

»Hoffentlich kommt er heute nicht wieder nach Branitz!«

»Mir wurde berichtet, er sei zu der Auffassung gelangt, der Junge stamme aus der Stadt.«

»Und der Mörder?«

»Wer weiß, Wilhelm? Der vielleicht auch!«

»Sommerfeld erzählt überall, Renck vermute den Mörder im Schloss! Wenn man ihm zuhört, klingt es so, als seien auch der Fürst und er selbst unter Verdacht geraten.«

Sie kneteten schweigend nebeneinander.

Warteten stumm auf das, was dieser Tag an Überraschungen bringen würde.

»Wenn da mal nicht die Hildegard ihre bösen Finger im Spiel hat!«, polterte der Bäckermeister plötzlich laut durch die Backstube. »Diesem Weib sollte man ein für alle Mal das Handwerk legen!«

Wilhelm zog den Kopf zwischen die Schultern und warf seinem Meister einen fragenden Blick zu, traute sich jedoch nicht, ihn nach Anna zu fragen.

Als der Bäcker nach diesem überraschenden Ausbruch ruhig den Sauerteig für das Ende der Woche ansetzte, beschloss der Junge, ihm auch nichts von dem zu erzählen, was im Dorf schon die Spatzen von den Dächern pfiffen.

Anna und Ulrike, tuschelte man sich hinter vorgehaltener Hand zu, waren nach dem Brand umherirrend im Wald entdeckt worden. Zwei Hirten, die nach versprengten Schafen suchten, stießen auf die beiden Frauen, die am Rande einer kleinen Lichtung kopflos nach dem richtigen Heimweg suchten. Auf Befragen konnten sie keinerlei Auskunft darüber geben, was sie um diese Stunde im Wald gewollt hatten. Ihre Kleidung war derangiert und sie stanken wie Hunde, die sich in altem Aas gewälzt hatten. Die Hirten führten die Frauen ins Dorf zurück. Kaum jemand nahm Notiz davon, die meisten Männer waren noch mit den Löscharbeiten beschäftigt und so fanden Bäcker und Schneider bei ihrer Heimkehr frisch gewaschene Frauen vor – allerdings in erbärmlichem Zustand.

Während Ulrike noch immer schwach und blass war, erholte sich Anna erstaunlich schnell und stand früh am Morgen schon hinter der Theke, um Brot zu verkaufen.

»Julius!«, flötete sie in diesem Augenblick. »Julius, die Brote gehen aus!«

Sie lächelte schelmisch hinter der Tür hervor, die Wangen gerötet und mit neuem Funkeln in den Augen. Mit einer anmutigen Bewegung rückte sie die Haube zurecht, die vorwitzig schräg über dem linken Ohr hing. Der Bäcker musste einräumen, dass, egal was in jener Nacht geschehen war, es seiner Frau keinesfalls geschadet hatte. Im Gegenteil. Es hatte ihr gutgetan.

Hildegard!, dachte er zornig. Sie und ihr Tee waren das Letzte, an das sich die Frauen noch erinnern konnten. Über alles Weitere breitete sich die Schwärze des Vergessens aus. Was da hätte passieren können!

Hildegard! Nachts konnte es schon verflixt kalt werden. Zwei Frauen ganz allein mitten in der Dunkelheit, zwischen wilden Tieren, bedroht vom Tod durch Erfrieren. Hätten die beiden nicht mit viel Glück ins Dorf zurückgefunden ... Er schüttelte den schrecklichen Gedanken schnell wieder ab. Er hatte längst beschlossen, nicht weiter in sie zu dringen, um mehr über das nächtliche Erlebnis zu erfahren. Sollte sie sich je erinnern, würde sie ihm ganz sicher alles berichten.

Die Nähe zum Abenteuer hatte seine Frau zum Strahlen gebracht.

Anders konnte er es nicht bezeichnen.

Ihr Gang war leichter, ihre Augen sprühten lustige Blitze, sie hielt sich aufrecht und selbst das Schwanken schien abgenommen zu haben.

Wenn das so bliebe, wollte er sich glücklich schätzen. Denn neben all den anderen positiven Veränderungen war eine die wichtigste: Anna hatte ihr Lachen wiedergefunden!

Heute hatte er es gar schon vernommen, als er beim ersten Hahnenschrei in die Backstube ging. Glockenhell klang es, wie damals, als er ihr noch den Hof machte.

Viel zu lange war es nicht mehr zu hören gewesen!

»Ich wüsste gern, was dieser Renck in Cottbus so tut«, unterbrach Wilhelm seine Gedanken und brachte sie wieder auf das Geschehen im Park zurück.

## 35

HINNERK RENCK WAR zu seiner nicht geringen Verwunderung vom Schlaf erquickt aufgewacht.

Zunächst empfand er nur ungläubiges Erstaunen darüber, dem Tod noch einmal entkommen zu sein, doch nach dem Ankleiden, er wählte für diesen Tag ein rotes Wams und einen kräftig apfelgrünen Schal, schrieb er es eher seiner ausgezeichneten Konstitution als göttlicher Aufmerksamkeit zu, dass der Sensenmann bei ihm nicht zum Zuge gekommen war.

»Pech für den Schnitter!«, freute er sich, lauschte in sich hinein und fand seine Eingeweide in gewohnter Ordnung und Ausgeglichenheit.

»Es wird doch gewiss in Cottbus eine Conditorei geben«, murmelte er seinem Spiegelbild zu, als er mit schwungvoller Geste den Scheitel zog. »Dort erfährt man das meiste an Klatsch und Tratsch. Dort wird man mir alles, was ich zu wissen begehre, freimütig berichten. Fast ohne mein Zutun!«

Wenige Minuten später, noch vor dem Frühstück, war er davon überzeugt, heute einen Glückstag zu haben.

»Aber selbstverständlich gibt es eine Conditorei in der Stadt! Die ist sogar weit über Cottbus hinaus berühmt für ihren Baumkuchen! Kunden scheuen auch lange Anfahrten nicht, nur um in den Genuss dieses besonderen Gebäcks zu kommen«, erklärte seine Wirtin und wies ihm den Weg. »Conditorei Buchwald. Sandow. Ist ganz leicht zu finden, Sie müssen nur ...«

Selbst um diese Stunde herrschte schon rege Betriebsamkeit auf den Straßen der Stadt. In der Nacht hatte es offensichtlich kräftig geregnet und Renck sah sich genötigt, mehr als einmal beiseite zu springen, um nicht vom Wasser getroffen zu werden, welches von den Rädern der Kutschen aus den tiefen Pfützen zu allen Seiten aufgespritzt wurde. Klappernde Hufe, laute Stimmen, Lieferanten fluchten über Kutscher, die ihre Wagen so unglücklich abgestellt hatten, dass sie mit ihren Waren nicht passieren konnten. Sie schimpften wortgewaltig, rotteten sich zu mehreren zusammen, polterten und erreichten doch oft nicht das Geringste. Mussten warten, bis der Besitzer sich wieder einfand und seinen Wagen zur Seite fuhr.

Geläute ohne Unterlass warnte Fußgänger oder grüßte Bekannte, die auf dem Trottoir unterwegs waren, um in ihre Fabriken oder Büros zu kommen.

Gestern noch wären Lärm, Dreck und Fülle dem Ermittler unangenehm und lästig gewesen. Heute jedoch, in seinem zweiten, ihm von einem gnädigen Schicksal geschenkten Leben war er fast glücklich, all dem begegnen zu dürfen.

»Der Fürst wird ziemlich überrascht sein, mich bei bester Gesundheit zu sehen«, nahm er seine Angewohnheit, Selbstgespräche zu führen, wieder auf. »Und sein Geheimsekretär ebenfalls. So leicht ist Hinnerk Renck nicht unterzukriegen! Ihr habt mich unterschätzt.«

Er fragte noch zweimal nach dem Weg.

Gespanne auf der Straße verrieten, dass diese Conditorei sich tatsächlich großer Beliebtheit erfreute.

Renck stieß die Tür auf.

Stellte sich wohlerzogen am Ende der langen Schlange an und wartete auf seine Gelegenheit.

In der Reihe von Kunden standen viele ältere Damen, die ihre Lieben zum Dessert oder Nachmittagstee mit einem delikaten Extra verwöhnen wollten. Neben dem berühmten Baumkuchen bot man hier auch kunstvolle Torten und Sahnestücke an.

Renck lauschte auf die Gespräche, ließ galant zwei Damen den Vortritt und gab sich den Anschein, fasziniert die süßen Verführungen zu betrachten und um eine Entscheidung zu ringen.

Bald schon hatte er Glück.

Vor ihm standen Mutter und Tochter.

Die Tochter hatte das Pech, ihrer Mutter fast aufs Haar zu gleichen. Sie machte eine sauertöpfische Miene und legte ihre vor der Brust gekreuzten Arme auf dem Bauch ab. Ihre Mutter, von matronenhafter Statur, warf ihr missbilligende Blicke zu. Die breiten Krempen ihrer dunklen Hüte berührten sich beinahe, wenn sie sich gegenseitig etwas zuflüsterten. Beide trugen das Haar zu strengen Knoten gezurrt, während das der Mutter schon grau war, schimmerten in dem der Tochter noch Goldtöne mit. Das harte Gesicht der Jüngeren, mit dem schnippischen Zug um den Mund und den kalten grauen Augen, würde jedermann davon abhalten, sie anzusprechen, und legte Zeugnis ab von herben Schicksalsschlägen, während das runde der Mutter trotz der gleichen Züge doch wesentlich weicher und freundlicher wirkte.

Renck schob sich etwas näher an die beiden heran.

Nachdem sie ihre Tortenwahl getroffen hatten, wandten sie sich den aufregenden Themen der letzten Tage zu.

Der Tote im Park.

»Erdrosselt. Ist das nicht entsetzlich? Stell dir nur vor, wie es sich anfühlen muss, wenn dir jemand eisern den Atem abschnürt!«

»Eigenartig, dass niemand ihn kannte«, antwortete die Tochter unangenehm schrill. »Er kann schließlich nicht vom Himmel gefallen sein! Da lügt doch jemand!«

»Meinst du wirklich?«, fragte die Mutter pikiert zurück. »Dann hat dieser Jemand die Polizei belogen!«

»Mutter, wenn man einen anderen Menschen getötet hat, geht man damit schwerlich hausieren. Das ist wahrlich nichts zum Rumerzählen!«

»Da magst du recht haben«, räumte die Ältere ein. »Musst du denn so laut sprechen?«, zischte sie dann vorwurfsvoll. »Die Leute drehen sich schon nach uns um. Es muss ja nicht jeder wissen, mit welch unappetitlichen Themen du dich so gern beschäftigst.«

Dies war genau der richtige Moment, entschied Renck.

»Entschuldigen Sie die Dreistigkeit meiner Einmischung, ich konnte nicht umhin, Ihre Unterhaltung wider Willen zu belauschen«, begann er gespreizt und beobachtete amüsiert den Seitenblick, mit dem die Mutter ihre Tochter bedachte. »Siehst du!«, lag eindeutig darin. »Meiner Meinung nach ist es wichtig, über all diese Dinge zu sprechen. Denn nur dann erfährt auch die Polizei von diesen Vorkommnissen und die Gesellschaft erhält die Möglichkeit, sich von solchem Verhalten abzugrenzen. Nur so spüren diese schändlichen Individuen, wie sehr ihr Handeln geächtet wird.«

»Genau«, pflichtete ihm die Jüngere bei. »Wenn alle schweigen, nennt man das Dulden.«

»Nein, so weit würde ich nun wirklich nicht gehen«, widersprach die Mutter. »Nicht alles, was ich nicht thematisiere, billige ich auch. Das zu unterstellen, wäre boshaft.«

»Eine Gemeinschaft kann nur friedlich existieren, wenn sich alle an Regeln halten, Verstöße bekannt und geahndet werden. Sehen Sie, ich arbeite für die Polizei und weiß: Regeln, die nicht kontrolliert werden, sind ohne jeden Sinn.«

»Das ist wie in der Erziehung«, steuerte die Ältere bei und maß ihre Tochter mit einem kritischen Blick.

»Ja, Mutter«, seufzte diese nur.

»Am besten ist, man sorgt gleich dafür, dass die Polizei von besonderen Vorkommnissen erfährt. Wie soll sie sonst erfolgreich nach jemandem suchen, der zum Beispiel verschwunden ist?«

»Immer hilft das auch nicht«, entgegnete die Jüngere spitz. »Vom Verschwinden Balthasars Tochter hat die Polizei sehr schnell erfahren und doch ist Therese bis heute nicht gefunden worden.«

»Balthasar?«

»Balthasar Bode, der Metzger am Markt. Seine Therese ist schon seit fast zwei Jahren nicht mehr nach Hause gekommen und niemand hat das arme Mädchen je wieder gesehen.«

»Eine furchtbare Tragödie. Therese war so ein hübsches Kind. Schon als Säugling sah sie aus wie ein Engel. Der arme Balthasar. Erst ist ihm die Frau bei einem Kutschenunglück gestorben. Ertrunken im Fluss, nachdem das Gespann einfach umkippte. Therese wurde wie durch ein Wunder gerettet. Da war die Kleine gerade vier Jahre alt. Danach war er ein gebrochener Mann«, seufzte die Mutter theatralisch.

»Er hat auch nie wieder geheiratet. Therese wurde zum Wichtigsten in seinem Leben.«

»Er hat sich rührend um das Kind gekümmert. Drei Tage vor ihrem 16. Geburtstag ist sie plötzlich verschwunden. Balthasar war verzweifelt, hat monatelang nach ihr gesucht. Die Polizei auch. Aber Therese wurde nicht gefunden.«

»Ach, das Gerede habe ich noch heute im Ohr«, mischte sich überraschend ein älterer Herr in das Gespräch ein, der hinter Renck anstand. »Wahrscheinlich ist das unerfahrene Ding mit einem jungen Mann durchgebrannt. Man erzählte, sie habe ihr Herz an einen jungen Schreiner verschenkt. Der Metzger war mit dieser Wahl allerdings nicht einverstanden. Er verbot der Tochter kurzerhand den Umgang.«

»Stimmt!«, erinnerte sich auch die Mutter wieder. »Das war mir gänzlich entfallen! Ach, wie hieß der Kerl denn noch? Na! Ach ja, Clemens! Ein gutaussehender Bursche, kann ich Ihnen sagen. Aber Balthasar schwebte für seine Therese eine bessere Partie vor.«

»Wenn die beiden wirklich miteinander weggelaufen sind, wünsche ich ihnen alles Glück der Welt«, ließ sich nun die Jüngere empathisch vernehmen.

»Du und deine schwülstige Romantik! Eine gute Ehe hat nichts mit Liebe zu tun!«

»Der junge Schreiner ist demnach auch verschollen?«, hakte Renck schnell nach, bevor das Gespräch eine völlig andere Richtung einschlagen konnte.

»Nicht sofort. Er hat sich, meines Wissens nach, noch an der Suche beteiligt. Kurze Zeit später zog er weiter«, wusste der ältere Herr.

»Der bedauernswerte Balthasar. Er hat immer gehofft. Doch seine Therese hat sich nie gemeldet. Keine Nachricht, nichts, das ihn hätte beruhigen können. Er wartet wohl noch immer auf ein Lebenszeichen.«

Renck klopfte mit der flachen Hand seinen Gehrock ab.

»Ach herrje!«, rief er bestürzt aus und machte ein zerknirschtes Gesicht. »Jetzt stehe ich hier und habe nicht einmal meine Börse dabei! Natürlich, da fällt es mir ein. Die liegt zu Hause auf der Garderobe!« Er lüftete artig seinen Hut, wünschte allen einen Guten Tag und brach hastig auf.

Die Metzgerei Bode am Markt würde sich ja sicher ohne Schwierigkeiten finden lassen.

Er wandte seine Schritte der Innenstadt zu.

Erreichte nach strammem Fußmarsch schon bald den

imposanten Marktplatz. Herrenhäuser mit geschwungenen Giebeln säumten das Carré, einige mit Schleppgauben, die immer wirkten, als habe das Gebäude müde die Augen schon fast geschlossen. Bunt verputzt, mit weißen Faschen, machten sie allesamt einen freundlichen Eindruck.

Dominiert wurde der Platz vom Rathaus der Stadt.

Die Metzgerei war über Mittag geschlossen.

Renck fluchte unbeherrscht.

Hörte jedoch damit auf, als er bemerkte, dass er die Aufmerksamkeit der Vorübereilenden erregte.

Ein Blick auf die Uhr der Oberkirche zeigte, dass er nun etwas mehr als eine Stunde Zeit hatte.

»Es wird ja wohl ein gutes Wirtshaus geben. Der Fraß, den man mir in der Dorfschänke jeden Tag vorsetzt, ist mit Leichtigkeit zu übertreffen.«


Minnie Balgus trat ins Treppenhaus.

Die üppige junge Witwe schepperte den metallenen Eimer auf die Stiege und schleuderte den Wischlappen in die Seifenlauge.

Sie hatte mit großer Sorgfalt ihre dunklen Locken gebändigt und nach hinten gebürstet. Ein bunter Schal hielt sie nun dort im Zaum. Mit drei, vier schnellen Handgriffen raffte sie den Rock ihres Kleides an der Seite so weit hoch, wobei sie den Stoff unter das Band der Schürze stopfte, dass er genug ihrer wohlgeformten Beine entblößte, um Männerfantasien auszulösen. Das Oberteil schnürte ihren Brustkorb bis an die Grenze des Erträglichen zusammen und der tiefe Ausschnitt erlaubte es, ihre beeindruckende Oberweite richtig zur Geltung zu bringen.

Sie stand auf der Stufe und wartete.

Gerade als sie dachte, nun würde sie wohl oder übel doch mit dem Wischen beginnen müssen, hörte sie das erlösende Geräusch.

Das ersehnte Klappern der Hintertür.

Balthasar trat auf den Innenhof.

Fasziniert beobachtete sie das Ausbeulen des Stoffes am Oberarm, wenn der Metzger seinen Bizeps spannte. Ein wohliges Seufzen entrang sich ihrer Brust und Minnies dunkle Augen folgten liebevoll jeder seiner Bewegungen.

Sir riss sich von diesem Anblick los, lief eilig in ihre Wohnung zurück. Erschien nur Momente später mit einem Teller wieder im Treppenhaus.

Vorsichtig balancierte sie die beiden Kuchenstücke, die darauf lagen, die Stufen hinunter.

»Oh! Hallo, Balthasar«, begrüßte sie den Mann, tat überrascht.

»Ach, welch köstlicher Anblick!«, entgegnete der Metzger, dessen Augen zu verstehen gaben, er habe nicht nur den Kuchen damit gemeint.

Minnie errötete pflichtschuldig. Sie wusste sehr genau, was von einer Frau in solch einer Situation erwartet wurde. »Wolltest du gerade Mittag machen?«

»Ja.« Balthasar zwinkerte ihr schelmisch zu. »Das Fleisch, das ich heute noch verkaufen kann, ist portioniert. Das Blut kocht im Kessel und wird sich nachher in Blut-und Grützwurst verwandeln. So kommt auch ein Metzger mal zu seiner wohlverdienten Ruhe!«

Er lachte laut, doch Minnie empfand seine tiefe Traurigkeit, die er dadurch zu überspielen suchte.

»Ich kann mir vorstellen, wie schwer es im Moment für dich ist«, seufzte sie und ihr Busen wogte ihm entgegen.

Die junge Witwe schob ihr ausladendes Gesäß auf eine Holzbank, die im Hof stand. Zögernd nahm Bode neben ihr Platz. Minnie hob den Kuchenteller direkt unter seine Nase.

»Probier mal! Der Schokoladenkuchen ist diesmal besonders gut gelungen! Ich habe bei dem hier keine Kirsch-, sondern Aprikosenmarmelade zwischen die Teigplatten gestrichen. Ist mal was anderes.«

Balthasar griff zu, biss ein kräftiges Stück ab, seufzte mit seligem Gesichtsausdruck.

»Wirklich! Du hast dich selbst übertroffen. Du wärest eine gute Conditorin geworden«, lobte er mit vollem Mund und bemühte sich, den widerlich matschigen und klebrigen Kuchen hinunterzuwürgen. Er konnte Aprikosenmarmelade beim Teufel nicht ausstehen! Mit Minnie verderben durfte er es sich aber auf keinen Fall. Ihre einflussreichen Freunde in der Stadtverwaltung konnten ihm durchaus gewaltige Schwierigkeiten machen. Eventuell würden sie ihn nie zum Ehrenbürger ernennen, ein Titel, mit dem sich Bode ganz besonders gern geschmückt hätte. Balthasar Bode, sein Name stünde so für alle Zeiten in einer Reihe mit dem des Fürsten, der diese Auszeichnung schon vor fast zehn Jahren bekommen hatte. ›Für besondere Verdienste um die Stadt und ihre Bürger‹, Bode engagierte sich bei der Feuerwehr und hatte vor ein paar Monaten unter Gefahr für sein eigenes Leben drei Kinder aus dem Dach eines brennenden Hauses gerettet – wenn das kein Verdienst um die Bürger war! Seither wartete er auf Post aus dem Bürgermeisteramt. Bisher vergeblich.

Minnies warme Hand streichelte tröstend über den straff gespannten Hosenstoff am Oberschenkel.

»Dieses anhaltende Gerede ist sicher ganz besonders schlimm für dich.«

Der Metzgermeister nickte schwermütig, wischte sich mit beiden Händen durchs Gesicht und stöhnte: »All diese Erinnerungen!«

»Schmerzlich, das verstehe ich. Ein Trost ist doch sicher, dass der Tote aus dem Park nicht Clemens sein kann. Der hatte schließlich keine roten, sondern Haare von warmer, brauner Farbe.«

»Zum Glück war es nicht Therese!«, ächzte Bode tief getroffen.

»Therese? Wieso sollte es Therese sein?«, staunte Minnie. »Therese ist doch nicht tot, oder?«

Renck, der sich Kartoffeln mit Quark und Leinöl, eine echte Lausitzer Spezialität, bestellt hatte, wurde derweil Ohrenzeuge eines Gesprächs, das ihm völlig neue Erkenntnisse enthüllte.

Sprecher waren zwei Herren, die hinter ihm saßen und die er nur hätte von Angesicht zu Angesicht sehen können, wenn er sich zu ihnen umdrehte. Das, so wusste er, musste er tunlichst vermeiden, wollte er nicht ihre interessante Unterhaltung dadurch stören, dass sie vermuten müssten, jemand höre ihnen zu.

So blieb ihm nichts anderes übrig, als gespannt zu lauschen.

»Der Bode ist angeblich ganz weiß geworden, als er von diesem toten Körper in Branitz erfuhr.«

»Nun, da sind mir einige bekannt, denen es ebenso erging.« Während der erste Sprecher stark nuschelte und seine Worte so dicht aneinanderhängte, dass man meinen konnte, der gesamte Satz bestünde nur aus einem einzigen, und so klang, als müsse man Gewalt anwenden, um die Laute aus seinem Kehlkopf zu zerren, setzte der zweite seine Worte deutlich voneinander ab, sprach akzentuiert und formte die Worte präzise aus.

»Sei ehrlich! Du glaubst doch auch, dass der Bode beim Verschwinden von Therese seine Finger im Spiel hatte. Das arme Kind!«

»Zugegeben, auffällig war es schon. Kaum findet sie einen, der sie zum Traualtar führen will, schon wird der Vater fuchsteufelswild und die Kleine verschwindet. Vielleicht hat er sie in ein Kloster gesteckt und dort lebt sie nun in Anonymität unter lauter Nonnen, kommt nie raus und wird ständig bewacht.«

»Der Bode hat Therese umgebracht«, stellte der erste klar.

»Damit hätte er sich doch ins eigene Fleisch geschnitten.« Der Sprecher zögerte einen Moment, räusperte sich unbehaglich und fuhr dann fort: »So, wie es sich jetzt angehört hat, meine ich es natürlich nicht! Ich wollte sagen, er hätte sich damit selbst geschadet. Nun ist niemand mehr da, der das Geschäft erben und den Familienbetrieb weiterführen könnte.«

»Das ist noch nicht entschieden. Der Bode kann wieder heiraten. Dann kommt übers Jahr sicher ein neuer Erbe zur Welt!«

»Ich habe so was läuten hören. Einige der Damen sind an ihm nicht uninteressiert. Ist aber auch eine gute Partie, der Balthasar.«

»Die Weibsbilder veranstalten eine regelrechte Jagd auf ihn. Überall lauern sie ihm auf, machen ihm schöne Augen, versuchen, ihn zu betören. Unerträglich.«

»Du brauchst nicht neidisch zu sein«, lachte der zweite. »Sieh mal, deine Agathe ist eine gute Frau. Sie kocht zu deiner Zufriedenheit, erzieht die Kinder und hält das Haus rein. Was willst du mehr?«

Die lange Pause, schien Renck, bedeutete wohl, dass dem Angesprochenen so einiges an Mehr einfiel. Doch als Gentleman würde er darüber sicher schweigen.

»Therese wäre natürlich eine gute Partie gewesen.«

»Das wusste Bode auch. Als sie langsam heranreifte, hat er sie auf Schritt und Tritt bewacht.«

»Mir ist zugetragen worden, das Kind sei häufig unglücklich gewesen. Rotgeweinte Augen soll sie oft gehabt haben.«

»Ja. Und blaue Male. Der Balthasar ist nicht gerade zimperlich.«

»Du bist dir diesmal sicher, ja? Es war dieses Grab?«

Quandt nickte. »Mir ist es letzte Nacht im Traum erschienen. Ganz deutlich habe ich den Grabstein gesehen. Luise Hase. Hier war's.«

»Nun denn, so wird an dieser Stelle gegraben. Dr. Priest möchte, dass ihr ein besonderes Augenmerk auf Reste von Kleidung oder eventuell Schmuck richtet, die nach der Umbettung«, Billy Masser warf Quandt einen strafenden Blick zu, »vielleicht zurückgeblieben sind. Ein Ring, eine Kette, eine Taschenuhr zum Beispiel.«

Die drei grauen Gestalten nickten.

Sie griffen zu ihren Spaten und begannen mit der Arbeit, wobei Quandt sich seines schmerzenden Rückens wegen zurückhielt. Einige Zeit war außer ihres anklagend lauten Ächzens und Keuchens kaum ein Laut zu hören. Plötzlich hielt der Lange in der Bewegung inne.

»Was, zum Henker, ist das?«, murmelte er entsetzt und schüttelte sich. »Das glaubst du nicht.«

»Was denn?« Quandt trat näher heran, warf einen Blick in das inzwischen tiefe Loch und fuhr entgeistert zurück. »Da liegt noch was drin! Seht mal, die winzigen Knochen und das Köpfchen.«

Billy Masser betrachtete den Fund genauer, ging in die Hocke und schwieg, während seine wachen Augen alles registrierten. Er würde später seinem Fürsten darüber Bericht erstatten und da war es wichtig, sich an jedes Detail zu erinnern.

»Das ist das Skelett eines Säuglings. Dafür wird sich

der Doktor interessieren. Und passt mal auf! Was ist das dort unter deinem Schuh? Siehst du, da glänzt etwas.«

Der Lange begann grunzend, mit den Fingern in der Erde zu bohren.

Hob vorsichtig eine dünne Schicht ab.

»Ist eine Kette!« Er hielt das Fundstück hoch. »Mit einem Kreuz daran.«

»Ach, herrje«, meinte Quandt bekümmert. »Dann war es wohl eine junge Frau und das hier ihr Kindelchen.«

»Muss nicht«, widersprach der Dicke. »Die Kette kann auch ein Mann getragen haben, oder sie steckte in seiner Tasche. Ich habe sogar schon welche gesehen, die im Tod Dinge so fest umklammerten, dass es schwierig war, ihre Finger zu öffnen. Bei Soldaten auf dem Feld kann man das ziemlich häufig beobachten.«

»Stimmt. Das habe ich auch schon gesehen«, behauptete der Lange und der Dicke verdrehte die Augen gen Himmel. Der Lange hatte nie einen toten Soldaten gesehen, das wusste jeder im Dorf. Der Lange war nie weiter als bis Cottbus gekommen.

»Sammelt alles aus dieser Grube heraus. Und wenn ich sage, alles, meine ich wirklich jedes noch so dünne Knöchelchen, jedes Ding, das nicht in die Erde gehört. Der Doktor wird sich alles ansehen.«

»Schon gut. Wir sind drei Paar Augen. Die übersehen nichts!«, versicherte der Dicke und der Lange begann knurrend damit, kleine Knochen und Wirbel aus dem Erdreich zu polken.

Frieder Prohaska machte sich kurz nach Anbruch des Tages auf den Weg.

Er hatte sicher nicht alles, aber doch das meiste von dem erfahren, was die finsteren Mauern des Klosters an Geheimnissen bargen.

Auch wenn ihm vieles unverständlich oder rätselhaft geblieben war, musste er einsehen, dass es weder mit dem geschundenen und getöteten Jungen aus dem Park zu tun hatte noch mit den beiden anderen Leichen, von denen er bisher wusste. Julia winkte ihren beiden neuen Freunden nach und Prohaska fühlte sich ein wenig schuldig. Schließlich war er frei, konnte gehen, wohin er wollte, während Julia sich als Gefangene der Nonnen verstand, ohne Hoffnung auf eine Verbesserung ihrer Situation.

»Ich komme wieder!«, rief er dem Mädchen zu.

»Versprochen?«

»Großes Ehrenwort! Ich komme wieder!«

Rasputin genoss es ganz offensichtlich, erneut auf Reisen zu sein.

Ganz anders als am Vortag, stürmte er voran, tobte neben seinem Herrchen her und zeigte keine Spur mehr seiner sonst üblichen Ängstlichkeit.

»Vielleicht bist du ein Zughund. So wie es Zugvögel gibt. Dann wird unser ruhiges Dasein für dich wohl eher langweilig werden. Eine Enttäuschung, wo du dich gerade an das Abenteuerleben gewöhnt hast. Aber ich bin kein Vagabund. Ich möchte so schnell wie möglich heiraten. Hedwig und ich gründen dann eine Familie. Wir werden Kinder haben und damit kommt jede

Menge Trubel ins Haus. Lauter kleine Prohaskas. Du wirst staunen!«

Rasputin bellte fröhlich.

Der Lehrer beschloss, das als Vorfreude zu werten.

Zügig schritt er aus und erreichte den namenlosen Weiler schon nach etwa zwei Stunden strammen Marsches.

Hier gab es nur wenige Häuser und er fand schnell heraus, wo die Familie Magnus wohnte. Die windschiefe Hütte stand am Dorfrand. Vor der Tür lagerte Gerümpel aller Art, der Boden war schlammig aufgeweicht, ein Schwein grunzte sich durch den Dreck.

Der Hund drückte sich eng an seinen Herrn. Augenscheinlich gefiel es ihm hier nicht.

»Schon gut. Wir bleiben nicht lang. Aber einer muss es ihnen doch sagen.«

Aus der Hütte war lautes Husten zu hören.

Die Tür wurde aufgestoßen und ein Fellbündel fiel jaulend in den stinkenden Matsch. »Du blöder Köter! Mach, dass du wegkommst! Du bist zu nichts zu gebrauchen!«

Winselnd rollte sich der Pelz auf und ein grauschwarzes Hündchen kam zum Vorschein. Rasputin ging vorsichtig näher und schnupperte an dem Zwerg, was der Kleine frech durch drohendes Knurren beantwortete.

»Na, der hat wohl Angst vor dir«, lachte Prohaska leise. »Das ist dir auch noch nie passiert, nicht wahr? Ein anderer fürchtet sich vor dir!«

Er bedeutete seinem Hund, vor der Hütte auf ihn zu warten.

Energisch klopfte er gegen die Tür.

»Wer will was von uns?«, quäkte eine weibliche Stimme unfreundlich. »Wir haben nichts und wir brauchen noch weniger!«

»Ich bin wegen Norbert hier.«

Geräusche deuteten darauf hin, dass in der kleinen Behausung Möbelstücke verschoben und hastig Dinge weggeräumt wurden.

»Wer soll das sein?«, erkundigte sich die unangenehme Stimme lauernd.

»Norbert Magnus!«, antwortete Prohaska verärgert. Was verstecken die denn so hastig, fragte er sich, Diebesgut vielleicht?

»Hören Sie, ich bin nicht von der Polizei. Ich komme aus Branitz bei Cottbus und möchte mich mit Ihnen über Ihren Sohn unterhalten.«

Vorsichtig öffnete jemand die Tür einen Spaltbreit.

»Ist ein junger Mann!«, rief das Kind.

Prohaska sprang zurück, als nun die Tür mit Schwung aufgestoßen wurde.

Ein kleiner, knochiger Mann stand ihm gegenüber, unrasiert, ungewaschen, verdreckt. Aus der Hütte schlug ihm ein Gestank entgegen, der den aus Hildegards Schuppen bei Weitem übertraf, was durchaus eine Leistung war.

Wieder wurde gehustet. Dann weinte ein Kind.

»Hör damit auf!«, zeterte die Frauenstimme und das Klatschen einer Ohrfeige war zu hören. Das Kind weinte lauter.

»Was wollen Sie?«, fragte der Mann voll unterdrückter Wut.

Fasziniert starrte Prohaska auf die flammend roten Haare, die das kleine, faltige Gesicht umrahmten.

»Sie haben einen Sohn namens Norbert.«

»Das ist nicht verboten! Aber er ist schon lange nicht mehr hier.«

»Ist er weggelaufen?«

»Was geht dich das an? Du feiner Pinkel aus der Stadt bist nur gekommen, um zu sehen, ob von dem Raubzug noch was übrig ist! Aber ist nicht. Er hat alles mitgenommen.«

»Darf ich reinkommen? Ich muss Ihnen etwas erklären, fürchte ich.«

»Ne. Reinkommen ist nicht.«

»Ihr Sohn war für ein paar Wochen im Kloster der Schwestern Herz Jesu.«

Das Kind im Hintergrund hörte nicht auf zu greinen.

»Sorg dafür, dass das Balg endlich ruhig ist! Man versteht ja sein eigenes Wort nicht mehr!«, polterte der Vater.

»Sorg doch selbst dafür!«, giftete seine Frau zurück.
»Das Kind ist krank! Geh Geld verdienen, dann können wir auch Medizin kaufen und das Kind wird gesund. Dann ist es auch wieder ruhig!«

»Bei den Schwestern Herz Jesu!«, höhnte der Mann.
»Das sieht ihm ähnlich! Der hatte noch nie Mumm. Bei den kleinsten Schwierigkeiten ab unter Mutters Rock. Wenn ich ihn nicht vor die Tür gesetzt hätte, würde er

sich noch heute auf meine Kosten einen fetten Wanst anfressen.«

»Mach endlich die Tür zu!«, keifte die Frau schon wieder. »Es zieht!«

Widerstrebend erlaubte Magnus dem Fremden einzutreten.

Prohaskas Augen brauchten einen Moment, um sich an die Finsternis zu gewöhnen.

»Wir lassen die Läden geschlossen. Dann bleibt die Wärme besser drin.«

In der Feuerstelle züngelten Flammen lustlos um ein paar Holzscheite herum. Offensichtlich war der Abzug nicht frei, denn der Qualm konnte nicht vollständig entweichen.

»Das Kind ist krank. Fieber hat es und Husten. Die Frau sollte sich darum kümmern, aber das hat sie nicht getan.«

»Wie denn, wenn du kein Geld nach Hause bringst!«, gab sie böse knurrend zurück.

»Andere Frauen haben auch ein bisschen Heilkunde von ihren Müttern gelernt! Die kochen einige Kräuter und machen die Kinder wieder gesund!«

»Was will der?«

»Er kommt wegen Norbert.«

»Das hat er schon vor der Tür behauptet. Aber was will er nun wirklich?«, schimpfte sie und Prohaska bereute seinen Entschluss, die Familie zu besuchen, längst bitter.

Der Vater führte ihn an einen groben Tisch.

»Setz dich.«

Der Stuhl, auf dem er Platz nahm, war instabil. Er bemühte sich darum, sein Gewicht auf den eigenen Beinen zu halten, damit das schwächliche Möbelstück nicht unter ihm zusammenbrach.

»Bei den Nonnen war er. Ha!«

»Ja, aber nur für kurze Zeit. Dann zog er weiter. Wissen Sie, ob er Freunde hatte?«

»Freunde?« Die Frau dehnte das Wort unnatürlich in die Länge, als bezeichne es eine Ungeheuerlichkeit.

»Norbert war schwierig. Deshalb hat mein Mann ihn rausgeworfen.«

Prohaska atmete flach, um nicht so viel des Gestanks in sich aufnehmen zu müssen.

»Norbert ist tot.«

Jetzt war es raus und konnte nicht mehr zurückgenommen werden. Der Lehrer wartete mit flauem Gefühl auf eine Reaktion der Eltern. Seiner Erfahrung nach schlug die Stimmung gern zugunsten des Opfers um und der Überbringer der schlechten Nachricht musste gelegentlich mit einer gewaltsamen Entladung rechnen.

Die Frau lachte.

Ihr Mann stimmte ein.

»Deshalb bist du den ganzen Weg aus Cottbus gekommen?« Der Vater schlug sich mit den flachen Händen auf die Oberschenkel. »Nun wissen wir jedenfalls, dass wir nicht befürchten müssen, er könnte zurückkehren!«

»Nein, er kommt sicher nicht wieder. Man hat ihn ermordet.«

»Gut. Wirklich gut!«, stieß der Vater zwischen mehreren Lachsalven hervor.

Prohaska erkannte, es war besser zu gehen.

Grußlos verließ er die Hütte.

Die Sonne draußen blendete ihn so stark, dass er schützend die Hand über die Augen halten musste. Tiefe Atemzüge sollten seine Lunge reinigen.

»Komm, Rasputin, lass uns gehen!«, rief er seinem Hund zu und hörte im Weggehen noch die Mutter kreischen: »Welch ein Glück!«

Nachdem er ein Stück gegangen war, bemerkte er, dass sie nicht mehr allein waren. Der schwarz-graue Zwerg hatte sich ihnen angeschlossen und versuchte tapfer, Schritt zu halten.

Erst nach Einbruch der Dunkelheit erreichte er Branitz.

Freundlich verabschiedete er sich an der Dorfschänke von den beiden Stallburschen, die ihn bis hierher in der Kutsche mitgenommen hatten. Zu seinem Glück hatten sie ihn auf der Straße sofort erkannt und eingeladen mitzufahren, das störe das Schwein auf der Ladefläche sicher nicht. So war die Rückreise ähnlich kurzweilig geworden wie die Fahrt zum Kloster.

Mit den beiden Hunden als Begleiter erreichte er schon bald das Haus seiner Mutter.

Alles dunkel. Wahrscheinlich schlief sie schon.

Leise schloss er die Tür auf.

Zündete eine Kerze an und wunderte sich. Er fühlte

sich seltsam fremd hier, so, als sei er jahrelang fort gewesen.

Rasputin trollte sich auf die Decke neben dem Ofen in der Küche und der Zwerg schloss sich ihm ohne Zögern an. Schmachtvoll seufzend, legte der große Hund seinen Kopf auf die Vorderpfoten.

»Tja. Eng wirkt hier alles. Wer einmal den Duft der weiten Welt geschnuppert hat, dem ist's in Branitz leicht zu klein, nicht wahr?«, schmunzelte er. »Mir scheint, in diesem Punkt sind wir uns recht ähnlich.«

Ein Blick in das Schlafzimmer seiner Mutter beruhigte ihn. Gleichmäßige, ruhige Atemzüge, gelegentlich sogar ein Schnarchen. Offensichtlich ging es ihr gut.

Auf dem Tisch in der Küche lag ein Brief.

Von Hedwig!

Frieder Prohaska drehte ihn in den Händen, unentschlossen, erwartungsfroh, besorgt.

Dann setzte er sich an den Küchentisch und betrachtete lang die wunderschöne geschwungene Handschrift, in der sie seinen Namen geschrieben hatte.

Schnupperte am Umschlag. Er duftete betörend.

Vorsichtig öffnete er ihn und begann zu lesen. Gerührt erfuhr er von der bangen Sorge der Geliebten um ihn, ihrer Angst, es könne ihm auf dieser Reise ins Ungewisse etwas Schreckliches zustoßen. Heiße, sehnsuchtsvolle Worte wärmten sein Herz. Am liebsten wäre er sogleich aufgesprungen und den ganzen Weg zu ihr nach Cottbus gelaufen, um sie wissen zu lassen, er sei wieder zu Hause, gesund und unversehrt. Doch das wäre natürlich ein zu unschickliches Verhalten gewesen.

Hedwigs Vater sah dergleichen nicht gern, hielt solches Ungestüm nicht für einen Ausdruck von Liebe, sondern vielmehr für eine Charakterschwäche.

»Ich sollte noch ins Schloss gehen. Der Fürst ist sicher noch auf und bestimmt interessiert es ihn zu erfahren, was ich herausfinden konnte«, erklärte er den Hunden, die mit offenen Augen dösten. »Auf der anderen Seite konnte ich so viel nicht in Erfahrung bringen. Womöglich ist er enttäuscht.«

Rasputin grunzte.

»Allerdings ist auch wahr, dass wir inzwischen drei Tote haben! Unter uns ist einer von jener Art, die ungeniert morden und niemanden etwas davon ahnen lassen, was sie insgeheim im Schilde führen.« Er stand auf und begann, in der kleinen Küche auf und ab zu gehen. »Keiner weiß etwas von seinen Machenschaften. Er ist besonders geschickt. Der rothaarige Junge war nur sehr kurz in unserer Gegend. Das würde bedeuten, der Mörder ist einer, der sich zügig dazu entscheidet, jemanden zu töten. Es bedarf keines Hasses, keines Streits als Antrieb. Er sieht und schlägt zu. Oder es ist einer jener Charaktere, die sehr leicht zu reizen sind und die schnell die Kontrolle verlieren? Fällt dir jemand aus Branitz ein, auf den dies zutrifft?«

Der Vierbeiner seufzte und schloss die Augen.

Billy Masser erklärte, er nähme sich gern die Zeit, Prohaskas Geschichte anzuhören, der Fürst sei gerade nicht abkömmlich.

Gespannt lauschte der Geheimsekretär, als Prohaska

von seinen Abenteuern im Kloster berichtete, zischte gelegentlich, atmete erleichtert auf, als er erfuhr, der Lehrer sei doch nicht der Folter unterworfen worden, und zeigte sich durchaus betroffen vom Schicksal der Kinder im Heim der Nonnen.

»Die Nonnen sammelten dort allerhand altertümliche Folterwerkzeuge. Sie kommen allerdings nie zum Einsatz, dienen nur der Sicherung geschichtlicher Tatsachen«, behauptete der Lehrer und verschwieg, so wie versprochen, den wahren Zweck des Erziehungsraumes.

»Und der Rothaarige?«

»Sein Name war Norbert Magnus. Er lebte unter ärmlichsten Bedingungen am Rand eines Weilers. Der Vater ist Tagelöhner. Wie viele Mäuler er zu stopfen hatte, konnte ich nicht genau sehen, aber eines der Kinder hustete schwer. Die Eltern waren weder traurig noch sonst betroffen, als sie vom Tod ihres Sohnes erfuhren«, beschönigte Prohaska seine Erlebnisse in der finsteren Hütte.

»Er suchte in jenem Kloster nach Arbeit?«

»Ja, er fand auch welche. Mir erzählte man jedoch, der Junge sei von schwierigem Charakter gewesen. Habe andere bestohlen und sei wie ein rechter Griesgram aufgetreten. Es gab ständig Händel, in die er verstrickt war, und es stellte sich nach seinem Verschwinden heraus, dass ein Kelch aus der Sakristei fehlte. Man sah von einer Verfolgung ab, doch die Pförtnerin bekam Anweisung, ihn fortzuschicken, sollte er wieder auftauchen.«

»Er kam danach direkt in unsere Gegend.«

»Ja, ich glaube schon. Natürlich konnte er von dem Geld für den Kelch erst einmal etwas zu essen bekommen, aber bestimmt war leicht zu erkennen, dass es sich dabei um Raubgut handelte. Viel wird er nicht erlöst haben.«

»Vielleicht hörte er auf seinem Weg von den Garten- und Erdarbeiten im Park und wollte sich verdingen. Aber sein Kontakt scheint niemand aus dem Kreis der Gärtner und Bediensteten gewesen zu sein«, grübelte Masser laut.

»Er war ein junger Mann, mit dem man leicht in eine Auseinandersetzung geraten konnte. Das mag irgendwann erklären, warum er sterben musste, vielleicht, warum er vor seinem Tod so gequält wurde, nicht aber, wie er in den Park unter den Baum gelangte.«

»Ich werde dem Fürsten all das berichten. Sie erinnern sich an die Exhumierung?«

Der Lehrer nickte.

»Im Grab fand sich neben dem von Quandt erwähnten Skelett mit den Fesseln um Hand- und Fußgelenke noch ein viel kleineres. Dr. Priest begutachtete bereits die gefundenen Knöchelchen. Seiner Meinung nach könnte es sich sehr gut um Mutter und Kind handeln. Er sagt, die Frucht sei nicht ausgetragen worden – zu winzig das Köpfchen, zu zart das Gebein.«

»Wie traurig. Wollte der Mörder also bewusst beide töten oder ahnte er am Ende nichts von ihrem Zustand? Was für eine grausige Vorstellung, glauben zu müssen, sie starb wegen des ungeborenen Lebens, das in ihr heranwuchs!«

Schweigen legte sich über den Raum wie Dunst.

Dem Lehrer schnürten die Bilder, die seine Fantasie ihm lieferte, die Brust zusammen. Er ahnte eine junge, unschuldige Liebe, den Schrecken des Mädchens, als es seinen Zustand entdeckte, die Verzweiflung in dem Augenblick, als die junge Frau erkannte, dass seine Liebe nicht echtes Gefühl, sondern nur Nutzen der Gelegenheit war. Die Gewissheit, nun mit dem Leben für ihren Irrtum bezahlen zu müssen.

Er schauderte, rieb sich abwesend die Oberarme.

»Waren es nämliche Stricke?«, fragte er dann und seine Stimme klang, als tanze sie ohne Führung durch Höhen und Tiefen.

»Nein«, entgegnete Masser und zog eine der Fesseln aus seinem Rock. »Diese sind erheblich dicker.«

»Stimmt. Und Blut ist auch kaum dran. Mag sein, der Junge hat sich wesentlich heftiger gegen den Peiniger gewehrt.«

Masser legte ihm die Kette auf die Hand.

»Dies lag ebenfalls im Grab. Vielleicht gehörte es dem Mädchen.«

»Diese Art Kreuz bekommt man zur Kommunion. Einige meiner Schülerinnen tragen ähnliche.«

»Ja. Auch meiner Bekannten Kinder bekamen Kreuze in dieser Art geschenkt.«

Auf dem Heimweg schlenderte Prohaska am Pfarrhaus vorbei.

Und hier, plötzlich, wie ein derber Schlag in den Rücken, fiel ihm ein, was er im Gespräch mit Billy Masser vermisst hatte! Der Geheimsekretär hatte mit keinem Wort den Leichnam aus dem Wald erwähnt.

Sollte Gotthilf Bergemann vergessen haben, dem Fürsten davon zu berichten?

Nachdenklich machte er zwei weitere Schritte.

Was kann das zu bedeuten haben?, überlegte der Lehrer, ein Mann Gottes vergisst es doch nicht einfach, wenn er einen Getöteten findet!

Er beschloss, den Seelsorger danach zu fragen.

Die kleine Kirche war zum Spätgottesdienst gut besucht.

Bergemann stand auf der Kanzel und setzte zu seiner Predigt an. Prohaska schob sich in die letzte Bankreihe.

»Der Herr sieht alles und er hört auch alles! Zum Beispiel gottloses Fluchen. Das mag er möglicherweise hier und da noch verzeihen, weil er erkennt, dass es aus der Anstrengung der Arbeit heraus erfolgte und nicht als Ausdruck eines Mangels an Festigkeit im Glauben! Doch eines sieht er sehr genau und es ärgert ihn! Ihr lauft Gefahr, in Ungnade zu fallen, denn ihr huldigt Baal!«

Füße scharrten, Holz beschwerte sich knarrend, hier und dort wurde getuschelt.

Bergemanns Blick glitt über die Köpfe seiner Gemeindemitglieder.

Glühte und sprühte wütende Funken.

Der Pfarrer schien in seiner Kanzel zu unnatürlicher Größe anzuschwellen, seine Stimme klang drohend wie das finstere Grollen, welches vom Untergang der Welt kündet.

»Ich warne euch!«, donnerten seine eindrücklichen Worte durch die Kirche wie ein Unwetter und die Gläubigen erbebten. »Wer dem Aberglauben den Boden bereitet, wer Rituale heidnischer Art zelebriert, wer den Namen des Leibhaftigen leichtfertig im Munde führt und Schutz oder Heilung bei Scharlatanen oder gar Geschöpfen der Zwischenwelt sucht, der lenkt den Zorn des Herrn direkt auf sich und diese Gemeinde!« Er holte tief Luft und fuhr leiser fort: »Wer des Teufels ist, erkennt man nicht an der Farbe seiner Haare! Es gibt sie in den verschiedensten Schattierungen, heutzutage werden sie gar mit allerlei Mitteln gefärbt! Den, der den Bund mit dem Leibhaftigen geschlossen hat, erkennt ihr an seinem verschlagenen Wesen! Ich habe auch von den Ritualen für die Baumtrolle gehört. Wie könnt ihr solche Märchen glauben?«, fragte er und beugte sich weit vor. Fixierte jeden Einzelnen, der dort unten saß. »Wenn ihr beten wollt, dann solltet ihr auch wissen, dass ihr nur Gott auf diese Weise anrufen dürft! Alles andere ist blasphemischer Frevel! Es gibt keine Baumtrolle! Das ist abergläubisches Geschwätz! Wer ihnen huldigt, huldigt dem Kalb! Und ihr erinnert euch, wie es jenen erging?«

Unruhe machte sich in den Reihen breit. Füße scharrten, es setzte allgemeines Husten und Räuspern ein, manche stöhnten verhalten.

Prohaska schämte sich ein wenig für seinen Verdacht. Wie hatte er auch nur für eine Sekunde annehmen können, des Pfarrers Motive, den Fund der Leiche im Wald zu verschweigen, seien unehrenhaft? Viel wahrscheinlicher war, dass während seiner Abwesenheit etwas von entscheidender Bedeutung vorgefallen war, was den Seelsorger bewogen hatte, den Toten nicht zu erwähnen. Gab es etwa neue Vorwürfe Rencks gegen den Fürsten und seine Gärtner?

Ungeduldig erwartete er das Ende der Messe.

Bergemann genoss diesen Moment.

Er spürte die unbändige Macht, die er über diese Menschen hatte.

Genau jetzt waren sie Wachs in seinen Händen, würden begreifen, welch schreckliche Fehler sie in den letzten Tagen begangen hatten, waren bereit für die Umkehr.

»Der Herr fängt dich auf, wenn du strauchelst. Er wird dir einen Weg weisen, wenn Dunkelheit und Verderben um dich sind, er hat ein offenes Ohr für all deine Sorgen. An ihn wende dich mit deinen Fürbitten!« Bergemann breitete die Arme weit über den Köpfen der Gottesdienstbesucher aus. »Haltet euch fern von all denen, die Wunder versprechen, denn die kann allein der Herr in seiner Gnade bewirken, schenkt denen kein Gehör, die von Zauberei und Hornsignalen Verstorbener flüstern, denn der Herr wird erst am Jüngsten Tag seine Trompeten erschallen lassen und darüber entscheiden, wer von uns als in Ungnade Gefallener weiter im Fegefeuer auf Erlösung warten muss oder gar in den Flammen der Hölle schmoren wird, haltet euch fern von denen, die behaupten, sie hätten die Gabe, in die Zukunft zu sehen, denn unser aller Zukunft liegt allein in der Hand Gottes und er teilt seine Informationen darüber nicht mit den Menschen! Wen der Herr für seine Dienste auf Erden erwählt, den zeichnet er, so dass wir ihn erkennen können. Zum Beispiel an seiner Stärke im Glauben, an seinem untadeligen Lebenswandel! Viele von euch haben in den letzten Tagen gesündigt, viele schwankten in ihrem Vertrauen in den Herrn! So lasset uns beten und ihn inständig um Gnade und Verzeihen für unsere Schwäche bitten! Herr im Himmel …!«, begann er und reckte seine ausgebreiteten Arme gen Decke.

Beim Vaterunser fielen alle Versammelten ein. Die einen mit mehr, die anderen mit weniger Inbrunst. Ein unmelodisches Brummen ließ das Gestühl sacht vibrieren.

Gotthilf Bergemann war zufrieden.

Seine Worte hatten die Herde erreicht, seine Schäfchen würden nun zurückhaltender auf das Gerede einiger Unverbesserlicher reagieren.

Zum Ende des Gottesdienstes verabschiedete er einen jeden mit Handschlag in die Nacht.

Lukas Wimmer scharte ein paar Männer um sich.

»Ihr habt es gehört! Hildegard, dieses Weib, bringt nur Unglück über Branitz. Am Ende wird ihr Treiben uns noch dem Zorn des Herrn anheimfallen lassen! Wir müssen etwas unternehmen.«

»Ulrike hat sich noch immer nicht erholt?«

»Nein. Diese Hexe hat ihr einen Trank eingeflößt,

der so starke Schmerzen verursacht, dass sie glaubt, der Schädel könne ihr zerspringen. Hildegard steht mit dem Teufel im Bunde!«

»Ich bin sicher, dass sie vor ein paar Jahren die Viehseuche über meinen Hof gebracht hat! Sie kam bei uns betteln. Meine Frau, die noch nie gut das Geld zusammenhalten konnte, wollte der Alten einen ganzen Korb feinster Lebensmittel mit auf den Weg geben – doch ich kam gerade rechtzeitig dazu, um das zu verhindern. Aus Rache hat die Hexe meine Tiere verflucht!«

»Ähnliches ist auch mir zugestoßen! Sie hat mein Feld überfluten lassen, als das Getreide gerade reif wurde. Nur in meinem Acker stand das Wasser! Bis zum Knie! Die Ernte war vernichtet. Auch ich hatte sie vom Hof gejagt, als sie um Brot bat!«

»Selbst der Pfarrer meint, dass sie uns nur in Schwierigkeiten stürzen wird. Könnte doch sein, dass Gott von uns jetzt mehr erwartet als nur ein Gebet.«

»Woran denkst du?«

»Tätige Reue!«

Aufgeregt redeten nun alle durcheinander.

Prohaska hörte ihnen mit wachsendem Schrecken zu.

So konnte Bergemann seine Worte nicht gemeint haben.

Der Lehrer drückte sich gegen die kalte Mauer des Gotteshauses und wartete ab, was nun weiter geschehen würde.

Etwa eine halbe Stunde später versammelten sich einige Unerschrockene, um Hildegard davon zu überzeugen, dass sie die Gegend um Branitz verlassen müsse.

An die Spitze der Gruppe setzte sich Lukas Wimmer.

»Wenn sie eine Seuche über Tiere bringen kann, ist sie auch in der Lage, uns alle in den Tod zu schicken. Sie ist ein böses Weib, das unser ganzes Dorf in Gefahr bringt. Wir sollten darauf vorbereitet sein, sie notfalls mit Gewalt zu vertreiben!«

Sie entzündeten ihre Fackeln und der Schneider sah in lauter entschlossene Gesichter.

»Na, dann! Gehen wir los!«

Er schwang seine Fackel nach vorn und wollte den Marsch anführen, da fiel der Schein seiner Flamme auf eine Person, die ruhig mitten auf dem Weg stand.

»Halt!«, rief die Frau und hob ihre Hand.

»Was willst du? Geh nach Hause zu deinem Mann. Dies ist nichts für Weiber!«, schleuderte ihr der Schneider erbost entgegen.

»Ich weiß genau, was ihr vorhabt! Doch ihr begeht ein großes Unrecht!«

Die Frau verströmte ungeahnte Stärke und Entschlossenheit.

Nicht nur Prohaska kam das so vor.

An der Reaktion der andern merkte er, dass sie diesen Eindruck teilten. Sie zögerten, begannen ratlos zu tuscheln, traten verlegen von einem Fuß auf den anderen.

»Ihr wollt eine alte Frau angreifen! Das ist frevelhaft! Eine wehrlose Person vertreiben, ja, sogar töten, die euch nichts getan hat! Für all eure Anschuldigungen gibt es nicht einen einzigen Beweis!«

Sprachlos beobachtete der Lehrer die Frau des Bäckers.

Um sie herum breitete sich ein Schein aus wie eine Aura. Sie war furchtlos und mindestens ebenso kampfbereit wie die Männer, denen sie sich entgegenstellte.

»Dein Geist ist noch verwirrt von dem Trank, den dir diese Hexe eingeflößt hat!«

»Sie flößte mir nichts ein! Ich trank freiwillig! Und so ist es auch mit all den anderen Dingen, die Hildegard uns anbietet. Wir müssen nichts annehmen! Nicht Hildegard ist das Böse! Wir sind es! Wir gehen zu ihr und bitten sie um ihre Hilfe – sie gewährt sie uns! Wer ist denn in diesem Fall der Verführer, wer der Verführte?«, predigte sie in warmem, drängendem Alt. »Wir lassen eine alte Frau im Wald dahinvegetieren! Schließen sie aus, weil sie sonderbare Dinge spricht, Fremdes weiß und geheimnisvoll ist. Aber ich frage euch: Ist das ein Verbrechen? Besteht der Frevel nicht viel eher darin, dass wir ihr diese Rolle aufzwingen? In jedem Winter lebt sie an der Grenze zum Tod durch Erfrieren! Warum? Weil sie nicht zu uns ins Dorf ziehen darf! Ist das Nächstenliebe, wenn wir so mit einer alten, vielleicht wunderlichen Frau umgehen? Seid ihr sicher, dass dies dem Willen des Herrn entspricht?«

Die Männer wurden unsicher.

»Wie schön zu sehen, dass es noch mutige Männer in Branitz gibt, die unerschrocken gegen eine Greisin und ihre Katze in den Wald ziehen! Bewaffnet mit Äxten und Spaten! Seht euch an! Habt ihr solche Angst vor einer alten Frau?«

Manche wandten nun ihren Blick in Richtung Dorf, murmelten betreten unverständliche Sätze.

Anna wuchs über sich hinaus. Sie sah die Männer fest an und forderte: »Geht mit euren Spaten und Äxten ins Dorf und sucht dort nach dem Bösen! Es ist der Wankelmut des Menschen, der ihn dazu bringt, bei Frauen wie Hildegard Rat und Hilfe zu suchen! Steckt das Dorf an! Macht es dem Erdboden gleich! Diejenigen, die ihr bestrafen müsst, wohnen mit euch unter einem Dach!«, verkündete sie mit fester Stimme.

Die Männer machten kehrt.

Trotteten zu ihren Häusern und Wohnungen zurück.

»Ulrike sieht das anders! Sie ist krank!«, zischte Wimmer Anna zornig zu. »Sie hält dich für eine Freundin und nun stellst du dich gegen uns.«

»Auch Ulrike hat freiwillig getrunken. Alles, was wir taten, geschah gemeinschaftlich. Ulrikes Kopfschmerz wird vergehen.«

Damit stapfte sie an ihm vorbei, den Kopf stolz erhoben, den Rücken fest und gerade.

Prohaska war mehr als beeindruckt. Er hatte nicht einmal geahnt, wie mutig die Frau des Bäckers sein konnte.

Wimmer warf fluchend seine Fackel auf den Boden. Wandte sich um und kehrte voller Wut zu Ulrike zurück.

Der Sturm war vorbei.

Hildegard hatte von der Gefahr, der sie knapp entronnen war, nichts bemerkt.

Es war Zeit, Bergemann aufzusuchen, ihn nach dem Toten im Wald zu befragen und von den beunruhigenden Vorgängen zu berichten, deren Zeuge er gerade geworden war.

Leichtfüßig machte Prohaska sich auf den Weg zum Pfarrhaus.

Nirgendwo brannte Licht.

Nicht einmal ein Feuer im Kamin. War der Pfarrer noch in der Kirche und bereitete vor, was er für den nächsten Gottesdienst benötigen würde? Oder sollte er besser in der Schänke nach ihm suchen? Der Lehrer wusste, dass Bergemann dort regelmäßiger Gast war.

Gerade als er sich umdrehte, hörte er ein verstohlenes Geräusch.

Jemand schlich, einem Einbrecher gleich, aus der Hintertür.

Prohaska erschrak. Ein neues Verbrechen? Man beraubte den Pfarrer?

Es dauerte einige Atemzüge lang, bis der Lehrer erkannte, dass es Bergemann selbst war, der sich leise von seinem eigenen Hof stahl.

Was hat das denn nun wieder zu bedeuten, rätselte der Beobachter, wozu diese Heimlichtuerei? Will der Pfarrer Hildegard warnen, damit sie rechtzeitig fliehen kann? Dann war ihm sicher entgangen, dass die Gruppe überhaupt nicht in den Wald aufgebrochen war!

Prohaska beschloss, ihm zu folgen.

## 36

Irma erkundigte sich bei Hirten auf der Weide oder bei Handwerksburschen, die sie zufällig traf, immer wieder nach Vater Felix und seiner Zuflucht. So kam sie ihrem Ziel zügig näher.

Von Zeit zu Zeit blieb sie stehen und lauschte auf Geräusche hinter sich, behielt wachsam die Umgebung im Auge. Von Gunther war nichts mehr zu sehen. Vielleicht hat er meine Spur nun endgültig verloren, hoffte sie und sofort schob sich ein anderer, beängstigender Gedanke nach. Braucht er mir gar nicht zu folgen, weil er die beiden längst gefunden und seinen Plan umgesetzt hat? Voll quälender Sorge beschleunigte sie ihren Schritt. Irma folgte dem Lauf der Spree in Richtung Cottbus, an einem Knick führte sie der Fluss plötzlich wieder tief ins Dunkel und die Kühle des Waldes zurück.

Erschöpft beschloss sie, auf einem Baumstamm Rast zu machen.

Als Magd war sie schwere körperliche Arbeiten durchaus gewohnt, nicht aber lange Märsche. Der Waldboden reckte Wurzeln hervor, die sie zu Fall zu bringen suchten, niedrige Äste peitschten ihr ins Gesicht und mehr als einmal riss ein vorwitziger Zweig ihr die Mütze vom Kopf und sie sah sich gezwungen, ihre Haare neu darunter zu verbergen.

Aber das Schlimmste war, von Andreas keine Spur

gefunden zu haben. Keinem der Hirten, die sie nach dem Weg gefragt hatte, waren die beiden Brüder aufgefallen. Hoffnungslosigkeit breitete sich wie ein schwarzer Tintenfleck in ihrem Denken aus.

Mutlos, stellte sie fest, mutlos bin ich. Das passt gar nicht zu mir. Magdalena behauptet immer, ich könne sogar in der Neumondnacht noch die Sonne sehen. Sollte es so sein, dass mir meine unerschütterliche Zuversicht gänzlich abhanden gekommen ist?

Weinen würde helfen.

Doch es kam ihr nicht richtig vor. Sie drängte die Tränen zurück. Wäre Andreas tot, so hätte ich das gespürt, versuchte sie sich einzureden. Magdalena hatte erzählt, bei einer richtig großen Liebe fühle der andere es, als zerspränge etwas in seinem Leib, wenn dem Geliebten etwas zustieß. Darauf will ich jetzt vertrauen, nahm Irma sich vor. Andreas lebt! Gunther hat ihn nicht gefunden!

»Irma?«

Um ein Haar hätte sie vor Schreck laut aufgeschrien.

»Jonathan!«

Sie fielen sich in die Arme.

»Wie siehst du denn aus? Ich dachte immer, Mädchen tragen keine Hosen?«

»Das ist eine lange Geschichte. Konrad, unser Stallbursche, meinte, es sei besser, nicht jedem streunenden Kerl gleich zu zeigen, dass ich kein Junge bin.«

Jonathan nickte. Er dachte an Karl. Ein Riese mit Pranken so groß wie Schaufeln.

»Vater Felix hat uns gefunden. Andreas ist verletzt, weißt du. Und Gunther ist immer noch auf der

Jagd nach uns. Aber wir müssen erst einmal bleiben, weil Andreas nicht gehen kann. Dabei sollten wir so schnell wie möglich weiterziehen, denn Matthias sagt, die Zuflucht sei kein guter Ort, es verschwinden Kinder«, sprudelten die Worte aus dem Kleinen heraus.

»Andreas ist verletzt? Bring mich zu ihm!«, forderte das Mädchen vehement.

»Das ist nicht so einfach. Eigentlich musste ich schwören, nie jemandem von diesem Ort zu berichten!«

»Ich muss zu ihm, Jonathan! Bring mich hin!«, flehte die junge Frau und Jonathan sah ein, dass es zwecklos war, versuchen zu wollen, sie von diesem Gedanken abzubringen.

»Gut. Aber du musst ganz leise sein! Besser, wenn uns keiner erwischt.«

Irma streckte ihm ihre Hand entgegen und dankbar griff der Junge danach.

»Der Hund Namenlos hat ihn wohl gebissen. Gunther hatte ihn auf uns gehetzt.«

Die junge Frau dachte an das unglückliche Häufchen Fell auf dem Hof.

»Er hat den Hund erschlagen.«

Der Kleine hielt den Blick fest auf den Boden gerichtet. So trabten sie schweigend ein Stück nebeneinander her.

»Erschlagen«, wiederholte er dann betroffen. »Bestimmt, weil er uns nicht auf der Flucht zerfleischt hat.«

Noch ein Stück auf einem Trampelpfad entlang, dann blieb Jonathan stehen.

»Kein Wort mehr. Wir sind gleich da. Wenn es Ärger gibt, schimpf nicht mit mir. Ich habe dich gewarnt. Du weißt ja nicht, wie es in der Zuflucht ist.«

»Nun wird sich das Blatt zum Guten wenden!«, versicherte die Magd entschieden. »Wir haben uns gefunden und nichts kann uns mehr trennen. Wir finden einen Unterstützer und dann kehren wir alle auf euren Hof zurück.«

Der Junge versuchte, sich zuversichtlich zu fühlen. So recht gelingen wollte es ihm allerdings nicht.

»Was, das ist die Zuflucht?«, flüsterte Irma. »Eine zugige, windschiefe, baufällige Hütte! Und um dieses Ding gibt es eine solche Geheimniskrämerei!«

Sie wollte direkt darauf zusteuern, doch Jonathan hielt sie zurück.

»Psst. Das ist keine gute Idee. Lass uns erst mal gucken, ob in der Zwischenzeit jemand nach Hause gekommen ist.«

Leise pirschten sie sich näher heran.

Das Mädchen starrte mit brennenden Augen durch eines der schmutzigen Fenster.

»Andreas!«

Bleich und ohne Regung lag der Geliebte auf dem Holzboden. Die Augen geschlossen, die Haare verklebt.

Sie riss sich los und lief hinein, fiel neben ihm auf den Boden und strich mit zitternden Fingern über seine Stirn, sein Gesicht, seine Arme. Beugte sich über ihn und küsste seine rauen Lippen. Tränen tropften auf seine Wangen, seine Hände.

»Andreas! Ich bin hier! Wach auf!«, flüsterte sie drängend.

»Sieh mich an! Bitte!«, flehte sie.

Unerwartet zerrte Jonathan an ihrem Hemd.

»Irma, wir müssen raus! Die Ersten kehren schon zurück. Ich kann sie bereits hören. Los, komm!«

Widerstrebend erhob sie sich von den Knien und sah, wie Andreas' Lider sich zitternd hoben.

Ungläubig starrte er sie an.

»Irma?«

»Lauf!«, kommandierte der Kleine und das Mädchen floh keine Sekunde zu früh aus der Tür ins Unterholz.

»Wein bitte nicht«, sagte Jonathan tröstend. »Es geht ihm schon besser. Er wacht manchmal auf und unterhält sich mit mir.«

»Du bist sicher, dass dieser Vater Felix sich gut um ihn kümmert?«

»Ja, das tut er. Ohne ihn hätte Andreas wohl nicht überlebt. Er wird mich nachher fragen, ob er nur von dir geträumt hat. Ich denke, er ist sehr froh, wenn ich ihm erzähle, dass du hier in unserer Nähe bist.«

»Ich muss mir noch einen Unterschlupf für heute Nacht suchen. Weißt du, in welche Richtung ich gehen muss, um ein paar Häuser zu finden?«

»Nicht genau. Aber Vater Felix kommt meist aus der Richtung«, sagte er und zeigte nach rechts.

»Oh, welch seltener Anblick!«, grölte eine unangenehme Stimme hinter ihnen und jemand schlug dem

Mädchen mit einem derben Hieb die Mütze vom Kopf.
»Ein waschechtes Weibsbild!«

Die junge Frau griff mit bebenden Fingern nach ihrem Haar, begann mit hektischen Bewegungen, es wieder festzustecken. Sie sprach dabei kein Wort. Jonathan jedoch spürte, wie groß ihre Angst war.

»Ist doch immer dasselbe! Die blödesten Zwerge schleppen die holdesten Jungfern ins Gebüsch! Also das hätte ich von unserem Winzling nun wirklich nicht erwartet!«, trat ein zweiter muskelbepackter Bursche neben den ersten, Gier im Blick.

»Lasst sie in Ruhe!«, forderte Jonathan. Es klang leider nicht kraftvoll, sondern eher verzagt, und so zeigten sich die beiden auch nur wenig beeindruckt.

»Immerhin!«, kommentierte der eine.

»Wenn man bedenkt, wie klein er noch ist und wie leicht wir ihn in einer Hand zerquetschen könnten!«, ergänzte der zweite.

Jonathans Knie begannen, rhythmisch gegeneinanderzuschlagen.

»Ist lang her, dass ich ein Weibsbild getroffen habe – so«, der erste leckte sich über die Lippen, »ALLEIN!«

»Sie ist nicht allein!«, behauptete der Kleine entschlossen.

Irma zischte ihm ein warnendes »Pssst!« zu.

Der zweite, ein blonder, gestählter Kerl, kam so nah an sie heran, dass sich ihre Nackenhaare sträubten, wenn sein Atem ihren Rücken streifte.

»Appetitlich ist sie schon«, bestätigte der Dunkelhaarige.

»Und die riecht gut«, wusste der erste, der viel näher an Irma stand.

Jonathan streckte sich: »Finger weg! Sie ist die Braut meines Bruders!«

»Och, und nun glaubst du wohl, das könnte uns in Angst und Schrecken versetzen?«, höhnte der Dunkelhaarige.

»Dein Bruder ist nun aber leider gar nicht hier, um auf seine süße Braut aufzupassen, nicht wahr? Wie schade.«

»Genau! Das ist Pech, oder?«

Irma war es gelungen, langsam, aber stetig zur Seite zu rutschen. Blitzschnell griff sie nach der Mütze und verbarg hastig ihre üppigen Locken darunter, in der Hoffnung, das möge die beiden abkühlen.

Ohne jede Vorwarnung stürzte sich der Blonde auf das überraschte Mädchen.

Riss sie nach hinten um.

Landete johlend direkt auf ihrem Körper.

Kreischend versuchte sie, sich unter ihm hervorzuwinden.

Grobe Pranken machten sich derweil an ihrer Hose zu schaffen.

Versuchten, sie ihr über die Hüften in Richtung Knie zu schieben.

Der Blonde war schwer, Irma bekam kaum noch Luft, der Dunkelhaarige grölte voller Erwartung.

Jonathan warf sich auf den Angreifer, biss, boxte und trat wild in dessen Körper, wo er ihn erwischen konnte.

Plötzlich beugte sich der zweite über die keuchende, verbissen ringende Dreiergruppe und hob den strampelnden Knaben hoch, wie einen jungen Hund, den man aus dem Wasser zieht.

»Lass mich sofort runter! Du sollst mich loslassen!«, zäh versuchte der Kleine, nach dem großen Kerl zu treten, strampelte in alle Richtungen, doch der Große lachte nur.

»Na warte, gleich nehme ich mir, was ich will, du Schlampe!«, hörte man den anderen keuchen.

Mitten in diesem Tumult verschaffte sich eine tiefe Stimme Gehör: »Steh auf und gib das Mädchen frei. Und du, stell den Kleinen wieder auf die Füße. Ich werde dies nicht wiederholen!«

Sofort stellte der Dunkelhaarige Jonathan ab, hielt ihn aber weiter fest am Kragen, damit er sich nicht erneut auf den Blonden stürzen konnte, doch der war schon damit beschäftigt, sich von dem Mädchen herunterzustemmen und aufzurappeln.

Karl!

»Los, macht euch davon! Aber so schnell ihr könnt. Ich laufe euch nämlich nach, und wenn ich einen zu fassen kriege, breche ich ihm sämtliche Knochen im Leib!«

Wie Hasen, die den Fuchs gerochen hatten, rannten die beiden Haken schlagend davon.

»Danke, Karl! Du hast uns gerettet!«

Irma saß auch wieder und setzte mit fliegenden Fingern die Mütze auf.

»Ich hab doch gesagt, du hast was bei mir gut. Mein

Wort gilt!« Damit drehte der Riese ab und verschwand in Richtung Zuflucht.

Das Mädchen wischte sich mit dem Ärmel Tränen und Schweiß aus dem Gesicht, ordnete ihre Kleidung und meinte: »Da hast du aber einen starken Beschützer! Womit konntest du ihn für dich gewinnen?«

»Erbsensuppe!«

»Wie?«

»Er durfte meine Portion essen.«

Wenn sie lacht, ist Irma wirklich wunderschön, fiel Jonathan auf.

»Du warst aber auch unglaublich mutig! Legst dich mit solch einem Kerl an!« Ihre kühlen Finger pflügten durch sein Haar. »Ich suche mir jetzt einen sicheren Platz zum Übernachten und komme morgen wieder. Versprochen!«

Hinnerk Renck stand in der Metzgerei und betrachtete das Angebot.

Irgendetwas werde ich einpacken lassen müssen, überlegte er, aber was soll ich nehmen?

»Ein Pfund von diesem Stück dort«, entschied er sich. »Das werde ich meinem Kollegen von der Polizei mitbringen. Es ist ein Überraschungsbesuch und Blumen kommen für ihn eher nicht in Betracht, Wein mag er nicht und Bier kriegt er jeden Tag, wenn er möchte. So ein Braten ist da mal etwas anderes.«

»Kollege?«, erkundigte sich der Metzger in lockerem Plauderton. »Dann sind Sie auch von der Polizei?«

»Ja. Ein Ermittler für schwierige Fälle, könnte man sagen.« Streng genommen, entsprach diese Formulierung nicht ganz der Wahrheit, doch gelegentlich erforderte es die Situation, eigene Kompetenzen deutlich herauszustellen, das wusste Renck sehr genau.

Fasziniert beobachtete er, wie es im Gesicht des anderen arbeitete. Bode war mit einem Schlag deutlich blasser geworden.

»Und gerade hier gäbe es auch solch einen schwierigen Fall zu lösen?«

»Aber ja. Der Tote im Park.«

Bode schnitt das gewünschte Stück Fleisch ab. »So recht?«

Renck nickte. »Ich habe gehört, Sie vermissen Ihre Tochter und diese Angelegenheit sei ebenfalls noch nicht geklärt.«

»Wer sagt das?«

»Die ganze Stadt spricht darüber. Offensichtlich liegt es daran, dass man diesen Jungen im Park entdeckt hat. So etwas reißt Wunden wieder auf, besonders solche, die noch nicht ausreichend Zeit hatten zu heilen.«

Bode ächzte.

»Das stimmt wohl. Aber Therese wurde doch nicht umgebracht!«

Stellt sich dämlich, notierte Renck in seinem Gedächtnis, schließlich nimmt genau das ganz Cottbus als gegeben an.

»Nun, es wäre doch denkbar, dass auch Ihre Tochter diesem Täter in die Hände gefallen ist.«

»Nein, das ist ausgeschlossen!«, entfuhr dem Metzger

unbedacht. Als er den schlauen Zug bemerkte, der sich um Rencks Lippen zog, setzte er schnell hinzu: »Meine Therese ist mit diesem Kerl durchgebrannt, diesem Clemens! Sie wollte nicht einsehen, dass sie dabei war, sich an einen Haderlumpen wegzuwerfen.«

»Schmerzlich. So hat sie also ihre Sachen zusammengerafft und ist über Nacht mit diesem Mann durchgebrannt! Es ist aber ungewöhnlich, dass sie nie ein Lebenszeichen geschickt hat.«

Balthasar Bode nickte betrübt.

»Nun, wir stritten heftig. Sie wollte heiraten. Sie wissen sicher, wie schnell ein Wort das andere ergeben kann. Ich fürchte, ich habe mich zu einigen sehr unhöflichen Aussagen über Clemens hinreißen lassen, wobei Haderlump eine der harmloseren war. Eines Tages kann sie mir vielleicht verzeihen und kehrt zurück«, erzählte er mit trauriger Stimme. »Sie ist mein einziges Kind.«

»Dieser Tote aus dem Park war nie bei Ihnen? Hat vielleicht hier nach Arbeit gefragt? Mit seinen roten Haaren war er sicher eine auffällige Erscheinung.«

»Bei mir war er nicht. Ich stelle niemanden ein. Sollte er anderswo gefragt haben, wird man ihm das gleich gesagt haben. ›Bei Bode musst du gar nicht erst fragen, der braucht keinen‹, das weiß jeder in der Stadt.«

»Der Fürst kauft bei Ihnen?«

»Der Fürst sorgt selbst für sein Fleisch. Es kommt vor, dass er etwas Besonderes benötigt, dann bestellt man es bei mir.«

Die etwas unscharfe Formulierung ließ Renck aufhorchen. War damit eine spezielle Art von Sonderdienstleistung gemeint? Ein Schlachter und Metzger war von Berufs wegen geübt im Töten.

Er bezahlte seinen Braten und nahm das Päckchen unter den Arm.

Das ist doch schon das halbe Geständnis, stellte er zufrieden fest, die andere Hälfte bekomme ich im Schloss!

Im Rausgehen nickte er flüchtig dem nächsten Kunden zu und trat hinaus auf den lebhaften Platz.

»Sie!«, zischte eine heisere Stimme und zu seiner Verblüffung erkannte Renck den Kunden, an dem er gerade vorbeigegangen war. »Sie sind von der Polizei?«

»Ja. Wer will das wissen?«

»Ich hab gehört, worüber Sie mit Balthasar gesprochen haben!«, ignorierte der Fremde die an ihn gerichtete Frage. »Und ich wüsste da was.«

»So?«

»Ich kann Ihnen sagen, wo der Clemens ist.«

»Immer frei heraus damit!«

»Das geht nicht. Ich könnte Sie hinführen.«

Rencks Augen schossen zum Himmel. Dichtes Grau bezeugte, dass die Dunkelheit sich bereits anschickte, das Licht des Tages zu verschlingen. Unbehaglich dachte er an das hohe Risiko, welches er einginge, wenn er sich in der Nacht diesem Unbekannten anvertraute.

Auf der anderen Seite war es mitunter unumgänglich, seine Gesundheit oder gar das eigene Leben in Gefahr zu bringen, wenn es galt, einen solch gnadenlosen Mörder zu fangen. Womöglich bekäme er den Beweis dafür, dass Bode mit dem Fürsten gemeinsame Sache machte! Zaudern war in diesem Fall nicht erlaubt!

»Wie weit ist es von hier?«

»Anderthalb Stunden. Etwa.«

»Zu Fuß?«

»Nein. Mit dem Pferd. Und es wird Sie was kosten.«

Kommentarlos reichte Renck dem Mann sein Fleischpäckchen. Der grinste und erlaubte dem Ermittler einen Blick in einen vollkommen zahnlosen Mund.

»Danke. Das wird reichen. Wie lang brauchen Sie?«

»Sie haben ein Pferd?« Das klang so ungläubig, dass der Fremde laut lachen musste.

»Sogar zwei.«


Es war gar nicht so einfach, dem Seelsorger auf den Fersen zu bleiben.

Bergemann huschte den Weg entlang wie eine aufgescheuchte Fledermaus und sah sich ständig nervös über die Schulter, als ahne er den Verfolger. Der Weg führte sie an der Bäckerei vorbei.

Danach hielt der schwarze Schatten auf den Wald zu.

Prohaska hatte Mühe, mit dem schweren Mann Schritt zu halten. Dieser Weg führt uns jedenfalls nicht zum Schloss, dachte er grimmig, sieht eher so aus, als habe er ein völlig anderes Ziel. Den Abzweig, der sie zu Hildegards Hütte gebracht hätte, ließ Bergemann rechts liegen. Dorthin waren sie demnach auch nicht unterwegs.

Der Leichnam im Wald!

Wollte der Pfarrer nachsehen, ob der Tote noch an Ort und Stelle lag, um Peinlichkeiten zu vermeiden, wenn er einen der Bediensteten hierher führte und es gar keine Leiche zu finden gab?

Nein.

Der Seelsorger schlug eine andere Richtung ein.

Aus dem Unterholz war Rascheln und leises Grunzen zu hören. Prohaska hielt den Atem an, lauschte. Wilde Schweine? Womöglich ein Eber, der ihm folgte? In der Dunkelheit war nichts zu erkennen. Bergemann musste das Geräusch auch gehört haben, schien sich allerdings darum nicht zu scheren, behielt sein Tempo unbeirrt bei. Entschlossen lief der Pädagoge weiter.

Offensichtlich kannte der Pfarrer den Weg, den er nehmen wollte, sehr genau. Mit schlafwandlerischer Sicherheit wich er Wurzeln und Felsbrocken aus, kam nicht einmal ins Straucheln. Unvermittelt blieb er stehen. Prohaska drückte sich in den Schutz zweier stattlicher Bäume und wartete gespannt auf das, was nun folgen sollte. Zweifel meldeten sich. War es recht, einem Seelsorger nachzuschleichen? Welchen Grund hatte er überhaupt dafür anzunehmen, Bergemann habe Unrechtes im Sinn?

Unvermittelt tauchte eine zweite Gestalt neben dem Geistlichen auf.

Beide gestikulierten aufgeregt.

Immer wieder wies Bergemann Richtung Branitz. Der Klang seiner Stimme war ärgerlich. Prohaska musste, wollte er verstehen, was gesprochen wurde, näher an die beiden heran. So geräuschlos wie möglich tastete er sich vorwärts. Nicht auszudenken, was geschehen würde, wenn man ihn beim Lauschen erwischte. Doch die beiden Männer waren offensichtlich viel zu beschäftigt, um etwas aus dem Wald zu hören.

»Das muss ein Ende haben!«

»Ich verstehe das natürlich. Doch was bleibt uns anderes übrig? Könnten wir unsere Probleme anders lösen, würden wir es tun!«

»Ich bin Seelsorger dieser Gemeinde! Die Spenden sollen den Mitgliedern meiner Gemeinde zugutekommen. Wie könnte ich dich davon unterstützen? Das wäre Unrecht! Für die kommenden Tage bist du gut versorgt. Mein Salär reicht jedoch auf Dauer nicht aus für so viele Mäuler.«

Der andere murmelte etwas Unverständliches.

»Deine Gruppe. Man erzählt sich, es seien Diebe und anderes finstere Gesindel unter deinem Dach zu finden. Ich hoffe, du kannst dafür garantieren, dass sie niemanden in Gefahr bringen! Fehlt jemand?«

Der zweite Mann schüttelte wohl den Kopf, was Frieder Prohaska der Dunkelheit wegen nicht sicher erkennen konnte. Doch Bergemann reagierte zufrieden.

»Gut. Nach Branitz kannst du jedenfalls in der nächsten Zeit nicht kommen. Zu groß sind Unruhe und Sorge.

Sieh dich vor! Und halte dich fern von dieser Hexe. Sie hat den Bogen überspannt und ich weiß nicht, ob ich sie auf Dauer schützen kann.«

Der Lehrer schaffte es gerade noch, ein kleines Stück zurückzuweichen, dann war der Pfarrer auch schon an ihm vorbeigestürmt.

Was nun, fragte er sich, folge ich ihm oder dem Fremden?

Schon nach wenigen Metern erkannte Prohaska, dass der Unbekannte sich ungleich behänder bewegte als der Pfarrer. Es war schwieriger, ihn nicht aus den Augen zu verlieren. Der Abstand zwischen Verfolger und Verfolgtem vergrößerte sich zusehends.

Schnell musste der Lehrer einsehen, dass er den Mann verlieren würde, der um die Bäume glitt, Richtungswechsel überraschend vollzog und offensichtlich in diesem Territorium zu Hause war.

Gotthilf Bergemann einzuholen, erwies sich dagegen als leichte Übung. Ganz in Gedanken versunken, den Kopf gesenkt, als drückten ihn schwere Sorgen, kam er nur sehr langsam voran.

Der Pfarrer kehrte allerdings nicht auf direktem Weg ins Dorf zurück.

Der Lehrer erkannte die Stelle sofort.

Hier hatten sie bei der Suche nach Glutnestern den Toten unter dem Laub entdeckt!

Bergemann ging zunächst ziellos auf und ab. Als überlege er oder hadere mit Gott. Leises Gemurmel war zu hören. Mehrmals warf der Pfarrer wie in heller Verzweiflung die Arme gen Himmel, verhielt aber nicht einmal seinen Schritt.

Unvermittelt trat er an einen Baum heran und zog einen Spaten hervor.

Suchend ging er umher.

Entschied sich dann und stieß den Spaten tief in den Waldboden.

Prohaska war nicht eine Sekunde lang im Zweifel darüber, was des Pfarrers Tun zu bedeuten habe.

Er schaufelte ein Grab.

Für den dritten Leichnam!

Schon nach wenigen Einsätzen des Spatens begann Bergemann zu keuchen. Ganz offensichtlich war die Arbeit anstrengend. Doch er gönnte sich keine Pause, schüttete einen ansehnlichen Berg neben der Grube auf. Immer wieder maß er mit ein paar Schritten die Länge des Loches, stellte den Spaten hinein und schätzte die Tiefe ab, machte beharrlich weiter.

Prohaska fror.

Mit der Nacht kroch eisiger Wind durch das Dickicht der Bäume und Sträucher.

In unmittelbarer Nähe glommen Augen auf.

Eine stattliche Eule schwang sich aus der Krone eines Baumes und glitt lautlos zwischen den Stämmen hindurch. Ihr helles Bauchgefieder schimmerte seidig und den Lehrer streifte der Luftzug, den ihre weiten Schwingen verursachten. Unheimliche Geräusche verrieten, dass viele nächtliche Jäger unterwegs sein mussten.

Und alle sehen Ihnen zu, wie Sie diesen Jungen verschwinden lassen, Herr Pfarrer, dachte Prohaska und rätselte, wie der Geistliche das dem Herrn erklären wollte.

Er beobachtete, wie Bergemann den Toten sanft in das Loch bettete und am Ende, nachdem er ein kurzes Gebet gesprochen hatte, die Erde wieder zurückschaufelte. Danach verteilte er noch Reiser und lockeren Waldboden darüber. Ratlos sah er dem Seelsorger zu, wie er das Grab zum Abschied segnete und sich danach zügig auf den Rückweg machte.

Warum beerdigst du diesen Toten, grübelte Prohaska, während er automatisch heimwärts trottete, muss ich nun glauben, der Junge wurde vom Pfarrer getötet? Dann war sein Erschrecken in jener Brandnacht nur darauf zurückzuführen gewesen, dass wir ihn gefunden haben, über seine Existenz wusste Bergemann in diesem Fall natürlich Bescheid. Wie um den Fund ungeschehen zu machen, schob er schlicht wieder Reisig darüber. Aber er kann doch nicht ernsthaft glauben, ich würde darüber schweigen?

Unter der Bettdecke versuchte er, sich warm zu zittern. Es wollte nicht gelingen. Ein Gedanke kreiste unentwegt hinter seiner Stirn umher. Wenn Bergemann der Mörder des Jungen im Wald war, hatte er dann auch die beiden anderen getötet? Wie groß ist die Gefahr für weitere Menschen? Für mich? Wir waren es gemeinsam, die den Jungen entdeckten. Ich bin für ihn ein Problem, das er lösen muss.

Renck musste sich auf Gedeih und Verderb der Führung durch den Fremden überlassen.

Die beiden Pferde waren starke, bewegungsfreudige Tiere, trittsicher und erfahren.

Immerhin.

Schweigend ritten die beiden Männer nebeneinander her.

»Ist nicht mehr so weit!«, waren die einzigen Worte, die sein Begleiter gelegentlich hervorstieß, wohl, um ihn bei Laune zu halten.

»Anderthalb Stunden etwa, hatten Sie gesagt. Diese Zeitspanne, will mir scheinen, ist längst um!«

»Ist nicht mehr so weit!«

Renck gab auf.

Sie würden schon ankommen, irgendwo.

Nur das Schnauben der Tiere störte die Stille zwischen ihnen, bis plötzlich der Fremde mit dem gichtigen Finger auf einen unscharfen Schemen deutete.

»Dort drüben. Wir sind da.«

»Was ist das? Ein Bauernhof?«

»Pferdezucht.«

Kaum hörte man das Hufgetrappel auf dem Hof, kam auch schon ein junger Bursche herbei, um den Reitern die Zügel abzunehmen und die Pferde in den Stall zu führen.

»Ist zu kalt auf der Koppel. Und zu gefährlich.«

»Weil die Nacht so früh kommt und lange bleibt«, setzte der Bursche hinzu. Offensichtlich meinte er, die dürren Sätze des Alten bedürften für den Unkundigen hier und da einer Erläuterung.

»Das ist Clemens«, stellte der Fremde nun vor. »Und das ist die preußische Polizei.«

»Sie wollen zu mir?«, fragte der junge Mann erstaunt.

»Nun, ich sage mal: Ja. Ich habe ein paar Fragen wegen Therese Bode.«

»Können Sie mir die auch im Stall stellen? Ich habe noch eine Menge zu tun.«

Renck war positiv überrascht.

Der Haderlump machte einen wohlerzogenen und zuvorkommenden Eindruck, war gar nicht so, wie er ihn sich nach den Worten Bodes vorgestellt hatte.

»Drinnen ist es wärmer. Das ist mir angenehm«, entgegnete Renck und folgte Clemens durch die hohe Tür.

Im Stall brannten mehrere Laternen.

So konnte der Ermittler der preußischen Polizei seinen Zeugen genauer betrachten. Muskulös war er, die dichten Haare hingen bis auf die Schultern hinunter, das Gesicht war schmal, die Züge schienen traurig, in seinen Augen lag ein warmer Glanz.

Während er die Pferde absattelte, fragte er: »Ist Therese wieder aufgetaucht?«

»Ihr Vater sagt, nein.«

»Es ist seine Lieblingsgeschichte. Therese ist mit einem Taugenichts durchgebrannt. Welch undankbares Kind, wo sich der Vater doch all die Jahre aufopferungsvoll um seine Tochter kümmerte«, höhnte der junge Mann bitter.

»Aber das ist nicht die Wahrheit? Es ist ein Märchen?«

»Hätten Sie es geglaubt, wären Sie dann jetzt hier?«

Renck beobachtete den Burschen dabei, wie er die Tiere sorgfältig abrieb und dann zum Striegel griff.

»Was ist also wirklich passiert?«

»Ich weiß es nicht. Therese kam nicht zur vereinbarten Stunde. Also ging ich zur Metzgerei, wartete dort vor der Tür, bis Bode am Morgen den Laden aufschloss.«

Renck, von der Natur nicht mit viel Fantasie ausgestattet, konnte sich zumindest im Ansatz vorstellen, wie verzweifelt Clemens gewesen sein musste, konnte er doch nicht ausschließen, schnöde sitzen gelassen worden zu sein.

»Bode war fuchsteufelswild, als er mich auf der Schwelle entdeckte. Er hat mich weggejagt wie einen streunenden Straßenköter. Seine Therese wolle mit mir nichts mehr zu tun haben, brüllte er, und ich solle mich nie wieder blicken lassen. Das Erste habe ich nicht geglaubt und das Zweite nicht befolgt. Ich bin jeden Tag vorbeigegangen. Auch dann noch, als alle in der Stadt behauptet hatten, Therese sei weg.«

Renck verschränkte die Hände im Rücken und ging im Stall auf und ab.

»Machen Sie die Tiere nicht nervös!«, mahnte Clemens. »Unversehens keilt eines aus.«

Der Ermittler blieb stehen und fixierte Clemens kalt, als wolle er ihn spüren lassen, dass er sich weder vor Mensch noch Tier fürchtete. »Man erzählte mir, du habest eine Lehre als Tischler gemacht.«

Der Bursche nickte.

»Aber hier arbeitest du als Stallbursche.«

»Ich wollte in der Gegend bleiben. Für den Fall, dass er Therese eingesperrt hat. Irgendwann wären wir uns sicher begegnet. Die Leute hier suchten jemanden, der gut anpacken kann und sich auf Pferde versteht.«

»Aber Therese blieb verschwunden.«

»Ja.«

»Bode kann doch seine Tochter nicht über einen solch langen Zeitraum gefangen halten, ohne dass es jemand bemerkt!«, behauptete Renck wider besseres Wissen. Schließlich musste der Metzger Therese nur aus der Stadt gebracht und bei vertrauenswürdigen Leuten versteckt haben.

»Bode hat sie nicht versteckt, er hat sie umgebracht«, sagte Clemens schlicht.

»Das ist eine schwerwiegende Anschuldigung!« Renck begann wieder, hin und her zu laufen. »Die eigene Tochter zu töten, damit sie nicht mit dem falschen Mann durchbrennt? Oder ihn heiratet? Mir hat man allenthalben berichtet, Bode habe Therese abgöttisch geliebt.«

»Mag sein«, zog Clemens sich auf sicheres Terrain zurück.

»Ich sage mal: Ein Vater, der seiner Tochter von Herzen zugetan ist, wird eher die Wahl des falschen Bräutigams zulassen denn sie töten. Oder«, er blieb stehen und reckte seinen rechten Zeigefinger in die Höhe, »er tötet den Herzensbrecher!«

»Nun, so wäre ich in Ihren Augen noch einmal glücklich davongekommen!«, gab der Bursche bitter zurück.

»Mir sind andere Väter in ähnlicher Situation bekannt, die ein Machtwort sprachen, die Tochter nach ihrem Wunsche günstig verheirateten und später berichteten, Tochter und Gatte seien zusammengewachsen. Mich deucht, so hätte sich auch das Problem mit Therese lösen lassen.«

»Wenn Sie meinen.«

»Warum also wählte Bode nicht diesen Weg?«

»Es ging nicht.«

Clemens war mit dem ersten Pferd fertig und führte es an eine Raufe. Sofort begann es geräuschvoll zu fressen, schnaubte und bedankte sich beim Stallburschen mit einem zärtlichen Reiben des Kopfes gegen dessen Oberarm. Clemens klopfte dem Tier den muskulösen Hals und kehrte schweigend an die Arbeit zurück.

Renck wartete auf eine Erklärung des letzten Satzes, doch der Stallbursche machte keine Anstalten.

»Wie darf ich das verstehen?«, fragte er endlich gereizt.

»Therese und ich kannten uns seit etwa zehn Monaten. Anfangs nur vom Sehen, später verabredeten wir uns. Schon bald spürte ich, dass sie etwas bedrückte. Und dann vertraute sie sich mir an.« Clemens rieb kräftig über die Flanken des Fuchses, die nach jedem Strich wohlig bebten.

»Therese war guter Hoffnung. Aber nicht von mir!«

Das verschlug Renck zunächst einmal die Sprache. Seine Gedanken wirbelten durcheinander, versuchten, dieses neue Steinchen in sein Mosaik von diesem Fall einzubauen. Es schien nirgends zu passen. Therese, die wohlbehütete Tochter? Schon vor der Ehe entjungfert? Mit welch charakterlosen Bekanntschaften hatte sich das Mädchen herumgetrieben? Oder wurde hier gerade versucht, ihm einen Bären aufzubinden? Log der Stallbursche?

Die Augen des Ermittlers huschten flink über die Züge des jungen Mannes. Nichts darin deutete auf Schuldbewusstsein, in diesem Gesicht fand sich nur Traurigkeit.

»Ich kann mir vorstellen, was Sie nun denken. Aber ich lüge nicht. Therese und ich wollten uns und das Ungeborene in Sicherheit bringen. Es war zu gefährlich bei Bode. Therese war aufgelöst vor Angst, der Vater des Kindes könne seinen eigenen Enkel umbringen, damit niemand etwas bemerken konnte.«

Renck starrte Clemens fassungslos an. »Seinen Enkel? Der Vater des Kindes? Aber das würde bedeuten ...«, stotterte er dann.

»Ja. Das bedeutet es wohl.«

Frieder Prohaska fand in jener Nacht keinen Schlaf.

Immer wenn er die Augen schloss, drängte sich das Bild vom Leichen verscharrenden Pfarrer in sein Bewusstsein. Wen hatte Bergemann dort an der Weggabelung getroffen? Warum konnte derjenige nicht einfach zu ihm ins Pfarrhaus kommen? Wieso diese Heimlichtuerei? Und, kehrte sein Denken jedes Mal wieder zum Ausgangspunkt zurück, wieso verschwieg der Seelsorger die Entdeckung eines Toten im Wald? Und begrub ihn dann im Schutze der Nacht?

Prohaska stöhnte, drehte sich zur Wand und versuchte erneut, ein wenig Ruhe zu finden. War Bergemann tatsächlich ein skrupelloser Mörder? Immerhin wäre es für einen Mann seiner Statur keine Schwierigkeit, den toten Jungen in den Park zu tragen. Doch weshalb hätte er ein solches Risiko eingehen sollen? Oder wählte er eine Nacht, in der kaum jemand im Schloss war, der Fürst sich auf Reisen begeben hatte in Begleitung Massers?

Der Lehrer wälzte sich zurück auf die andere Seite und starrte ins Dunkel.

War es denkbar, dass Bergemann auch mit der Toten auf dem Friedhof etwas zu tun hatte?

*Werter Freund,*

*nun sind schon zwei Ermittler mit diesem unappetitlichen Fall betraut. Ich kann nur konstatieren, dass es mir nicht die wahre Freude bereitet, mit all diesen kleinbürgerlichen Schwierigkeiten belästigt zu werden. Man schwatzt allerorten über nichts anderes mehr. Erinnern Sie sich an meinen Brief, in dem ich über das Verschwinden zweier Sträflinge berichtete, die in meinen Anlagen arbeiten sollten? Damals amüsierte mich ihre Flucht, erschien mir der Wunsch dieser beiden nach Freiheit und Selbstbestimmung durchaus nachvollziehbar. Doch nun breitet sich Angst aus, es könne zu weiteren Ausbrüchen kommen, durch die Arbeit im Park ermöglichte ich Mördern und Dieben zu entkommen und in der Umgebung neuen Schrecken zu verbreiten! Schlimmer noch.*

*Jene, die von Anbeginn gegen den Einsatz der Häftlinge als Arbeitskräfte im Park opponierten, sehen sich nun in ihrer Auffassung bestärkt. Man ist gar bemüht mir die Schuld für deren Flucht zuzuschreiben! Als sei die Unfähigkeit der Aufseher etwas, was ich zu verantworten hätte! Ich werde mit meinen Gärtnern darüber nachdenken müssen, wie wir mit weniger Hilfskräften aus dem Zuchthaus auskommen und die, die wir dennoch einsetzen, besser kontrollieren können.*

*Aber lassen Sie mich von anderen Dingen berichten.*

*Meine angegriffene Gesundheit hatte mich bei der Umsetzung meiner Pläne für den Park in letzter Zeit stark eingeschränkt, doch nun kann ich erfreut berichten, dass es mir möglich war, 9 Stunden neben meinen Gärtnern zu arbeiten. Es geht aufwärts und mit ein bisschen Glück können wir wichtige Pflanzungen und Grabungen bis zum Einzug von Kälte und Frost abschließen.*

*A bientôt mon cher ami*
  *Hermann Fürst von Pückler-Muskau*

# 37

Hinnerk Renck erwachte mit einem schrecklichen Kater.

Stöhnend schloss er die Augen wieder, lauschte in sich hinein und fand entsetzliches Rumoren in seinem Gedärm. Sein Erinnerungsvermögen war getrübt, ihm war schlecht und wenn er den Kopf anhob, begann die Welt sich schlingernd zu drehen.

Der preußische Ermittler konnte sich nicht erklären, wie er in solch einen erbarmungswürdigen Zustand geraten konnte.

Natürlich ist zu viel Alkohol der Grund, dachte er ärgerlich, aber wo und mit wem habe ich getrunken?

Ein vorsichtiger Blick in die Runde überzeugte ihn davon, dass er zumindest in seinem Bett in Cottbus lag. Bin ich selbst nach Hause gekommen, überlegte er fieberhaft, oder musste mir am Ende jemand behilflich sein? Wie peinlich, sich nicht einmal dran erinnern zu können!

Vorsichtig versuchte er, die Beine aus dem Bett zu schwingen. Sie hingen nach einigen Versuchen traurig über der Bettkante, ohne Kontakt zum Boden und ohne jede Funktion. Der Oberkörper mochte sich nicht aufrichten.

Ergeben zog Renck die Beine unter die Decke zurück.

Ich bin zu einem Hof geritten und dort führte ich ein Gespräch mit diesem Clemens, erinnerte er sich mühsam. Schlaglichtartig kehrten Fetzen der Unterhaltung in sein Gedächtnis zurück. Bode! Vater und Großvater! Diese Frage wollte ich heute klären, fiel ihm ein, ein weiterer Besuch beim Metzger steht an. Im Grunde, überlegte der angeschlagene Ermittler, weiß ich schon, wie diese Aussage zu bewerten ist. Dieser Metzger hat seine Tochter gezwungen, so etwas zu erzählen, um dem liebestollen jungen Mann die Hochzeitsabsichten gründlich auszutreiben. All dies diente nur einem Zweck, schloss er seine Gedankengänge ab, der Verschleierung der unrechten Geschäftsbeziehungen zum Fürsten, und Clemens hatte das schlicht nicht verstanden!

Ein neuer Versuch.
Erneutes Scheitern.
Zum Glück hatte jemand einen Eimer an sein Bett gestellt.
Nachdem sein Magen von der drückenden Last befreit war, gelang es ihm, den Körper aus dem Bett zu hieven.
Dieser Morgen beginnt nun wahrhaft nicht überzeugend, dachte er, als er sich einen Schwall des kalten Wassers ins Gesicht schaufelte; gar nicht überzeugend.

Während er mit gequälter Miene eine Tasse Tee trank und an einer trockenen Scheibe Brot knabberte, erfuhr er auch, woher all seine Beschwerden kamen. Er hatte die Geburt eines Knaben mitgefeiert, dessen glücklicher Vater eine Runde nach der anderen ausgegeben hatte. Andere schlossen sich an, so wurde es ein sehr feuchter und fröhlicher Abend. Nun gut. Das ist wenigstens ein guter Grund zum Feiern gewesen! Bestimmt war es das erste Kind, beim sechsten wird auch dieser Vater ruhiger reagieren.

Erst als er sicher war, aufrecht gehen zu können, stand er auf und machte sich auf den Weg zum Marktplatz.

»Du bist also wohlbehalten zurück!«, begrüßte ihn die Mutter und schloss ihn fest in die Arme.

»Und Familienzuwachs haben wir auch bekommen!«

»Der Kleine hatte zu Hause ziemlich Ärger und so schloss er sich Rasputin und mir kurzerhand an. Er tat mir leid. Ich hoffe, Sie sind nicht verärgert?«

»Aber nein, Frieder. Es entspricht deiner Natur, solche Kreaturen einzusammeln. Du hast ein gutes Herz. Außerdem ist der Neue von erfrischendem Wesen. Heute Morgen kam er ohne Aufhebens in mein Bett, um sich mit mir bekannt zu machen!«, lachte Frau Prohaska und ihr Sohn freute sich, dass sich ihr Zustand offensichtlich gebessert hatte.

»Heute sind noch einige Dinge für den Fürsten zu erledigen. Ich habe einiges beobachtet, was Rätsel aufgibt.«

Er erzählte ihr von der toten Frau auf dem Friedhof, von dem Skelett des Ungeborenen.

»Neben wessen Grab wurden sie verscharrt?«, fragte Frau Prohaska plötzlich scharf.

»Neben dem von Luise Hase.«

»Dann ist wohl doch etwas dran an dem Gerücht.«

»Welchem Gerücht?«

»Aber Frieder! Seit Therese verschwunden ist, wollen die Stimmen nicht verstummen, die meinen, Bode selbst habe das arme Kind getötet, weil er eine junge Frau in anderen Umständen nicht mehr gut verheiraten konnte. Und Luise war doch ihre Großmutter!«

»Therese sollte ein Kind erwartet haben? Mir wurde stets von ihrer Tugendhaftigkeit berichtet.«

»Sie war tugendhaft, daran gibt es keinen Zweifel.«

»Aber gerade haben Sie angenommen, sie könne ein Kind unter dem Herzen getragen haben, wie passt das eine zum anderen?«

Die Miene der Mutter verdüsterte sich. »Therese war vor allem anderen eine liebende Tochter. Balthasar behandelte sie schlecht. Alte Frauen, die ein wenig mehr Lebenserfahrung besitzen, bemerken schnell, wenn eine junge Frau leidet, und sucht sie auch noch so sehr, es zu verbergen. Nie ließ sie auch nur ein böses Wort über ihren Vater verlauten. Doch manchmal drückten die Sorgen sie schwer, Andeutungen brachen sich Bahn. Mir konnte sie ihren Zustand nicht verbergen, als Hebamme sehe ich den Frauen so etwas an. Als sie verschwand, reimte man sich aus den Andeutungen des Mädchens, den blauen Malen, die mitunter gut sichtbar waren, und dem Verschwinden ihrer unbeschwerten Fröhlichkeit eine Geschichte zusammen. Über einen in jeder Beziehung haltlosen Mann und die ihm wehrlos ausgelieferte Schöne, die ihrer Mutter bis aufs Haar glich. Ich fürchte, sie stimmt.«

»Sie meinen, er hat sie in einer Art Familiengrab beigesetzt? Seine Kinder neben Thereses Großmutter?«

»Nun, es würde sich zumindest als Erklärung anbieten, denkst du nicht?«

»Sie meinen wirklich, Bode selbst sei der Mörder Theresens?«

»Manche munkeln, er habe es mit Absicht getan, um das Geheimnis zu wahren, andere raunen, es sei möglicherweise ein Unfall gewesen. Bode ist für seinen Jähzorn bekannt. Er prügelt gelegentlich wie von Sinnen. Sein ehemaliger Lehrbub kann dir noch heute die Narben zeigen.«

»So habe ich jetzt eine drängende Frage mehr, deren Beantwortung aussteht! Kann ich noch etwas für Sie tun, bevor ich weggehe? Benötigen Sie irgendwelche Dinge aus der Stadt? Ich reite ohnehin nach Cottbus und könnte sie besorgen.«

»Nicht für mich, Frieder. Aber an deine Hedwig denke, wenn du unterwegs bist. Junge Frauen freuen sich immer über ein bisschen Putz und den Beweis, dass der Liebste sie stets in Gedanken bei sich trägt. Sie ist ein so liebes Mädchen. Ich gehe nicht davon aus, dass ihre Eltern von den regelmäßigen Besuchen bei der Mutter des Dorfschullehrers in Branitz wissen. Gutheißen würden sie es mit Sicherheit nicht!«

Er lieh sich ein Pferd beim Bauern am Dorfrand.

»Gib mir ein braves! Du weißt ja, mit meinen Reitkünsten ist es nicht so weit her«, lachte er und bekam ›Morgentau‹, eine Stute von kräftiger Statur.

»Du darfst sie aber nicht zu sehr treiben«, mahnte der Stallbursche. »Das mag sie nicht. Von Hieben bekommt sie richtig schlechte Laune, dann beißt sie sogar mitunter. Aber sonst ist sie lammfromm.«

»Bis Cottbus und zurück wird unsere Beziehung sich schon als tragfähig erweisen. So weit ist es nicht – nicht genug Strecke für einen Streit.« Prohaska nahm mit klammen Fingern die Zügel und streichelte das Tier beruhigend an Hals und Schulter. »Mit mir musst du ein bisschen nachsichtig sein«, flüsterte er der Stute in die großen Ohrtrichter, »ich bin aus der Übung.« Dann schwang er sich unbeholfen in den Sattel.

Seine Planung hatte durch das Gespräch beim Frühstück eine Veränderung erfahren. Zunächst würde er den Metzger aufsuchen und versuchen herauszufinden, ob er Neuigkeiten über Therese hatte. Vielleicht konnte er so geschickt fragen, dass er sogar das Rätsel um das Ungeborene löste. In Gedanken begann er damit, eine Gesprächsstrategie festzulegen, die Bode am Ende zu einem Geständnis bringen würde. Geschick war erforderlich, auf direkte Fragen musste er verzichten, wenn er nicht riskieren wollte, vom Metzger Prügel zu beziehen. Nein, Bode musste sich selbst verraten.

Unbehaglich rutschte er auf dem Sattel von einer Seite zur anderen. Es ist nur ein Gerücht, mahnte seine Vernunft, es muss nichts von dem wahr sein, was du heute gehört hast, also sei auf der Hut. Kennst du Bode gut genug, um ihn für einen Mörder halten zu dürfen?

Ja, dachte Prohaska, das tue ich.

Der Lehrbub, von dem seine Mutter gesprochen hatte, war ein Freund aus Kindertagen. Bei jedem ihrer Treffen berichtete er über die brutale Gewalt, die bei Bode herrschte und selbst vor der Tochter nicht Halt machte. Er hatte angenommen, der Freund übertreibe maßlos, wolle sich wichtigmachen oder wegen seines als hart empfundenen Schicksals bedauert werden, bis jener im Sommer zum Baden an der Spree Wams und Hemd auszog!

Noch jetzt zog ein Schauer über seinen Rücken, wenn er an die schrecklichen Narben dachte.

Am Nachmittag musste er sich an der Stelle im Wald umsehen, an der er den seltsamen Fremden aus den Augen verloren hatte. Wenn er auf diese Weise nicht weiterkommen sollte, musste er doch den Pfarrer zur Rede stellen. Prohaska seufzte tief. Dieses Gespräch würde er lieber vermeiden. Bergemann konnte sehr, sehr ungemütlich werden, wenn er sich angegriffen fühlte. Und wie formuliere ich es so elegant, dass er glauben könnte, ich sei zufällig Zeuge seiner ›Waldbestattung‹ geworden?, überlegte der Lehrer, während er Morgentau Richtung Cottbus lenkte, egal, wie ich es ausdrücke, er wird begreifen, dass ich ihn für verdächtig halte, und das kann ihm nicht gefallen!

Ein anderer Gedanke lenkte ihn von seinem Disput mit Bergemann ab.

»Was kann ich für Hedwig aus der Stadt mitbringen? Viel ist nicht in meiner Börse. Mit ein bisschen Glück könnte es für ein Stück Spitzenborte reichen, damit kann Hedwig eine ihrer Hauben schmücken! Das ist ein guter Gedanke!«

Langsam bewegte sich das Pferd durch den frühen Morgen. Fast ein wenig lustlos.

»Dir ist es wohl auch zu kalt, wie? Das ist der Herbst. Es wird nicht mehr lang dauern, dann liegt Schnee auf den Wegen.« Das Pferd nickte schwungvoll mit dem Kopf, als habe es die Worte verstanden. »Wenn wir in Cottbus sind, müssen wir ein wenig Ausschau nach diesem preußischen Ermittler halten. Wer weiß, was der sich ausgedacht hat. Meint dieser Fatzke doch, der Fürst bringe Kinder um, damit sie den Bäumen zu besserem Wachstum verhelfen!«

Bäume schienen Morgentau nicht zu interessieren. Träge setzte sie einen Fuß vor den anderen.

Prohaska war es recht.

Er erlaubte sich, von einer Vermählung mit Hedwig zu träumen.

Hinnerk Renck wurde vom Metzger beinahe herzlich begrüßt. »Nun, ich hoffe, der Braten war ganz nach dem Geschmack Ihres Kollegen!«

»Gewiss. Man lobt allenthalben die Qualität Ihrer Produkte. Metzgerei Bode hat einen guten Klang.«

»Das zu hören, freut mich natürlich!«

»Nur einen gibt es, der nicht so gut von Ihnen spricht. Ich traf gestern den ehemaligen Tischlergesellen Clemens.«

Das Gesicht Bodes lief rot an.

Er begann, laut zu atmen, als stünde er unter Dampf.

»Clemens! So treibt er sich noch immer in der Gegend herum! Ein Taugenichts! Ein Tagedieb!«

»Ich sage mal: Das habe ich tatsächlich nicht so empfunden. Er arbeitet hart, allerdings nicht mehr als Tischler. Mir scheint, er wollte nicht allzu weit entfernt sein, falls Therese wieder auftaucht.«

Der Metzger gab einige gurgelnde Laute von sich. Spielte geistesabwesend mit dem großen Schlachtermesser.

»Er erzählte, er sei an jenem Abend mit Therese verabredet gewesen. Sie wollte sich aus dem Haus schleichen. Doch sie erschien nicht am vereinbarten Treffpunkt. Stimmt es, dass Sie ihn an jenem Morgen von der Schwelle gejagt haben?«

»Selbstverständlich habe ich das! An seiner Geschichte war kein wahres Wort!«

»Allerdings konnten Sie Therese nicht finden«, half Renck dem Vater weiter.

»Ich wähnte sie in ihrem Bett. Als sie gar nicht aufstehen wollte, ging ich nachsehen, ob sie vielleicht krank sei. Sie war verschwunden, das Bett unberührt. Jede Suche blieb erfolglos!« Er wischte sich über die Augen.

Ha, dachte der preußische Ermittler zufrieden, du glaubst noch immer, dein schauspielerisches Talent wird dich retten. Aber nicht mit mir! Ich weiß längst, woran ich bei dir bin!

»Ich glaube, am Abend zuvor hatte sich in Ihrer Metzgerei eine schreckliche Szene abgespielt. Wenn Sie möchten, erzähle ich Ihnen, was ich vermute.«

Bode verschränkte die Arme vor der Brust. Die Spitze des Messers zeigte nun diskret nach hinten.

»Ach ja? Sie gehen davon aus, ich könnte Interesse dran haben zu erfahren, was Sie sich zusammen mit diesem Lumpen Clemens ausgedacht haben?«

Renck war kein furchtsamer Mensch.

Er glaubte fest und unerschrocken an seine Autorität als Polizist.

»Ich bin sicher.«

Mit drei raschen Schritten war der Metzger hinter Renck getreten.

Stand bedrohlich dicht neben ihm.

Renck grinste. Er war durch solche Methoden nicht einzuschüchtern, da hatte er schon anderes erlebt. Damals zum Beispiel, als er ganz allein gegen diese Diebesbande …

»Gut«, unterbrach Bode die Gedankengänge des anderen, trat zur Seite und deutete mit dem Kopf hinter die Theke. »Dann sollten wir es nicht hier besprechen. Hinten in der Wurstküche steht ein Tisch, da können wir uns sogar setzen.«

Es roch ein wenig seltsam.

Renck, dessen Magen von jeher nicht besonders stark und an diesem Morgen zudem vorbelastet war, spürte erneut eine leichte Übelkeit in sich aufsteigen.

Der Metzger hatte das lange, scharfe Messer mit einem lauten Knall auf den Tisch gedonnert, mittig, so, als wolle er den anderen einladen, mit ihm in einen Wettkampf zu treten.

»Nun?«, fragte Bode, nachdem sie sich gesetzt hatten.

»Clemens wusste von der Schwangerschaft.«

»Von welcher Schwangerschaft?«

»Therese erwartete ein Kind. Sie wussten davon. Clemens ebenfalls.«

»Meine Tochter? Niemals!«, brauste Bode cholerisch auf und funkelte Renck über den Tisch hinweg hasserfüllt an. »Herr Renck! Sie befinden sich im Irrtum! Das erzählt dieser Lump nur, um Thereses Ruf zu schädigen!«

»Nein. Das glaube ich nicht.«

Es entstand eine unangenehme Stille, in der nur noch das geräuschvolle Schnauben Bodes zu hören war.

»Es wurde kürzlich ein Skelett gefunden. Weiblich. Zusammen mit dem eines winzigen Kindes. Und ich bin sicher, dass es sich dabei um Ihre Tochter handelt. Sie wussten von der Schwangerschaft! So konnten Sie Therese unmöglich an einen reichen Gatten verheiraten. Der Fürst suchte jemanden, der ihm einen toten Körper zur Verfügung stellen würde, um das Anwachsen eines besonders wertvollen Baumes zu sichern. Zunächst schien Ihnen das ein guter Plan zu sein, das Problem aus der Welt zu schaffen. Sie fesselten Therese. Töteten sie. Doch danach kam es Ihnen wie ein Frevel vor, sie an den Fürsten zu verschachern. Also beerdigten Sie das Mädchen auf dem alten Branitzer Friedhof. Für den Handel mit dem Fürsten musste ein anderer sein Leben lassen!«

»Nein!«, brüllte Bode unbeherrscht, Geifer sprühte in Rencks Gesicht und auf seine orangefarbene Weste.

Frieder Prohaska stand im Laden und lauschte den Stimmen der Streitenden.

Renck!

Vorsichtig schlich er näher heran.

Wie kann der Mann nur so leichtsinnig sein, dachte er dabei, mit einem Kerl wie Bode kann man sich doch nicht so mir nichts, dir nichts anlegen!

Dieser Renck hatte sich nun wirklich vollkommen verrannt.

»Meine – Tochter – war – nicht- schwanger. Ein Mädchen aus gutem Hause erwartet kein Kind vor der Zeit! Therese wusste sehr genau, was sie tun durfte und was nicht.«

Der Metzger packte das Messer und richtete es gegen Rencks Brust.

»Wenn Sie weiter so etwas behaupten, steche ich Sie ab wie eines der Schweine, die ich zu Wurst und Schinken verarbeite!«, tobte er weiter.

Der Ermittler, der inzwischen erkannt hatte, wie unkomfortabel seine Lage geworden war, schwieg.

»Ich habe Therese geliebt. Und dann kommt dieser Taugenichts vorbei und verdreht ihr den Kopf. Regelrecht verhext hat er sie. Er hasst mich, weil er glaubt, ich hätte Therese an der Flucht mit ihm gehindert. Nur deshalb streut er solche Gerüchte. Er will mir den letzten Stoß versetzen! Nicht mit mir!«

Die Spitze des Messers durchstieß, von der bebenden Hand geführt, Weste und Hemd des Ermittlers.

Renck spürte das kalte Metall auf seiner Haut.

»Hören Sie mit dem Unsinn auf, Bode!«

Der Metzger fuhr herum und entdeckte den Lehrer.

»Wie sind Sie hier hereingekommen?«, fauchte er.

»Durch die Tür. Und man konnte die Stimmen bis

in den Laden hören, deshalb wollte ich nachsehen, was es hier zu streiten gibt.« Prohaska kam langsam näher. Hastige Bewegungen würden den Mann nur provozieren.

»Was ist das? Eine Verschwörung?«

»Nein. Wir sind beide bei Ihnen, weil unsere Nachforschungen uns zum selben Ergebnis geführt haben.«

Bode plumpste schwer auf den Stuhl zurück.

»Das ist ausgemachter Blödsinn. Niemals habe ich mit dem Fürsten solch ein Geschäft abgeschlossen!«, schrie er wie von Sinnen.

Renck wollte widersprechen, doch Prohaska signalisierte ihm, er solle schweigen. Überraschenderweise gehorchte der Ermittler.

»Ich weiß, dass Sie Therese umgebracht haben. Gefesselt war das Mädchen, mit einem Kälberstrick. Das Ungeborene haben wir auch gefunden. Damit Therese und ihr Kind nicht so allein sind, haben Sie die beiden neben der Mutter Ihrer Frau beigesetzt. Luise Hase. Die Großmutter war so mit Enkelin und Urenkelkind vereint.«

Bodes Hand fiel an der Seite herab und baumelte einen Moment hilflos hin und her. Dann klirrte das Messer zu Boden.

»Warum?«, ächzte er.

»Therese war von Ihnen schwanger, Bode! Vom eigenen Vater! Die Leidensfähigkeit von Menschen kennt Grenzen! Wussten Sie das nicht?«, fragte Prohaska leise und begegnete Rencks Augen, in denen schieres

Erstaunen und Entsetzen lag. »Also doch! Das war wirklich so zu verstehen? Vater und Großvater? Und ich dachte ...«

»Sie hat sicher nichts gesagt. Zu niemandem«, schluchzte der schwere Metzger plötzlich auf.

»Sie konnte es aber auch nicht für sich behalten. Gelegentlich, wenn sie das Schicksal zu sehr drückte, entfuhr ihr eine unbedachte Äußerung. Eine Andeutung hier, ein verräterischer Nebensatz da. Nach Thereses Verschwinden fingen die Menschen an, sich zusammenzureimen, was das Mädchen bedrückt hat. Doch sie mussten schweigen. Es gab weder eine Tote noch irgendeinen Beweis für das, was Sie ihr angetan haben!«

Renck betastete vorsichtig seine Brust.

Behutsam zog er die forschenden Finger zurück.

Blut!

Prohaskas Augen wanderten zu den blutverschmierten Fingern Rencks. Er begriff, dass er sich beeilen musste.

»Das hat sich jetzt geändert. Wir haben die Leiche von Therese geborgen. Leugnen hat keinen Sinn mehr.«

»Therese war so schön. Mit den Jahren wurde sie ihrer Mutter immer ähnlicher. Nicht nur im Aussehen, auch ihre Bewegungen glichen sich, selbst ihre Art zu sprechen, zu lächeln!« Bode starrte auf die rohe Holzplatte des Tisches und rang um Worte, die zu erklären vermochten, was unbegreiflich war.

Besorgt bemerkte der Branitzer Lehrer, wie Rencks Gesicht zunehmend Farbe verlor.

Wenn ich ihn jetzt rausbringe, werden wir dieses

Geständnis nie bekommen, wusste er, dann wird Bode sich sammeln und alles abstreiten.

Der Ermittler schien das ebenso zu sehen. Er straffte seinen Körper und präsentierte eine betont ruhige Miene.

»Eines Tages, nach einer Geburtstagsfeier mit Freunden, ist es dann passiert. Man hatte Frauen zu diesem Fest eingeladen, die sich mir andienten, mir heftigste Avancen machten. Doch ich wollte und will mich nicht neu vermählen. Meine Frau ist und bleibt meine einzige, habe ich denen gesagt. Und als ich nach Hause kam, stand sie dort. Jung wie ihre Mutter bei unserem ersten Treffen. In einem dünnen Nachtkleid, mit einer Kerze in der Hand. Es erschien mir wie ein Wunder.«

»Therese?«

»War verstört. Am nächsten Morgen erkannte ich meinen Fehler und bat sie um Verzeihung! Sie nahm mich in ihre weichen Arme und tröstete mich! Dabei war es doch ich, der ihr Schmerz und Leid zugefügt hatte. Ich schwor, es würde nie wieder geschehen, und sie versprach zu schweigen. Für immer.« Der Metzger schlug die Hände vors Gesicht und weinte leise. Ob aus Scham oder Verzweiflung, konnte Prohaska nicht sagen.

Es schien, als wolle der ungeschlachte Mann sich nun, da er einmal damit begonnen hatte, alles von der Seele reden.

»Aber es kam wieder vor. Und wieder. Therese war so weich und duftete wie ihre Mutter. Sie ertrug es stumm. Doch natürlich bemerkte ich, dass es ihr zusetzte. Sie lachte nicht mehr, wirkte verhärmt. Jedes Mal schwor ich, es sei das letzte Mal gewesen – und jedes Mal brach ich mein Versprechen in kürzester Zeit.«

»Du Schwein!«, schrie eine schrille Stimme und die Köpfe der drei Männer fuhren herum. Minnie war, von allen unbemerkt, in die Tür zur Küche getreten und hatte wohl zumindest einen Teil des Geständnisses mitgehört.

»Wie konntest du dem armen Kind so etwas antun? Sie hatte doch nur dich! Mutter und Großmutter waren gestorben! Und der eigene Vater …«

Plötzlich bemerkte sie den sich ausbreitenden Blutfleck auf Rencks Wams.

»Um Himmels willen! Sie sind ja verletzt!«

»Nicht der Rede wert«, hauchte der fahle Ermittler tapfer.

Doch Minnie duldete keine Widerworte. Energisch stellte sie den kleinen Mann auf seine wackligen Beine und stützte ihn auf dem Weg aus der Küche.

»Sie sind verhaftet!«, verkündete der Verletzte noch und verlangte von Prohaska, er möge nicht vergessen, die Verwicklung des Fürsten in dieses Drama aufzudecken. Der Lehrer stöhnte. Renck hatte wirklich gar nichts begriffen!

Es dauerte nur wenige Minuten und ein Kollege der Polizei baute sich hinter Bode auf, grimmige Entschlossenheit in der Miene.

Den Metzger konnte das alles bei seiner Beichte nicht mehr aufhalten. »Es war entsetzlich. Ich konnte meiner Therese kaum noch unter die Augen treten. Von ihr zu lassen, gelang mir allerdings ebenso wenig. Es war ein Teufelskreis. Und eines Tages erzählte sie von diesem Taugenichts. Mir war sofort klar, dass ich diese Verbindung nie erlauben durfte, wollte ich meine Tochter nicht für immer verlieren. An jenem schrecklichen Abend erfuhr ich von dem Kind, das sie unter dem Herzen trug. Meinem Kind! Wie elend war mir da! Als das Denken zurückkehrte, lag Therese tot vor mir auf dem Boden. Stumm und reglos. Zunächst wollte ich nur verhindern, dass sie mich verließ, ich fesselte sie und flehte sie an, doch zu bleiben. Irgendwann muss ich sie gewürgt haben. Der Stuhl war umgestürzt und meine wunderbare Tochter lag vor mir. Was sollte ich tun? Kurz entschlossen fuhr ich mit ihr nach Branitz und beerdigte sie in aller Heimlichkeit neben ihrer Großmutter.«

Betroffen starrte der junge Lehrer auf seine Schuhspitzen.

Das Rätsel um den Leichnam vom Friedhof war damit gelöst, doch, auch wenn Renck das nicht einsehen wollte, der Tod der Knaben in Branitz blieb weiter ungeklärt.

Balthasar Bode schluchzte laut, schniefte und putzte sich immer wieder trompetend die Nase in ein großes Küchenhandtuch.

»Die Leute hier werden mich verachten für das, was ich getan habe.«

»Da bin ich sicher!«, bestätigte der Polizist schnörkellos. »Legen Sie mal beide Hände auf den Rücken!« Klirrend schlossen sich die Handfesseln um die Gelenke des Metzgers. »Wir beide gehen jetzt.«

Prohaska erhob sich etwas mühsam. Wie eine Last lag das Geständnis dieses Mannes auf seiner Brust, es fiel ihm schwer zu atmen.

Vor der Tür empfing ihn die ahnungslose Geschäftigkeit der Stadt.

Die Sonne schob sich über die Dächer der Häuser. Der Lehrer bemerkte erst jetzt, wie kalt ihm geworden war, blieb einen Augenblick stehen und genoss die Wärme, hoffte, sie könne auch sein Innerstes erreichen, um das hartnäckige Zittern zu vertreiben, das ihn bei der Beichte des Schlachters ergriffen hatte.

Dann gab er sich einen energischen Ruck.

»Mag Renck doch denken, was ihm beliebt! Ich weiß, dass es keine Verbindung zum Fürsten gibt. Die Lösung liegt bei Bergemann.«

Er griff nach Morgentaus Zügeln und ging gedankenverloren die Straße entlang.

»Ich muss es geschickt anstellen, ihn zu fragen, warum er niemandem von dem Toten im Wald erzählt hat. Ich sehe nicht, welche meinen Verdacht zerstreuende Erklärung er mir anbieten könnte.«

Doch bevor er zurücktritt, folgte er dem Rat seiner Mutter.

»Frieder! Wie wunderschön! Eine so prächtig gearbeitete Spitzenborte! Und wie ich mich freue zu sehen, dass es dir gut geht.« Hedwig strahlte. Sie war schöner denn je. Ihre prallen Lippen schienen ihm wie ein Versprechen, die Augen leuchteten und als sie ihm um den Hals fiel, vergrub er sein Gesicht tief in ihr duftendes langes Haar.

»Hedwig, mein geliebter Engel. Ich hoffe sehr, alles zur Zufriedenheit des Fürsten erledigen zu können. Vielleicht gelingt es dann, deinen Vater davon zu überzeugen, dass er unserem Glück nicht länger im Wege stehen sollte.« Von seinem Erlebnis in der Metzgerei erwähnte er nicht eine Silbe. Hedwig sollte sich um ihn nicht ängstigen. Warm drückte er die zarten Hände der Geliebten, hauchte zum Abschied einen Kuss darauf.

»Sieh dich vor, Frieder Prohaska!«, rief sie ihm nach. »Du begibst dich in große Gefahr, wenn du solche Rätsel zu lösen versuchst!«

»Sei nicht bang! Der Mutige segelt unter dem Schutz des Herrn!«, lachte er, winkte zum Abschied und hoffte inständig, dass sich diese Behauptung am Ende als wahr erweisen möge.

*Du glaubst, du habest einen Fehler gemacht? Die Bestrafung übertrieben? Aber nicht doch! Wenn das Vergehen schlimm ist, muss die Strafe dem entsprechen, sonst bleibt sie ohne nachhaltige Wirkung. Du hast lustvoll gestraft und nun schämst du dich. Dabei gehört die Lust dazu! Deine Motivation ist Erziehung aus selbstloser Liebe. Sie ist altruistisch. Bedenke, ist nicht ein wesentlicher Bestandteil der Liebe die reine Lust? So hast du also richtig gehandelt. Denk nicht weiter darüber nach!*

Nachdem er Morgentau wieder bei ihrem Besitzer abgegeben hatte, lief er ins Schloss, um dort zu berichten, was er herausgefunden hatte. Der Fürst war noch nicht aus dem Spreewald zurück, doch man erwartete ihn für die Abendstunden.

»Es handelt sich also bei der Toten vom Friedhof um die vermisste Tochter des Cottbuser Metzgers Balthasar Bode. Er ist auch der Vater ihres ungeborenen Kindes«, informierte er Billy Masser, der eifrig mitschrieb.

»Bode tötete demnach seine eigene Tochter und gab dann vor, sie sei verschwunden.«

»Ja. Er fürchtete, sein böses Geheimnis sei nicht mehr sicher, wenn sie mit einem jungen Mann wegliefe. Deshalb tötete er sie in der Metzgerei und brachte sie nach Branitz. Er hob neben dem Grab der Großmutter eine Grube aus und bestattete das Mädchen dort.«

»Er versuchte, diesen jungen Mann zu belasten, nicht wahr? Die Leute sollten glauben, er habe Therese dem Vater entfremdet und zur Flucht angestiftet.«

»Genau. Doch es gab Gerüchte, die er nicht zum Verstummen bringen konnte. Übrigens, Herr Renck wurde bei dem Gespräch mit Bode leicht verletzt. Nur eine Fleischwunde. Metzger sind mit Messern nun mal sehr geschickt.«

Masser grinste. »Er wird durchkommen?«

»Es besteht keine Gefahr für sein Leben. Dennoch muss ich zugeben, dass die Verhaftung Bodes Rencks Verdacht gegen den Fürsten nicht auszuräumen vermochte. Er geht davon aus, dass Bode zunächst dem Fürsten die Leiche des Mädchens für ein Baumpflanzloch anbieten wollte, es dann aber nicht übers Herz brachte und stattdessen einen Jungen tötete, um einen ›Ersatz‹ zu haben.«

»Du liebe Güte! Er hat sich wirklich wie eine Zecke in der Haut eines Hundes an seiner Idee festgebissen.«

»Um ein Haar wäre es gar nicht zu Bodes Geständnis gekommen, weil er eine vollkommen andere Geschichte hören wollte als die, die er am Ende bekam.« Prohaska überlegte und setzte dann hinzu: »Ich glaube, ich weiß, wie ich herausfinden kann, wer diese Jungen getötet hat. Ich werde mit dem Pfarrer sprechen. Sollte ich nicht mehr zurückkehren, fragen Sie bei Gotthilf Bergemann nach dem Toten aus dem Feuer.«

»Möchten Sie jemanden an Ihrer Seite?«, erkundigte sich Masser besorgt.

»Nein. Ich möchte nur, dass es einen Menschen gibt, der weiß, wo er ansetzen muss, falls ich nicht mehr wiederkomme«, erklärte der Lehrer ernst und der Vertraute des Fürsten nickte ihm voller Verständnis zu.

»Ich weiß, was Sie meinen. Renck hätte bei Bode sterben können, wären Sie nicht rechtzeitig dazugekommen. Sein Leichnam unauffindbar versteckt, ein weiteres ungelöstes Rätsel.«

»Renck hatte niemandem von diesem Besuch bei Bode erzählt, ich kam nur zufällig dazu, weil meine Nachforschungen auch in die Metzgerei führten. Am Ende hätte er gar in der Wurst landen können! Und damit auf jedermanns Tisch!«

Gotthilf Bergemann war nicht zu Hause.

In all den Jahren ist mir gar nicht aufgefallen, wie oft der Pfarrer unterwegs ist, grübelte Prohaska, vielleicht ist er aufgebrochen, um einem Schwerkranken Sterbesakramente zu geben.

Gerade wollte er unverrichteter Dinge umkehren, da bemerkte er eine Bewegung am Horizont.

Er kniff die Augen fest zusammen.

Zwei schwarz gekleidete Gestalten!

Was nun, fragte sich der Lehrer, soll ich tatsächlich unserem Pfarrer hinterherspionieren?

»Solange er mich nicht entdeckt, kann es ein Geheimnis zwischen dir und mir bleiben. Weißt Du, Herr, manchmal sind nicht nur Deine Wege unergründlich«, flüsterte er dem leicht bedeckten Himmel zu und machte sich auf den Weg.

Es dauerte nicht lang und er bemerkte, wohin der Fußmarsch sie führen würde.

Bergemann leitete seinen Begleiter offensichtlich zu dem geheimen Grab im Wald.

Prohaska versuchte, unbemerkt näher aufzuschließen, damit er auch verstehen konnte, worüber die beiden Männer sprachen.

»Hier, an dieser Stelle habe ich ihn gefunden«, hörte er Bergemanns Stimme und verschwand im Unterholz.

»Und?«, fragte der andere kalt zurück. »Darüber haben wir doch schon gesprochen.«

»Gesprochen? So kann man das wohl nicht bezeichnen. Du hast mich stehen lassen.«

»Was erwartest du? Deine Arbeit gleicht der meinen nicht im Mindesten. Was weißt du schon über die Schwierigkeiten, mit denen ich Tag für Tag zu kämpfen habe? Deine Herde ist eine Gruppe satter Schafe. Ich dagegen, ich zähme den Wolf!«

»Dieser hier glich dem aus dem Park! Gefesselt. Die Stricke waren noch zu sehen. Auch der, den man um den Hals geschlungen hatte. Beherbergst du einen Mörder?«

Prohaska spürte das Unbehagen des Fremden. Der wand sich, versuchte wohl, eine Formulierung zu finden, die die Wahrheit vernebeln konnte.

»Nun«, knurrte er dann, »es gab einen unter uns. Aber er zog vor einiger Zeit weiter.«

»Das ist entgegen unserer Abmachung!«, brauste Bergemann auf.

»Ha!«, machte der andere verächtlich. »Unter deinen Schafen sind keine schwarzen?«

Ein leises Rascheln.

Prohaska entdeckte zwei Köpfe hinter einem Busch ganz in seiner Nähe. Offensichtlich wollten auch noch andere Zeugen des Gesprächs werden.

»Hildegard?«, wunderte sich der Lehrer.

Vor lauter Verblüffung hatte er nicht weiter auf den Dialog geachtet und zuckte deshalb heftig zusammen, als ein lautes Klatschen zu hören war.

Ungläubig starrte er auf die beiden gewichtigen Männer.

Sie prügelten sich!

Stumm und verbissen.

Unterdrückte Schmerzenslaute waren zu hören, Stoff zerriss. Dumpf klangen die Boxhiebe durch den Forst.

So plötzlich, wie die Schlägerei begonnen hatte, war sie vorbei.

Schwer atmend standen sich die beiden gegenüber. Von fast gleicher Statur und wohl ähnlicher Kraft, war für keinen ein Sieg zu erzielen.

»Verschwinde von hier!«, drohte Bergemann und tupfte Blut von seinem Mundwinkel. »Du hast vier Tage Zeit. Danach mache ich dein Treiben öffentlich!«

»Das kannst du nicht!«, geiferte der Fremde zurück, der eine Platzwunde in der Augenbraue betastete. »Und das weißt du auch sehr genau!«

Als die beiden sich zornbebend getrennt hatten, schob sich Prohaska zu Hildegard.

»Was tust du denn hier?«

Die Heilerin fuhr erschrocken herum, streckte ihre Klauen kampfbereit vor, um dem Sprecher das Gesicht zu zerkratzen. Dann ließ sie erleichtert die Hände wieder sinken.

»Komm her, Mädchen!«, rief sie. »Das ist der Dorflehrer!«

»Was macht ihr hier?«

»Oh, das ist eine lange Geschichte. Dies ist Irma.« Sie schob einen Jungen vor, zog ihm die Mütze ab. »Sie kann dir ein paar sehr interessante Dinge erzählen!«

Gebannt lauschte Prohaska. Er erfuhr von Andreas und Jonathan, Gunther und dessen Mordversuchen.

»Aber dort, wo Andreas jetzt ist, verschwinden Kinder«, schloss sie ihren Bericht.

»Verschwinden?«

»Ja. Einer der anderen Jungen meint, es würden

immer mehr. Sie gehen morgens los, um Arbeit für den Tag zu finden, und kehren nie mehr zurück. Mein Andreas kann sich nicht einmal wehren und sein kleiner Bruder ohnehin nicht.«

»Eine Hütte?«

»Wenn wir dir zeigen sollen, wo das ist, dann lass uns sofort aufbrechen. Es wird schon dämmrig und ich möchte keinem von denen im Dunkeln begegnen!«, schnarrte Hildegard ungeduldig. »Dieser Fremde, der versorgt die Burschen. Sie bekommen dort zu essen und einen Schlafplatz.«

Hildegard hatte das sich sträubende Mädchen mit sich weggezerrt, behauptete, es sei zu unsicher in der Nähe dieser Hütte, und so lauerte Prohaska wenig später allein vor der Zuflucht von Vater Felix.

Er beherbergt auch Mörder!, kreiste hinter seiner Stirn, einer davon ist geflohen. Vielleicht ist jener für die beiden Getöteten verantwortlich! Lebt nun in einer anderen Gegend und tötet weiter, weil auch dort niemand etwas von seiner Vergangenheit ahnt.

»Ich muss mit diesem Vater Felix sprechen!«, zischte er vor sich hin. »Anders ist kein Licht in dieses Dunkel zu bringen!«

Es hatte angefangen zu regnen.

Der Lehrer fror. »Das scheint etwas zu sein, was Ermittlern ständig passiert! Sie lungern irgendwo herum, werden verschleppt oder eingesperrt – und frieren zum Gotterbarmen!«, flüsterte er sich zu.

Er dachte an Renck und dessen Verletzung.

Tödlich oder lebensgefährlich war sie nicht, aber sie hätte es leicht sein können.

Frieren war also nur eine der Gefahren, die dieser Beruf so mit sich brachte.

Er gewahrte eine flüchtige Bewegung im Augenwinkel.

Vater Felix.

»Wie bist du aus der Hütte rausgekommen, ohne dass ich es bemerkt habe?«, knurrte Prohaska und machte sich, von der Kälte steif geworden, daran, dem Fremden zu folgen.

Der schwarze Mann bewegte sich mit schlafwandlerischer Sicherheit zwischen den Bäumen hindurch, er schien jede Wurzel zu kennen, strauchelte nicht ein einziges Mal.

Der Abstand zwischen Verfolger und Verfolgtem vergrößerte sich zusehends.

Prohaska keuchte.

Und hatte ihn plötzlich aus den Augen verloren!

Vorsichtig ging er weiter.

Versuchte, in der Dunkelheit etwas wie einen Umriss zu erkennen.

Vergeblich.

Er lehnte sich an einen Baum und lauschte.

Von fern waren Geräusche zu hören. Stimmen?

Der Lehrer pirschte sich weiter.

Tatsächlich. Es wurde gesprochen.

»Komm raus!«

Ein Wimmern antwortete.

»Es gibt immer mal wieder einen wie dich! Aber du verstehst natürlich, dass ich so etwas nicht durchgehen lassen kann?«

Etwas knallte wie ein Schuss durch die Luft. Ein Peitschenhieb! Das Wimmern wurde zum Jaulen. Prohaska fuhr zusammen, spürte den Schmerz des anderen auf der eigenen Haut.

»Wir leben in einer Gemeinschaft!«

Wieder ein Knall.

»Das bedeutet, dass sich alle an die Regeln halten müssen. Alle! Ohne Ausnahme.«

»Ich habe es ja versucht!« Eine schwache Stimme.

»Oh nein. Das hast du nicht! Ernsthafte Versuche sind von Erfolg gekrönt!«, höhnte Vater Felix.

»Ich hatte Hunger!«

»Das haben alle. Dennoch stiehlt keiner von den anderen«, erklärte Vater Felix traurig. »Bei dir scheint alles verloren. Jede Bemühung ist vergebens.«

»Nein! Nein! So ist das nicht! Ich kann mich bessern!«, flehte die jugendliche Stimme.

»So?« Wieder knallte die Peitsche. »Wenn dem so ist, konntest du es doch schon die ganze Zeit. Du wolltest also nicht!«

»Nein!«

»Doch! Und ich weiß, dass es so ist. Deshalb wirst du noch in dieser Nacht hart bestraft.«

Wimmern antwortete ihm.

»Mach deinen Frieden mit dem Herrn. Bete um Vergebung. Viel Zeit bleibt dir nicht dazu!«

Mehr hörte Prohaska nicht.

Ein kräftiger Schlag auf seinen Kopf schickte ihn in tiefe Bewusstlosigkeit.

Als er wieder zu sich kam, spürte er die Kälte, die sich in seinem Körper ausgebreitet hatte. Heftige Kopfschmerzen machten es ihm unmöglich, den Kopf zu heben.
 Es dauerte eine Weile, bis ihm nach und nach einfiel, was geschehen war.
 Als er leise stöhnte, sagte ein heller, teigiger Fleck in der Dunkelheit: »Es tut mir so leid, Prohaska. Hätte ich geahnt, dass der Fürst Sie nun mit den Nachforschungen beauftragt hat, hätte ich mich stärker darum gekümmert, dass Sie nichts herausfinden!«
 »Bergemann? Sie haben mich niedergeschlagen!« Er setzte sich mit einem Ruck auf und bezahlte dafür mit heftigem Erbrechen.
 »Nun verhalten Sie sich doch ruhig! Sie machen ja alles noch schlimmer!«
 »Ich?«, würgte der Lehrer und versuchte, seinen Kopf klar zu bekommen. »Vater Felix! Er hält einen Jungen gefangen! Er wird ihn töten, dessen bin ich gewiss.«
 »Aber das weiß ich doch!« Der Pfarrer riss verzweifelt die Arme in die Luft. »Wir können nichts tun!«
 »Sicher können wir das! Zunächst müssen wir den Burschen befreien, dann Vater Felix verhaften lassen, er gewährt Mördern Unterschlupf, tötet wohl gar mit eigener Hand.«
 »Sehen Sie, Prohaska, das ist das Problem. Das kann ich nicht zulassen!«

Der Lehrer versuchte, auf die Beine zu kommen, stützte sich an einem Baum ab, keuchte vor Anstrengung.

»Was reden Sie denn da? Wir müssen Menschenleben retten!«

»Der Junge ist nicht mehr zu retten.«

»Was? Soll das heißen, während ich bewusstlos war, haben Sie untätig zugesehen, wie ein weiterer Mord begangen wurde?«

»Nein. Sie verstehen das nicht.«

»Ach?«, röchelte der Lehrer und übergab sich erneut.

»Was schnüffeln Sie auch im Wald herum!«, tadelte der Pfarrer grantig. »Wären Sie schön zu Hause geblieben, hätte ich Ihnen nicht mit dem Ast ...«

»Wir gehen jetzt dort hinunter. Es gibt da ein Versteck. Wir befreien den gefangenen Jungen und bringen ihn in Sicherheit!«

»Prohaska, es gibt Wahrheiten, die man akzeptieren muss.«

Der Lehrer setzte sich langsam in Bewegung. Nutzte jeden Baum auf dem Weg als Stütze.

»Prohaska!«

»Warten Sie! Das hat keinen Sinn mehr!«

»Prohaska! Begreifen Sie doch, dass es zu spät ist!«

Unbeirrbar tastete sich der junge Mann weiter.

Plötzlich war der Pfarrer wieder neben ihm.

»Gut. Sie sind ein sturer Hund. Hätte ich nicht von Ihnen gedacht. Aber eines müssen Sie wissen: Wenn wir den Jungen tatsächlich noch befreien können, wird Vater Felix sich einen anderen nehmen.«

»Sie wussten es die ganze Zeit?«

»Nein. Es war mehr eine Befürchtung. Wir haben uns seit unendlichen Zeiten nicht mehr gesehen, ich wusste nicht einmal, dass er dieser ominöse Vater Felix ist, der Ausreißern und von der Polizei Gejagten Obdach bietet. Bis er eines Tages vor dem Pfarrhaus stand und um eine Spende bat.«

»Sie kennen ihn?«

»Wir sind verwandt«, antwortete Bergemann einfach.

»Hier! Hier ist ein Erdloch!«, triumphierte der Lehrer, als sein Bein im Boden versank.

Bergemann half dabei, das Geäst zur Seite zu räumen, das die Grube abdeckte.

»Ist da jemand?«, fragte Prohaska in die Tiefe und ein seltsamer Laut der Verzweiflung drang zu ihnen herauf.

Bergemann streckte seine kräftigen Arme hinunter und zog ein klägliches Häufchen Elend nach oben.

»Wer bist du?«

Der Junge antwortete nicht, schluchzte nur.

»Und jetzt? Wo bringen wir ihn hin?«

»Haben Sie den Ast noch?« Der Lehrer spürte, wie der Kopfschmerz etwas abflaute.

Bergemann nickte unsicher. »Warum?«

»Wenn wir denjenigen mitnehmen, der in diesem Loch saß, wird Ihr Verwandter wissen, dass sein Spiel aus ist. Wahrscheinlich flieht er daraufhin.«

»Hm«, grunzte der Pfarrer wenig überzeugt.
»Wir müssen ihn überwältigen.«

Sie lösten die Fesseln des Jungen, der noch immer kein Wort gesagt hatte.

Prohaska spürte das Zittern, das den Befreiten regelrecht schüttelte.

»Nun?«

»Der Bursche muss mitkommen. Anders geht es nicht.«

Nur widerstrebend setzte sich der Junge in Bewegung.

»Hochwürden! Nehmen Sie den Ast mit!«, mahnte Prohaska, während sich Bergemann an die Spitze der ungewöhnlichen Dreiergruppe setzte und mit energischen Schritten das Tempo vorgab. Der Lehrer biss die Zähne zusammen und bemühte sich mitzuhalten.

»Wie heißt du?«

»Gustav.«

»Und warum hat Vater Felix dich in dieses Loch geworfen?«, versuchte er von dem verschreckten Jungen zu erfahren.

»Weil ich gestohlen habe. Er meint, wer sündigt, muss auch bestraft werden. Der Herr teilt ihm mit, welcher Art die Sühne zu sein hat«, gab der Bursche leise zurück. Danach verfiel er erneut in entschlossenes Schweigen, löste den Blick nicht mehr vom Boden und murmelte gelegentlich etwas vor sich hin, das in Prohaskas Ohren wie ein Gebet klang.

Der Pfarrer schritt weiter zügig aus. So dauerte es

auch nicht allzu lang, bis sie zwischen den Bäumen einen kompakten Schatten ausmachen konnten.

»Dort. Das ist die Zuflucht von Vater Felix. Ich bin sicher, wir finden ihn bei seinen Jungen, die er gern Schutzbefohlene nennt.« Bergemann ging schnurstracks auf den Eingang zu.

Prohaska hielt ihn zurück.

»Hören Sie das nicht?«

»Was?«

»Da drinnen wird gestritten. Ich will erst wissen, was vor sich geht, bevor wir reinstürmen.«

Prohaska drückte sein Ohr an die Holzwand. Legte seinen Finger über die Lippen.

»Sie haben kein Recht dazu!«, sagte eine ruhige Stimme, die eindeutig zu Vater Felix gehörte.

»Recht! Ich höre immer nur Recht! Ich nehme mir, um was man mich betrogen hat!«, schrie eine andere Person unbeherrscht.

»Legen Sie das Messer zur Seite. Dann können wir reden.«

»Ich denke gar nicht daran! Den Teufel werde ich tun. Die beiden nehme ich mit und kläre unsere lästigen Angelegenheiten auf meine Weise!«

Prohaska huschte zum Fenster und spähte in den großen Raum hinein.

Ein schwerer, ungeschlachter Mann stand dort, ein Messer auf Vater Felix gerichtet. Hinter dem Gründer der Zuflucht hatten sich die Burschen versammelt, bleiche Gesichter, hohlwangig und mit vor Schrecken geweiteten Augen starrten sie den Eindringling an.

Gustav schob sich neben den Lehrer. »Die Großen sind noch nicht von der Arbeit zurück. Sonst würden die den Kerl zu Brei prügeln.«

Der Junge bemerkte, wie Prohaska zusammenzuckte.

»Nun ja. Wir haben ein paar richtig starke Kerle unter uns, die regen sich leicht auf«, murmelte er noch und huschte zu Bergemann hinüber.

»Andreas! Jonathan! Ihr kommt sofort her zu mir!«

»Ihr braucht ihm nicht zu gehorchen«, widersprach Vater Felix. »Er hat in dieser Hütte nichts zu sagen. Er wird gehen.«

»Wird er nicht! Kommt her zu mir oder ich greife mir eines der anderen ungewaschenen Würstchen und bringe es um. Hier und sofort. Wenn euch das lieber ist, mir ist es vollkommen gleichgültig. Mir ist jeder in diesem Raum absolut egal.«

Der Fremde machte einen raschen Schritt auf die Gruppe zu. Alle wichen zurück, bis auf den Hüter der Kinder und Matthias, der Prohaskas Gesicht im Fenster angestarrt und nicht aufgepasst hatte.

Der Kleine schrie erschrocken auf, als der grobe Mann ihm nun die kalte Klinge an die Gurgel presste.

Jonathan schob sich vor.

Auf der anderen Seite trat Andreas schwankend aus der Gruppe heraus.

»Wusste ich es doch!«

»Ihr geht nicht mit ihm mit. Er will nur euren Tod.«

»Sie haben nichts mehr zu sagen! Die beiden haben verstanden.«

Prohaska wusste, was nun zu tun war.

Bisher war ihm nicht bewusst gewesen, wie aufregend und wie gefährlich der Beruf des Ermittlers war. Bis vor wenigen Tagen führte er noch das beschauliche Leben eines Dorfschullehrers und nun stürzte er von einer haarsträubenden Situation in die nächste.

Nicht zu glauben.

Er flitzte ohne Zögern zur Tür zurück.

Gab Bergemann und Gustav ein Zeichen.

Dann riss er den Eingang auf, stürmte in das Innere und rammte den Fremden mit der Schulter.

Der fluchte, stürzte zu Boden, konnte sich nur abfangen, indem er seine Geisel freigab. Überraschend schnell jedoch war der Kerl wieder auf den Beinen. Vater Felix blinzelte sprachlos von einem zum anderen. Prohaska warf sich dem Fremden in den Arm, doch der war zu schwer und blieb eisern stehen. Diesmal zeigte das Messer jedoch auf den Lehrer.

»Legen Sie das Messer weg!«, forderte Bergemann laut, die Kinder schrien.

»Nein!«

»Sie können nicht entkommen. Wir werden Sie jagen und vor Gericht stellen!«

»Das glaube ich nicht. Mich kriegt keiner. Und selbst wenn: Dann sind diese beiden nicht mehr am Leben. Wenn schon sonst nichts mehr von mir erreicht werden kann, so bekomme ich doch meine Rache!«

»Wer ist das?«, fragte Bergemann.

»Der Stiefvater. Er will uns wegen des Erbes töten.«

»Gunther Krausner!«, wusste Prohaska.

»Woher kennen Sie meinen Namen?«

»Ich hörte bereits eine Menge über dich. Geh und lass dich nie mehr sehen.«

»Nein.«

Vater Felix' Augen flackerten durch den Raum, erfassten Gustav, schienen ihre Farbe zu verändern. Er machte einen großen Schritt auf Gunther zu und packte dessen Handgelenk. Prohaska eilte zu Hilfe, Gunther bekam den Arm überraschend frei, holte mit der Klinge weit aus, rammte sie dann bis zum Heft in Vater Felix' Körper. Hinter Gunther ging der Lehrer zu Boden, die Tür wurde wieder aufgerissen, jemand kreischte »Andreas!« und flog an allen vorbei, direkt in die Arme des überraschten jungen Mannes, die älteren Burschen warfen sich auf Gunther und endlich gelang es, ihn auf dem Boden zu halten. Ein einziges Durcheinander!

Prohaska spürte einen brennenden Schmerz.

Als er an seine Wange fasste, fühlte er Blut, das dort hervorquoll. Der Kerl hat mich beim Schwungholen erwischt, dachte er mehr erstaunt als entsetzt. Er setzte sich auf. Bergemann kümmerte sich um Vater Felix. Er sprach beruhigend auf ihn ein.

»Wer von euch kann richtig schnell laufen?«

Zwei Stunden später saßen sich Bergemann, Billy Masser und Prohaska im Pfarrhaus gegenüber. Im Kamin prasselte ein wärmendes Feuer, in den Gläsern funkelte roter Wein.

»Es ist alles allein meine Schuld«, bekannte Bergemann traurig. »Schon von Anfang an. Ich habe nur Fehler gemacht!«

»Sie sind wirklich verwandt?«, erkundigte sich Masser ungläubig.

»Cousins. Felix' Eltern kamen bei einem Schiffsunglück ums Leben und meine nahmen ihn auf. So wuchsen wir heran wie Brüder. Mein Weg war von der Wiege an vorgezeichnet. Ich sollte ein Diener der Kirche werden. Felix dagegen wurde dazu ausersehen, seinen Mann in der Welt der Juristerei zu stehen. Das lag ihm nicht. Gern wäre auch er Seelsorger geworden, doch mein Vater erlaubte nicht, dass beide Söhne in den Dienst des Herrn einträten.«

Sie prosteten sich still zu, nahmen einen Schluck von dem Wein.

Prohaska tastete mit den Fingerspitzen nach dem Schnitt in der Wange.

Hoffentlich wird Hedwig die Narbe später nicht als abstoßend empfinden, überlegte er besorgt.

»Felix war nicht wie ich. Das wurde meinem Vater rasch bewusst. Felix konnte mit Autorität nicht umgehen. Setzte man ihm Grenzen, so sprengte er sie. Es war entsetzlich. Mein Vater schlug ihn grün und blau, nahm eine Peitsche zur Hilfe, sperrte ihn in den Keller bei Wasser und Brot, bestrafte ihn zu jeder Zeit mit zunehmender Härte. Gelegentlich erhielt Felix die Bestrafung schon vor dem Vergehen! Unsere Familie veränderte sich. Mein Vater war ständig wütend. Meine Mutter weinte, steckte Felix manchmal besondere Leckereien zu, versuchte so etwas wie eine Wiedergutmachung. Felix' Wesen wurde finster. Heute weiß ich, dass es an mir lag. Hätte ich einmal zu verstehen gegeben, ich wolle gar nicht Pfarrer werden, hätte sich womöglich das Blatt gewendet, aber so ... Und Felix wusste das. Er begann mich zu hassen.«

Minutenlang starrte Bergemann abwesend in die züngelnden Flammen.

Prohaska und Masser warteten betroffen ohne ein Wort.

»Mir blieb doch gar keine Wahl! Aber das vermochte Felix nicht einzusehen. Schon mein Name – Gotthilf – wurde ausgewählt, weil ich ein Geschenk der Familie an den Herrn werden sollte! Meine Großmutter war, als ich noch nicht auf der Welt war, schwer erkrankt und mein Vater versprach dem Herrn, wenn er sie rette, so würde sein noch ungeborenes Kind der Kirche gehören. Solch ein Versprechen muss man einlösen! Meine Großmutter genas und ich wurde Pfarrer.«

»Felix hätte doch ebenfalls Theologe werden können«, wandte Masser ein. »Er musste sich doch nur den Plänen des Onkels widersetzen.«

»Nein. Einer von uns beiden musste die Kanzlei meines Vaters übernehmen. Felix! Er wehrte sich zunächst, doch der Autorität meines Vaters war er nicht gewachsen, es wurde ihm bestimmt, sein Nachfolger zu werden. Mein Cousin begann, sich sehr auffällig zu benehmen. Zunächst wohl aus Trotz, später mit zunehmendem Vergnügen. Felix fing kleinere Tiere in der Nachbarschaft. Eines Abends, als ich die Bettdecke zurückschlug, lag auf meinem Laken eine schwarze Katze. Erdrosselt. Die Vorder- und Hinterläufe mit Stricken gebunden. Ich war so entsetzt, dass ich noch Tage später zitterte, wenn ich nur an den Anblick dachte! Felix weidete sich an meinem Schrecken. Jeden Abend fürchtete ich mich vor dem Augenblick des Zubettgehens. Es blieb auch nicht bei dieser einen Katze. Ich fand eine in meinem Schrank unter den Wolljacken, eine in meinem Tornister, eine auf diese Weise getötete Ratte zwischen meinen Stiften – es war grauenvoll. Als ich den toten Jungen sah, befürchtete ich sofort, Felix könne etwas damit zu tun haben.«

»Von der Katze zum Menschen als Opfer ist es ein weiter Weg«, begann Prohaska vorsichtig. »Sie hätten den Toten im Park nicht mit Felix in Verbindung gebracht, wäre Ähnliches nicht schon früher geschehen.«

Bergemann schluckte schwer. Räusperte sich. Schluckte erneut. »Felix liebt Knaben auf besondere Weise.«

»Seit wann wissen Sie davon?«, bohrte der Lehrer weiter.

»Ich wurde Zeuge, als er einen Jungen aus der Nachbarschaft mit sich in den Keller lockte«, flüsterte der Seelsorger. »Felix verfügte über eine sonderbare Gabe, die ihm Macht über den Willen anderer verschaffte. Er fesselte den bedauernswerten Knaben an Armen und Beinen und dann … Es war grauenvoll. Der Junge schrie vor Schmerz, doch das schien Felix nur noch anzustacheln. Als er befriedigt war, überlegte er, wie er das Kind zum Schweigen bringen konnte. Ich, der ich das Schreien gehört hatte, kam gerade noch rechtzeitig, um das Leben des Jungen zu retten. Wir drohten ihm mit dem Tod, sollte er ein Wort verlauten lassen. Er schwieg.«

»Hätten Sie nicht Renck ins Vertrauen ziehen können?«, fragte der Geheimsekretär des Fürsten vernünftig.

»Und Felix unter Verdacht geraten lassen, obwohl er doch wahrscheinlich diesen Burschen gar nicht getötet hatte? Er hat seine gesamte Kindheit und Jugend, selbst sein ganzes Leben als Erwachsener meinetwegen gelitten! Und nun sollte ich diese vage Mutmaßung Renck zutragen? Nein!«

»Aber der Tote im Wald wäre vielleicht zu diesem Zeitpunkt noch zu verhindern gewesen!«

»Ja, dieser Gedanke machte mich auch fast krank. Ich wusste nicht, wo genau die Zuflucht versteckt war. Also suchte ich Tag für Tag danach. Felix kam gelegentlich im Schutze der Dunkelheit zu mir, um Nahrungsmittel für seine Schützlinge zu erbetteln. Doch er wollte mir die Lage seiner Hütte nicht verraten. Natürlich sprach ich mit ihm über die beiden Toten. Allerdings bestritt er, den Jungen gekannt zu haben, behauptete auch, keiner seiner Burschen sei zu solch einer Tat fähig. Der Fürst wollte, dass ich Nachforschungen anstellte, das konnte ich ja nicht! Am Ende hätte ich meinen eigenen Cousin, der mir wie ein Bruder war, an die Polizei übergeben müssen! Felix wäre das wie ein letzter schrecklicher Verrat vorgekommen!«

»Sie wussten von Anfang an, dass das Skelett vom Friedhof keine Verbindung zu den toten Knaben hatte. Woher?«

Bergemann zögerte lange mit der Antwort.

»Nein, ich wusste es nicht.«

»Quandt erzählte ...«

»Quandt redet viel. Ich war an jenem Tag nicht dabei. Der alte Totengräber spricht viel mit sich selbst und mit Menschen, die nur er allein sehen kann. Mag sein, er wünschte sich, ich hätte ihn darum gebeten, die Leiche anderswo zu beerdigen – damit er quasi einen offiziellen Auftrag dazu hatte. Wahr ist, dass ich von dem Skelettfund nichts wusste. In einem solchen Fall hätte ich die Polizei verständigt.«

Er schien zu bemerken, dass der Lehrer mit dieser Antwort nicht zufrieden war. »Sehen Sie, Felix wurde sein ganzes Leben über bestraft. Selbst für Dinge, die er nicht getan hatte, sogar dann, wenn ich klar die Verantwortung für Verfehlungen übernahm, die meine waren. Mein Vater war gnadenlos. Felix lernte, stets zu wiederholen, Strafe sei notwendig, man habe dankbar dafür zu sein, dass sich jemand dazu bereitfand, einen auf den Pfad der Tugend zurückzugeleiten. Er murmelte das selbst im Schlaf manchmal vor sich hin. Es war furchtbar. Er sollte nicht schon wieder für etwas geradestehen müssen, was er nicht getan hat. Die Zuflucht gründete er aus einer Art Sendungsbewusstsein heraus. Nun, da er erwachsen geworden war, wollte er die Erziehung leisten, die andere an seinen Schutzbefohlenen versäumt hatten. Doch offensichtlich verwirrte sich sein Geist. Er gab sich für einen Geistlichen aus, was er nicht war, und er quälte, statt zu führen.«

Bergemann seufzte tief.

Maria, die Wirtschafterin des Geistlichen, betrat nach kurzem Klopfen den Raum.

»Ja?«

»Die jungen Leute sind versorgt. Der Arzt hat einen Blick auf die Wunde am Bein dieses Andreas geworfen und meint, es sei dabei, gut zu heilen. Ein paar Tage Ruhe und alles kommt in Ordnung. Die drei halten sich die ganze Zeit über fest im Arm, als wollten sie einander nie mehr loslassen. Es ist eine Freude, dieses Glück zu sehen!«

»Und Felix?«

Marias Gesicht wurde ernst. »Er wird überleben. Allerdings braucht er in den nächsten Wochen viel Pflege. Hausmann soll auf ihn aufpassen. Vielleicht steckt man ihn dann zu diesem schrecklichen Stiefvater ins Gefängnis!«

Sie vergewisserte sich, dass nichts fehlte, noch genug Brot, Käse und Wein bereitstand und huschte aus dem Zimmer.

»Was geschieht in Bezug auf diesen Streit ums Erbe? Bekommen die Brüder den Hof?«, fragte Prohaska.

Billy Masser nickte zuversichtlich. »Seine Durchlaucht wird den fürstlichen Advokaten mit dieser Angelegenheit betrauen. Der Junge hatte ein Testament bei sich, wir geben es zur Prüfung an ihn weiter. Der Stiefvater wird nach seinen Morddrohungen, für die es unglaublich viele Zeugen gibt, keinen guten Stand für seine Argumente haben.«

Von den jüngsten Ereignissen bewegt, sahen alle drei in die Flammen, hingen ihren Gedanken nach.

»Gab es einen besonderen Grund dafür, warum Ihr

Cousin den toten Knaben im Park beerdigte?«, erkundigte sich Billy Masser mit leiser Stimme.

»Darüber kann ich nur Vermutungen anstellen«, murmelte Bergemann. »Ich glaube, er wollte ihm einen fürstlichen Grabplatz schenken, sozusagen als Wiedergutmachung – deshalb wählte er den Schlosspark und den noch zu pflanzenden großen Baum als Grabstein. Den zweiten Burschen konnte er wegen der Unruhe nach der Entdeckung der ersten Leiche nicht auf die gleiche Weise beisetzen. Er wollte wohl abwarten bis die Aufregung sich gelegt hatte und versteckte deshalb den Leichnam zunächst im Wald.«

»All das geschah demnach aus guter Absicht?«

»Davon bin ich fest überzeugt«, versicherte Bergemann. »Felix wollte immer nur helfen. Er sah seine Berufung darin, verlorene Schafe zur Herde zurückzuführen. Er wollte sicher nie bewusst töten, es muss wie ein Unwetter über ihn gekommen sein.«

Und nach einem großen Schluck aus seinem Glas ergänzte er: »Sollte er die Stichwunde überleben, wird er dafür vor Gericht stehen, dass er selbst zu hart gestraft hat. Er, der unter der kalten Härte der Erziehung meines Vaters so unendlich gelitten hat, wird für dessen Überzeugungen sterben!«

## 38

Ein halbes Jahr später war mit dem Frühling ein neuer Friede nach Branitz eingekehrt.

Eine freundliche Lenzsonne wärmte mit ihren lang ersehnten Strahlen die Wiesen, Felder und die Seelen der Menschen.

Frieder Prohaska saß mit Rasputin auf dem Kutschbock und genoss den Duft des herannahenden Frühjahres. Schneereste an geschützten Ecken hielten die Erinnerung an die vergangenen frostigen Monate wach wie eine Drohung. Doch auch die Vögel ließen sich davon nicht länger beeindrucken und zwitscherten fröhlich ihre Paarungsbereitschaft in die klare Luft.

Ulrike und ihr Mann saßen schweigend im Inneren der Kutsche. Die Frau des Schneiders war aufgeregt, voller Vorfreude und ängstlich zugleich. Hatten sie wirklich die richtige Entscheidung getroffen? Rückgängig machen ließ sie sich später nicht mehr. Lukas Wimmer spürte ihre Zweifel.

»Lass gut sein, Ulrike. Es gibt keinen Grund zur Sorge! Und dieser Weg ist viel besser als manch ein anderer, den du beschritten hast oder auf den du noch verfallen könntest. Frieder war doch schon dort und er weiß, wovon er spricht. Er ist ein sehr kluger Mann!«

»Vielleicht hast du recht«, räumte Ulrike ein und

dachte an ihr Abenteuer mit Hildegard. Fast zwei Wochen lang hatten sie damals diese schrecklichen Kopfschmerzen gequält, sie war weder fürs Geschäft noch für den Haushalt zu gebrauchen gewesen. Noch heute, wenn sie nur daran dachte, in welche Gefahr sie sich und Anna gebracht hatte, wurden ihr die Knie weich.

»Wir sind bald am Ziel!«, verkündete der Lehrer etwas später und das Paar sah aus dem Fenster auf Wiesen, einen Teich, ein imposantes Gebäude oben auf einer kleinen Anhöhe. Dunkel, furchteinflößend, abweisend.

»Hier?«

»Ja. Das ist das Kloster der Schwestern Herz Jesu«, bestätigte Prohaska.

»Mein Gott! Und hinter diesen Mauern leben tatsächlich Kinder?« Ulrike rieb sich fröstelnd über die Oberarme.

»Es ist ein Kinderheim. Auch eine Krankenstation ist darin untergebracht. Im Sommer blüht die Wiese, die ganze Umgebung duftet dann und die Atmosphäre lässt selbst das Kloster milder wirken!«, brüllte der Lehrer gegen den Fahrtwind.

Rasputin erkannte die Gegend ganz offensichtlich wieder und war nicht begeistert. Er knurrte.

Prohaska tätschelte die Flanken des Tieres und flüsterte: »Na komm, stell dich nicht so an. Wir sind doch – unterm Strich – ganz gut behandelt worden.«

Der Kutscher lenkte den Wagen vorsichtig den schmalen Weg hinauf und hielt einige Schritte vom Portal entfernt.

Wie bei seinem ersten Besuch empfand der Lehrer die vollkommene Stille an diesem Ort als befremdlich und unheimlich.

»Wir müssen klopfen!«

Wie beim letzten Mal öffnete sich eine kleine Luke in der schweren Holztür.

Ein Paar blauer Augen musterte die Besucher feindselig.

»Frieder Prohaska mein Name. Wir haben unseren Besuch angekündigt und wurden ausdrücklich ermuntert, auch wirklich zu kommen.« Er wies ein Schreiben der Äbtissin vor.

Die Augen huschten über das Blatt.

»Gut«, meinte die Nonne dann unfreundlich.

Erst schloss sie die Luke geräuschvoll, dann hörte man einen Schlüssel klappern, die große Tür quietschte und ächzte übellaunig, war nur widerwillig bereit, sich öffnen zu lassen.

Prohaska ließ Ulrike und Lukas den Vortritt.

Ich selbst werde mich ab sofort ganz im Hintergrund halten, nahm er sich vor, die beiden können diese Situation gut allein bewältigen.

»Warten Sie hier. Ich gehe Sie anmelden!«, sagte die Schwester in einem Ton, der keinen Widerspruch duldete. Eilig lief sie den Gang entlang.

»Was passiert jetzt?«, erkundigte sich Ulrike, deutlich eingeschüchtert und verzagt.

»Sie kehrt sicher schnell zurück und führt euch ins Büro der Leiterin des Klosters, der Priorin. Dort könnt ihr alles regeln. Sie wirkt erst ziemlich unnahbar«, erklärte der Lehrer und machte eine kurze Pause, als fielen ihm die richtigen Worte nicht ein, »aber das ist nur ihre raue Schale. Davon darf man sich einfach nicht beeindrucken lassen!«

»Frieder! Frieder! Du hast Wort gehalten!«, jubelte eine helle Stimme und ein Mädchen stürmte den Gang entlang. Prohaska fing Julia in seinen ausgebreiteten Armen auf und wirbelte sie unter dem missbilligenden Blick der Nonne im Kreis umher.

»Das hätte ich nie gedacht!«, freute sich das Kind. »Ich war sicher, du traust dich nicht.«

»Wir Prohaskas«, dozierte der Angesprochene im Lehrerton, hinter dem er seine Rührung verbarg, »nehmen es mit gegebenen Versprechen sehr genau. Es muss schon etwas wirklich Ernstes passieren, um uns an der Einlösung zu hindern.«

Er nahm Julias Hand und drehte das Mädchen Ulrike und Lukas zu. »Das ist Julia«, stellte er vor, »und dies sind sehr liebe Freunde von mir aus Branitz.«

Artig machte die Kleine einen Knicks.

»Frieder hat uns schon sehr viel erzählt von diesem Haus und den Kindern, die darin wohnen. Besonders viel aber von dir.« Ulrike streckte ihre Hand aus und wie selbstverständlich schob Julia nun ihre hinein. Verblüfft sahen die Männer zu, wie sich zwischen den beiden sofort ein Band des Vertrauens und der Sympathie wob. Sie bewegten sich langsam Hand in Hand ein Stück zur Seite, Ulrike ging in die Hocke, sprach leise mit dem Mädchen, das ernsthaft zuhörte und nun schon beide Hände der Fremden überlassen hatte.

Rasche Schritte kündigten die Rückkehr der Schwester an, die sie eingelassen hatte.

Sie erfasste die Situation mit einem missbilligenden Blick, schnaubte empört.

»Sie können mir nun folgen!«, teilte sie den Besuchern kalt mit.

»Julia möchte uns gern begleiten«, stellte Ulrike klar, als sie zu den Männern aufschloss.

»Das ist bei Terminen dieser Art nicht üblich!«

»Nun, das macht mir nichts aus«, erklärte Ulrike, die ihre sonstige selbstbewusste Art wiedergefunden zu haben schien und deren Haltung deutlich machte, sie denke gar nicht daran, die Hand des Kindes loszulassen.

»Ach, Schwester Sofie, wenn die Dame das doch so möchte«, flötete Julia und schenkte der Nonne ihr sonniges Lachen.

Der Erfolg war mäßig.

»Wenn die Mutter Oberin dich nicht dabeihaben will, stellt sie dich ohne viel Federlesens einfach vor die Tür«, beschied die Schwester der Kleinen bärbeißig.

Prohaska fiel, von den anderen unbemerkt, zurück, blieb dann stehen.

Dieses Gespräch mussten die Wimmers allein führen, er war hier nur der Mittler.

Schwester Sofie klopfte hart an und öffnete die Tür.

»Guten Tag! Ich hoffe, Sie hatten eine angenehme Reise?«, hörte er die Stimme der Oberin.

»Danke der Nachfrage. Es ist so viel bequemer, im Frühling unterwegs zu sein, als im Schnee und Eis des Winters.«

»Julia – du wartest draußen!«

»Ach«, erklärte Ulrike bestimmt, »das wäre mir gar nicht recht. Wir möchten uns so schnell wie möglich aneinander gewöhnen. Auf dem Gang haben wir schon damit begonnen und es wäre doch schade, diesen Prozess nun zu unterbrechen.«

Prohaska konnte das Seufzen der Oberin bis auf den Gang hinaus hören und schmunzelte.

Die Äbtissin, die gerade die Tür schließen wollte, entdeckte ihn und ihre Augen ruhten mit Freundlichkeit einen Moment in den seinen. Dann nickte sie ihm wohlwollend zu. Er glaubte gar, ein Lächeln gesehen zu haben, doch wegen des trüben Lichtes konnte er das nicht mit Sicherheit behaupten.

Von Nervosität und Besorgnis getrieben ging er auf und ab.

Was mochte dort drinnen geschehen? Er schwankte zwischen Hoffen und Bangen.

Seine Gedanken wanderten zu Hedwig.

Zu jenem Abend, an dem er sie zum Essen ausgeführt und schließlich, allen Mut zusammennehmend, um ihre Hand angehalten hatte. Nie werde ich das glückliche Strahlen in ihren Augen vergessen!, erinnerte er sich selig.

Nun rückte der Termin für die Hochzeit langsam näher und Prohaska spürte eine ihm sonst fremde Unruhe tief in seinem Innersten. Ein bisschen so, als zittere er unter der Haut. Freudige Erwartung war sicher ein Grund dafür, doch ein anderer war, wie er sich ungern eingestand, schiere Angst. Was, wenn ich Hedwig enttäusche, wenn ihr das Leben auf dem Lande nach wenigen Wochen doch nicht mehr gefällt, überlegte er besorgt, wenn sie sich nach den Abwechslungen der Stadt sehnt, ihr das Leben an der Seite eines einfachen Dorflehrers zu eintönig scheint?

Nicht auszudenken, wenn sie an seiner Seite unglücklich würde!

Er fuhr sich mit beiden Händen durchs Haar und stöhnte gedämpft. Nichts von all dem darf geschehen!, nahm er sich vor. Der Fürst selbst hatte sich bei Hedwigs unerbittlichem Vater für den Lehrer verwendet, ihm bedeutet, er dürfe dem jungen Glück, das von Liebe getragen wurde, nicht länger im Wege stehen. Die Liebe sei ein göttliches Geschenk, es gelte, sie zu bewahren und zu unterstützen, nicht, die Liebenden voneinander zu trennen. Was aber, wenn nun Hedwig ... Eine Nonne stürmte an ihm vorbei, klopfte an die Tür des Büros, streckte ihren Kopf hinein, lauschte und lief dann genauso eilig davon, wie sie gekommen war.

Verblüfft starrte Prohaska ihr nach.

Vielleicht hätte ich Ulrike und Lukas doch begleiten sollen, dachte er reumütig, es ist für die beiden eine ungewohnte und schwierige Situation.

Als die Schwester wieder zurückkehrte, zog sie

einen sich sträubenden Jungen hinter sich her, schob ihn kurzerhand in das Zimmer hinein, schloss die Tür, lauschte und blieb sicherheitshalber mit vor der Brust verschränkten Armen dort stehen, wohl für den Fall, der Knabe könne einen Ausbruchsversuch wagen.

Prohaska grinste breit.

Als alles ruhig blieb, drehte die junge Nonne ab und zog sich zurück. Prohaskas Besorgnis kehrte wieder zurück. Warum dauert das Gespräch nur so lang?, fragte er sich nervös und begann wieder damit, auf und ab zu gehen.

Dann die Erleichterung. Die Tür öffnete sich und er hörte lautes Lachen! Das musste ein gutes Zeichen sein!

»Ich schlage vor, Sie gehen mit den Kindern ein wenig im Kräutergarten spazieren. Es gibt sicher viel zu besprechen. Wir bereiten alles vor und lassen Sie es wissen, wenn wir fertig sind.«

Ulrikes Gesichtsausdruck war glückselig, als sie mit je einem Kind an jeder Hand zu Prohaska trat.

»So habe ich es mir immer erträumt!«, flüsterte sie und kämpfte mit den Tränen. »Ein Pärchen!«

Lukas war weit weniger aufgewühlt, wirkte aber sehr zufrieden. »Frieder, das war eine wunderbare Idee von dir. Vielleicht die beste, die du jemals hattest.«

Der Lehrer nickte den vieren zu. Die neue Familie Wimmer!

»Nun, so braucht auch Felix in Zukunft wohl keine Scherbe mehr«, flüsterte er ihnen nach.

Als der Sommer endlich Einzug gehalten hatte in Branitz, wurde die Kirche üppig herausgeputzt. Fleißige Hände befestigten bunten Blumenschmuck über dem Eingang, arrangierten kleine Sträuße auf dem Altar, stellten Blumen in großen Vasen davor auf den Boden und legten sie rund um das Taufbecken. Es duftete schwer, wie ein sinnliches Versprechen.

Pfarrer Bergemann beobachtete all diese Vorbereitungen mit großer Freude, lauschte auf das muntere Geplapper der Frauen und zupfte hier und da einen Stiel zurecht, damit der Blick auf das Altarkreuz nicht behindert war.

Auch auf dem Dorfplatz waren umtriebige Helfer mit den Vorbereitungen für das Fest beschäftigt. Tische und Bänke standen bereit, bunte Stofffetzen flatterten im Wind, Kinder spielten lachend zwischen den Reihen, Hunde frischten Bekanntschaften auf und Katzen lauerten auf eine Gelegenheit, sich etwas von den Speisen, deren Duft durch Branitz zog, zu erschleichen.

Mutter Prohaska hatte bereits ihren Platz in der Kirche eingenommen.

Mein Frieder, dachte sie versonnen, wer hätte das vermutet? Heiratet eine Frau aus gutem Hause.

Auch im Hause des Bäckers herrschte hektisches Treiben.

Anna stand vor dem Spiegel und überprüfte den Sitz ihres Kleides. Julius sah ihr amüsiert dabei zu, ließ seinen Blick liebevoll über ihre noch immer recht schlanke Gestalt wandern.

»Das Kleid steht dir wirklich ganz besonders gut. Dieses Grün passt genau zur Farbe deiner Augen.«

»Ach, Julius, wie nett, so etwas zu sagen! Aber ein bisschen runder bin ich doch geworden!«

»Weiblicher! So gefällt es mir«, lachte Julius warm. »Das wird ein Tag! Darüber werden die Leute noch nach Jahrzehnten berichten. Ihren Enkeln und Urenkeln erzählen sie davon, du wirst sehen.«

»Ungewöhnlich ist es schon. Aber es hat auch einen besonderen Reiz. Wo feiert man schon Hochzeit und Taufe in einem!«

Geschmeidig beugte sie sich zur Wiege hinunter und drückte ihrem schlafenden Sohn einen zarten Kuss auf die Wange.

»Weißt du, Anna, unser Schatz ist das schönste Kind im ganzen Dorf. Für mich ist es noch immer wie ein Wunder!«

»Ja«, bestätigte Anna. »Er ist ein Wunder!« Sie würde Julius nie erklären, wie es dazu gekommen war. Manche Dinge blieben am besten für alle Zeiten unerklärlich und wunderbar.

»Nach all den Jahren. Ich hatte wirklich nicht mehr geglaubt, dass der Herr unsere Gebete noch erhört.«

»Aber Pfarrer Bergemann war stets zuversichtlich! Er mahnte bei jedem Gespräch, wir dürften die Hoffnung nicht allzu schnell aufgeben. Und er behielt recht!« Glücklich drehte sich die frischgebackene Mutter im Kreis und glitt direkt in die wartenden Arme ihres Gatten.

»Das wird ein unvergesslicher Tag!«, flüsterte ihr Julius ins Ohr und küsste sie voller Inbrunst.

Auch die Wimmers trafen letzte Vorbereitungen.

Ulrike hatte für Julia ein rosafarbenes Kleidchen genäht, mit Rüschen und Seidenblüten.

Felix stand schon fertig angezogen neben ihr vor dem Spiegel und staunte.

»So sehe ich sonst gar nicht aus. So erwachsen!«, freute er sich und umarmte seine neue Mutter.

»Aber du bist doch schon fast erwachsen. Nur noch ein paar kurze Jahre und du wirst selbst ein Kind zum Taufbecken tragen.«

»Er ist doch erst acht!«, lachte Julia, die unablässig über den glänzenden Stoff ihres Kleides strich. »Ich sehe aus wie eine Prinzessin!«

»Und du wirst sicher die Schönste sein auf dem Fest!«, verkündete Lukas und legte seinen Arm um Ulrike. »Es ist schon seltsam, wie sich manchmal alles zusammenfügt. Wir sind nun endlich die Familie, die wir immer sein wollten, haben zwei liebenswerte Kinder und sind für das Kommende gut vorbereitet. Das Schicksal meint es gut mit uns!«, stellte er fest.

»Stimmt. Es hat sich alles aufs Beste entwickelt!«, bestätigte Ulrike glücklich. »So, nun noch schnell die Haare hochstecken und ich bin fertig«, verkündete sie dann und griff nach ihrer Bürste.

Hedwig steckte eine weiße Blüte ins Haar.

Weiß stand ihr schon immer gut. Es passte zu ihrem braunen Haar und dem nie ganz bleichen Teint. Ich werde eine schöne Braut sein, wusste sie, Frieder gefällt das Kleid bestimmt.

Sie trat ans Fenster und öffnete es großzügig, um die reine Sommerluft hineinzulassen. Aus dem Nebenzimmer hörte sie die Stimmen ihrer Eltern. Sie stritten. Wie so häufig in der letzten Zeit.

Sie wollte nicht lauschen, trat an den Schminktisch zurück und zog die vollen Lippen ein letztes Mal mit Rot nach. Die Wirkung faszinierte sie immer wieder. Eine Freundin ihrer Mutter hatte ihr diesen Stift aus Frankreich mitgebracht und sie benutzte ihn sparsam, damit er sich nicht zu schnell aufbrauchte.

»Wie konntest du nur zulassen, dass Hedwig diesen Lehrer zum Mann nimmt?«, beschwerte sich ihre Mutter.

»Du weißt genau, wie das zugegangen ist. Selbst der Fürst heißt diese Verbindung gut. Er schickte zum Behuf dieser Mitteilung eigens seinen Sekretär in mein Kontor. In diesem Fall kann ich schwerlich meine Zustimmung verweigern. Abgesehen davon ist dieser Prohaska ein sympathischer Mensch, gebildet außerdem.«

»Ach was! Dir mangelt es eben an Rückgrat! Sonst hättest du diesem Bidault zu verstehen gegeben, dass wir unsere Tochter nicht an einen Habenichts und Werdenichts zu verheiraten gedenken. Hedwig hat weiß Gott einen besseren Mann verdient!«, zeterte die Stimme ihrer Mutter schrill.

»Du denkst dabei an den Sohn des Apothekers, diesen Langweiler, der mehr als doppelt so alt wie Hedwig ist? Mit so einem Mann wäre unser Kind gewiss nicht glücklich geworden. Und ihren Lehrer scheint sie zu lieben!«

»Liebe! Bei den meisten Hochzeiten entsteht die Liebe im späteren Miteinander! Für die Eheschließung ist sie nicht von Belang. Einige der Paare trafen sich überhaupt zum ersten Mal bei ihrer Heirat und leben heute noch glücklich und zufrieden. Mit einem Lehrer wird meine Tochter nie glücklich!«

»Es war nicht verhandelbar!«

Lautes Rattern und Klirren von Pferdegeschirr verkündete die Ankunft der Hochzeitskutsche. Hedwig sah hinunter.

Eine mit Blumen geschmückte weiße Droschke! Wie für eine Prinzessin!

Ihr Blick wanderte über die Koffer und Kisten, in denen sie ihre Habe untergebracht hatte. Ab heute würden all diese Dinge ein neues Zuhause finden, so wie sie selbst.

»Noch etwa zwei Stunden und ich bin Hedwig Prohaska, Ehefrau des Lehrers in Branitz. Nicht mehr nur die Tochter des Fabrikanten Stein«, freute sie sich und griff nach ihrem Brautstrauß. »Kommt schon!«, flüsterte sie eindringlich der Wand zum Nebenzimmer zu. »Wir wollen los. Sonst komme ich am Ende zu spät zu meiner eigenen Vermählung!«

Doch nebenan war man noch immer mit Streiten beschäftigt.

»Das Kind rennt in sein Unglück. Und wer ist schuld daran? Du! Wie konntest du nur diesem Sekretär versprechen, wir seien bereit, das junge Glück zu unterstützen!«

»Eleonore! Die Kutsche steht schon bereit. Wir fahren jetzt nach Branitz zur Hochzeit unserer Tochter. Es ist sinnlos, darüber zu debattieren. Hedwig wird ihm mit Freude ihr Jawort geben!«

»Nun«, antwortete die Mutter schlau, »wenn sie nicht rechtzeitig erscheint, dann gibt es auch keine Heirat!«

»Was soll das denn nun schon wieder heißen! Du und deine endlosen Intrigen. Diesmal lass ich dir nichts durchgehen, Eleonore! Ich gab mein Wort und das breche ich nicht! Außerdem ist mir dieser Prohaska als Schwiegersohn lieber als jeder dieser blutlosen Bewerber, die du in der letzten Zeit zum Tee eingeladen hast!«

Hedwig atmete erleichtert auf, als es endlich an ihrer Zimmertür klopfte.

»Hedwig, bist du fertig?«, fragte ihr Vater. »Wir sollten aufbrechen!«

Selig fiel sie ihm um den Hals.

»Komm schon. Dein Frieder steht sicher schon nervös vor der Kirche. Wir wollen ihn doch nicht unnötig warten lassen!«

Frieder Prohaska erkannte, dass es besser war, nicht zu Hause zu warten.

Ein letzter Blick in den Spiegel zeigte ihm einen blassen Mann, in dessen Augen ein fiebriger Schimmer lag. Ringe unter den Augen bewiesen, wie schlaflos die letzten Nächte waren, in denen er immer wieder schweißgebadet aufgewacht war und dann, von Zweifel gequält, nicht mehr in den Schlaf finden konnte. Gegessen hatte er auch nur wenig, eine leichte Übelkeit wirkte sich auf seinen sonst gesunden Appetit aus.

»Schluss damit, du gehst jetzt. Ein paar Minuten an der frischen Luft werden die Farbe in dein Gesicht zurückbringen«, redete er sich Mut zu. Die beiden Hunde sahen zu, wie er ein allerletztes Mal den Binder richtete.

Dann stürmte er zur Tür hinaus.

Vor der Kirche herrschte reges Treiben.

Viele Gäste hatten sich bereits eingefunden, warteten gespannt auf das Brautpaar und die Eltern des Täuflings. Man begutachtete kritisch die Kleidung der Ankommenden, tauschte Neuigkeiten und Gerüchte aus.

»Hast du schon gesehen? Hildegard ist ebenfalls schon da. Ein neues Kleid trägt sie auch, die Haare hochgesteckt, die neue Haube steht ihr gut, ja, fast sieht sie jetzt wie ein Mensch aus.« Klaras Hütchen wippte aufgeregt auf ihrer Frisur hin und her.

»Nun, seit sie hinten auf dem Grund von Max eine schöne Hütte hat, ist sie nicht mehr wie früher. Sie musste ja auch versprechen, keine Heilmittel mehr herzustellen und zu verkaufen. Seither ist sie den meisten Branitzern nicht mehr unheimlich«, erklärte Elfriede zufrieden.

»War eine gute Idee von Anna, Hildegard ins Dorf zu holen. Wer weiß, was ihr da so ganz allein mitten im Wald hätte zustoßen können. In dieser zugigen Bruchbude hätte sie sich sicher bald den Tod geholt, schließlich muss sie schon an die hundert Jahre alt sein«, stellte Trude fest und die anderen nickten.

»Es hat sich so unglaublich viel geändert in den letzten Monaten! Diese beiden Kinder von Ulrike und Lukas sind richtig liebe Geschöpfe. Ulrike habe ich noch nie so viel lachen gehört! Selbst Lukas, der sonst doch meist griesgrämig war, tobt mit den beiden draußen herum.«

»Und Annas Schatz! Also, ihr könnt sagen, was ihr wollt: Ich glaube, da hatte Hildegard ihre Finger im Spiel«, murrte Klara.

»Oder es war die späte Gnade des Herrn!«, widersprach Grete.

Verblüfft huschten Prohaskas Augen über die Menschenansammlung.

So viele Besucher hatte Gotthilf Bergemann sicher noch nie zuvor im Gestühl sitzen sehen. Wahrscheinlich würden gar nicht alle Platz finden.

Der Bräutigam fiel der Gruppe ältlicher Damen sofort auf.

»Einige werden wohl stehen müssen«, freute sich Grete. »Nur gut, dass die Brautleute keine Sitzplätze brauchen!« Liebevoll tätschelte sie den Arm des jungen Mannes.

»Noch ist die Braut nicht hier«, gab der Lehrer gepresst zurück.

Die Greisin musterte den jungen Mann scharf. Dann lächelte sie milde und tätschelte seinen Oberarm.

»Armer Junge! Keine Sorge. Ihre Hedwig ist eine entschlossene Frau. Niemand kann sie mehr aufhalten!« Sie lachte und fügte hinzu: »Bei so einem hübschen Bräutigam hätte ich mich damals extra beeilt, um pünktlich zur Trauung zu erscheinen!«

Dann huschte sie zu den anderen zurück.

»Na, schon nervös?«, begrüßte ihn Bergemann freundlich.

Wie um Prohaska einer Antwort zu entheben, fuhr in diesem Augenblick die weiße Kutsche vor.

Lautes Oh und Ah war zu hören.

Der Bräutigam erkannte sofort, dass es Streit gegeben haben musste. Seine zukünftige Schwiegermutter hatte einen giftigen Blick und grüßte schmallippig durch das Fenster in die Menge. Hedwigs Vater sprang leichtfüßig aus der Kutsche. Galant half er Frau und Tochter aus dem Wagen.

Hedwig strahlte.

Zwinkerte ihrem Frieder zu.

Prohaska konnte sein Glück noch immer nicht fassen.

Der Zug formierte sich mühsam.

Ganz vorne ging der Bräutigam. Ihm folgten die Brauteltern mit ihrer Tochter.

Anna hielt ihr Kind auf dem Arm und betrat mit Julius gemeinsam die Kirche, ihnen folgte die nun vierköpfige Familie Wimmer. Danach die Branitzer und einige Cottbuser Gäste.

Aus dem Augenwinkel erspähte der Lehrer Hinnerk Renck, der ihm aufmunternd zuwinkte.

Gotthilf Bergemann sprach einleitende Worte, die das Bewusstsein des Bräutigams nicht einmal streiften. Ungeduldig erwartete er den Moment, in dem er Hedwig aus der Hand des Vaters lösen durfte.

Danach war nur noch ihr Arm in seinem von Bedeutung.

Der Tausch der Ringe, der Bund für die Ewigkeit, geschlossen vor Gott.

Der Lehrer atmete auf.

Viele der Besucher schluchzten.

Bei der Taufe von Annas und Julius' Sohn blieb kaum ein Auge trocken.

»Hiermit taufe ich dich auf den Namen Christfried! Möge der Herr dir ein langes und gesundes Leben schenken, nachdem du von deinen Eltern so lange ersehnt wurdest und der Herr ihnen ihren größten Wunsch erfüllte. Er lasse sein Antlitz leuchten über dir, begleite dich auf all deinen Wegen und schütze dich vor den Gefahren, die dir begegnen mögen!«

Der Kleine verschlief diesen wichtigsten Moment seines noch jungen Lebens lächelnd und leise schmatzend in Vorfreude auf die nächste Mahlzeit.

»Wir nehmen auf und begrüßen in unserer Gemeinde Julia und Felix Wimmer! Der Herr wird euch leiten, er wird euch Orientierung und Ratgeber sein, vertraut auf seine Güte, Kraft und Macht. Er hat euch hierher geführt und euch mit Ulrike und Lukas zu einer untrennbaren Familie verbunden. Wir sind dankbar für seine Hilfestellung, die vier Menschen glücklich gemacht hat.«

Etwa eine Stunde später entließ Gotthilf Bergemann seine Gemeinde. »So gehet hin in Frieden! Feiert zusammen und lasst diesen ganz besonderen Tag gemeinsam und in Liebe und Verständnis für den Nächsten ausklingen.«

Langsam schoben sich die Gäste dem Dorfplatz entgegen.

Die Sonne schien und Fröhlichkeit lag über den Versammelten.

Eine offene Droschke fuhr vorbei, man trat respektvoll zur Seite und verbeugte sich.

Fürst Hermann von Pückler lüftete seinen Hut und nickte allen freundlich zu.

Mitten unter die ausgelassen Feiernden hatte sich auch Billy Masser gemischt.

Er begrüßte Ulrike und Lukas, strich den beiden Kindern über die Köpfe, erzählte von seinen Patenkindern. Annas Gesicht leuchtete vor Glück, als er auch ihr herzlich zur Geburt des Sohnes gratulierte, er freute sich mit dem Bäckermeister über dieses große Wunder.

Schließlich erreichte er auch das Brautpaar.

»Ich wünsche Ihnen beiden eine rosige Zukunft, unendlich viele Sonnentage, ein Haus voller Kinder, angefüllt mit Freude und Lachen!«, sagte er und schüttelte ihnen herzlich die Hände. »Lassen Sie all jenen Zeit zu akzeptieren, was zu verstehen ihnen schwerfällt. Am Ende wird der Widerstand sich in Freundlichkeit wandeln.«

»Meine Mutter fügt sich nur schwer in das, was sie

nicht ändern kann. Sie hadert meist sehr lang mit dem Schicksal, das ihr so übel mitspielt. Aber sie wird es am Ende einsehen, dass das Wichtigste im Leben die Liebe ist!«

»Spätestens, wenn das erste Enkelkind zu begrüßen ist, wird sie sich abgefunden haben«, hoffte Prohaska und warf einen skeptischen Blick auf seine Schwiegermutter, die mit bitterer Miene neben ihrem Mann stand und ihn durch ihr Schweigen zu strafen suchte.

Zum Abschied schob Masser dem Lehrer einen Brief in die Hand.

»Dies schickt Ihnen Seine Durchlaucht. Lesen Sie es erst heute Abend«, riet er und warf Prohaska einen verschwörerischen Blick zu.

Laut sagte er: »Nun, so hat sich am Ende doch einiges zum Guten gewendet. Herr Renck ist, wie wir sehen, wohlauf. Und Andreas wird im Herbst seine Irma zur Frau nehmen. Der von Seiner Durchlaucht eingeschaltete Advokat hatte keinerlei Schwierigkeiten, die Rechtmäßigkeit des Testaments der Frau Krausner zu bestätigen. So wird es auch für diese drei eine ruhige Zukunft geben.«

Prohaska führte seine Hedwig nach Hause.

Nach alter Tradition trug er sie über die Schwelle und setzte sie vorsichtig im Wohnzimmer ab.

»Nun, Frau Prohaska, sind Sie denn glücklich?«

Statt einer Antwort küsste sie ihn stürmisch.

Rasputin legte fragend den Kopf schief. Sein kleiner Freund grunzte im Schlaf.

Prohaska nahm Hedwigs Hand und zog sie mit sich die Treppe hoch.

»Ich wollte dich überraschen. Bisher war dieses Zimmer vermietet. Aber nun brauchen wir doch ein richtiges Schlafzimmer.« Er stieß die Tür auf, zündete eine Kerze an.

Hedwig staunte.

»Frieder! Wie schön!« Sanft strichen ihre Finger über die zarten weißen Möbel, deren Oberflächen glänzten. »Ich bin überwältigt!«

»Ich dachte, wir sollten wenigstens diesen Raum schon gut eingerichtet haben. Die anderen folgen langsam. Das Gehalt eines Lehrers ist, wie du weißt, nicht üppig. Aber wir schaffen das schon.«

»Du hast deine Belohnung für das Schlafzimmer ausgegeben?«, fragte sie ungläubig. »Frieder Prohaska, ich liebe dich!«

Dann zog sie die Schuhe aus.

»Kannst du mir mal mit dem Kleid helfen?«

Das konnte der Lehrer natürlich.

In seiner Jacke knisterte der Umschlag mit dem Brief des Fürsten.

Er zog ihn hervor und öffnete ihn, während Hedwig sich aus dem weißen Kleid schälte.

*Werter Prohaska,*

*bei der Lösung des jüngsten Falles haben Sie Mut, Geisteskraft, Fingerspitzengefühl und ein besonderes Talent zur Kombination und Analyse bewiesen. Diese Scharf-*

*sinnigkeit und einige Ihrer anderen großartigen Fähigkeiten könnten auch in einem anderen Fall von Bedeutung sein. Einer meiner Gärtner bemerkte, dass ihm aus der Schatulle Geld fehlt. Ein nicht unerheblicher Betrag. Seine Beobachtungen führten zu dem erschreckenden Resultat, dass seine Frau sich des Nachts an der Geldkassette zu schaffen macht. Der brave Mann glaubt fest daran, dass sie in große Schwierigkeiten geraten ist, denn bisher hatte er noch niemals Anlass, an ihrer Redlichkeit zu zweifeln. Er möchte ihre Sorgen nicht vergrößern, indem er ihr offenbart, um ihr nächtliches Treiben zu wissen. Vielmehr sollte jemand für ihn herausfinden, wozu sie so große Beträge benötigt. Eine Aufgabe, die Sie reizen wird.*

*Ich freue mich auf eine erneute Zusammenarbeit mit Ihnen*
   *See you tomorrow*
   *Hermann Fürst von Pückler-Muskau*

Hedwigs Arme schlangen sich weich von hinten um seinen Leib. Flinke Finger befreiten das Hemd aus dem Hosenbund, zogen es ihm über den Kopf.

Der Brief flatterte zu Boden.

Zärtlich koste Hedwig ihren Frieder zu sich ins Bett.

ENDE

## Zeittafel

1785   30. Oktober: Hermann Ludwig Heinrich Graf von Pückler auf Muskau wird geboren.

1799   Hermann von Pückler besucht das Pädagogikum in Dessau.
Pücklers Mutter verlässt den Gatten.

1801   Aufnahme des Jurastudiums in Leipzig.

1802   Hermann von Pückler wird Leutnant bei den Gardes du Corps in Dresden.

1806   Nach finanziellen Schwierigkeiten Flucht aus Wien.
Pückler reist zu Fuß durch die Schweiz, Frankreich und Italien.

1810   Pückler wird von Geheimrat Wolfgang von Goethe empfangen, der dem Besucher rät, sein offensichtliches Talent für die Landschaftsarchitektur zu nutzen.
Hermann von Pückler kehrt nach Muskau zurück.

1811   Am 16. Januar stirbt der Vater. Hermann von Pückler wird Standesherr.

1817 Heirat mit der 9 Jahre älteren Lucie von Hardenberg

1812 beginnen die Freiheitskriege. Die Französischen Truppen ziehen durch Muskau. Hermann von Pückler wird um ein Haar von Napoleon als Verräter erschossen.

1813 als Major in russischen Diensten, wird Adjutant des Großherzogs von Sachsen-Weimar.

1814 Pückler wird zum preußischen Oberstleutnant ernannt.

1815 Am 1. Mai ruft er zur Schaffung des Muskauer Parks auf.

1822 Hermann von Pückler bekommt den Fürstentitel verliehen als Ausgleich für den Übergang Muskau an das Königreich Preußen.

1823 am 23. Juni werden Park und Bad Muskau feierlich eröffnet.

1826 Scheidung von Lucie, um dem Fürsten die Suche nach einer finanzkräftigen Verbindung zu ermöglichen, die mit ihren Geldern die Verwirklichung der Parkträume Hermann von Pücklers verwirklichen kann.
Reise nach England zur ›Brautschau‹.

1827    Besuch diverser Landschaftsparks im Norden Englands.
Die Eindrücke, die Hermann von Pückler dort gewinnt, werden sein gesamtes landschaftsgestalterisches Werk prägen.

1835    Reise nach Algier und Tunis.
Pückler wird von Bey Hassan empfangen, reist mit einer Karawane über Kairuan nach Sfax, El Dschemm, Testur – kehrt zurück nach Tunis. Auf Malta verbringt er einige Zeit in Quarantäne.

1837    wird der Fürst von Mehemed Ali in Kairo empfangen, im Februar des Jahres erwirbt Pückler die Sklavin Machbuba, die ihn fortan auf seinen Reisen begleitet.

1839    beginnen erste Verhandlungen über den Verkauf des Schlosses und Parks Muskau.
Im September trifft er nach langer Reise in Budapest wieder mit Lucie zusammen.
Im Oktober tritt der Fürst in Budapest zum katholischen Glauben über.

1840    Hermann Fürst von Pückler kehrt am 8. September nach Muskau zurück.
Wenig später, am 27. Oktober, stirbt Machbuba in Muskau an Tuberkulose.

1845 Im März verkauft Pückler die Standesherrschaft in Muskau.
Im April reist Semper nach Branitz. Die Arbeiten an Schloss und Landschaftsgarten in Branitz beginnen.

1848 schon werden Gefangene zur Arbeit beim Gartenbau herangezogen.

1850 Hermann von Pücklers Mutter, Gräfin Clementine von Seydewitz, stirbt 80-jährig im Februar.

1852 wird der Schlossumbau in Branitz von Semper beendet.
Lucie kehrt nach Branitz zurück, die Arbeiten im Park werden fortgeführt.

1854 Tod Lucies am 8. Mai mit 78 Jahren auf Branitz.
Hermann von Pückler beginnt eine fast zweijährige Reise bis Italien, der Branitzer Park wird um weitere 50 Hektar erweitert.
Pückler ist in Paris als Gast des frz. Kaisers Napoleon III. mit an den Gestaltungsarbeiten des Bois de Boulogne beteiligt.

1862 Pückler kämpft mit einer hartnäckigen Grippeerkrankung.
Die Arbeiten im Branitzer Park gehen unverändert weiter, die Landpyramide wird fertiggestellt.

1864 arbeiten etwa 70 Häftlinge aus Cottbus im Park. Hermann von Pückler erkrankt an Gicht und Bronchitis, kann deshalb nur selten mitarbeiten. Im folgenden Jahr bessert sich sein gesundheitlicher Zustand wieder und er arbeitet ab Mitte April 1865 regelmäßig bis zu neun Stunden im Garten.

1866 meldet sich Fürst Hermann von Pückler kurz vor Erreichen des 81. Geburtstags als Freiwilliger in Generalsuniform im königlichen Hauptquartier in Gischtin (Deutsch- Österreichischer Krieg).

1867 gehen die Arbeiten im Branitzer Park mit 60 Arbeitern zügig weiter.

1870 bei Ausbruch des Deutsch-Französischen Krieges meldet sich der fast 85-jährige Pückler erneut als Freiwilliger. Diesmal wird seine Bewerbung abgelehnt.

1871 stirbt Hermann von Pückler 85-jährig am 4. Februar. Fünf Tage später wird er im Tumulus beigesetzt. Sein Körper soll sich seinem Wunsch entsprechend in einem Säurebad zersetzen, einzig sein Herz wird zuvor entnommen, verbrannt und in einer Urne auf den Sarg in der Gruft in der Wasserpyramide gestellt.

1884 der Sarg Lucies wird ebenfalls in den Tumulus überführt.

## Veröffentlichungen des Fürsten Hermann von Pückler

1830 »Briefe eines Verstorbenen« Band 1 und 2

1831 »Briefe eines Verstorbenen« Band 3 und 4

1834 »Andeutungen über Landschaftsgärtnerei«
»Tutti-frutti« in vier Bänden

1835 »Jugendwanderungen«
»Semilassos vorletzter Weltgang« in drei Bänden

1836 »Semilasso in Afrika« in fünf Bänden

1838 »Der Vorläufer«

1840 »Südöstlicher Bildersaal« in drei Bänden

1844 »Aus Mehemed Ali's Reich« in drei Bänden

1846 »Die Rückkehr«, Pücklers letztes Buch, erscheint, Band drei erst 1848

**Danksagung**

WER WAR DIESER Fürst Hermann von Pückler? Ein Tunichtgut, wie manche meinen, ein Lebemann, einer, der gern über die Stränge schlug, sich Hals über Kopf in Abenteuer stürzte? Ein Träumer, ein Utopist, ein unkomplizierter Mann, der neben seinen Gärtnern hart anpackte, seine Träume Realität werden ließ, ein liebenswerter Sonderling mit ausgeprägtem Hang zur Selbstdarstellung, ein aristokratischer Demokrat, politischer Vordenker?

Wahrscheinlich von allem etwas.

All die Geschichten, die man sich über diese schillernde Persönlichkeit erzählt, die vielen Mythen und Legenden richtig einzuordnen, ist gar nicht so einfach. Ich bin froh und von Herzen dankbar dafür, dass Christian Friedrich von der Stiftung Fürst Pückler einiges für mich geraderücken konnte, Fehler korrigierte und sich Zeit nahm für all die Fragen, die sich bei der Arbeit am vorliegenden Roman für mich ergaben. Durch seine tatkräftige Unterstützung wurde diese Geschichte um viele Details reicher.

Ein herzliches Dankeschön gilt meiner Lektorin Claudia Senghaas, die nicht müde wurde, mich zur Umsetzung der Idee, einen Pückler-Krimi zu schreiben, zu ermutigen.

Viele Autoren haben Bücher über das Leben des Fürsten Pückler verfasst und so habe ich ausgiebig in

»Der grüne Fürst« von Heinz Ohff gestöbert, der mir einen ersten Eindruck von diesem aufregenden Mann vermittelte, der in seinem Leben immer für eine Überraschung gut war.

Siegfried Neumann steuerte sein Wissen über den Bau der Pyramiden im Pücklerschen Park bei. Aus seinem Aufsatz »Die Begräbnisstätten im Branitzer Park« habe ich wertvolle Informationen dazu erhalten.

Mehr Authentizität und oft genug eine erstaunliche Aktualität bekommen die Gespräche des Fürsten durch Zitate seiner Aussprüche, die ich einem Band von Hans-Hermann Krönert und Peter Müller entnommen habe.

**Literatur**

Heinz Ohff, Der grüne Fürst, 8. Auflage September 2007, Piper Verlag, München

Christian Friedrich, Ulf Jacob (Hrsg.), »… ein Kind meiner Zeit, ein ächtes, bin ich …«, Stand und Perspektiven der Forschung zu Fürst von Pückler, edition branitz 6, be.bra wissenschaft verlag, Berlin

Christian Tietze, Dr, (Hrsg.), Pyramiden Häuser für die Ewigkeit, Palmengarten der Stadt Frankfurt am Main, 2007

Fürst Pückler Museum und Schloss Branitz, Im Spiegel der Erinnerung, Hermann Fürst von Pückler-Muskau, Gartenkünstler, Schriftsteller, Weltenbummler, edition branitz 1

Hans-Hermann Krönert, Peter Müller (Zeichnungen), Fürst Pücklers Sprüche, Regia-Verlag, Cottbus

Daneben stöberte ich auch in den Werken des Fürsten selbst, besonders gern in den »Briefen eines Verstorbenen«.

Informationen zum Einsatz der Gefangenen bei der Gartengestaltung: Neumann, Siegfried: Zu den sozial ökonomischen Verhältnissen in der Gutsherrschaft Branitz zur Zeit des Fürsten Pückler-Muskau – In: 150 Jahre Branitzer Park: Garten-Kunst-Werk-Wandel und Bewahrung. – Berlin, 1998, S.76 – 77, edition branitz 5

## Zu diesem Buch

DER VORLIEGENDE ROMAN beschreibt eine fiktive Kriminalhandlung, die es so in Branitz nie gegeben hat. Um die Geschichte spannend zu gestalten, nahm ich mir die Freiheit, Personen und Dinge hinzuzudichten, zum Beispiel Pfarrer Bergemann und seine kleine Kirche, sowie den Lehrer Prohaska und seine Dorfschüler oder das Kloster der Schwestern Herz Jesu und manch anderes mehr. Namensgleichheiten oder Ähnlichkeiten zu tatsächlichen Personen sind zufällig und nicht beabsichtigt. Es liegt in der Natur des Romans, dass er Wahrheit und Fantasie vermengt, tatsächliche und ausgedachte Figuren einander begegnen und sie ein Stück des Wegs gemeinsam zurücklegen lässt.

*Weitere Romane finden Sie auf den
folgenden Seiten oder im Internet:
www.gmeiner-verlag.de*

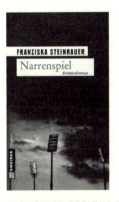

**FRANZISKA STEINHAUER**
Menschenfänger
..................................................

*321 Seiten, Paperback.*
*ISBN 978-3-89977-752-9.*

BESTIE MENSCH Großeinsatz der Polizeikräfte in Brandenburg. Der brutale Vergewaltiger und mehrfache Mörder Klaus Windisch ist aus der Justizvollzugsanstalt Cottbus-Dissenchen entflohen.
Zeitgleich wird in einem Cottbuser Mietshaus eine mit Maden übersäte weibliche Leiche entdeckt. Steht Windischs Flucht in Zusammenhang mit dem grauenvollen Fund? Hauptkommissar Peter Nachtigall läuft die Zeit davon, denn bereits am nächsten Tag wird wieder eine Tote gefunden – eine junge Frau, die in ihrer Wohnung bestialisch zu Tode gefoltert wurde.

**FRANZISKA STEINHAUER**
Narrenspiel
..................................................

*370 Seiten, Paperback.*
*ISBN 978-3-89977-717-8.*

Bei Abpfiff MORD Nach dem Abpfiff eines Fußballspiels des heimischen FC Energie Cottbus bleibt ein Toter im Stadion zurück. Hans-Jürgen Mehring, Inhaber einer kleinen Spedition, wurde durch einen noch in der Wunde steckenden Vorbohrer tödlich verletzt. Bei der Obduktion wird zusätzlich eine Vergiftung festgestellt. Der Tod Mehrings wäre also nur eine Frage der Zeit gewesen. War der Mörder unter Zeitdruck geraten? Oder hatten es verschiedene Täter auf Mehring abgesehen? Und welche Rolle spielt die neue Sekte »Mind Watchers«, die zum Zeitpunkt des Mordes vor dem Stadion gegen das Spiel demonstrierte? Fragen über Fragen – und ein verzwickter Fall für Hauptkommissar Peter Nachtigall und sein Team.

*Wir machen's spannend*

**FRANZISKA STEINHAUER**
Gurkensaat
........................................

*420 Seiten, Paperback.*
*ISBN 978-3-8392-1100-7.*

UNTER WÖLFEN Ein nebliger Novemberabend in der Lausitz. Kommissar Peter Nachtigall wird in das Herrenhaus der Unternehmerfamilie Gieselke gerufen. Maurice, der sechsjährige Enkel des Spreewälder »Gurkenkönig« und Hobbyjägers Olaf Gieselke liegt tot im Arbeitszimmer – erschossen mit einem Gewehr aus dem Arsenal des Großvaters.

Am nächsten Tag wird eine weitere Leiche entdeckt. Es handelt sich um den Naturschutzaktivisten Wolfgang Maul, der sich für die Wiederansiedlung von Wölfen in der Lausitz eingesetzt hatte.

Nachtigall beginnt sich durch ein Gestrüpp aus Hass, Neid und dunklen Geheimnissen zu kämpfen …

**FRANZISKA STEINHAUER**
Wortlos
........................................

*321 Seiten, Paperback.*
*ISBN 978-3-8392-1026-0.*

PUPPENZAUBER Der grausame Mord an einer schwarzen Studentin erschüttert Cottbus. Gibt es einen fremdenfeindlichen Hintergrund oder wurde die Haitianerin Claudine Caro tatsächlich Opfer eines Voodoo-Zaubers? Und wovor fürchtete sich die junge Frau bereits lange vor der Tat?

Kommissar Peter Nachtigall beginnt zu ermitteln und gerät schon bald in ein Dickicht aus dunklen Geheimnissen und brutaler Gewalt. Jeder, der das Opfer kannte, scheint plötzlich in Lebensgefahr zu schweben …

*Wir machen's spannend*

**FRANSIKA STEINHAUER**
Seelenqual
..................................
*373 Seiten, Paperback.*
*ISBN 978-3-89977-697-3.*

Im Sumpf AUS ALKOHOL UND DROGEN Als eine junge Frau am Morgen nach einer Party erstochen in ihrer Wohnung aufgefunden wird, scheint die Lösung des Falls zunächst recht einfach: Die Gäste entstammten alle der Cottbuser Partyszene, offensichtlich war die Situation im Alkohol- und Drogenrausch eskaliert.

Doch im Zuge der Ermittlungen tauchen immer mehr Verdächtige auf, von denen jeder ein ausreichendes Motiv für einen Mord gehabt hätte – aber nichts ist greifbar oder verwertbar. Dann erhält Hauptkommissar Peter Nachtigall einen Hinweis, der den Fall in einem ganz neuen Licht erscheinen lässt, und ihm bleibt nur noch wenig Zeit, um weitere Morde zu verhindern ...

**FRANSIKA STEINHAUER**
Racheakt
..................................
*326 Seiten, Paperback.*
*ISBN 978-3-89977-674-4.*

Unheimliche Mordserie IN COTTBUS Cottbus wird von einer Mordserie heimgesucht. Junge Mädchen werden erschlagen und grausam verstümmelt. Kommissar Peter Nachtigall erkennt, dass er einen psychopathischen Mörder jagen muss, der seine Opfer nach Kriterien auswählt, die im Dunkeln bleiben ...

*Wir machen's spannend*

**HERBERT BECKMANN**
Die Nacht von Berlin
.....................................
*322 Seiten, Paperback.*
*ISBN 978-3-8392-1215-8.*

NERVENKITZEL September 1911. Berlin ist Weltstadt. Rastlos, vergnügungssüchtig, nervös. Selbst bei Nacht eine »Stadt aus Licht«. Doch im Schatten des glitzernden Lichtermeers der Reichshauptstadt gedeiht das Verbrechen auf nie gesehene Weise: An verschiedenen Orten Berlins werden Leichen gefunden – brutal ermordet, grotesk kostümiert, theatralisch ausgestellt. Der blutjunge Ermittler Edmund Engel begreift als Erster, dass hier kein gewöhnlicher Mörder am Werk ist. Und auch der erfahrene Nervenarzt Alfred Muesall erkennt die Handschrift eines modernen Tätertyps. Einen »Künstler« im Fach Mord, dessen bizarre Spur in das weltberühmte Berliner Metropol-Theater führt ...

**MARCUS IMBSWEILER**
Die Erstürmung des Himmels
.....................................
*462 Seiten, Paperback.*
*ISBN 978-3-8392-1213-4.*

DER KOMPONIST UND DAS MÄDCHEN Franz Liszt, gefeierter und umschwärmter Klaviervirtuose, zieht sich im Sommer 1841 zur Erholung auf die Rheininsel Nonnenwerth zurück. Mit ihm kommen seine Lebensgefährtin, die Gräfin Marie d'Agoult, und ihre gemeinsame Freundin, die Schriftstellerin George Sand. Schon bald wird die Insel zum Ziel von Musikliebhabern und Liszt-Verehrern, die per Dampfschiff anreisen. Ruhe findet der Komponist daher kaum.

Im August gibt er ein gefeiertes Konzert zum Weiterbau des Kölner Doms, was die Liszt-Begeisterung am Rhein noch einmal steigert. Dafür kriselt es zusehends im Verhältnis mit Marie, die seinen Tourneeplänen kritisch gegenübersteht. Und als kurz vor Liszts 30. Geburtstag ein kleines Mädchen spurlos verschwindet, überschlagen sich die Ereignisse ...

*Wir machen's spannend*

**DIETER BÜHRIG**
Der Klang der Erde
...........................................

*270 Seiten, Paperback.*
*ISBN 978-3-8392-1219-6.*

TODESGEIGER Der Geiger Max Auerbach hat nach dem Scheitern seiner Ehe eine Anstellung beim Lübecker Stadtorchester unter Leitung des jungen Dirigenten Wilhelm Furtwängler gefunden. Als der glühende Verehrer Mahlers im Mai 1911 vom Tod des Wiener Meisters erfährt, verliert er jeden Halt: Auerbach entwickelt eine gefährliche Persönlichkeitsstörung. Er nimmt einen Doppelgänger wahr, der ihm aufträgt, in München die Orchesterpartitur von Mahlers »Lied von der Erde« zu stehlen und den Dirigenten der Uraufführung, Bruno Walter, zu töten …

**GERHARD LOIBELSBERGER**
Mord und Brand
...........................................

*321 Seiten, Paperback.*
*ISBN 978-3-8392-1217-2.*

WIEN BRENNT! Wien, 27. Juli 1911. Ein Großbrand wütet auf den Holzlagerplätzen am Nordwestbahnhof. Erst nach zwei Tagen kann er unter Einsatz von 167 Mann der Wiener Berufsfeuerwehr gelöscht werden. Inmitten tausender Schaulustiger wird ein Mann brutal zu Tode geprügelt. Frantisek Oprschalek und sein bester Freund Nepomuk Budka, ein mehrfach verurteilter Gewaltverbrecher, ziehen eine blutige Spur von Morden und Brandstiftungen durch Wien. Inspector Nechyba und seine Frau Aurelia geraten in einen Strudel der Gewalt, der sie auch ganz persönlich bedroht …

**GMEINER**
*Wir machen's spannend*

**BETTINA SZRAMA**
Die Hure und der Meisterdieb
..............................

*373 Seiten, Paperback.*
*ISBN 978-3-8392-1214-1.*

VERRATENE LIEBE Thüringen, im Dezember 1695. Der ehemalige Soldat und Wirt Nickel List, eigentlich ein herzensguter Kerl, zündet seine Wirtschaft an, um sich an seinem verräterischen Eheweib Magdalena und ihrem Liebhaber zu rächen. Enttäuscht verlässt er seine Heimat und trifft auf die schöne Diebin Anna. Die ist ihrem Mann, einem reichen Hamburger Weinhändler, davongelaufen und ebenso wie Nickel auf der Flucht. Jahre später ziehen sie als Herr von der Mosel und Anna von Sien durch den Norden. Selbst die größten Kirchen sind vor dem berühmt-berüchtigten Räuberpaar nicht mehr sicher. Doch ihre Häscher sind ihnen bereits auf den Fersen ...

**CLAUDIUS CRÖNERT**
Das Kreuz der Hugenotten
..............................

*471 Seiten, Paperback.*
*ISBN 978-3-8392-1211-0.*

GENDARMENMARKT Berlin um 1700. Die Stimmung zwischen eingewanderten französischen Calvinisten und deutschen Lutheranern ist angespannt, denn beide Gruppen müssen sich eine enge Kirche teilen. Der Handschuhmacher Paul Deschamps und seine Landsleute planen daher ein eigenes Gotteshaus. Kurfürst Friedrich stimmt dem Bau zu und gewährt auch der deutschen Gemeinde einen neuen prächtigen Dom – direkt gegenüber dem Französischen Dom. Zwischen den beiden Kirchen soll eine Gendarmenkaserne entstehen, die dem Platz seinen Namen gibt. Doch während der Baus stürzt der Deutsche Dom ein und der Mob wendet sich gegen den Hugenotten Paul ...

*Wir machen's spannend*

# Unsere Lesermagazine
## 2 x jährlich das Neueste aus der Gmeiner-Bibliothek

*DIN A6, 20 S., farbig*   *10 x 18 cm, 16 S., farbig*   *24 x 35 cm, 20 S., farbig*

# GmeinerNewsletter
## Neues aus der Welt der Gmeiner-Romane

Haben Sie schon unsere GmeinerNewsletter abonniert? Monatlich erhalten Sie per E-Mail aktuelle Informationen aus der Welt der Krimis, der historischen Romane und der Frauenromane: Buchtipps, Berichte über Autoren und ihre Arbeit, Veranstaltungshinweise, neue Literaturseiten im Internet und interessante Neuigkeiten.

Die Anmeldung zu den GmeinerNewslettern ist ganz einfach. Direkt auf der Homepage des Gmeiner-Verlags (www.gmeiner-verlag.de) finden Sie das entsprechende Anmeldeformular.

# Ihre Meinung ist gefragt!
## Mitmachen und gewinnen

Wir möchten Ihnen mit unseren Romanen immer beste Unterhaltung bieten. Sie können uns dabei unterstützen, indem Sie uns Ihre Meinung zu den Gmeiner-Romanen sagen! Senden Sie eine E-Mail an gewinnspiel@gmeiner-verlag.de und teilen Sie uns mit, welches Buch Sie gelesen haben und wie es Ihnen gefallen hat. Alle Einsendungen nehmen automatisch am großen Jahresgewinnspiel mit attraktiven Buchpreisen teil.

*Wir machen's spannend*

# Alle Gmeiner-Autoren und ihre Romane auf einen Blick

**ANTHOLOGIEN:** Tod am Tegernsee • Drei Tagesritte vom Bodensee • Nichts ist so fein gesponnen • Zürich: Ausfahrt Mord • Mörderischer Erfindergeist • Secret Service 2011 • Tod am Starnberger See • Mords-Sachsen 4 • Sterbenslust • Tödliche Wasser • Gefährliche Nachbarn • Mords-Sachsen 3 • Tatort Ammersee • Campusmord • Mords-Sachsen 2 • Tod am Bodensee • Mords-Sachsen 1 • Grenzfälle • Spekulatius **ABE, REBECCA:** Im Labyrinth der Fugger **ARTMEIER, HILDEGUNDE:** Feuerross • Drachenfrau **BAUER, HERMANN:** Philosophenpunsch • Verschwörungsmelange • Karambolage • Fernwehträume **BAUM, BEATE:** Weltverloren • Ruchlos • Häuserkampf **BAUMANN, MANFRED:** Wasserspiele • Jedermanntod **BECK, SINJE:** Totenklang • Duftspur • Einzelkämpfer **BECKER, OLIVER:** Das Geheimnis der Krähentochter **BECKMANN, HERBERT:** Die Nacht von Berlin • Mark Twain unter den Linden • Die indiskreten Briefe des Giacomo Casanova **BEINSSEN, JAN:** Todesfrauen • Goldfrauen • Feuerfrauen **BLANKENBURG, ELKE MASCHA** Tastenfieber und Liebeslust **BLATTER, ULRIKE:** Vogelfrau **BODE-HOFFMANN, GRIT/HOFFMANN, MATTHIAS:** Infantizid **BODENMANN, MONA:** Mondmilchgubel **BÖCKER, BÄRBEL:** Mit 50 hat man noch Träume • Henkersmahl **BOENKE, MICHAEL:** Riedripp • Gott'sacker **BOMM, MANFRED:** Blutsauger • Kurzschluss • Glasklar • Notbremse • Schattennetz • Beweislast • Schusslinie • Mordloch • Trugschluss • Irrflug • Himmelsfelsen **BONN, SUSANNE:** Die Schule der Spielleute • Der Jahrmarkt zu Jakobi **BOSETZKY, HORST (-KY):** Promijagd • Unterm Kirschbaum **BRÖMME, BETTINA:** Weißwurst für Elfen **BUEHRIG, DIETER:** Der Klang der Erde • Schattengold **BÜRKL, ANNI:** Ausgetanzt • Schwarztee **BUTTLER, MONIKA:** Dunkelzeit • Abendfrieden • Herzraub **CLAUSEN, ANKE:** Dinnerparty • Ostseegrab **CRÖNERT, CLAUDIUS:** Das Kreuz der Hugenotten **DANZ, ELLA:** Ballaststoff • Schatz, schmeckt's dir nicht? • Rosenwahn • Kochwut • Nebelschleier • Steilufer • Osterfeuer **DETERING, MONIKA:** Puppenmann • Herzfrauen **DIECHLER, GABRIELE:** Glutnester • Glaub mir, es muss Liebe sein • Engpass **DÜNSCHEDE, SANDRA:** Todeswatt • Friesenrache • Solomord • Nordmord • Deichgrab **EMME, PIERRE:** Zwanzig/11 • Diamantenschmaus • Pizza Letale • Pasta Mortale • Schneenockerleklat • Florentinerpakt • Ballsaison • Tortenkomplott • Killerspiele • Würstelmassaker • Heurigenpassion • Schnitzelfarce • Pastetenlust **ENDERLE, MANFRED:** Nachtwanderer **ERFMEYER, KLAUS:** Irrliebe • Endstadium • Tribunal • Geldmarie • Todeserklärung • Karrieresprung **ERWIN, BIRGIT / BUCHHORN, ULRICH:** Die Reliquie von Buchhorn • Die Gauklerin von Buchhorn • Die Herren von Buchhorn **FINK, SABINE:** Kainszeichen **FOHL, DAGMAR:** Der Duft von Bittermandel • Die Insel der Witwen • Das Mädchen und sein Henker **FRANZINGER, BERND:** Familiengrab • Zehnkampf • Leidenstour • Kindspech • Jammerhalde • Bombenstimmung • Wolfsfalle • Dinotod • Ohnmacht • Goldrausch • Pilzsaison **GARDEIN, UWE:** Das Mysterium des Himmels • Die Stunde des Königs

**Alle Gmeiner-Autoren und ihre Romane auf einen Blick**

**GARDENER, EVA B.**: Lebenshunger **GEISLER, KURT**: Friesenschnee • Bädersterben **GERWIEN, MICHAEL**: Alpengrollen **GIBERT, MATTHIAS P.**: Zeitbombe • Rechtsdruck • Schmuddelkinder • Bullenhitze • Eiszeit • Zirkusluft • Kammerflimmern • Nervenflattern **GORA, AXEL**: Das Duell der Astronomen **GRAF, EDI**: Bombenspiel • Leopardenjagd • Elefantengold • Löwenriss • Nashornfieber **GUDE, CHRISTIAN**: Kontrollverlust • Homunculus • Binärcode • Mosquito **HAENNI, STEFAN**: Scherbenhaufen • Brahmsrösi • Narrentod **HAUG, GUNTER**: Gössenjagd • Hüttenzauber • Tauberschwarz • Höllenfahrt • Sturmwarnung • Riffhaie • Tiefenrausch **HEIM, UTA-MARIA**: Feierabend • Totenkuss • Wespennest • Das Rattenprinzip • Totschweigen • Dreckskind **HENSCHEL, REGINE C.**: Fünf sind keiner zu viel **HERELD, PETER**: Das Geheimnis des Goldmachers **HOHLFELD, KERSTIN**: Glückskekssommer **HUNOLD-REIME, SIGRID**: Janssenhaus • Schattenmorellen • Frühstückspension **IMBSWEILER, MARCUS**: Die Erstürmung des Himmels • Butenschön • Altstadtfest • Schlussakt • Bergfriedhof **JOSWIG, VOLKMAR / MELLE, HENNING VON**: Stahlhart **KARNANI, FRITJOF**: Notlandung • Turnaround • Takeover **KAST-RIEDLINGER, ANNETTE**: Liebling, ich kann auch anders **KEISER, GABRIELE**: Engelskraut • Gartenschläfer • Apollofalter **KEISER, GABRIELE / POLIFKA, WOLFGANG**: Puppenjäger **KELLER, STEFAN**: Totenkarneval • Kölner Kreuzigung **KINSKOFER, LOTTE / BAHR, ANKE**: Hermann für Frau Mann **KLAUSNER, UWE**: Kennedy-Syndrom • Bernstein-Connection • Die Bräute des Satans • Odessa-Komplott • Pilger des Zorns • Walhalla-Code • Die Kiliansverschwörung • Die Pforten der Hölle **KLEWE, SABINE**: Die schwarzseidene Dame • Blutsonne • Wintermärchen • Kinderspiel • Schattenriss **KLÖSEL, MATTHIAS**: Tourneekoller **KLUGMANN, NORBERT**: Die Adler von Lübeck • Die Nacht der Narren • Die Tochter des Salzhändlers • Kabinettstück • Schlüsselgewalt • Rebenblut **KÖHLER, MANFRED**: Tiefpunkt • Schreckensgletscher **KÖSTERING, BERND**: Goetheglut • Goetheruh **KOHL, ERWIN**: Flatline • Grabtanz • Zugzwang **KOPPITZ, RAINER C.**: Machtrausch **KRAMER, VERONIKA**: Todesgeheimnis • Rachesommer **KRONENBERG, SUSANNE**: Kunstgriff • Rheingrund • Weinrache • Kultopfer • Flammenpferd **KRUG, MICHAEL**: Bahnhofsmission **KRUSE, MARGIT**: Eisaugen **KURELLA, FRANK**: Der Kodex des Bösen • Das Pergament des Todes **LASCAUX, PAUL**: Mordswein • Gnadenbrot • Feuerwasser • Wursthimmel • Salztränen **LEBEK, HANS**: Karteileichen • Todesschläger **LEHMKUHL, KURT**: Dreiländermord • Nürburghölle • Raffgier **LEIMBACH, ALIDA**: Wintergruft **LEIX, BERND**: Fächergrün • Fächertraum • Waldstadt • Hackschnitzel • Zuckerblut • Bucheckern **LETSCHE, JULIAN**: Auf der Walz **LICHT, EMILIA**: Hotel Blaues Wunder **LIEBSCH, SONJA / MESTROVIC, NIVES**: Muttertier @n Rabenmutter **LIFKA, RICHARD**: Sonnenkönig **LOIBELSBERGER, GERHARD**: Mord und Brand • Reigen des Todes • Die Naschmarkt-Morde **MADER, RAIMUND A.**: Schindlerjüdin • Glasberg

**GMEINER**

*Wir machen's spannend*

## Alle Gmeiner-Autoren und ihre Romane auf einen Blick

**MAINKA, MARTINA:** Satanszeichen **MISKO, MONA:** Winzertochter • Kindsblut **MORF, ISABEL:** Satzfetzen • Schrottreif **MOTHWURF, ONO:** Werbevoodoo • Taubendreck **MUCHA, MARTIN:** Seelenschacher • Papierkrieg **NAUMANN, STEPHAN:** Das Werk der Bücher **NEEB, URSULA:** Madame empfängt **ÖHRI, ARMIN / TSCHIRKY, VANESSA:** Sinfonie des Todes **OSWALD, SUSANNE:** Liebe wie gemalt **OTT, PAUL:** Bodensee-Blues **PARADEISER, PETER:** Himmelreich und Höllental **PARK, KAROLIN:** Stilettoholic **PELTE, REINHARD:** Inselbeichte • Kielwasser • Inselkoller **PFLUG, HARALD:** Tschoklet **PITTLER, ANDREAS:** Mischpoche **PORATH, SILKE / BRAUN, ANDREAS:** Klostergeist **PORATH, SILKE:** Nicht ohne meinen Mops **PUHLFÜRST, CLAUDIA:** Dunkelhaft • Eiseskälte • Leichenstarre **PUNDT, HARDY:** Friesenwut • Deichbruch **PUSCHMANN, DOROTHEA:** Zwickmühle **ROSSBACHER, CLAUDIA:** Steirerblut **RUSCH, HANS-JÜRGEN:** Neptunopfer • Gegenwende **SCHAEWEN, OLIVER VON:** Räuberblut • Schillerhöhe **SCHMID, CLAUDIA:** Die brennenden Lettern **SCHMITZ, INGRID:** Mordsdeal • Sündenfälle **SCHMÖE, FRIEDERIKE:** Lasst uns froh und grausig sein • Wasdunkelbleibt • Wernievergibt • Wieweitdugehst • Bisduvergisst • Fliehganzleis • Schweigfeinstill • Spinnefeind • Pfeilgift • Januskopf • Schockstarre • Käfersterben • Fratzenmond • Kirchweihmord • Maskenspiel **SCHNEIDER, BERNWARD:** Flammenteufel • Spittelmarkt **SCHNEIDER, HARALD:** Räuberbier • Wassergeld • Erfindergeist • Schwarzkittel • Ernteopfer **SCHNYDER, MARIJKE:** Matrjoschka-Jagd **SCHÖTTLE, RUPERT:** Damenschneider **SCHRÖDER, ANGELIKA:** Mordsgier • Mordswut • Mordsliebe **SCHÜTZ, ERICH:** Doktormacher-Mafia • Bombenbrut • Judengold **SCHUKER, KLAUS:** Brudernacht **SCHULZE, GINA:** Sintflut **SCHWAB, ELKE:** Angstfalle • Großeinsatz **SCHWARZ, MAREN:** Zwiespalt • Maienfrost • Dämonenspiel • Grabeskälte **SENF, JOCHEN:** Kindswut • Knochenspiel • Nichtwisser **SPATZ, WILLIBALD:** Alpenkasper • Alpenlust • Alpendöner **STAMMKÖTTER, ANDREAS:** Messewalzer **STEINHAUER, FRANZISKA:** Sturm über Branitz • Spielwiese • Gurkensaat • Wortlos • Menschenfänger • Narrenspiel • Seelenqual • Racheakt **STRENG, WILDIS:** Ohrenzeugen **SYLVESTER, CHRISTINE:** Sachsen-Sushi **SZRAMA, BETTINA:** Die Hure und der Meisterdieb • Die Konkubine des Mörders • Die Giftmischerin **THIEL, SEBASTIAN:** Die Hexe vom Niederrhein **THADEWALDT, ASTRID / BAUER, CARSTEN:** Blutblume • Kreuzkönig **THÖMMES, GÜNTHER:** Malz und Totschlag • Der Fluch des Bierzauberers • Das Erbe des Bierzauberers • Der Bierzauberer **TRAMITZ, CHRISTIANE:** Himmelsspitz **ULLRICH, SONJA:** Fummelbunker • Teppichporsche **VALDORF, LEO:** Großstadtsumpf **VERTACNIK, HANS-PETER:** Ultimo • Abfangjäger **WARK, PETER:** Epizentrum • Ballonglühen • Albtraum **WERNLI, TAMARA:** Blind Date mit Folgen **WICKENHÄUSER, RUBEN PHILLIP:** Die Magie des Falken • Die Seele des Wolfes **WILKENLOH, WIMMER:** Eidernebel • Poppenspäl • Feuermal • Hätschelkind **WÖLM, DIETER:** Mainfall **WYSS, VERENA:** Blutrunen • Todesformel **ZANDER, WOLFGANG:** Hundeleben

*Wir machen's spannend*